KB163746

주홍 글자

The Scarlet Letter

세계문학전집 159

주홍 글자

The Scarlet Letter

너새니얼 호손

김욱동 옮김

민음사

일러두기

1 이 번역은 '백주년 기념 너새니얼 호손 전집' 1권(오하이오 주립대학교 출판부 간행, 1963)을 저본으로 삼았다.

2 이 저본은 미국현대어학회(MLA)의 '학구적 텍스트 센터'가 인정한 가장 권위 있는 텍스트이다.

3 본문의 각주는 모두 옮긴이 주이다.

차례

1장

감옥 문

거무스름한 빛깔의 옷차림에 끝이 뾰족한 회색 고깔모자를 쓰고 턱수염을 기른 사내들이 무리를 지어, 머리에 두건을 쓰기도 하고 쓰지 않기도 한 아낙네들과 뒤섞여 어느 목조 건물 앞에 모여 있었다. 참나무로 튼튼하게 짠 문에는 장식용 무쇠 못이 군데군데 박혀 있었다.

새 식민지를 건설한 사람들은 처음에는 인간의 덕성과 행복에 찬 어떤 유토피아를 꿈꾸었는지 몰라도 으레 처녀지의 일부를 묘지로, 또 다른 일부를 감옥터로 떼어 두는 것이 실제적으로 가장 먼저 해야 할 일이라는 것을 깨달았다. 이런 관례에 따라 보스턴의 선조도 아이작 존슨[1]의 땅에 있는 그

---

1) 1601~1630. 흔히 '보스턴의 아버지'로 일컫는 존 윈스럽과 함께 1630년

의 무덤 둘레에 최초의 공동묘지를 마련한 것과 거의 때를 맞추어 콘힐2) 근처 어딘가에 최초의 감옥을 세웠다고 충분히 짐작할 수 있다. 존슨의 무덤은 뒷날 킹스채플3)의 옛 묘지에 옹기종기 들어선 모든 무덤의 중심이 되었다. 확실히 이 마을이 건설된 지도 어느덧 15년에서 20년이 지난 지금,4) 그 목조 감옥은 벌써 온갖 풍상과 세월의 흔적으로 얼룩져 있었다. 그래서 얼굴을 찌푸린 듯 침울한 정면은 훨씬 더 음산한 모습을 띠고 있었다. 참나무 문의 묵직한 쇠 장식에는 녹이 슬어 있어서 신세계에 있는 다른 어느 것보다도 더욱 고색창연하게 보였다. 범죄와 관계있는 것이 모두 그러하듯 이 감옥도 화려한 청춘 시절은 일찍이 한 번도 누려 보지 못한 것 같았다. 이 흉한 건물 앞에, 그리고 건물과 마찻길 사이 풀밭에 우엉이며 명아주며 아가위 같은 볼품없는 잡초들이 무성하게 자라고 있었다. 그 보기 흉한 잡초들은 '감옥'이라는 문명사회의 검은 꽃을 그렇게 일찍이 피워 준 이 땅에서 뭔가 자신들과 같은 성질의 것을 발견했음에 틀림없었다. 그러나 감옥 문 한쪽

에 신대륙으로 건너왔으나 얼마 후 사망했다. 찰스타운에 처음 교회를 세웠으며 보스턴의 새로운 식민지 정착을 지휘했다.
2) 옛날 보스턴에 있던 거리 이름으로 지금의 워싱턴 스트리트에 해당한다.
3) 1749년에서 1754년 사이에 세워진 교회로, 뉴잉글랜드 지방에서 가장 오래된 감독파 교회였다. 1785년에 미국 최초의 종합파 교회가 되었다.
4) 1630년에 매사추세츠만 식민지가 건설된 후 15년이나 20년이 지났다고 한다면 1645년이나 1650년이 되지만, 이 소설에 등장하는 실제 인물의 사건으로 연대를 추산할 때 이 소설의 시대적 배경은 1642년 6월 초부터 1649년까지이다.

에서는 거의 문턱까지 뿌리를 박고 자란 들장미 덤불이 6월을 맞아 보석처럼 아름다운 꽃송이로 뒤덮여 있었다. 어쩌면 이 들장미 덤불은 죄수가 감옥 안으로 들어가거나 유죄판결을 받은 사형수가 형을 받으러 끌려나올 때, 대자연의 깊은 마음이 그를 동정하고 반긴다는 표시로 그윽한 향기와 함께 덧없는 아름다움을 바치고 있다고 생각해도 좋으리라.

이 들장미 덤불은 기묘한 우연으로 지금까지 역사 속에 그대로 살아남아 있다. 본디 들장미 덤불을 뒤덮고 자라던 우람한 소나무들과 참나무들이 쓰러지고 한참이 지난 뒤에도 황량한 옛 황야에서 가까스로 살아남은 것인지, 아니면 꽤 믿을 만한 근거가 있듯 성자 같은 앤 허친슨[5]이 감옥 문 안으로 들어갈 때 그녀의 발바닥이 닿은 땅에서 솟아난 것인지, 이에 대해서는 지금 뭐라고 단정 짓지 말자. 지금 막 저 불길한 감옥 문에서부터 우리가 이야기를 시작하려는 순간 들장미 덤불을 그렇게 직접 발견했으니 우선 그 꽃 한 송이를 꺾어 독자들에게 선사할 수밖에 없을 것이다. 이 꽃 한 송이가 어쩌면 이 이야기 도중에 만나게 될지도 모를 어떤 향기로운 도덕의 꽃을 상징하거나, 아니면 인간의 연약함과 슬픔을 다룬 이 이야기의 어두운 결말을 좀 더 밝게 해 주기를 바라 마지않는다.

---

5) 1591~1643. 목사의 딸로 태어나 1634년에 가족과 함께 매사추세츠로 이민 온 그녀는 식민지 초기에 자유사상가로 활약했다. 그러나 1638년에 로드아일랜드로 추방당했다가 인디언의 습격을 받아 사망했다.

2장

시장터

지금부터 적어도 2세기 전 어느 여름날 아침, 프리즌 레인에 있는 감옥 앞 풀밭에는 보스턴 주민이 꽤 많이 모여 무쇠 못을 박아 고정해 놓은 참나무 문을 하나같이 뚫어지게 바라보고 있었다. 만약 이런 일이 다른 지방 사람들 사이에서 일어났다든가 아니면 뉴잉글랜드[6] 역사에서 좀 더 뒷날에 일어났더라면, 턱수염을 기른 이 착한 주민들 얼굴에 돌처럼 딱딱하게 굳은 표정이 감도는 것을 보고 아마 무슨 끔찍스러운 일이라도 한창 벌어지고 있는 것으로 짐작했을 것이다. 모르긴

---

6) 메인, 뉴햄프셔, 버몬트, 매사추세츠, 로드아일랜드, 코네티컷 등 대서양 연안에 있는 미국 북동부 여섯 주를 두루 일컫는 말. 처음에는 고국 영국을 가리키는 말인 '올드잉글랜드'와 대립되는 새로운 영국이라는 의미로 사용했다.

몰라도 아마 어느 악명 높은 죄수의 형을 예상대로 집행하는 것이었을지 모른다. 그 죄수에 대한 법정의 평결은 일반 백성들의 판단을 확인해 주는 것에 지나지 않았던 것이다. 그러나 초기 청교도들의 엄격한 성격에 비추어 볼 때, 이와 같은 추측을 그렇게 자신 있게 내릴 수는 없을 것이다. 그것은 게으름 피우는 종이나 부모가 관원의 손에 넘긴 불효자식이 태형(笞刑) 기둥에서 처벌을 받는 장면이었을지도 모른다. 또는 도덕률 폐기론자[7]나 퀘이커교도[8]나 그 밖의 이단적인 신도가 채찍을 맞으면서 마을 밖으로 쫓겨나거나, 아니면 집 없이 떠돌아다니는 게으름뱅이 인디언이 백인의 화주(火酒)를 마시고 곤드레만드레가 되어 길거리에서 야단법석을 떨다가 회초리를 맞으며 어두운 숲속으로 쫓기는 것이었을지도 모른다. 그것도 아니라면 어느 마녀가 치안판사의 마음씨 고약한 미망인인 히빈스 노파[9]처럼 처형대의 이슬로 사라지는 장면이었을지도 모른다. 그 어떤 경우이든 구경꾼들의 태도는 이 무렵의 사람들과 어울리게 하나같이 아주 엄숙했다. 그들 사이에서는 종교와 법률이 거의 동일했고 그들의 성격에는 이 두 가지가 하

---

7) 구원이란 사회와 교회의 법에 따르는 데 있지 않고 직관을 통해 신자의 마음속에 깃든 성령에 의해 얻을 수 있다고 믿는 신앙 지상주의자. 금욕주의와 함께 영지주의(靈知主義)가 극단적으로 발전한 한 형태이다.
8) 17세기 무렵 영국에서 일어난 개신교의 한 파로 조지 폭스가 창시했다. 흔히 '프렌드회'의 회원을 일컫는 말이다.
9) 앤 히빈스(?~1656). 1655년에 재판에서 마녀로 판결받아 그 이듬해에 처형당했다. 그녀의 두 번째 남편 윌리엄 히빈스는 보스턴의 부유한 상인으로 치안판사를 지냈다.

나로 너무 잘 융합되어 있었기 때문에 가벼운 것이든 무거운 것이든 공적인 처벌 행위는 존경의 대상인 동시에 공포의 대상이었다. 그러므로 처형대에 오른 죄수가 그런 구경꾼들에게 바랄 수 있는 동정이란 참으로 보잘것없고 눈물겹도록 냉혹한 것이었다. 한편 요즈음 같으면 한낱 수치거리나 조롱거리에 지나지 않을 처벌도 이 무렵에는 사형 자체 못지않게 준열한 위엄을 지녔을지도 모른다.

우리 이야기가 시작하는 그 여름날 아침, 군중 틈에 끼어 있던 아낙네 몇 명이 바야흐로 벌어지려고 하는 처벌이 무슨 처벌이건 그것에 유난히 깊은 관심을 보이고 있었다는 사실을 눈여겨보아야 한다. 이 무렵으로 말하자면 그렇게 세련된 시대가 아니었기 때문에 페티코트나 파딩게일[10]을 입은 사람들이 뭇사람이 다니는 큰길에 나와 사형 집행 중인 처형대 바로 가까이 있는 구경꾼 사이로, 필요하다면 작지도 않은 몸뚱이로 파고드는 것을 무례한 짓이라고 여겨 삼가는 일은 없었다. 고국 영국에서 태어나고 자란 이 아낙네들과 처녀들은 그 바탕이 육체적으로나 정신적으로나 예닐곱 세대 뒤의 여성들보다 훨씬 더 거칠었다. 대를 이어 가는 동안 어머니들은 딸들에게 비록 자신들보다 무기력하고 연약한 성품을 물려주지는 않았더라도 좀 더 옅은 혈색과 섬세하고도 속절없는 아름다움 그리고 가냘픈 체격을 물려주었기 때문이다. 지금 감옥 문

---

10) 고래 수염, 나무, 철사 등으로 만든 치마의 속버팀이나 그것으로 불룩하게 부풀린 스커트. '파딩게일'은 '페티코트'와 함께 여성을 가리키는 환유로 자주 쓰인다.

앞에 서 있는 아낙네들은 사내 같은 엘리자베스 여왕[11]이 이 무렵의 여성을 대표하는 사람으로서 제법 어울리던 때로부터 미처 반세기도 지나지 않은 시대에 살고 있었다. 이 아낙네들은 엘리자베스 여왕과 같은 민족이었다. 쇠고기와 맥주 같은 고국의 음식이, 그런 음식보다 조금도 더 세련되다고 할 수 없는 정신적인 양식과 함께 그들의 기질 속에 스며들어 있었던 것이다. 그러므로 그날 아침 빛나는 태양은 딱 벌어진 두 어깨와 잘 발달된 젖가슴 그리고 아득히 먼 고향 섬나라에서 무르익은 뒤 뉴잉글랜드의 대기 속으로 옮아왔어도 아직껏 창백해지거나 야위지 않은 불그스레하고 토실토실한 두 뺨 위에 내리비추고 있었다. 더구나 대부분이 기혼인 듯한 이 아낙네들은 대담하고 낭랑한 목소리로 지껄이고 있었다. 만약 오늘날의 사람들이 그들의 대화를 듣는다면 말뜻으로 보나 성량으로 보나 자못 놀랐을 것이다.

"이봐요, 아주머니들. 내 얘기 좀 들어 보시우." 쉰 살가량의 험상궂게 생긴 여인이 말문을 열었다. "나이도 지긋하고 교회 신자로 평판이 좋은 우리 여편네들이 저 헤스터 프린 같은 죄인을 다루는 게 공익에 훨씬 이롭지 않겠냐고요. 아주머니들은 어떻게 생각하시우? 만약 저 뻔뻔스러운 것이 지금 이 자리에 함께 모여 있는 우리 다섯 사람 앞에서 심판을 받게 된다면, 저 훌륭하신 치안판사 나리들이 내린 그 정도 판결로

---

11) 영국 여왕 엘리자베스 1세(1533~1603). 1558년부터 사망할 때까지 영국을 지배했다. 남성적인 이미지로 유명했다.

그칠 줄 아우? 어림 반 푼도 없지요!"

"들리는 소문에는 말이지요." 다른 아낙네가 말을 꺼냈다. "저 여자의 담당 목사인 그 믿음 두터운 딤스데일 목사님께서는요, 자기 신도들 중에서 그런 불미스러운 일이 생겨서 무척 가슴 아파하신다고 그러더만요."

"치안판사님들은 믿음은 두터운지 몰라도 너무 인정이 많으셔서 탈이지. 입은 삐뚤어져도 말은 똑바로 하라고." 중년에 들어선 세 번째 아낙네가 거들었다. "아무리 가볍게 처벌한다 해도 헤스터 프린의 이마빼기에 활활 불타는 낙인을 찍어 맛 좀 보여 줘야 해. 정말 그렇게 해야 헤스터가 따끔해할 게 아닌가. 하지만 저 여자는, 저 앙큼한 화냥년은 말이지, 자기 옷 가슴에 뭔가를 달게 한다 해도 눈 하나 깜짝하지 않을 년이지! 글쎄, 두고 보라고, 브로치나 이교도 장식물 같은 걸로 보이지 않게 감추고는 뻔뻔스럽게 전처럼 길거리에 쏘다닐 테지!"

"아아, 그래도 말이에요." 어린애 손목을 쥐고 있던 젊은 아낙네가 한결 상냥스러운 말투로 말을 가로막았다. "아무리 그 징표를 감춰 봤댔자 그 가슴속은 늘 괴로울 거예요."

"옷가슴이든 이마빼기든 징표와 낙인이 다 무슨 쓸데없는 소린가?" 스스로 재판관이라고 생각하는 그들 가운데에서도 가장 매정하고 못생긴 또 다른 아낙네가 큰 소리로 외쳤다. "이 계집은 우리 모두를 망신시켰으니까 죽여 버려야 마땅하다니까. 이 세상에는 이런 경우에 적용할 법도 없는가? 암, 있고말고. 성경이나 법령집 속에 분명히 들어 있지.[12] 그런데도 그 법을 우습게 생각했으니 치안판사 나리들은 자기 마누라들이나 딸자식들이 길을 잘못 든다 해도 자업자득이라니까!"

"원 참, 아주머니도." 군중 가운데에서 사내 하나가 큰 소리로 외쳤다. "그래, 여자들은 처형대가 무서워서 정절을 지킨단 말씀인가요? 그것 듣던 중 참으로 기가 막히는 말이군요! 자, 조용히들 하십시오, 아주머니들. 이제 감옥 문 열쇠가 돌아가고 프린 부인이 나타나고 있으니."

마침내 감옥 문이 안쪽에서 활짝 열리더니 허리에 칼을 차고 한쪽 손에 관장을 쥔 무섭고 흉측스럽게 생긴 마을 관리가 마치 햇빛 속으로 뛰어드는 검은 그림자처럼 맨 먼저 불쑥 나타났다. 이 사내의 모습은 청교도 법전이 지닌 추상 같은 준엄성을 미리 전형적으로 보여 주었으며, 그가 맡은 직책은 이 법전을 최대한 엄격하게 적용해 죄인을 가차 없이 다루는 것이었다. 사내는 왼손으로는 관장을 내밀고 오른손으로는 한 젊은 여자의 어깨를 잡고 그녀를 앞으로 끌고 나왔다. 여자는 감옥 문턱에 이르자 타고난 듯한 위엄과 강인한 성격을 보여 주는 동작으로 사내의 손을 뿌리치고 마치 자발적으로 그러는 듯 바깥으로 걸어 나왔다. 여자는 두 팔에 태어난 지 세 달

---

12) 성경의 근거는 「출애굽기」의 십계명 중 "간음하지 말라."(20장 14절)와 「레위기」의 "누구든지 다른 남자의 아내 곧 자기 이웃의 아내와 간통하면 간음한 두 남녀는 반드시 모두 사형에 처해야 한다."(20장 10절)라는 구절에 있다. 또한 1694년에 나온 법령집에 따르면, 지방에 따라 조금씩 다르기는 하지만 간음한 사람은 태형이나 사형 같은 엄한 형벌을 받도록 규정하고 있었다.

밖에 되지 않은 젖먹이를 안고 있었는데, 그 갓난아이는 햇빛에 눈이 부셔 사뭇 눈을 깜박거리며 조그마한 얼굴을 옆으로 돌렸다. 이 갓난아이는 지금껏 희뿌연 지하 감방이나 다른 어둠침침한 방에만 익숙해 있었기 때문이다.

이 젊은 여자는(갓난아이의 어미 말이다.) 군중 앞에 온몸을 드러내고 설 때 충동적으로 아기를 가슴에 꼭 껴안는 것 같았다. 그러나 그것은 모성애가 치솟았기 때문이라기보다는 그렇게 함으로써 수를 놓아 옷에 꿰매 단 그 무슨 징표를 행여 감출 수 있을까 했기 때문이다. 그러나 곧 현명하게도 한쪽 치욕의 징표로 다른 쪽 치욕의 징표를 감추려고 해 봤자 별 소용이 없다는 사실을 깨달았는지 아기를 한쪽 팔에 안고 얼굴을 붉히면서도 오만한 미소를 띤 채 조금도 부끄러워하는 기색 없이 마을 사람들과 이웃 사람들을 둘러보았다. 그녀의 웃옷 가슴에는 화려한 주홍빛 헝겊에 금실로 꼼꼼하게 수를 놓아 환상적으로 멋을 부린 'A' 자가 보였다. 그 글자는 아주 예술적으로 만든 데다가 호화롭고 사치스러운 공상을 마음껏 발휘한 것으로, 그녀가 입은 옷에 가장 잘 어울리는 장식적 효과를 내고 있었다. 또 그녀의 옷은 이 무렵의 취향에 맞게 화려했지만 식민지의 사치 금지법[13]이 허용하는 한도에서 훨씬 벗어나 있었다.

이 키가 큰 젊은 여자는 몸매가 이를 데 없이 우아했다. 검

---

13) 검소한 생활을 강조하는 청교도 통치자들은 백성들이 옷차림을 비롯해 음식이나 장비 등에서 지나친 사치를 하지 못하도록 법령으로 금지했다.

고 풍성한 머리채는 너무나 윤기가 흘러 햇빛이 반사되어 눈이 다 부실 정도였다. 얼굴은 이목구비가 단정하고 살빛이 화사한 데다가 훤히 드러난 이마와 움푹한 검은 눈 때문에 한층 더 인상적이었다. 또한 이 무렵의 명문가 아녀자답게 제법 귀부인다운 데가 있었다. 이 무렵에는 요즈음 귀부인들의 표준처럼 섬세하고 연약하고 말로 표현하기 어려운 우아함이 아니라, 조금 당당하고 위엄 있는 것이 귀부인들의 표준으로 통했다. 그런데 옛날 표준에 비춰 보더라도 헤스터 프린이 감옥에서 나올 때보다도 더 귀부인답게 보인 적은 일찍이 없었다. 전에 그녀를 알던 사람들은, 그래서 그녀의 얼굴이 불행의 먹구름에 휩싸여 어둡고 그늘져 있으려니 기대했던 사람들은 도리어 그녀의 아름다움이 빛을 내뿜고 그녀를 에워싼 불행과 치욕이 오히려 후광을 만들어 내는 것을 보고 어리둥절하다 못해 아연실색할 정도였다. 그러나 예리한 눈을 가진 사람이라면 아마 이런 모습에도 몹시 괴로운 그 무엇이 어려 있다는 것을 눈치챌 수 있었을 것이다. 이런 일을 위해 그녀가 감옥에서 공상을 한껏 발휘해 만들어 입은 옷은 그 분방하고 그림처럼 멋진 특징으로 그녀의 마음가짐, 즉 절망적이고 무모한 심정을 드러내 주는 것 같았다. 그러나 군중의 시선을 끌고, 다시 말해 그 옷을 입은 여자의 모습을 전혀 달라 보이게 한 것은, 그토록 환상적으로 수놓아 가슴에 장식한 '주홍 글자'였다. 바로 그 때문에 헤스터 프린을 잘 알던 사내들이나 아낙네들도 지금 그녀를 생전 처음 보는 것 같은 느낌을 받았지만 말이다. 그 글자는 정상적인 인간관계에서 그녀를 떼어 내어 그녀만의 세계에 가두어 두는 마력 같은 효과를 지니고 있었다.

"그년 바느질 솜씨 하난 끝내주는구먼." 아낙네 구경꾼 가운데 하나가 말했다. "저 뻔뻔스러운 계집 말고 저런 식으로 그걸 내보이는 계집이 이 세상에 또 어디 있었담! 글쎄, 아주머니들, 저년이 믿음 깊은 치안판사 나리들을 보라는 듯 비웃어 대며 나리들이 처벌 삼아 달게 한 것을 도리어 저렇게 자랑거리로 삼고 있는 게 아니겠우?"

"헤스터의 미끈한 어깨에서 말이지." 아낙네들 가운데에서도 가장 사납게 생긴 여인이 나지막하게 중얼거렸다. "저 좋은 옷을 홀랑 벗겨 버렸으면 좋겠다니까. 저렇게 공들여 수놓은 주홍 글자로 말하자면, 저것 대신 내가 쓰는 류머티즘용 플란넬 조각이나 걸쳐 주면 썩 잘 어울릴 거란 말이지!"

"아주머니들, 조용히요. 제발 조용히 좀 하세요!" 그중 가장 나이 어린 여자가 나지막한 목소리로 속삭였다. "저 여자 귀에 들리지 않게 하라고요! 저 글자를 한 바늘 한 바늘 수놓을 때마다 저 여자의 가슴을 쿡쿡 찌르지 않은 바늘이 하나도 없었을 거예요."

이때 마침 험상궂게 생긴 마을 관리가 관장을 휘두르면서 외쳤다.

"길을 비켜라. 왕의 이름으로 명하노니 어서 길을 비켜라." 그가 큰 소리로 외쳤다. "길을 열어 주면 지금부터 오후 1시까지 이 프린 부인의 뻔뻔스러운 옷차림을 남녀노소 모두 잘 볼 수 있는 곳에 그녀를 반드시 세워 놓겠소. 부정한 죄를 기어이 백일하에 들춰내고야 마는 정의로운 매사추세츠 식민지에 신

의 축복이 있을지어다! 자, 어서 따라오지 못해, 헤스터. 시장
터에 서서 그 주홍 글자를 사람들에게 구경시키란 말이야!"

　그러자 곧바로 떼 지어 모여 있는 구경꾼들 사이로 겨우 한
사람이 지나갈 만한 길이 열렸다. 마을 관리가 앞서고, 양쪽에
서 험상궂은 표정의 사내들과 매정한 얼굴의 아낙네들이 아
무렇게나 줄을 지어 뒤따르는 가운데 헤스터 프린은 형벌을
받기로 되어 있는 장소로 발걸음을 옮기기 시작했다. 호기심
많고 신바람 난 학생들이 무리를 지어, 지금 벌어진 사건 때문
에 학교를 반나절 쉬게 되었다는 것밖에는 영문도 모르는 채,
걸어가는 헤스터 앞으로 내달리면서 계속 고개를 돌려 그녀
의 얼굴이며 두 팔에 안겨 눈을 깜박이는 갓난아이며 가슴에
단 치욕의 글자를 번갈아 쳐다보았다. 당시 감옥 문에서 시장
터까지 그렇게 먼 거리는 아니었다. 그러나 죄인의 마음에는
그 거리가 꽤 먼 것처럼 생각되었을 것이다. 비록 그녀의 태도
는 도도했지만 아마 자신을 구경하려고 몰려든 사람들의 발
소리를 들을 때마다 마치 심장이 한길 바닥에 내동댕이쳐져
구경꾼의 발길에 걸어채고 짓밟히는 듯한 고통을 느꼈을 것이
다. 그러나 인간의 천성에는 놀랍고도 자비로운 섭리가 있어
고통받는 자는 자기가 지금 당하는 고통이 얼마나 괴로운지
당장에는 헤아릴 수가 없고 주로 뒤에 저려 오는 아픔으로 짐
작하는 법이다. 그러므로 헤스터 프린은 침착에 가까운 태도
로 이 시련의 길을 걸어 시장터 서쪽 끄트머리에 있는 처형대
에 이르렀다. 그것은 보스턴에서 제일 먼저 생긴 교회당[14] 처
마 밑 언저리에 우뚝 서 있었기 때문에 교회당의 부속 건물처

럼 보였다.

　사실 이 처형대로 말하자면 형벌 도구의 일부였다. 두세 세대 뒤의 우리 사이에서는 한낱 역사에 속하는 전설적인 것이 되어 버리고 말았지만, 옛날에는 선량한 시민 정신을 고양하는 데 프랑스 공포정치가들의 단두대 못지않게 효과적인 도구였다.[15] 한마디로 그것은 형틀을 올려놓은 단(壇)이었다. 그 위에는 사람의 머리에 칼을 씌워 다른 사람들이 구경할 수 있도록 머리를 숙이지 못하게 떠받치는 형틀이 세워져 있었다. 나무와 무쇠로 된 이 장치에 치욕이 더할 나위 없이 구현되고 드러나 있었다. 그 죄인의 과실이 무엇이든지 간에, 죄인이 창피해서 얼굴을 숨기지 못하게 하는 것보다 더 인간성에 어긋나는 모욕, 더 잔인무도한 모독은 아마 이 세상에 없을 것이다. 바로 그것이 이 형벌의 기본 정신이었다. 그러나 다른 죄인의 경우에도 자주 그렇듯이 헤스터 프린의 경우에도, 그녀가 받은 판결은 일정한 시간 동안 처형대 위에 서 있어야 한다는 것일 뿐, 목에다 칼을 쓰고 머리를 숙이지도 못하고 있어야 한다는 것은 아니었다. 그런데도 어떻게 해서든지 그 짓을 시키고 싶다는 것이 이 꼴사나운 장치가 지닌 가장 흉악한 특징이었다. 자신이 해야 할 역할을 잘 아는 그 여자는 나무 계단을 올라가서 사내의 어깨 높이쯤 되는 곳에 서서 주위에 몰려 있는 군중 앞에 자신의 모습을 훤히 드러내 보였다.

---

14) 지금은 '보스턴 제일 교회'라고 일컫는 교회로 1630년에 세워졌다.
15) 1789년 프랑스혁명 때 로베스피에르를 당수로 하는 자코뱅당원들은 단두대를 통해 공포정치를 폈다.

만약 이 청교도의 무리 속에 가톨릭 신자가 있었다면 아마 옷과 풍모가 그림처럼 아름다운 이 여인이 가슴에 갓난아이를 안고 있는 모습을 보고, 예로부터 그토록 많은 유명 화가들이 앞을 다투어 그린 성모 마리아의 모습을 떠올렸을 것이다. 그녀의 모습은 이 세상을 구원할 아기를 안고 있는 신성 무구한 성모 마리아의 거룩한 모습 같은 것을 분명히 떠올리게 해 주었을 것이다. 그러나 오직 대조를 통해서만 그런 모습을 떠올리게 해 주었을 뿐이다. 인간 삶에서도 가장 신성한 모성에 가장 깊은 죄악의 오점이 들어 있어, 세상은 이 여인의 아름다움 때문에 한층 더 어두워지고 이 여인이 낳은 갓난아이 때문에 그만큼 더 길을 잃을 수밖에 없었다.

　이웃 한 사람이 죄를 지어 수치를 당하는 광경을 지켜보고 몸서리치기는커녕 미소 지을 정도로 사회가 타락하기 전에는 으레 따르게 마련인 두려움이 이 장면에 감돌고 있었다. 헤스터 프린의 처벌 광경을 지켜보는 사람들은 아직도 순박한 바탕을 잃지 않고 있었다. 물론 그녀가 받은 판결이 사형일지라도 그들은 가혹한 판결에 단 한마디 불평도 없이 그것을 바라볼 만큼 준엄했다. 그렇다고 지금 같은 형벌 장면을 한낱 조롱거리로밖에 여기지 않는 다른 사회에서 흔히 볼 수 있는 냉혹함은 티끌만큼도 없었다. 비록 이 사건을 웃음거리로 취급해 버리려는 경향이 있었다고 해도, 총독과 그의 행정 위원 몇 사람, 판사 한 사람, 장군 한 사람, 마을 목사들 같은 위엄 있는 인사들이 모두 교회당 발코니에 서서 처형대를 굽어보고 있는 근엄한 상황에서 그런 기분은 좀처럼 고개를 들지 못한 채

압도당하고 말았을 것이다. 그들이 지위나 관직의 위엄과 존엄을 손상시키지 않고 이런 광경의 한 부분을 이루고 있을 때는 판결의 집행이 진지하고 효과적인 의미를 지닌다고 추측해도 좋으리라. 따라서 군중은 하나같이 진지하고 엄숙한 표정을 짓고 있었다. 수많은 시선이 자신을 응시하고 자기 가슴 한가운데로 무자비하게 쏠리는 가운데, 이 가엾은 죄인은 여자로서 버틸 수 있는 한 최선을 다해 몸을 가누고 꿋꿋이 서 있었다. 그것은 참으로 견디기 힘든 일이었다. 천성이 충동적이고 열정적인 그 여자는 온갖 모욕으로 나타나는 가시나 독을 품은 비수 같은 군중의 오만에 맞서기로 단단히 대비하고 있었다. 그러나 군중의 엄숙한 분위기에는 그보다 훨씬 더 끔찍한 그 무엇이 깃들어 있었기 때문에 그녀는 그 굳은 얼굴들이 차라리 자신을 조롱하는 웃음으로 일그러졌으면 하고 바랐다. 만약 군중이, 사내들도 아낙네들도 목소리가 날카로운 아이들도 저마다 자신의 몫을 맡아 우레 같은 웃음을 터뜨렸다면, 헤스터 프린은 경멸의 쓰디쓴 비웃음으로 그들을 맞대했을지도 모른다. 그러나 납덩이같이 무거운 고통을 별수 없이 꾹 참아야 하는 그녀는 목청이 터지도록 큰 소리로 고함을 지르며 처형대에서 땅바닥으로 몸뚱이를 내동댕이치거나, 아니면 당장 미쳐 버릴 수밖에 없을 것 같은 느낌이 들 때가 가끔 있었다.

그러나 헤스터가 가장 눈에 띄는 대상인 이 장면 전체가 이따금 그녀의 시야에서 사라진 듯하거나, 적어도 형체가 희미한 한 덩이 유령의 이미지처럼 눈앞에 어렴풋이 어른거리는 순간도 있었다. 그녀의 정신력과 특히 그녀의 기억력은 유난히 활발하게 작용해, 서쪽[16] 황야의 한 가장자리에 자리 잡은 조그만 마을의 아무렇게나 닦아 놓은 길거리와는 다른 장면 그리고 뾰족한 고깔모자 차양 밑에서 얼굴을 찌푸리고 그녀를 노려보는 얼굴들과는 다른 얼굴들을 끊임없이 머릿속에 떠오르게 했다. 가장 보잘것없고 대수롭지 않은 기억이며, 어린 시절과 학생 시절에 일어났던 일들이며, 운동 경기며, 어린애답게 싸우던 일이며, 처녀 시절의 자질구레한 집안일들이 머릿속에 한꺼번에 떠올라 그 뒤에 일어난 아주 중요한 일이 무엇이든 그것과 한데 뒤섞여 버렸다. 그 회상 장면 하나하나가 모두 생생했으며, 마치 모든 것이 비슷한 중요성을 띠고 있거나 한 편의 연극 같기도 했다. 어쩌면 그것은 주마등같이 변화무쌍한 환상을 머릿속에 그려 냄으로써 가혹한 현실의 압력과 무자비에서 벗어나기 위해 그녀의 정신이 본능적으로 꾸며 낸 것이었는지도 모른다.

어찌 되었든 형틀이 놓여 있는 처형대는 헤스터 프린이 행복했던 소녀 시절부터 지금까지 걸어온 인생 여정을 그녀에게 남김없이 보여 주는 하나의 조망대와 같았다. 이 비참하고 높다란 자리에 서 있는 그녀에게 또다시 고국 영국의 고향 마을과 부모의 집이 새삼스럽게 보였다. 허물어져 가는 잿빛 돌집은 가난에 찌든 모습을 하고 있었지만 현관 위에 걸려 있는

---

16) 신대륙의 서부 지방을 가리키는 것이 아니라 구대륙 유럽의 기준으로 보아 서쪽, 즉 신대륙을 가리킨다.

반쯤 지워진 방패형 문장(紋章)이 유서 깊고 지체 높은 가문임을 말해 주었다. 뒤이어 대머리 진 이마에, 점잖은 흰 수염이 옛날 엘리자베스 시대풍의 주름깃 위까지 늘어져 있는 아버지의 얼굴이 보였다. 그녀의 기억 속에서 언제나 떠오르는, 애정 많은 어머니의 걱정과 근심에 찬 얼굴도 보였다. 어머니의 표정은 그녀가 세상을 떠난 뒤에도 이따금 헤스터의 인생 행로에 자애로운 충고가 되어 발길을 멈추게 했더랬다. 또한 그녀 자신의 얼굴도 보였다. 묘령의 아름다움이 눈이 부시도록 빛나서, 그녀가 늘 들여다보곤 했던 침침한 거울 속이 온통 환해지는 듯싶었다. 그 거울 속에는 창백하고 수척한 학자다운 용모에다 나이가 지긋한 사내의 또 다른 얼굴이 보였다. 등불 밑에서 묵직한 책을 골똘히 많이 읽은 탓에 두 눈이 희뿌옇게 흐려져 있었다. 그러나 그 침침한 눈은 일단 인간의 마음속을 꿰뚫어 보려고 마음먹기만 하면 신통한 통찰력을 발휘했다. 헤스터 프린이 여성 특유의 공상으로 어쩔 수 없이 기억해 낸 그 사람은 은둔자로 서재에 틀어박혀 사는 사내로, 기형적으로 왼쪽 어깨가 오른쪽 어깨보다 조금 치켜 올라가 있었다. 기억의 화랑 속에서 그다음 그녀 앞에 나타난 것은 어느 대륙의 한 도시[17]에 있는 복잡하고 좁다란 한길이며 드높

---

17) 청교도인들이 신대륙에 건너오기 전에 잠시 살았던 네덜란드의 수도 암스테르담을 말한다. 암스테르담은 이 무렵 신학과 종교의 중심지였다. '메이플라워호'로 유명한 영국 청교도인들은 종교적 박해를 피해 처음에는 이곳에 피신했다가 레이던으로 옮겼고 다시 영국 플리머스를 거쳐 미국에 건너왔다.

은 회색 집이며 오래된 데다가 괴이한 건축 양식의 우람한 성당과 낡은 공공건물들이었다. 그런데 이 도시에서는 그녀의 기억 속에서 여전히 기형적인 모습을 한 학자와 맺어진 새로운 생활이 그녀를 기다리고 있었다. 명색은 새살림이었지만 실제로는 무너져 가는 담장 위에 낀 푸른 이끼처럼 시간이 흘러 케케묵은 물질을 먹고 살아가는 생활이었다. 그리고 장면은 잇달아 바뀌어 마지막으로 이런 것 대신에 온 마을 사람들이 모여 헤스터 프린을(그랬다, 바로 그녀 자신을 말이다.) 추상같은 눈초리로 쏘아보고 있는 청교도 식민지의 투박스러운 시장터로 다시 돌아왔다. 그리고 그녀는 지금 두 팔에 갓난아이를 안고 가슴에는 금실로 환상적으로 수놓은 주홍 글자를 단 채 처형대 위에 서 있는 것이 아닌가!

정녕 이것이 현실이란 말인가? 헤스터가 갑자기 갓난아이를 품에 꽉 껴안는 바람에 아기가 울음을 터뜨렸다. 그녀는 슬며시 주홍 글자를 내려다보고 심지어 갓난아이와 치욕의 징표가 과연 실제로 존재하는지 확인하려고 손가락으로 만져 보았다. 그렇다! 이것은 정말로 그녀의 현실이었다. 그 밖의 다른 것은 이제 모두 사라져 버리고 말았다!

3장

확인

주홍 글자를 가슴에 달고 있는 여자는 군중의 끝자락에서 자신의 생각을 사로잡은 한 사람을 발견하자 자신이 뭇사람의 매정한 눈초리를 받고 있다는 뼈저린 의식에서 마침내 벗어났다. 원주민 옷을 입은 인디언 한 사람이 그곳에 서 있었다. 그러나 이 무렵에는 인디언들도 영국 식민지에 곧잘 드나들었기 때문에 이런 상황에 인디언 한 사람쯤 나타났다고 하여 헤스터 프린의 주목을 끌 수는 없었다. 더구나 이 인디언이 그녀의 머릿속에서 온갖 다른 일과 생각을 말끔히 씻어 버릴 수도 없는 노릇이었다. 그 인디언 곁에는 분명히 그의 동행인 듯한 백인 한 사람이 문명인의 옷과 야만인의 옷을 이상하게 뒤섞어 입고 서 있었다.

그 사내는 키가 작달막하고 얼굴에는 주름살이 잡혀 있었지만 아직 늙은이라고는 부를 수 없었다. 정신적인 면을 너무 계발한 탓에 육체적인 면도 어쩔 수 없이 정신을 닮게 되어 마침내 그 정신이 온몸에 뚜렷이 드러나 있는 사람처럼 얼굴에는 지적인 풍모가 두드러져 보였다. 얼핏 보기에는 이질적인 옷을 아무렇게나 입고 자신의 괴상한 모습을 감추거나 알아보지 못하게 하려고 애쓰고 있었지만, 그 사내의 한쪽 어깨가 다른 쪽 어깨보다 치켜 올라가 있는 모습이 헤스터 프린의 눈에는 분명히 보였다. 사내의 야윈 얼굴과 약간 기형적인 모습을 알아차린 순간, 그녀가 갓난아이를 가슴에 너무 세게 끌어안는 바람에 아기는 다시 괴로운 듯 울부짖었다. 그런데도 어미의 귀에는 아기의 울음소리가 들리지 않는 모양이었다.

시장터에 도착한 이 낯선 사내는 헤스터 프린의 눈에 띄기 얼마 전부터 이미 그녀를 바라보고 있었다. 주로 마음속을 살피는 버릇이 있고 겉에 드러난 것들이 마음속의 어떤 것과 관계가 있지 않는 한 아무런 가치도 없고 중요하지도 않다고 생각하는 사람처럼 처음에는 무심코 그녀를 바라보았다. 그러나 곧이어 사내의 눈초리는 무엇을 꿰뚫기라도 하듯 날카로워졌다. 마치 뱀 한 마리가 재빨리 그 위를 지나가면서 둘둘 감은 모습을 환히 드러내고 잠깐 멈추는 것처럼 몸부림치는 공포가 사내의 얼굴 위에 굽이치며 지나갔다. 어떤 벅찬 감정으로 그의 얼굴은 어두워졌지만 즉시 의지의 힘으로 감정을 억눌러 버렸는지 한순간을 빼고 그 표정은 평온하다고 받아들여졌을지도 모른다. 잠시 뒤 흥분의 빛은 거의 눈에 띄지 않게 걷히고 마침내 그의 본성 속으로 깊이 가라앉고 말았다. 헤스터 프린의 시선이 자기에게로 쏠리고 그녀가 자기를 알아본 듯하다는 것을 알아차리자 사내는 천천히 그리고 조용히 손가락을 쳐들어 허공에 손짓을 보낸 뒤 입술에 갖다 댔다.

그러더니 그 사내가 바로 옆에 서 있는 마을 사람의 어깨에 손을 얹으며 예의 바르고 정중하게 말을 건넸다.

"여보시오, 잠깐 실례해도 될까요?" 사내가 말했다. "저 여인은 누굽니까? 그리고 도대체 무슨 까닭으로 저렇게 군중 앞에 끌려 나와 치욕을 당하는 겁니까?"

"당신, 이 고장 사정을 잘 모르시나 보군요." 마을 사람이 질문하는 사람과 그와 동행한 야만인을 신기하다는 듯 바라보면서 대답했다. "그렇지 않다면야 반드시 당신도 헤스터 프린 부인과 그녀의 부정한 짓에 관한 얘기를 벌써 들었을 테니까요. 저 계집이 그 신앙심 두터운 딤스데일 목사님 교회에서 굉장히 추잡한 물의를 일으켰어요."

"그래요, 당신 말이 맞습니다." 사내가 대답했다. "난 이 지방 사정을 전혀 모르는 이방인이지요. 본의 아니게 지금껏 여기저기 떠돌아다녔어요. 그간 바다와 육지에서 불행한 재난을 겪었고, 저 남쪽 인디언들한테 오랫동안 붙잡혀 있다가 몸값을 치르고 풀려나 이 인디언을 따라 여기까지 온 길이지요. 그러니 저 헤스터 프린에 대해, 제가 이름을 제대로 말했는지 모르겠습니다만, 저 여자가 무슨 죄를 지었는지, 도대체 왜 저렇게 처형대에 끌려가게 되었는지 좀 얘기해 주시겠습니까?"

"아무렴요, 형씨. 그간 황야에서 갖은 고초를 겪은 끝에 마침내 이곳으로 오게 되었으니 오죽이나 기쁘겠소." 마을 사람이 말했다. "이곳 거룩한 뉴잉글랜드에서는 부정한 짓을 저지르면 반드시 만천하에 들춰져 통치자들과 백성들이 보는 앞에서 처벌받게 마련이지요. 저 계집은 어느 학자의 아내였지요. 영국에서 태어나 암스테르담에서 오랫동안 살아온 그 남편은 얼마 전, 대서양을 건너 매사추세츠로 와서 우리와 운명을 같이할 작정을 내렸다나 봐요. 그럴 목적으로 그 학자는 아내를 먼저 떠나보내고 자신은 뒤에 남아 필요한 정리를 했다지요. 그런데 형씨, 보십시오, 아내가 이곳 보스턴에 자리를 잡고 산 지 두 해 남짓 되었는데도 그 학자인 프린 영감한테서는 소식이 두절된 겁니다. 그러자 보시다시피, 이 젊은 아내는 혼자 남게 되고 그만 길을 잘못 든 겁니다."

"아하! 아하, 그렇군요! 잘 알겠습니다." 낯선 사내가 쓰디쓴 미소를 지으며 대꾸했다. "당신이 말하는 그 학자는 마땅히 그런 것도 책에서 배웠어야 하지 않을까요. 한데, 이보시오, 실례지만 프린 부인이 두 팔에 안고 있는 저 갓난아이는, 태어난 지 서너 달밖에는 안 돼 보이는데 말입니다, 그 아비가 도대체 누구랍니까?"

"형씨, 그건 정말로 수수께끼랍니다. 그 수수께끼를 풀어 줄 다니엘[18] 같은 명재판관이 아직껏 나타나지 않았지요." 마을 사람이 대답했다. "헤스터 부인이 입을 꾹 다물고 있으니까 아무리 재판관들이 머리를 맞대고 회의를 열어도 소용없었지

---

18) 구약성서 「다니엘서」에 나오는 인물로 명재판관으로 이름이 높다. "그에게는 탁월한 정신과 지식과 꿈을 해몽하는 총명이 있어서, 수수께끼도 풀었고 어려운 문제도 해결했습니다."(5장 12절)

요. 모르긴 몰라도 죄를 지은 그 사내는 하느님이 자신을 보고 계신다는 것도 잊은 채 지금 이 슬픈 광경을 남몰래 지켜보고 서 있을 겁니다."

"그럼 마땅히 그 학자란 자가 직접 나타나서 그 비밀을 풀어야겠군요." 낯선 사내가 또다시 미소를 지으면서 말을 이었다.

"아직 살아 있다면야 물론 그래야겠지요." 마을 사람이 맞장구를 쳤다. "하지만 형씨, 우리 매사추세츠의 재판관들은 저 계집이 젊고 예뻐 억센 유혹을 뿌리치지 못해 타락했으려니 생각해, 게다가 계집의 남편이 필시 바다에 빠져 죽었으려니 생각해, 공정한 법이 정한 극형을 저 계집한테 적용할 용단을 내리지 못했지요. 법대로 형벌을 내린다면 사형에 처해야 마땅하지요. 그런데 자비로운 나리들은 프린 부인에게 고작 세 시간 동안 처형대 위에 서 있은 뒤, 살아 있는 동안 내내 가슴에 치욕의 징표를 달라고 명령했을 뿐이지요."

"생각해 보면 현명한 판결이로군요!" 낯선 사내가 정중하게 머리를 끄덕이며 말했다. "그러면 저 여인은 치욕의 글자가 비석 위에 아로새겨질 때까지 죄를 훈계하는 살아 있는 설교가 될 테니까요. 그런데 저 여인과 함께 불륜을 저지른 사내가 적어도 자기 연인과 나란히 처형대 위에 서지 않다니 참 애석하구려. 하지만 그 사내도 어차피 알려지게 되겠지요! 이제 곧 그 정체가 드러날 거라고요! 암 드러나고말고요!"

사내는 이 이야기를 전해 준 마을 사람에게 정중히 머리를 숙여 인사한 뒤 동행한 인디언에게 뭐라고 몇 마디 수군거리며 군중 사이를 함께 빠져나갔다.

이런 일이 일어나는 동안에도 헤스터 프린은 낯선 사내를 한결같이 뚫어지게 바라보며 처형대 위에 서 있었다. 너무나 뚫어지게 바라보고 있었기 때문에 온통 정신을 빼앗기고 있던 순간에는 이 물질세계의 온갖 만물이 말끔히 자취를 감추고 오직 그 사내와 자기만이 남아 있는 듯싶었다. 만약 단둘이서 만났더라면, 그녀의 얼굴 위로 대낮의 뜨거운 태양이 내리비쳐 치욕을 환히 드러내는 지금 그와 만나는 것보다 훨씬 더 끔찍스러웠을 것이다. 지금 그녀는 가슴에 치욕의 징표인 주홍 글자를 달고 두 팔에 불륜의 씨앗인 갓난아이를 안고 있는데, 사람들은 무슨 잔치 구경이라도 나온 듯 몰려와 행복한 가정의 아늑한 난로 불빛에서나 교회에서 기혼 부인의 베일 밑에서나 볼 수 있는 그 얼굴을 뚫어지게 바라보고 있었다. 아무리 소름 끼치는 일이라고 해도 그녀는 숱한 구경꾼이 눈앞에 있다는 사실이 오히려 하나의 도피처럼 느껴졌다. 그래서 사내와 자기 사이에 이처럼 수많은 군중을 두고 서 있다는 것이 서로 얼굴을 맞대고 단둘이서 만나는 것보다 훨씬 더 나았던 것이다. 말하자면 그녀는 군중 앞에서 자신의 몸을 드러냈다는 사실을 하나의 도피처로 삼아 피했고, 그래서 그와 같은 보호를 빼앗길지도 모를 순간을 두려워했다. 이런 생각에 정신을 빼앗기는 바람에 그 여자는 등 뒤에서 부르는 소리를 미처 듣지 못했고, 그러자 마침내 그 목소리의 주인공이 온 군중에게 들릴 만큼 더 크고 엄숙하게 몇 번이나 그녀의 이름을 불러 댔다.

"내 말을 잘 들어라, 헤스터 프린!" 그 목소리가 큰 소리로 외쳤다.

앞에서 말했듯이 헤스터 프린이 지금 서 있는 처형대 바로 위쪽에는 일종의 발코니, 즉 지붕 없는 회랑 같은 것이 교회당에 붙어 있었다. 그곳은 재판관들이 모두 모여 이 무렵 그런 공식 의식 때면 으레 따르는 온갖 격식을 갖추고 포고를 내리는 장소였다. 지금 우리가 묘사하는 장면을 지켜보기 위해 벨링엄 총독[19]은 의자 주위에 미늘창을 든 근위병 넷을 의장병으로 거느리고 몸소 앉아 있었다. 모자에는 검은 깃털을 달았고 외투의 가장자리에는 수를 놓았으며 그 안에 검은 벨벳 옷을 입고 있었다. 나이가 지긋한 신사로 얼굴에 아로새겨진 주름살이 지난날에 겪은 온갖 고초를 말해 주었다. 그는 이 공동사회의 우두머리와 대표로서 그리 부적절하지 않은 인물이었다. 이 사회의 건설과 진보 그리고 현재의 발전 상태는 젊은 이들의 혈기보다는 장년의 엄격하고 단련된 정력과 노년의 엄숙한 지혜에 힘입은 바 컸다. 장년이나 노년은 너무 적은 것을 꿈꾸고 너무 적은 것에 희망을 두기 때문에 오히려 더 많은 성과를 거둘 수 있었다. 우두머리 통치자 주위에 앉아 있는 다른 명사들의 풍채에도 권력 형태에는 신이 마련한 제도의 신성함이 깃들어 있다고 여기던 시대에 어울리는 위엄이 감돌았다. 그들은 의심할 나위 없이 선량하고 공정한 현인들이었다. 그러나 죄를 지은 여자의 마음을 심판하고 그물처럼 뒤얽힌

---

19) 존 벨링엄(1592~1672). 영국에서 태어난 변호사로 1634년에 보스턴에 이주해 여러 차례 매사추세츠 식민지 총독을 지냈다.

선악을 가리는 일에 있어, 온 인류 중에서 지금 헤스터 프린이 고개를 쳐들고 바라보는 이 준엄한 표정의 현인들보다 더무능한, 그러면서도 현명하고 덕망 있는 사람들을 그들의 수만큼 선택하기도 쉽지 않을 것이다. 헤스터 프린은 동정을 구할 수 있다면 그나마 한결 너그럽고 따스한 군중의 마음속에서나 기대할 수 있으리라고 생각하는 듯했다. 발코니 쪽을 쳐다보면서 이 가엾은 여자는 얼굴이 파랗게 질려 몸을 바르르 떨고 있었기 때문이다. 헤스터를 불러 주의를 끈 것은 유명한 존 윌슨 목사[20]의 목소리였다. 그는 보스턴 목사 중에서 가장나이가 많은 데다가 이 무렵 성직에 있는 사람들이 으레 그렇듯이 훌륭한 학자였으며, 친절하고 다정한 사람이었다. 그런데 그는 이 친절하고 다정한 성격을 타고난 지성보다는 공을 덜 들여 계발했고, 실제로 그는 그 성격을 자랑거리로 여기기보다는 차라리 부끄러움으로 여기고 있던 터였다. 윌슨 목사는 모자 밑으로 희끗희끗한 머리카락을 삐죽이 드러낸 채 그곳에 서 있었다. 서재 안의 갓을 씌운 등불에만 익숙해진 그의 눈은 헤스터의 갓난아이 눈처럼 환한 햇빛을 받아 사뭇 깜박거렸다. 그의 모습은 마치 오래된 설교 책 앞장에 찍혀 있는 거무스름한 판화 초상화의 모습과 비슷했다. 이런 초상화 중하나가 걸어 나와서 인간의 죄악이며 정열이며 고뇌 같은 문제를 간섭할 권한이 없듯이 이 목사에게도 그런 권리가 없는

---

20) 1591~1667. 영국 조합 교회의 목사로 1630년에 매사추세츠로 이주해 1635년부터 1667년까지 '보스턴 제일 교회'의 목사를 지냈다.

듯했다.

"헤스터 프린." 윌슨 목사가 말을 건넸다. "나는 자네가 영광스럽게도 설교를 듣는 교회의 이 젊은 형제와 옥신각신하고 있었소." 여기서 윌슨 목사는 곁에 있는 창백한 젊은이의 어깨에 한 손을 얹었다. "하느님이 굽어보시는 이 자리에서, 또한 현명하고 고결한 통치자들 앞에서, 그리고 온 주민이 귀담아 듣는 가운데서 자네가 저지른 더럽고 흉악한 죄를 이 거룩한 젊은 분더러 다스려 달라고 설득해 왔소. 이분이 나보다 자네의 성격을 더 잘 아니 자네의 완고한 고집을 꺾는 데 어떤 설법을 써야 할지, 부드럽게 타일러야 할지 아니면 무섭게 협박해야 할지 더 좋은 판단을 내릴 수 있을 테고, 그래서 자네를 무서운 타락의 구렁으로 꾀어낸 사내의 이름을 더 이상 감추지 못하게 할 수도 있을 테니 말이오. 그런데 이분은 이런 대낮에 수많은 군중이 지켜보는 앞에서 가슴속의 비밀을 밝히라고 강요하는 건 여성의 본성 자체를 모독하는 행동이라면서 내 말을 듣지 않는군. 나이에 비해 지나치게 사려 깊지만 젊은 탓에 지나치게 마음이 여리지. 내가 이분에게도 납득시키려 했지만, 인간이 참으로 수치스럽게 생각해야 할 일은 죄를 범하는 일이지 지은 죄를 고백하는 일이 아니오. 딤스데일 형제, 한 번만 더 부탁해도 되겠소? 이 가엾은 여인의 영혼을 당신이 직접 다루겠소, 아니면 내가 맡아야 하겠소?"

발코니에 앉아 있던 위엄 있고 경건한 사람들 사이에서 수군거리는 소리가 들렸다. 그러자 벨링엄 총독이 젊은 목사에 대한 예의로 부드럽기는 하지만 권위 있는 목소리로 목사를 향해 그들의 뜻을 전했다.

"딤스데일 목사." 그가 말했다. "이 여인의 영혼에 관한 책임은 당신에게 있소. 그러므로 그녀를 타일러 회개시키고 회개한 증거와 결과로 죄를 고백시키는 일은 마땅히 당신이 해야 할 일이오."

너무나 솔직한 이 호소를 듣자 군중의 시선이 온통 딤스데일 목사한테로 쏠렸다. 이 젊은 목사는 영국의 어느 훌륭한 대학교[21] 출신으로 이 무렵의 모든 학문을 이곳 황야에 옮겨 온 사람이었다. 그의 말솜씨와 종교적 열정은 벌써 종교계에서 두각을 나타내고 있었다. 그의 용모는 눈에 띄게 아주 수려하고, 이마는 환하고 높게 튀어나왔으며, 큼직한 갈색 눈은 수심에 잠겨 있었고, 입은 굳게 다물고 있을 때를 제외하고는 언제나 떨고 있는 듯싶어 신경이 과민하고 굉장한 자제력이 있음을 보여 주는 사람이었다. 타고난 재주와 학자다운 교양이 풍부하면서도 이 젊은 목사의 몸가짐에는 어딘지 모르게 한 가지 표정이, 불안스럽고 놀라고 조금 겁을 먹은 듯한 표정이 감돌고 있어, 마치 인생 항로에서 길을 잃어버리고 갈피를 잡지 못하게 되었음을 스스로 느끼고 자기 혼자서만 있을 수 있는 곳에서나 비로소 마음이 놓이는 사람 같았다. 그러므로 그는 자신의 임무가 허락하는 한 그늘진 오솔길을 산책하면서 순박하고 어린아이처럼 천진한 마음을 유지했다. 그리고 필요할 때면 신선함과 그윽한 향기와 이슬처럼 해맑은 사상으

---

21) 영국의 옥스퍼드 대학교를 말한다.

로, 많은 사람들이 말하는 것처럼 천사의 말로 그들을 감동시켰다.

윌슨 목사와 총독이 그토록 공공연하게 군중에게 소개한 목사, 더럽혀졌을망정 여전히 성스러운 여인의 영혼이 간직한 비밀을 온 군중이 듣는 앞에서 고백시키라는 명령을 받은 이 젊은 목사란 바로 이런 사람이었다. 입장이 너무나도 난처해진 그의 두 뺨에서는 핏기가 사라졌고 입술은 사뭇 떨리고 있었다.

"형제여, 저 여인에게 말 좀 해 보시오." 윌슨 목사가 말했다. "그건 저 여인의 영혼을 위해서뿐 아니라, 총독 각하의 말씀대로 그녀의 영혼을 책임지고 있는 당신의 영혼을 위해서도 중요한 일이오. 진실을 고백하도록 타일러 보란 말이오!"

딤스데일 목사가 마치 묵도(默禱)라도 드리는 듯 머리를 숙이고 나서 마침내 앞으로 나섰다.

"헤스터 프린." 젊은 목사가 발코니 난간 위로 몸을 굽히고 그녀의 눈을 물끄러미 내려다보면서 말했다. "그대는 이분의 말씀을 들어서 내가 짊어진 책임을 잘 알고 있겠지요. 그대가 마음의 평화를 위해 도움이 된다고 느끼고, 그로 말미암아 지상에서 받는 형벌이 구원에 한층 도움이 된다고 생각한다면, 부디 그대와 함께 죄를 저지르고 고통받고 있는 그 사내의 이름을 밝혀 주시오! 그 사내에 대한 그릇된 동정과 온정 때문에 침묵을 지키지는 마시오. 헤스터, 정말이지 비록 그 사내가 고귀한 자리에서 내려와 치욕의 처형대 위 바로 그대 곁에 서게 될지라도 평생 동안 마음의 죄를 감추고 사는 것보다는 차라리 나을 것이오. 그러니 그대의 침묵이 그 사람에게 무슨 도움이 되겠소? 기껏해야 그 사내를 유혹하여, 아니, 말하자면 강요한 것이겠지요, 이미 저지른 죄에 위선의 죄를 덧붙이게 할 따름이 아니겠소? 하느님은 그대에게 마음속의 악과 겉으로 드러난 슬픔을 딛고 승리하도록 공개적인 치욕을 당할 기회를 주셨소. 지금 그대는 그 사내에게 입에는 쓰지만 영혼에는 이로운 술잔을, 그 사람은 어쩌면 용기가 없어 스스로 그 술잔을 들지 못하는지도 모르지만, 지금 그대 입술에 들이대고 있는 그 잔을 그 사람에게 주기를 거부하고 있다는 걸 명심하시오!"

떨리면서도 달콤하고 낭랑하면서도 그윽한 젊은 목사의 목소리가 단속적으로 띄엄띄엄 흘러나왔다. 목사가 말하는 직접적인 내용보다도 그 말이 풍기는 감정이 군중의 심금을 울려 마침내 청중을 똑같은 동정의 도가니 속에 몰아넣었다. 심지어 헤스터의 품에 안긴 갓난아이마저 똑같은 힘에 감동을 받은 듯했다. 지금껏 멍하던 눈을 딤스데일 목사 쪽으로 돌리면서 두 팔을 쳐들고 기쁜 듯 슬픈 듯 조그마한 소리로 뭐라고 웅얼거렸기 때문이다. 목사의 호소가 너무 진지했기 때문에 헤스터 프린이 함께 죄를 지은 사내의 이름을 밝히거나, 그러지 않으면 그 사내 자신이 지위가 높건 낮건 가리지 않고 어쩔 수 없는 내적인 힘에 이끌려 스스로 처형대 위에 올라오지 않을 수 없을 것 같았다. 그러나 헤스터는 고개를 내저었다.

"여인이여, 제발 하느님이 베푸시는 자비심의 한계를 넘어서지 마시오!" 윌슨 목사가 조금 전보다 거친 목소리로 소리쳤다. "저 갓난아이도 타고난 목소리로 그대가 방금 들은 가르침에 동의하고 그것을 확인했거늘. 어서 그 사내의 이름을 밝히시오! 그렇게 하고 회개를 하면 그대의 가슴에서 주홍 글자를 떼는 데 도움이 될 것이오."

"천만의 말씀입니다!" 헤스터 프린이 윌슨 목사가 아니라 젊은 목사의 수심 어린 그윽한 눈을 올려다보며 대답했다. "그건 너무나 깊이 낙인이 찍혀 있어요. 그래서 떼어 버릴 수가 없지요. 바라건대 저 자신의 괴로움은 물론이고 그분의 괴로움까지도 제가 짊어지고 싶어요!"

"어서 말해라, 여인이여!" 처형대 둘레의 군중 사이에서 또다른 누군가가 분노에 찬 목소리로 준엄하게 소리를 질렀다. "어서 이름을 대서 자식에게 아비를 찾아 주도록 해라!"

"절대로 말하지 않겠어요!" 헤스터는 죽은 사람처럼 얼굴이 창백해졌지만 너무나도 귀에 익은 이 목소리에 대답했다. "이 아이에게는 하늘의 아버지를 찾게 해 주겠어요. 지상의 아버지를 결코 가르쳐 주지 않겠다고요!"

"이 여자는 죽어도 말하지 않겠군요!" 발코니 난간 위에 몸을 굽히고 가슴에 손을 얹은 채 자신이 호소한 결과를 기다리고 있던 딤스데일 목사가 중얼거렸다. 그는 한숨을 푹 내리쉬면서 뒤로 물러났다. "참으로 놀랄 만한 힘과 관대한 마음씨를 지닌 여인이로군요! 끝까지 말하지 않을 겁니다!"

가엾은 죄인의 외고집을 도저히 꺾을 수 없음을 깨달은 원로 목사는 군중에게 이 경우를 위해 미리 준비해 두었던 죄악에 관한 설교를 하면서 온갖 죄악을 끊임없이 이 치욕의 글자와 관련시켰다. 나이 지긋한 목사가 한 시간 이상 주홍 글자의 의미를 힘차게 설명하며 군중의 머리 위에 화려한 표현으로 열변을 토하는 바람에 주홍 글자는 그들의 머릿속에서 색다른 공포의 빛을 띠었고, 그 주홍빛은 지옥의 불길에서 얻어 온 듯했다. 그동안 헤스터 프린은 흐릿한 눈빛을 한 채 지치고 무관심한 태도로 치욕의 처형대 위에 계속 자리를 지키고 서 있었다. 이날 아침 그녀는 인간이 참을 수 있는 한도까지 견디 냈다. 아무리 힘겨운 고통일지라도 졸도해 회피하는 성미가 아니기 때문에 그녀의 정신은 돌같이 딱딱한 무감각의 껍질 속에 숨는 수밖에 없었다. 그러나 그동안에도 육체를 지탱하는 기능은 고스란히 살아 있었다. 이런 상태에서 목사의 목소리가 우레와 같이 무자비하게 울려왔지만 그녀의 귀에는 마이동풍과 다름없었다. 그녀의 시련이 막바지에 이르자 갓난아이가 공기를 찌르듯 날카롭게 울부짖었다. 헤스터는 기계적으로 갓난아이의 울음을 멈춰 보려고 했지만 아기의 괴로움을 가엾게 여기는 것 같지는 않았다. 전처럼 도도한 태도로 헤스터는 감옥으로 다시 끌려 들어가 무쇠 꺾쇠를 박은 문 안에서 마침내 군중의 시야로부터 사라지고 말았다. 그녀의 뒷모습을 지켜본 사람들이 수군거리는 말에 따르면, 헤스터가 감옥 안의 어두컴컴한 통로를 지나갈 때 주홍 글자가 밝게 불타는 듯 빛을 내뿜더라는 것이다.

4장

면담

감옥으로 다시 돌아온 뒤 헤스터 프린의 신경이 매우 흥분한 상태에 놓여 있는 탓에, 혹시 그녀가 스스로 목숨을 끊기라도 하거나 반미치광이가 되어 가엾은 갓난아이에게 해라도 입히지 않을까 하여 간수들은 한시라도 감시를 늦출 수 없었다. 밤이 다가오도록 꾸짖기도 하고 벌을 주겠다고 위협하기도 했지만 끝내 말을 듣지 않자 간수인 브래킷 씨[22]는 의사를 부르는 것이 좋겠다고 생각했다. 간수의 말에 따르면, 그 의사는 기독교 세계의 의학에 두루 조예가 깊을 뿐 아니라 숲속에서 자라는 약초에 관해 야만적인 인디언들이 가르쳐 줄

---

22) 캘럽 스노가 쓴 『보스턴 역사』에 1636년 세일럼 감옥의 간수로 기록되어 있다. 일명 리처드 파커라고도 한다.

수 있는 지식에도 해박한 사람이라고 했다. 사실 헤스터 자신을 위해서뿐 아니라 갓난아이를 위해서도 당장 의사의 도움이 필요했다. 어미의 가슴에서 젖을 빨아 먹으면서 갓난아이는 젖과 함께 어미의 온몸에 퍼져 있는 혼란과 고통과 절망도 빨아 먹은 것 같았다. 괴로움으로 몸부림치는 이 갓난아이는 지금 이날 낮에 헤스터 프린이 견뎌 냈던 정신적 고뇌를 그 조그마한 몸뚱이에 역력히 드러내고 있었다.

간수의 뒤를 바짝 따라 어두컴컴한 감방에 모습을 드러낸 사내는 아까 군중 틈에 끼어 주홍 글자를 달고 있는 여자에게 깊은 관심을 나타냈던, 기이한 모습을 한 바로 그 사람이었다. 이 사내도 감방에 머물고 있었는데, 무슨 죄의 혐의가 있어서가 아니라 그의 몸값과 관련해 치안판사들이 인디언 추장들과 해결을 볼 때까지 당분간 이곳에 머무는 것이 가장 편리하고 적절했기 때문이다. 이 사내의 이름은 로저 칠링워스라고 했다. 사내를 감방으로 안내한 간수는 사내가 감방으로 들어서는 순간 감방 안이 비교적 조용해진 것에 놀라서 잠깐 멈칫서 있었다. 갓난아이가 괴로움에 계속 신음 소리를 내며 칭얼거렸지만 헤스터 프린은 즉시 죽은 사람처럼 조용해졌기 때문이다.

"여보시오, 간수 양반, 환자와 단둘이 있게 해 주구려." 의사가 말했다. "간수 양반, 틀림없이 감방 안을 곧 조용하게 해 드릴 테니. 내 약속하리다. 이제부터 프린 부인이 지금까지 당신이 보았던 그 어느 때보다도 당국의 말을 고분고분하게 잘 듣도록 해 드리겠소."

"글쎄, 당신이 그렇게만 할 수 있다면야." 브래킷 씨가 대답했다. "둘도 없는 명의라고 인정해야겠지요! 정말이지, 저 여자는 꼭 귀신에 홀린 사람 같았다고요. 채찍을 써서 마귀를 몰아내는 일이라면 나도 자신은 있소만."

낯선 사내는 자기 직업이라고 밝힌 의사의 모습에 어울리게 조용히 감방 안으로 들어섰다. 간수가 물러가고 여자와 단둘이 얼굴을 맞대고 있을 때도 사내의 태도는 조금도 달라지지 않았다. 그런데 아까 이 여자가 군중 속에 섞여 있던 이 낯선 사내를 골똘히 바라보았다는 사실은 두 사람이 서로 가까운 사이라는 것을 암시했다. 사내는 먼저 갓난아이를 보살펴 주었다. 사실 바퀴 달린 침대에서 몸부림치며 울어 대는 갓난아이의 울음소리를 듣고 있자니 만사를 제쳐 놓고 먼저 아기의 괴로움을 덜어 줄 수밖에 없었다. 사내는 조심스럽게 갓난아이를 진찰한 뒤 옷 밑에서 꺼낸 가죽 가방을 열어젖혔다. 그 안에는 몇 가지 약들이 들어 있는 것 같았고, 사내는 거기에서 약 하나를 꺼내 물 한 컵과 섞었다.

"옛날 연금술을 배운 데다가 약초의 효능에 정통한 사람들과 어울려 1년 이상 지내 온 덕분에 난 의학박사 운운하는 작자들보다도 훨씬 훌륭한 의사가 되었소." 사내가 말문을 열었다. "자, 부인, 이걸 받으시오! 이 갓난아이는 당신의 아이요. 내 아이는 아니란 말이오. 내 목소리를 들어도, 내 얼굴을 보아도 제 아비라고 생각진 않을 테니까. 그러니 이 약을 당신이 손수 먹이시오."

헤스터는 자기 눈앞에 내미는 약을 물리치는 동시에 몹시 근심 어린 눈길로 사내의 얼굴을 쏘아보았다.

"당신은 애꿎은 아기에게 앙갚음을 할 셈인가요?" 그녀가 나지막한 목소리로 말했다.

"어리석은 여자 같으니라고!" 의사가 한편으로는 냉정하면서 다른 한편으로는 달래는 듯 대꾸했다. "내가 무엇 때문에 가엾게 태어난 불륜의 자식을 해친단 말이오? 이 약은 효능이 좋소. 비록 이 아이가 내 자식이라도, 그렇소, 당신과 나 사이에서 태어난 자식이라도 말이오! 이보다 더 좋은 약을 줄 수 없을 것이오."

사실 헤스터의 정신 상태는 사리를 제대로 분별할 만한 정도가 아니어서 그녀가 여전히 머뭇거리는 동안 사내는 두 팔에 갓난아이를 안고 손수 약을 먹였다. 약은 의사의 말을 증명이라도 하듯 금방 효능을 나타냈다. 어린 환자의 신음 소리는 곧 가라앉았다. 그리고 이리 뒤치고 저리 뒤치던 발작도 점점 멎어 잠시 뒤 괴로움이 사라진 갓난아이가 으레 그러듯 아늑한 잠에 깊이 빠졌다. 확실히 의사라고 부를 만한 그 사내는 곧이어 그 어미를 돌보아 주었다. 조용히 그리고 아주 면밀히 그녀의 맥을 짚고 눈을 들여다보더니(그 시선은 무척 낯이 익으면서도 어딘지 모르게 이상스럽고 차디찼기 때문에 그녀의 가슴을 두려움으로 떨게 했다.) 마침내 진찰을 충분히 하고 나자 또 다른 약을 조제하기 시작했다.

"나는 레테[23]니 네펜테[24]니 하는 건 잘 모르지만 황야에

---

23) 그리스신화에 나오는 망각의 강. 명부(冥府)에 있는 이 강물을 마시면

서 새로운 비법을 많이 배웠소." 사내가 말했다. "이 약이 바로 그중 하나인데, 파라켈수스[25]만큼이나 오래된 내 지식을 원주민 인디언들에게 가르쳐 준 대가로 그들에게서 배운 처방이오. 어서 마셔 보시오! 죄 없는 양심보다야 마음을 진정시켜 주는 효과가 적을지는 모르지만. 내가 그런 깨끗한 양심을 당신에게 줄 도리는 없잖소. 하지만 풍랑이 거친 바다 위에 기름을 끼얹은 것처럼 이 약은 당신의 부풀어 오른 감정을 가라앉혀 줄 것이오."

사내가 헤스터에게 잔을 내밀자 그녀는 사내의 얼굴을 진지한 표정으로 천천히 바라보며 그 잔을 받아 들었다. 딱 꼬집어 공포가 어린 표정이라고는 할 수 없을지 몰라도 사내의 속마음을 자못 궁금해하는 의혹으로 가득 찬 표정이었다. 그녀는 고이 잠자고 있는 갓난아이도 바라보았다.

"저는 죽어 버릴까 생각했어요." 그녀가 말문을 열었다. "정말로 죽기를 바랐지요. 아니, 저 같은 것도 무엇을 바라고 기도드릴 수 있다면 죽음을 달라고 기도드리려고까지 했지요. 하지만 이 잔 속에 죽음이 들어 있다면, 당신이 보는 앞에서 제가 들이켜기 전에, 다시 한번 생각해 보세요. 자, 보세요! 잔

과거를 모두 잊는다고 한다.
24) 고대 이집트 사람들이 슬픔을 잊기 위해 사용한 약.
25) 테오프라스투스 필리푸스 아우레올루스 봄바스투스 폰호헨하임 (1493~1541). 파라켈수스라는 가명을 사용한 그는 스위스에서 태어난 연금술사이자 점성가이자 의사로 중세 르네상스 시대에 널리 알려졌다. 흔히 현대 화학의 아버지로 일컫는다.

이 입술에 닿았어요."

"그렇다면 어서 마셔요." 사내가 한결같이 냉정하면서도 침착하게 대답했다. "헤스터 프린, 나를 그렇게도 모른단 말이오? 내가 그처럼 생각이 좁단 말이오? 설령 내가 복수의 흉계를 꾸미고 있다고 해도 내 목적을 이루기 위해서는 당신을 살려 두는 게 더 낫지 않겠소? 생명을 해치거나 위태롭게 하지 않도록 당신에게 약을 주는 게 가장 좋은 방법이니까. 그러면 불길 같은 그 치욕의 징표가 당신 가슴에서 언제까지나 빛나게 할 수 있으니까 말이오." 이렇게 말하면서 사내가 길쭉한 집게손가락을 주홍 글자 위에 올려놓자 그 글자는 마치 빨갛게 이글이글 불타오르는 듯 즉시 그녀의 가슴속을 태우고 들어가는 것 같았다. 사내는 헤스터가 무심결에 움찔하는 것을 보고 빙그레 웃었다. "그러니까 살아서 사내들과 여인네들이 보는 앞에서, 일찍이 당신이 남편이라고 부르던 사내가 보는 앞에서, 그리고 저기 저 갓난아이가 보는 앞에서 당신의 운명을 짊어지고 다니란 말이오! 자, 그러니 살아가기 위해 어서 이 약을 받으시오."

헤스터 프린은 더 이상 간청하거나 머뭇거리지 않고 곧바로 잔을 비워 버렸다. 그리고 의사가 손짓하는 대로 갓난아이가 잠들어 있는 침대 위에 걸터앉았다. 사내도 방 안에 하나밖에 없는 의자를 끌어당겨 그녀 곁에 자리를 잡고 앉았다. 이렇게 사내가 준비하는 것을 보고 헤스터는 전율을 느끼지 않을 수 없었다. 인정이나 원칙 또는 말하자면 세련된 잔인함에 이끌려 육체적 고통을 덜어 주는 일을 모두 끝냈으니 사내는 이제부터는 회복할 길 없이 깊은 상처를 입은 남편의 입장에서 자신을 상대하리라고 느꼈기 때문이다.

"헤스터." 사내가 말했다. "난 당신이 왜, 또 어떻게 해서 그런 구렁텅이에 떨어지게 되었는지, 아니, 내가 당신을 발견했던 그 치욕의 처형대 위로 올라서게 되었는지 묻지 않겠소. 그이유는 굳이 멀리서 찾을 필요가 없으니까. 내가 어리석고 당신이 나약했기 때문이오. 나같이 사색을 즐기는 사람이, 여러 훌륭한 도서관에서 살아가는 책벌레에 지나지 않는 사람이, 지식에 굶주린 꿈을 꾸느라고 가장 좋은 세월을 허송하다가 이미 시들어 버린 사람이, 당신처럼 젊고 아름다운 여자와 무슨 연분이 있었겠소! 태어날 때부터 불구인 내가 타고난 지적 능력을 사용해 내 육체적 결함을 젊은 여자의 환상을 통해 감추어 보려고 한 게 얼마나 부질없는 망상이었는지! 세상 사람들은 나더러 현명하다고 했소. 하지만 만약 현명한 사람이 자신의 일에서도 현명하다면 나는 미리부터 이런 일을 짐작할 수 있었으련만. 광막하고 황량한 숲에서 빠져나와 이 기독교인들의 개척지에 들어설 때, 맨 처음 내 눈에 들어온 것이 군중 앞에 치욕의 조상(彫像)처럼 서 있는 바로 당신, 헤스터 프린이리라는 것을 미리 짐작했을 것이오. 아니, 어디 그뿐이겠소? 우리가 한 쌍의 부부가 되어 어깨를 나란히 하고 저 옛 교회당 계단을 내려서는 순간부터, 우리가 걷는 길 한쪽 끝에서 주홍 글자가 화장 장작더미 불길처럼 타오르는 것을 보았을지 모르오!"

"당신도 아시다시피." 헤스터가 말했다. 비록 풀이 죽어 있을망정 치욕의 징표를 찌르는 창처럼 날카로운 이 조용한 마지막 말만은 도저히 참을 수가 없었기 때문이다. "당신도 잘 아시다시피 전 당신한테 솔직하게 대했어요. 전 당신에게 한 번도 사랑을 느낀 적이 없고, 사랑하는 척한 적도 없어요."

"그건 맞는 말이오!" 사내가 대꾸했다. "모두 내가 어리석었던 탓이오! 그건 내가 이미 말했잖소. 하지만 그 무렵까지 난 인생을 헛되이 살았소. 세상은 참으로 재미없었소! 내 가슴은 많은 손님을 맞아들일 만큼 컸지만 외롭고 싸늘했으며, 아늑한 화롯불 하나 없었소. 하지만 난 거기에 불을 피우고 싶었소! 그리 엉뚱한 꿈은 아닌 성싶었지. 비록 늙고 성격이 침울한 데다가 불구이기는 했지만, 사방에 넓게 흩어져 있어 인간이라면 누구든 주워 모을 수 있는 그 소박한 행복을 나도 얻을 수 있으려니 했소. 헤스터, 그래서 난 내 가슴속에서도 가장 깊은 방으로 당신을 끌어들여 당신이 있음으로 해서 생긴 포근한 온기로 당신을 따뜻하게 녹여 주려고 했던 거요!"

"전 당신에게 몹쓸 짓을 했어요." 헤스터가 중얼거렸다.

"그건 서로가 마찬가지요." 사내가 대답했다. "잘못을 먼저 저지른 쪽은 나요. 마치 꽃봉오리 같은 당신의 청춘을 꾀어 이미 시들어 버린 나와 위선적이고 부자연스러운 관계를 맺게 했으니. 그러니 헛되이 사색하고 철학하지 않은 사람으로서 나는 당신에게 복수하거나 무슨 흉측한 짓을 꾸미진 않을 것이오. 당신과 나 사이에는 저울대의 형평이 서로 팽팽하니까. 하지만 헤스터, 우리 두 사람에게 못할 짓을 한 사내는 아직 살아 있잖소! 도대체 그자가 누구요?"

"그건 묻지 마세요!" 헤스터 프린이 사내의 얼굴을 똑바로 쳐다보며 대답했다. "그것만은 절대로 가르쳐 드릴 수 없어요!"

"절대로 말하지 않겠다고 했소?" 사내가 자신만만하면서도 교활한 미소를 띠고 되물었다. "절대로 가르쳐 주지 않겠다는 말이지! 날 믿으시오, 헤스터. 불굴의 정신으로 가차 없이 비밀을 밝히려고 몸을 바치는 사람에게는, 눈에 보이는 바깥의 세계에서건 어느 정도까지는 눈에 보이지 않는 상상의 세계에서건 숨길 수 있는 것이란 별로 없는 법이오. 당신은 비밀을 들추어내기 좋아하는 군중에게는 비밀을 감출 수 있을지 모르오. 또한 오늘 목사들과 치안판사들이 당신이 가슴속에 간직하고 있는 그 사내의 이름을 끄집어내 그를 당신과 더불어 처형대 위에 나란히 세우려고 했을 때처럼, 그들의 눈길이 미치지 않게 비밀을 감출 수도 있을 거요. 하지만 난 그들과는 전혀 다른 감각을 가지고 비밀을 밝힐 것이오. 책 속에서 진리를 찾아 왔듯이, 그리고 연금술로 금을 얻으려고 했듯이 그 사내를 꼭 찾아내고야 말겠소. 나한테는 그 사내를 알아내는 교감이 있소. 내가 그 사내의 옆에만 가도 그 사내가 몸을 떠는 게 느껴질 테지. 그러면 나 역시 나도 모르게 갑자기 몸을 떨게 될 거요. 조만간에 그자는 반드시 내 손아귀에 들어오고야 말 거요!"

주름 잡힌 학자의 두 눈이 이글이글 불타오르며 헤스터 프린을 노려보는 바람에 그녀는 가슴속의 비밀이 금방이라도 드러날까 봐 두려워 가슴 위로 손을 모았다.

"당신은 끝내 그 사내의 이름을 밝히지 않겠다는 거요? 그렇지만 그자는 내 손아귀에 들어오고야 말 거요.” 사내가 마치 운명의 신이 자기와 한패인 것처럼 자신만만한 표정을 지으며 말을 이었다. “그자는 당신처럼 옷에다 치욕의 글자를 수놓아 가지고 다니진 않겠지. 하지만 나는 그자의 가슴속에 씌어 있는 글자를 알아볼 수 있을 거요. 그렇다고 그자를 걱정할 건 없소! 하느님이 친히 내리시는 형벌에 내가 참견한다거나, 나 자신한테는 손해가 되는 일이지만 그자를 인간이 마련한 법률의 손아귀에 맡기리라고 생각하지 마오. 또한 내가 그자의 생명을 해치려고 무슨 흉계를 꾸민다고 생각하지도 마오. 내가 지금 판단하는 것처럼, 만약 그가 명성깨나 높은 사람이라면, 그자의 명예를 더럽히려고 한다고도 생각하지 마오. 그자를 그냥 살려 두시지! 세상의 명예 속에 숨어 있을 수 있거든 어디 숨어 보라고 하시지! 그러나 그자는 결국 내 손아귀에 들어오고야 말 거요!”

“당신은 자비롭게 행동하시는 것 같군요.” 헤스터가 무서워 어찌할 바를 몰라 하며 말했다. “하지만 당신의 말을 들으면 당신이 끔찍스러운 사람처럼 생각돼요!”

“단 한 가지, 내 아내였던 당신에게 일러둘 것이 있소.” 학자가 계속 말을 이었다. “당신은 지금껏 정부(情夫)의 비밀을 지켜 왔소. 그러니 마찬가지로 내 비밀도 지켜 주시오! 이 지방에서 나를 아는 사람은 아무도 없소. 그러니 누구한테도 당신이 일찍이 나를 남편이라고 불렀다는 사실을 밝히지 말기 바라오! 난 지구의 한 귀퉁이 황량한 이곳에 나의 천막을 세우겠소. 다른 지방에서라면 난 인간사에서 떨어져 나온 한낱 방랑자에 불과하지만, 이곳에선 나와 끊으려야 끊을 수 없이 인연 깊은 한 여자와 한 사내 그리고 한 어린아이가 살고 있으니 말이오. 사랑이건 미움이건, 또한 옳은 짓이건 그른 짓이건 아무 상관 없소! 헤스터 프린, 당신과 당신의 것은 이제 모두 나에게 속해 있소. 당신이 있는 곳이 바로 내 집이요, 또한 그자가 살고 있는 곳이 내 집이오. 하지만 부디 나를 배반하지 마시오!"

"어째서 당신은 그런 걸 원하시나요?" 그의 의도는 잘 알 수 없지만 헤스터는 이 비밀스러운 관계를 생각하고 움찔하며 물었다. "무엇 때문에 당신은 사람들 앞에 신분을 밝히고 당장에 저를 내치지 않나요?"

"어쩌면 말이오." 사내가 대답했다. "부정한 계집의 남편이 받아야 할 굴욕을 당하기 싫어서인지 모르오. 그 밖의 다른 사정이 또 있을지도 모르지만. 다만 남몰래 살다가 죽는 게 내 소원이오. 그러니 부디 세상 사람들한테는 당신의 남편이 이미 죽어서 아무 소식도 올 턱이 없는 사람이라고 말해 주구려. 행여 나를 만나더라도 말로나 신호로나 표정으로나 부디 알은체하지 마시오! 그리고 누구보다도 당신의 정부에겐 절대로 이 비밀을 밝혀서는 안 되오! 만약 이것을 어기는 날에는, 조심하오! 그자의 명예며 지위며 목숨이 몽땅 내 손아귀에 들어오게 될 것이오. 이 점을 꼭 명심하기 바라오!"

"그분과 비밀을 지키듯 당신과도 비밀을 지키겠어요." 헤스터가 대답했다.

"그럼 맹세하시오!" 사내가 말했다.

그래서 그녀는 정말로 맹세를 했다.

"자, 그럼 프린 부인." 이제부터 로저 칠링워스 노인이라고 부르게 될 이 사내가 말했다. "그럼 난 이만 가 보리다. 당신에게 저 갓난아이와 주홍 글자만을 남겨 두고 가겠소! 참, 헤스터, 어떻게 하기로 되어 있소? 당신의 판결문에 잠을 잘 때에도 저 징표를 달고 있으라고 되어 있소? 당신은 가위에 눌리거나 끔찍스러운 악몽을 꿀까 봐 무섭지 않소?"

"당신은 왜 저를 보고 그런 식으로 미소를 짓는 거지요?" 헤스터가 사내의 눈웃음을 보고 괴로운 듯이 물었다. "당신은 우리 주변 숲속에 자주 나타나는 마귀 같은 분인가요? 저에게 계약을 맺게 유혹해 제 영혼을 파멸시키려는 건가요?"

"당신의 영혼은 아니오." 사내가 또다시 빙그레 미소를 지으며 대답했다. "정말이지, 당신의 영혼은 아니오!"

5장

바느질하는 헤스터

마침내 헤스터 프린의 감옥살이 기한이 끝났다. 감옥 문이 활짝 열리자 그녀는 햇빛 속으로 걸어 나왔다. 모든 사람에게 똑같이 골고루 비춰 주는 햇빛이지만, 그녀의 쇠약하고 병든 마음에는 자신의 가슴 위에 달려 있는 주홍 글자를 환히 비추는 것 말고는 다른 목적이 없는 것 같았다. 앞에서 말했듯이 그녀의 뒤를 줄줄 따라온 많은 사람들 앞에서 구경거리가 되었던 때와는 달리, 처음으로 호송도 없이 혼자서 감옥 문턱을 걸어 나온 지금, 어쩌면 그녀는 한층 더 뼈저린 고통을 느꼈는지도 모른다. 그때는 그녀에게 손가락질하기 위해 소집된 온 세상 사람들 앞에서 공개적으로 치욕을 당했더랬다. 그러나 그때 헤스터는 이상할 정도로 긴장한 데다가 타고난 성품의 투쟁 의지로 몸을 지탱하고 서 있었고, 바로 그런 투쟁 의

52

지 때문에 그 장면을 일종의 끔찍한 승리로 바꿀 수 있었다. 더구나 그것은 그녀의 일생에 오직 한 번밖에 일어나지 않는 고립된 사건이었다. 그래서 조용한 삶에서라면 아마 몇 년 동안 쓰고도 남을 생명력을 그 사건을 겪는 데 아낌없이 마구 쏟아부을 수 있었다. 그녀에게 유죄를 선고한 바로 그 법률이, 준엄한 얼굴을 하고는 있지만 무쇠 같은 팔뚝으로 인간을 때려 부수기도 하고 부축해 주기도 하는 힘을 지닌 거인 같은 그 법률이, 그녀가 치욕적이고 엄청난 시련을 받는 동안 그녀를 떠받들어 주었던 것이다. 그러나 이제 아무런 호송도 받지 않고 혼자 감옥 문에서 걸어 나오는 이 순간부터 그녀의 일상생활은 시작되었다. 그녀는 이제 그녀 본성이 가진 보통 힘으로 삶의 무게를 지탱해 나가거나, 아니면 그 밑에 깔려 쓰러지는 것밖에는 별 도리가 없었다. 현재의 슬픔을 이기는 데 도움을 받기 위해 미래로부터 힘을 빌려 올 수도 없었다. 내일은 내일의 시련을 가져올 것이고, 그 이튿날은 그 이튿날의 시련을 가져올 것이며, 그리고 그 이튿날 역시 마찬가지일 것이다. 이렇게 날마다 저마다의 시련을 싣고 오겠지만, 그 시련은 언제나 현재의 시련처럼 견뎌 내기가 더할 나위 없이 고통스러울 것이다. 아득히 먼 미래의 나날은 자꾸만 앞으로 고통스러운 길을 더듬어 나가면서 여전히 그녀로 하여금 똑같은 짐을 짊어지고 가게 할 뿐 그 짐을 결코 내려 놓게 하지는 않을 것이다. 날이 가고 해가 바뀌면서 산더미같이 쌓인 치욕 위에 그 괴로움을 더 쌓아 올리기 때문이다. 그러는 동안 그녀는 개성을 잃어버리고, 마침내 목사와 도덕가가 가리키는 일반적인 상징이 될 것이며, 그들이 여성의 나약함과 죄 많은 정욕의 이미지를 구체적이고 생생하게 사람들에게 보여 줄 수 있는 일반적인 상징이 될 것이다. 그리하여 순결한 젊은이들은 가슴에 주홍 글자가 불타고 있는 그녀를, 훌륭한 부모에게서 태어난 그녀를, 갓난아이의 어미가 되어 장차 어엿한 여인이 될 그녀를, 지난날에 순결했던 그녀를, 죄의 모습으로, 죄의 육신으로 또 죄의 실체로 바라보도록 가르침을 받을 것이다. 그리고 그녀가 내세까지 지고 가야 할 치욕이 바로 그녀의 무덤 위에 설 유일한 비석이 될 것이다.

자유로운 세상이 눈앞에 환히 펼쳐져 있는데도, 선고문 속에 이처럼 후미지고 외딴 청교도 식민지 안에서만 살아야 한다는 무슨 제한 조항이 있는 것도 아닌데도, 마음대로 고향이나 그 밖의 유럽 어느 땅이라도 찾아가 새롭게 태어난 듯 자신의 성격과 신분을 감출 수 있는데도, 아니면 불가해한 깊은 숲으로 통하는 길이 눈앞에 펼쳐져 있어 그곳으로 가면 그녀의 천성이 자신을 단죄한 법률과는 매우 다른 풍습과 삶의 방식을 가진 사람들26)과 곧잘 동화될 수 있는데도, 이 여인이 치욕의 상징 구실밖에 할 수 없는 이 지방을, 오직 이 지방만을 구태여 자기 고향이라고 일컫는다는 것은 참으로 이상스럽게 보인다. 그러나 이 세상에는 숙명이라는 것, 말하자면 억누를 수도 뿌리칠 수도 없는 운명적인 힘을 지닌 감정이라는 것

---

26) 신대륙에 살았던 원주민 인디언을 가리킨다. 헤스터 프린의 성격이 문명인보다는 원주민에 가깝다는 것을 암시한다.

이 있는 법이어서, 바로 그것 때문에 인간은 어쩔 수 없이 그들의 일평생을 어떤 색깔로 물들게 한 어느 큰 사건이 일어난 장소 주변을 떠나지 못하고 유령처럼 맴돌게 마련이다. 그리고 그 삶을 슬프게 물들인 색깔이 어두우면 어두울수록 그런 감정을 억누르기가 더욱더 어려운 법이다. 헤스터의 죄와 치욕은 그녀가 땅속에 박아 놓은 뿌리였다. 마치 첫 번째 탄생보다도 동화력이 강한 새로운 생명이, 다른 순례자들[27]과 방랑자들에게는 아직도 그토록 맞지 않는 이 땅을, 헤스터 프린을 위해서는 황량하고 쓸쓸하지만 한평생 살 고향으로 바꾸어 놓은 것 같았다. 이 지구상의 모든 다른 지방들, 심지어 행복했던 소녀 시절과 순결한 처녀 시절이 오래전에 벗어 놓은 옷처럼 아직도 어머니 손안에 고이 간직되어 있는 것 같은 영국의 시골 마을조차 이곳과 비교하면 그녀에게는 오히려 낯설게 느껴졌다. 그녀를 이곳에 얽매어 놓은 쇠사슬은 무쇠 고리로 엮어 만든 것으로, 그녀의 영혼 깊숙한 곳까지 아프게 쑤셔 놓았지만 도저히 끊어 버리려야 끊어 버릴 수 없었다.

어쩌면 또 다른 감정이(자신도 모르게 감추어 둔 비밀이 구멍에서 기어 나오는 뱀처럼 그녀의 가슴속에서 꿈틀거리며 기어 나오려고 할 때마다 그녀의 얼굴은 파랗게 질리곤 했다.) 아마 틀림없이 또 다른 감정이 그토록 치명적인 장소와 길 안에 그녀를 묶어 두었는지도 모른다. 바로 이곳에 자신과 하나로 연결되

27) 1620년 메이플라워호를 타고 신대륙에 도착해 플리머스 식민지를 건설한 청교도인들은 스스로를 '순례자'라고 불렀다.

어 있다고 생각되는 그 사람이 살고 있고, 또한 이곳에서 그 사람이 걸어 다니고 있었다. 비록 이 세상에서는 용납되지 않는 결합일망정 두 사람은 최후의 심판대에 서게 되고 그 자리를 결혼의 제단으로 만들어 둘이 함께 영원토록 징벌을 받게 될 것이다. 영혼을 유혹하는 악마는 헤스터의 머릿속으로 슬며시 이런 생각을 떠밀어 놓고는 그녀가 그것을 붙잡았다가 다시 내던지려고 할 때 그녀의 열정적이고도 절망적인 기쁨을 바라보며 비웃은 적이 한두 번이 아니었다. 그녀는 그런 생각을 똑바로 대면할 수는 없었고, 서둘러 머릿속 한 토굴에 가둬 넣고 빗장을 지르려고 애썼다. 그녀가 억지로 믿으려고 했던 것은, 다시 말해 계속 뉴잉글랜드에 살아야겠다는 동기로 마침내 그녀가 생각해 낸 결론은 절반은 진실이었지만 절반은 자기기만이었다. 죄를 지은 곳이 바로 이곳이니 지상에서의 형벌을 받아야 할 곳도 마땅히 이곳이 아닌가 하고 그녀는 혼자서 생각했다. 그렇게 되면 어쩌면 나날이 겪는 치욕의 고통이 마침내 영혼을 정화하고, 이미 잃어버린 것과는 또 다른 순결함을 얻게 해 주며, 또한 순교자처럼 고난을 겪은 결과이기 때문에 훨씬 더 성자답게 될지도 모른다고 생각했던 것이다.

그래서 헤스터 프린은 이 지방에서 도망치지 않았다. 반도[28] 변두리에, 마을과 꽤 떨어진 곳에 조그마한 오두막집 한 채가

_____

28) 인디언이 살던 쇼누트반도. 이 반도의 동쪽 지방을 1630년에 존 윈스럽 등이 보스턴이라고 불렀다.

있었다. 이 집은 초기 개척자 한 명이 세웠다가 그 주변의 땅이 너무 척박해 경작할 수 없자 그냥 내버려 둔 것으로, 비교적 외떨어진 곳이라서 이 무렵 벌써 이주민의 관습이 된 사교 활동 영역 밖에 놓여 있었다. 바닷가에 자리 잡고 있는 이 집은 바다의 내만(內灣) 너머 서쪽으로 숲으로 뒤덮인 언덕을 바라보고 있었다. 이곳 반도에서만 자라는 작은 나무 숲은 이 오두막집을 눈에 보이지 않게 감추어 주기보다는 오히려 이곳에 감추고 싶어 하는, 아니 적어도 꼭 감추어야 하는 어떤 대상이 있다고 나타내 주는 것 같았다. 헤스터는 여전히 자신에 대한 감시를 게을리하지 않는 치안판사들의 허가를 얻어 이 조그맣고 외로운 집에 얼마 안 되는 돈으로 갓난아이와 함께 자리를 잡았다. 자리를 잡기 바쁘게 곧바로 이상스러운 의심의 그림자가 이 장소에 깃들었다. 아직 나이가 어린 탓에, 이 여자가 인간애의 영역에서 내몰려야 하는 까닭을 도무지 이해하지 못하는 철부지 어린애들이 집 근처까지 살며시 다가와 그녀가 오두막집 창가에서 바느질을 하거나, 문간에 서 있거나, 작은 텃밭에서 일을 하거나, 마을로 통하는 한길로 나오거나 하는 모습을 바라보곤 했다. 그러면서도 그녀의 가슴 위에 달린 주홍 글자를 보기만 하면 이상하게 공포가 전염되기라도 하듯 모두들 기겁해 달아나곤 했다.

헤스터는 외롭고 누구 하나 찾아 주는 친구가 없었지만 그렇다고 생활난의 위험에 부딪치지는 않았다. 그녀는 그 솜씨를 발휘하기에는 비교적 범위가 적은 이 지방에서도, 한창 자라나는 아이와 자신의 끼니를 넉넉히 댈 수 있는 한 가지 재주를 가지고 있었기 때문이다. 그것은 바로, 예나 지금이나 여자가 가질 수 있는 거의 하나밖에 없는 기술이라고 할 바느질 솜씨였다. 그녀는 섬세하고 상상력이 풍부한 솜씨를 자랑이라도 하듯 정성껏 수놓은 글자의 본보기를 가슴 위에 달고 있었다. 궁정의 귀부인들이라면 비단이나 금실 옷감에 인간의 정교한 솜씨로 꾸밀 수 있는 좀 더 화려하고 영적인 장식을 더하기 위해 기꺼이 그런 솜씨를 이용했을 것이다. 실제로 청교도 풍의 옷은 일반적으로 소박하고 검은색으로 되어 있는 탓에 그녀의 솜씨로 만든 좀 더 화려한 물건을 요구하는 일은 자주 없었는지도 모른다. 그러나 이런 종류의 작품에서 무엇이든 정교한 것을 요구하던 이 시대 취향은, 우리의 엄격한 조상에게도 영향을 미치지 않을 수 없었다. 우리 조상은 그런 것 없이 지내는 것이 더 어려웠을지 모르는 온갖 유행 풍습을 조국에 버리고 왔지만 말이다. 어쨌든 성직 수임식이나 치안판사의 취임식 그리고 새 정부가 백성들에게 위엄을 보여 줄 수 있는 온갖 공식적인 의식에서는 정책상 위용과 질서정연한 의례와 음산하지만 용의주도하게 계획된 장엄성을 갖추고 있었다. 높다란 주름깃이며, 공을 많이 들인 가슴띠며, 호화롭게 수놓은 장갑은 하나같이 권력의 고삐를 쥐고 있는 관리들의 공직의 위엄에 꼭 필요하다고 간주되었다. 그리고 사치 금지법이 이런 사치나 이와 비슷한 사치를 일반 평민 계급에게는 금했으면서도 지위나 재산으로 위엄을 갖춘 사람들에게는 기꺼이 허용했다. 또한 장례용 옷가지를 마련하는 데에도 시신에 입히기 위해서든, 아니면 검정 헝겊이나 눈같이 새하얀 얇은 면포로 갖가지 상징적인 의장(意匠)을 꾸며 유가족의 슬픔을 나타내기 위해서든, 어쨌든 헤스터 프린이 제공할 수 있는 특별한 주문이 자주 들어왔다. 아기들의 아마(亞麻) 옷도, 이 무렵에는 아기들도 의식용 예복을 입었기 때문에, 역시 돈을 벌 수 있는 또 다른 일거리였다.

헤스터가 바느질한 옷은 점차, 아니 제법 빠르게 유행이라고 할 만한 것이 되었다. 비참한 운명을 짊어진 여자를 측은하게 여겨서인지, 보잘것없고 값어치 없는 것도 엉뚱한 가치를 가지게 하는 병적인 호기심 때문인지, 지금과 마찬가지로 이 무렵에도 다른 사람들은 구하려야 구할 수 없는 것을 어떤 사람들은 곧잘 얻을 수 있는 불가해한 사정 때문인지, 또는 헤스터가 아니고서는 달리 채울 수 없는 틈새를 정작 그녀가 채워서인지, 어쨌든 그녀는 하고 싶은 시간만 일해도 꽤 괜찮은 보수의 일거리가 언제나 있었다. 어쩌면 허영심은 호화롭고 장엄한 의식 때 그녀의 죄 지은 손으로 바느질한 옷을 차려입음으로써 스스로 고행하는 길을 선택했는지도 모른다. 그녀가 놓은 자수는 총독의 주름깃 위에서도 볼 수 있었다. 군인들은 어깨에 매는 전대에, 목사들은 가슴에 매는 띠에 달았다. 갓난아이의 조그마한 모자를 장식하기도 했으며, 시체와 함께 관 속에 들어가 곰팡이를 피우며 썩어 없어지기도 했다. 그러나 신부(新婦)의 순결한 수줍음을 가려 줄 하얀 면사포에 수를 놓아 달라고 그녀의 정교한 솜씨를 요구해 왔다는 기록은 단 한 번도 나오지 않는다. 이런 예외를 보면 이 사회가 언제나 매정하게 얼굴을 찌푸리고 그녀의 죄에 대해 고삐를 늦추지 않았다는 사실을 알 수 있다.

헤스터는 자신을 위해서는 가장 소박하고 금욕적인 생계 이상을, 갓난아이를 위해서는 소박하게나마 풍요로운 생활 이상을 구하려고 하지 않았다. 그녀 자신의 옷은 가장 투박한 천에 가장 어두운 빛깔을 띠고 있었다. 장식품이라고는 오직 하나, 그 주홍 글자였는데, 그녀는 그것을 언제나 운명처럼 몸에 지니고 다녔다. 한편 아기의 옷은 유난스럽게 기발한, 아니 오히려 환상적이라고 할 정도로 정교한 인상을 풍겨, 어린 계집애 속에 일찍 싹트기 시작한 비현실적인 매력을 한껏 돋우는 데 도움이 되었지만, 또한 그보다 좀 더 깊은 어떤 뜻을 지니는 것 같기도 했다. 이 문제에 대해서는 나중에 좀 더 이야기하자. 헤스터는 어린아이를 곱게 차려입히는 데 드는 얼마 안 되는 돈을 제외하고는 자신보다 더 비참하지도 않은 가엾은 사람들에게 모두 자선하여 나누어 주곤 했다. 그런데 오히려 그들은 자비를 베푸는 손길을 모욕하기 일쑤였다. 헤스터는 자기 솜씨를 좀 더 잘 발휘할 수 있는 시간 대부분을 가난한 사람들에게 간소한 옷가지를 만들어 주는 데 썼다. 이런 방식으로 일에 전념하는 데에는 속죄하기 위해 고행하겠다는 마음이 있었는지도 모른다. 또한 이런 보잘것없는 바느질 일에 그토록 많은 시간을 보냄으로써 향락을 희생물로 바쳤는지도 모른다. 헤스터는 천성적으로 화려하고 관능적이고 동양적인 천성, 즉 눈부시게 아름다운 것을 즐기는 취향을 가지고 태어났지만, 능란한 바느질을 빼놓고는 그녀의 모든 생활 면에서 아무 데도 이와 같은 취향을 살려 본 적이 없었다. 여자란 섬세한 바느질 속에서 남정네들이 모르는 쾌락을 찾게 마련이다. 헤스터 프린의 경우로 말하자면 바느질은 삶에 대한 열정을 표현하고, 또 그렇게 함으로써 그 열정을 진정시키는 한 방법이었는지도 모른다. 이 밖의 온갖 기쁨을 뿌리쳤듯이 이 정열도 죄스러운 것으로 멀리했다. 양심이 이처럼 대수롭지 않은 일에까지 병적이라고 할 만큼 간섭한다는 것은, 이 여자의 뉘우침이 진실하고 확고한 것이 아니라 어쩐지 의심스러운 그 무엇, 무엇인가가 근본적으로 잘못되었다는 뜻이 아닌지 자못 의심스럽다.

이리하여 헤스터 프린은 이 세상에서 자신이 할 역할을 맡게 되었다. 여자로서는 가인의 이마에 찍힌 낙인보다도 더 견디기 어려운 징표를 가슴에 달게 되었지만,[29] 타고난 성격이 강하고 보기 드문 능력을 지닌 그녀를 이 세상이 아주 저버릴 수는 없었다. 그러나 사회와 접촉하는 동안에도 그녀가 자기도 그 사회에 속한 사람이라는 생각을 갖게 하는 것이라고는 아무것도 없었다. 그 여자가 접촉한 사람들의 행동 하나, 말 한마디, 심지어 침묵까지도 그녀가 이 세상에서 쫓겨나 마치 다른 세계에서 외롭게 살고 있거나, 아니면 나머지 인간과는 다른 기관과 감각으로 보통 사람과 소통한다는 사실을 은근히 내비치거나 분명하게 드러내는 일이 가끔 있었다. 헤스터는 세상의 인간사와는 떨어져 살고 있었지만 실제로는 그곳과

---

29) "주님께서는 가인에게 표를 찍어 주셔서, 어느 누가 그를 만나더라도 그를 죽이지 못하게 하셨다."(「창세기」 4장 15절)

가까운 옆에서 살고 있었다. 그것은 마치 유령이 낯익은 가정의 난롯가를 다시 찾아와도 자신의 모습이 눈에 띄거나 느껴지지도 않고, 단란한 가정의 기쁨에 미소 짓거나 혈육의 슬픔을 더불어 나눌 수도 없으며, 금지된 동정을 베푸는 데 성공한 댔자 고작 공포와 소름 끼치는 혐오를 일으킬 뿐인 것과 마찬가지였다. 실제로 이런 감정과 더불어 가장 쓰디쓴 멸시만이 세상 사람들의 마음속에서 그녀가 차지하는 유일한 몫인 듯했다. 이 무렵은 감정이 그렇게 섬세한 시대가 아니었다. 헤스터는 자신의 위치를 잘 이해했을 뿐 아니라 잊으려야 잊을 염려도 별로 없었지만, 세상 사람들이 가장 민감한 상처를 함부로 건드릴 때는 새로운 고통처럼 자신의 위치를 새삼 뼈저리게 깨닫게 되었다. 앞에서 말했듯이 헤스터가 선심을 베풀려고 찾아낸 가난한 사람들은 자기들을 도우려고 뻗친 손길을 도리어 번번이 욕지거리로 갚았다. 귀부인들 또한 그녀가 바느질 일 때문에 문을 두드리면 그녀의 가슴에다 쓰디쓴 고통의 잔을 끼얹어 주기 일쑤였다. 어떤 때는 아낙네들이 그 조용한 악의라는 연금술로 평소 보잘것없는 일을 가지고 기묘한 독약을 만들어 냈다. 또 어떤 때는 부스럼투성이인 상처를 호되게 쥐어박듯이 그녀의 무방비 상태의 가슴속에 야비한 욕설을 마구 퍼부어 대기도 했다. 그러나 오랫동안 자신을 잘 훈련해 온 헤스터는 이런 공격에 한 번도 맞서는 적이 없었다. 다만 어쩔 수 없이 창백한 두 뺨을 붉히다가 금방 가슴속 깊숙이 가라앉힐 뿐이었다. 그녀는 참을성이 많았지만, 정말로 순교자처럼 많았지만, 그렇다고 원수들을 위해 기도드리지는 않았다. 사실 그들을 용서하고 싶은 마음도 간절했지만 그들에게 축복을 비는 말이 짓궂게도 비뚤어져 나가 도리어 저주의 말이 되지 않도록 말이다.

헤스터는 청교도 법정의 늘 살아 있는 선고가, 그토록 교묘하게 꾸민 고뇌가 서로 다른 온갖 형태로 끊임없이 고동치는 것을 느꼈다. 가령 길거리에서 목사들을 만나면 그들은 걸음을 멈추고 훈계했고, 그러면 사람들이 모여들어 가엾게도 이 죄 지은 여인을 에워싸고 비웃기도 하고 이맛살을 찌푸리기도 했다. 만인의 아버지인 하느님이 안식일에 짓는 미소를 자신도 나누기라도 할 생각으로 그녀가 교회에 들어가면, 불행히도 자신의 행실이 설교의 내용이 되어 있을 때도 가끔 있었다. 그녀는 점점 어린아이들이 무서워지기도 했다. 오직 딸 하나를 길동무 삼아 묵묵히 마을을 거니는 쓸쓸한 여인이 어딘지 무섭다는 것을 아이들도 부모한테서 들어 어렴풋하게나마 알고 있었기 때문이다. 그래서 아이들은 우선 그 여자를 그냥 지나가게 내버려 두었다가 얼마만큼 거리를 두고 뒤따라오면서 뭐라고 아우성을 쳤다. 그런데 아이들이 무의식중에 재잘거린 말은 저들 생각에는 별다른 뜻이 없었지만 그녀의 귀에는 적잖이 끔찍한 말로 들렸다. 아이들의 이런 말은 그녀의 치욕이 정말로 널리 알려져 있어서 마침내 온 세상이 모두 알고 있다는 것을 말해 주는 듯했다. 나뭇잎이 저희끼리 그 암담한 이야기를 소곤거렸던들, 여름철의 산들바람이 그 이야기를 속삭였던들, 모진 겨울바람이 그 이야기를 요란스럽게 외쳤던들 헤스터에게 이보다 더 쓰라린 괴로움을 안겨 주지는 않았을 것이다! 낯선 사람들의 눈길은 그녀에게 새로운 고통을 느끼게 했다. 낯선 사람들이 이상하다는 듯이 주홍 글자를 바라보면(지금까지 그렇게 하지 않은 사람은 단 한 사람도 없었다.) 헤스터의 영혼 속에 다시금 새로운 낙인이 찍혔다. 그럴 때마다 그녀는 주홍 글자를 손으로 가리지 않고서는 견딜 수 없을 것 같은 기분이었지만 가리지 않고 그대로 내버려 두었다. 한편 낯익은 시선은 낯익은 시선대로 그 나름의 고통을 안겨 주었다. 잘 아는 사람들이 보내는 차가운 시선은 참으로 견디기 어려웠다. 요컨대 처음부터 끝까지 사람의 눈길이 그 징표 위로 쏠리기만 하면 헤스터 프린은 틀림없이 이렇듯 무서운 고뇌를 느꼈다. 그 징표가 달린 곳은 무감각해지기는커녕 오히려 날마다 받는 고통 때문에 한층 더 예민해지는 것 같았다.

그러나 이따금 며칠에 한 번, 어쩌면 몇 달에 한 번쯤 헤스터는 그 치욕의 낙인 위에 어떤 시선이, 어떤 한 인간의 시선이 머무는 것을 느끼는 때도 있었다. 그 시선은 마치 헤스터의 괴로움을 절반만이라도 나누어 갖겠다는 듯 잠시 그녀를 위로해 주는 듯했다. 그러나 다음 순간 그녀의 괴로움이 모두 되살아나면서 그 뒤를 이어 한결 더 심한 고통이 밀물처럼 밀려왔다. 그 짧은 순간에 그녀는 또 다른 죄를 범했기 때문이다. 그러나 과연 헤스터 혼자서 죄를 범한 것일까?

헤스터의 상상력은 기묘하고도 고독한 삶의 고통 때문에 조금 달라졌고, 만약 그녀의 도덕과 지성의 바탕이 좀 더 섬세했더라면 아마 더욱더 달라졌을 것이다. 외형적으로만 인연을 맺고 있는 이 좁은 세계를 외로운 발걸음으로 오갈 때 이따금씩 헤스터는 주홍 글자 덕분에 새로운 감각을 부여받았다고 느끼거나 그렇게 생각할 때가 있었다. 그것은 한낱 공상에 지나지 않았을지도 모르지만 공상치고는 뿌리치기 힘들 만큼 강렬한 것이었다. 그 때문에 다른 사람의 가슴속에 숨어 있는 죄를 공감적으로 알게 되었다고 생각하자 온몸에 전율을 느끼면서도 그것을 믿지 않을 수도 없었다. 그녀는 이렇게 뜻밖에 일어난 놀라운 발견 때문에 공포에 휩싸였다. 과연 그것이 무엇이었을까? 바로 악령의 흉측한 속삭임이 아니었을까? 그런데 이 악령은 자기 손아귀에 아직 절반밖에 끌어넣지 못한 이 몸부림치는 여인에게 겉으로 순결한 척하는 것은 한낱 거짓에 지나지 않으며, 이 세상 어디에서나 진실을 볼 수 있다면 헤스터 프린의 가슴 말고 수많은 사람들의 가슴속에서도 주홍 글자가 타올라야 한다고 설득하고 싶었던 것이 아닐까? 그녀는 이와 같은 암시를, 아주 막연하면서도 그토록 분명한 암시를 진실이라고 받아들여야 할까? 헤스터가 겪은 비참한 경험 중에서도 이런 느낌처럼 두렵고 몸서리나는 것은 또 없었다. 이런 생각이 불경스러울 만큼 때를 가리지 않고 불쑥불쑥 생생하게 나타나는 바람에 그녀는 충격받고 어리둥절했다. 예스러운 존경을 좋아하는 이 시대 사람들이 천사들과 사귀는 인간을 우러러보듯 우러러보았던, 경건과 정의의 본보기인 거룩한 목사나 치안판사 곁을 지나칠 때, 그녀의 가슴에 달고 있는 붉은 치욕의 징표는 때로 무엇인가를 느끼고 고동치곤 했다. 그럴 때마다 "지금 내 옆에 가까이 있는 건 도대체 어떤 악귀일까?" 하고 헤스터는 혼잣말로 중얼거리곤 했다. 내키지 않는 두 눈을 치켜뜨면 눈길이 미치는 곳까지 이 지상의 성자의 모습 말고 인간다운 것이라고는 아무것도 눈에 띄지 않는 것이 아닌가! 또다시 세상 사람들 소문에 평생 눈같이 차가운 절개를 가슴속에 안고 지냈다는 듯 성스러운 얼굴을 찌푸린 어떤 아낙네를 만나면 이상하게도 서로 같은 자매라는 기분이 완강하게 고개를 쳐들었다. 그 아낙네 가슴속의 햇빛을 받지 않는 차가운 눈과 헤스터 프린의 가슴을 불태우는 치욕의 징표, 이 둘은 서로 어떤 공통점을 가지고 있을까? 그런가 하면 또 전류가 흐르는 듯한 전율이 일어나며 "보라, 헤스터여, 여기에도 네 친구가 있구나!" 하고 그녀에게 경고를 주어 고개를 들고 보면, 수줍은 듯 주홍 글자를 곁눈질하다가 마치 순간적으로 그것을 봄으로써 자신의 순결성이 더럽혀지기라도 한 듯 갑자기 두 뺨에 싸늘한 홍조를 띠면서 외면하는 젊은 처녀의 시선과 마주치곤 했다. 오, 저 끔찍스러운 주홍 글자를 부적으로 삼는 악마여, 그대는 정녕 젊은이에게건 늙은이에게이건 이 가엾은 죄인이 존경할 만한 아무것도 남겨 놓지 않는단 말인가? 이렇듯 믿음을 잃는 것이야말로 참으로 슬픈 죗값의 하나일 것이다. 그러나 헤스터 프린이 세상의 어느 누구도 자기만큼 죄를 지은 사람이 없다고 믿으려고 몸부림쳤다는 사실을 자신의 연약한 실수와 인간의 가혹한 법률의 제물이 된 이 가련한 여인이 아직 완전히 타락하지 않았다는 증거로 받아들여 주기를 바란다.

그 따분하던 옛날, 자신들의 상상력이 흥미를 느끼는 것이라면 언제나 괴상한 공포를 불어넣던 평범한 사람들은 손쉽게 한 편의 무시무시한 전설로 만들어 낼 수도 있을 주홍 글자에 관한 이야기를 하나 가지고 있었다. 그들은 이 치욕의 징표가 이 세상의 물감 단지 속에서 물들인 주홍빛 헝겊이 아니라 지옥의 불로 새빨갛게 달군 것으로, 헤스터 프린이 밤중에 나다닐 때면 언제나 이글이글 불타는 것을 본다고 주장했다. 그런데 이 주홍 글자가 헤스터의 가슴을 너무 깊이 태웠기 때문에 의심 많은 요즈음 사람들이 좀처럼 인정하려는 이상의 어떤 진실이 어쩌면 그 풍문에 들어 있었는지도 모른다는 사실을 밝혀 두어야 할 것이다.

6장

펄

우리는 지금까지 갓난아이, 헤아릴 길 없는 하느님의 섭리
로 그 순결한 생명을 부여받은 아이, 죄 많은 정열의 도가니
속에서 태어난 사랑스러운 불멸의 꽃에 관해서는 거의 이야
기하지 않았다. 이 아이가 자라면서 날로 눈부시게 예뻐지고
그 조그마한 얼굴에 슬기로운 빛이 어리는 것을 볼 때마다 슬
픈 어미의 심정은 얼마나 경이로웠을까! 진주를 뜻하는 '펄'!
헤스터는 아이를 그렇게 불렀다. 그런데 그것은 아이의 용모
를 나타낸 이름은 아니어서, 실제로 그 얼굴에는 진주가 풍기
는 고요하고 해맑고 정열에 들뜨지 않는 광채라고는 눈을 씻
고 찾아보아도 찾아볼 수 없었다. 헤스터가 이 아이를 '펄'이
라고 이름 지은 것은 아이가 지극히 소중한 존재였기 때문에,
자신의 모든 것을 바친 대가로 얻은 것이었기 때문에, 즉 어미

의 하나밖에 없는 보물이었기 때문이다![30] 참으로 이상한 일이 아닌가! 인간이 이 여인의 죄의 징표로 마련해 준 주홍 글자는 불행을 일으키는 너무 강한 힘을 지니는 탓에 그녀처럼 죄로 물든 동정심이 아니라면 어떤 인간의 동정심도 그녀에게 미칠 수 없었다. 그런데도 하느님은 인간이 그토록 벌을 내리던 죄의 직접적인 결과로서 그녀에게 귀여운 아이를 주셨던 것이다. 그런데 이 아이는 지금은 비록 더럽혀진 어미의 가슴에 안겨 있지만 양친을 인류와 그 자손에게 영원히 연결해 주고 마침내 천국에서 축복받은 영혼이 되지 않겠는가! 그러나 이러한 생각은 헤스터 프린에게 희망보다는 오히려 두려움을 심어 주었다. 그녀는 자신의 행실이 죄악이었음을 잘 알았기 때문이다. 그러므로 그 결과가 좋게 되리라고 믿을 수 없었다. 날마다 불안한 눈길로 하루가 다르게 자라는 아이의 성질을 살피며 그 아이가 태어난 원인이 된 죄과와 상응하는 어떤 어둡고 야성적인 이상한 특징이라도 나타나지 않을까 언제나 두려운 마음으로 지켜보았다.

확실히 이 아이의 신체에는 아무런 결함이 없었다. 온전한 겉모습과 왕성한 혈기와 한 번도 써 보지 않은 팔다리를 자연스럽게 곧잘 놀리는 품으로 보아, 이 아이는 에덴동산에서 태어날 만한 가치가 있어 보였다. 그리고 태초에 최초의 부모가 에덴동산에서 쫓겨난 뒤에도 계속 그곳에 남아 천사들의 노

---

30) "또 하늘나라는 좋은 진주를 구하는 상인과 같다. 그가 값진 진주 하나를 발견하면, 가진 것을 다 팔아서 그것을 산다."(「마태복음」 13장 45~46절) '펄'이라는 이름은 그리스어 '마가렛'의 영어 표현이다.

리개가 되어도 좋을 법한 아이였다. 아이는 타고난 우아함을 지녔지만 티 없이 완전한 아름다움과는 반드시 공존하지 않았다. 아이의 옷차림은 소박했지만 보는 사람들에게 더할 나위 없이 가장 잘 어울린다는 인상을 주었다. 그렇다고 어린 펄에게 촌스러운 옷을 입히지는 않았다. 앞으로 이야기가 진행되면서 뒤에 가서 좀 더 잘 알게 되겠지만, 아이의 어미는 어떤 병적인 의도에서 손에 넣을 수 있는 한 가장 훌륭한 옷감을 사다가 상상력을 한껏 발휘해 아이가 사람들 앞에서 입을 옷가지를 마르고 장식했던 것이다. 그런 옷을 차려입으면 조그마한 몸맵시가 더할 나위 없이 멋지게 보였다. 만약 이 아이보다 덜 예쁜 아이가 그런 옷을 입었다면 자칫 화려함에 눌려버릴지도 모르겠지만, 아이의 타고난 아름다움이 화려한 옷차림 사이로 빛을 내뿜어 침침한 오두막집 마룻바닥 위에 있는 아이 둘레에 완벽한 둥근 광채를 만들어 내는 듯했다. 그리고 마구 뛰노는 바람에 황갈색 가운이 찢어지고 더럽혀져도 아이는 여전히 완벽한 그림처럼 아름다웠다. 펄의 용모에는 변화무쌍한 마력이 어려 있었다. 말하자면 이 아이의 내부에는 농부의 딸이 지닌 들꽃과 같은 아름다움부터 어린 공주가 지닌 화려함에 이르기까지 다양한 층을 포함하는 많은 아이가 들어 있는 것 같았다. 그러나 이런 것을 통틀어 펄은 약간의 정열, 어떤 깊이를 지닌 색깔을 갖고 있었지만 한 번도 그것을 잃은 적이 없었다. 만약 그 아이가 여러 모습으로 변모하는 가운데 이보다 희미해지거나 창백해진다면 그 아이는 아마 그 아이다움을 잃어버리게 되었을 것이다. 만약 그렇게 되면 그 아이는 더 이상 펄이 아니게 되었을 것이다.

이런 외모의 변화무쌍함은 펄의 내면적 삶의 여러 특징을 보여 주고 그런 특징을 그런대로 반영하는 데 지나지 않았다. 이 아이의 천성은 다양함과 더불어 깊이를 지니는 듯했다. 그러나 그 천성은 그녀가 태어난 이 세계와 관련되지도, 이 세계에 적응하지도 않았다. 만약 그렇지 않다면 헤스터의 공포는 기우에 지나지 않는 것이었지만 말이다. 그 아이에게 규칙을 순순히 따르게 할 수도 없었다. 그 아이가 이 세상에 태어남으로써 커다란 법칙이 깨어지고 말았기 때문이다. 그 결과 이 아이를 이루는 구성 성분은 어쩌면 아름답고 찬란할지 모르지만 질서가 모두 없어져 뒤죽박죽이 되어 버렸다. 비록 질서가 있다고 해도 그 성분은 그것만의 고유한 질서였기 때문에 그 속에서 변화와 배합의 중심점을 찾기란 어렵거나 아예 불가능했을 것이다. 헤스터는 펄이 정신세계로부터는 영혼을 흡수하고 지상의 물질로부터는 육체적 요소를 흡수하던 결정적인 시기에 자신이 어떠했는지를 회상함으로써 이 아이의 성격을 설명할 수 있을 뿐이었다. 비록 설명한다고 해도 지극히 막연하고 불완전할 테지만 말이다. 어미의 정열적인 심적 상태가 매체가 되어 그 매체를 통해 정신생활의 빛이 배 속의 아이한테로 전달되었다. 그 빛이 처음에는 아무리 희고 해맑았다고 해도 중간 매개물 때문에 짙은 주홍빛과 금빛, 불길 같은 광채, 검은 그림자 그리고 강렬한 빛을 띠게 되었다. 그리고 무엇보다도 그즈음 헤스터의 정신적 갈등이 펄에게 영구적으로 남게 되었다. 헤스터는 광적이고 절망적이고 반항적인 감정, 변

덕스러운 기질, 심지어 자기 가슴속에 깃든 우수와 절망의 그
림자까지도 펄 속에서 찾아볼 수 있었다. 이런 것들은 지금은
어린아이의 아침 햇살 같은 기질로 찬란하게 빛나고 있지만
뒷날 세상에 나가 살게 되면 폭풍우와 회오리바람을 불러일
으킬지도 모른다.

이 무렵 가정교육은 요즈음보다 훨씬 더 엄격했다. 험악하
게 이맛살을 찌푸리거나 호되게 나무라거나 성경의 권위가 요
구하는 대로[31] 번번이 회초리질을 했는데, 이런 것은 이미 저
지른 죄를 처벌하는 방법으로서뿐 아니라 아이들의 덕성을
길러 주고 북돋아 주는 건전한 훈육 방법으로서도 이용되었
다. 그러나 하나밖에 없는 딸을 기르는 외로운 어미인 헤스터
는 부당할 만큼 엄하게 아이를 다루는 잘못을 저지른 적이 별
로 없었다. 그러나 자신의 실수와 불행을 늘 거울삼아 자기
손에 맡겨진 어린아이의 정신을 부드러우면서도 엄하게 다루
어 보려고 했다. 그렇지만 그것은 그녀의 힘으로는 벅찬 일이
었다. 헤스터는 미소를 지어 보기도 하고 무섭게 얼굴을 찌푸
려 보기도 했지만 어느 방법도 이렇다 할 효과가 없다는 사실
을 알아차리고 마침내 하는 수 없이 물러나서 아이가 제멋대
로 하도록 그냥 내버려 두었다. 물론 육체적으로 강요하거나
구속하는 일이 효과가 있기도 했지만 단지 그때뿐이었다. 다
른 훈육 방법으로 말하자면, 어린 펄의 지성에 호소하거나 감

---

31) "매를 아끼는 것은 자식을 사랑하지 않는 것이다. 자식을 사랑하는 사
람은 훈계를 게을리하지 않는다."(「잠언」 13장 24절)

성에 호소해 보아도, 그 아이는 그때그때의 사정에 따라 듣기도 하고 듣지 않기도 했다. 펄이 아직 갓난아이였을 적에 어머니는 그녀에게서 어떤 유별난 표정 하나를 알게 되었다. 그런데 그 표정을 보면 어머니가 아무리 강요하고 타이르고 애걸해도 아무 소용이 없다는 것을 알 수 있었다. 그 표정은 무척 영리했지만 종잡을 수 없는 데다가 고집이 너무 세고 때로는 몹시 악의를 품은 듯하면서도 대체로 발랄한 활력이 흘러넘치는 탓에, 헤스터는 그 순간마다 펄이 과연 인간의 자식인지 의심하지 않을 수 없었다. 펄은 차라리 오두막집 마룻바닥에서 잠깐 동안 제멋대로 장난치며 놀다가 갑자기 조롱하는 듯한 웃음을 지으면서 하늘로 날아가 버리는 대기의 요정처럼 보였다. 난폭하게 반짝이는 새까만 두 눈에 이런 표정이 나타날 때면, 펄은 이상하게 손에 닿을 수 없이 아득히 먼 몽롱한 존재같이 보였다. 마치 허공을 날아다니다가 어디서 와서 어디로 가는지조차 알 수 없는 희미한 빛처럼 사라져 버릴 것 같기도 했다. 이런 모습을 바라보면 헤스터는 아이한테로 쏜살같이 달려가, 으레 달아나기 시작하는 조그마한 요정을 뒤쫓아, 그녀를 가슴에 왈칵 끌어안고 미친 듯이 입을 맞추지 않을 수 없었다. 그러나 그것은 애정이 흘러넘쳐서가 아니라 펄이 분명히 살과 피를 갖춘 인간이지 결코 요정이 아니라는 것을 자신에게 확인시키기 위해서였다. 그러나 어머니한테 붙잡힌 펄의 웃음소리가 기쁨과 음악으로 흘러넘치는 것이 어머니에게는 전보다도 더 큰 의구심을 갖게 했다.

그토록 값비싼 대가를 치르고 나서 샀고 자신에게는 온 세상과 다름없는 하나밖에 없는 보배인 펄과 자기 사이에 이렇게 당혹스럽고 이해할 수 없는 일이 자주 일어나는 데 몹시 괴로워하며 헤스터는 참다 못해 가끔 갑자기 울음을 터뜨리곤 했다. 그러면 펄은 얼굴을 찌푸리며 작은 손을 불끈 쥐고 조그마한 얼굴에 무섭고 매정하면서 불만스러운 표정을 지어 보이곤 했다. 어쩌면 그것이 어머니에게 어떤 영향을 끼칠지 미처 짐작할 수 없었기 때문이다. 그러다가 인간의 슬픔을 느낄 수도 없고 알지도 못하는 사람처럼 전보다 한층 더 높은 소리로 다시 웃어 대는 일도 자주 있었다. 그러지 않으면, 이 것은 좀 드문 일이기는 하지만, 그 아이는 미칠 듯이 슬픔에 몸부림치고 흐느껴 울면서 어머니에 대한 애정을 띄엄띄엄 말로 표현했는데, 마치 마음이 찢어지는 듯 비탄에 잠김으로써 따뜻한 마음을 지니고 있다는 것을 애써 증명하려는 것처럼 보였다. 그러나 헤스터는 폭풍우와도 같은 이 애정을 마음 놓고 받아들일 수는 없었다. 그것은 나타나기가 무섭게 금방 사라져 버렸기 때문이다. 이런 일들을 곰곰이 생각해 보면 어미는 자신이 제법 신령을 불러내기는 했지만 마술을 부리는 도중에 무엇인가가 잘못되어 새롭고 불가사의한 신령을 마음대로 움직일 수 있는 주문을 손에 넣지 못한 사람과 같다는 느낌이 들었다. 그녀가 정말로 마음 편하게 느끼는 때는 펄이 고이 잠들어 있을 때뿐이었다. 그때에는 그 아이가 분명히 자신의 아이 같아서, 몇 시간이나마 슬프면서도 달콤하고 아늑한 행복을 맛볼 수 있었다. 이러다가도 살며시 뜬 눈까풀 사이로 그 심술궂은 시선을 삐죽이 드러내 보이며 귀여운 펄이 마침내 잠에서 깨어나는 것이 아닌가!

얼마나 빨리(정말로 어이없게도 얼마나 눈 깜짝할 사이였던가!) 펄이 언제나 반겨 주던 어머니의 미소와 아이를 어르는 무의미한 말의 영향에서 벗어나 다른 사람들과 교제할 수 있는 나이에 이르렀던지! 새소리처럼 맑은 펄의 목소리가 다른 아이들의 왁자지껄 떠드는 소리와 뒤섞이는 것을 들었더라면, 그리고 장난꾸러기 패거리의 뒤엉킨 아우성 속에서도 어린 펄의 목소리를 분명히 알아들을 수 있었더라면 헤스터는 얼마나 행복했을까! 그러나 이런 것은 어림도 없는 일이었다. 펄은 태어나면서부터 아이들 세계에서 버림받은 아이였다. 악마의 자식이며 불륜의 징표이자 악의 씨앗인 장난꾸러기 펄은 세례받은 아이들과 함께 어울릴 권리가 없었다. 그 아이가 자신의 외로움과 자신의 주위에 침범할 수 없는 둥근 원이 그려진 운명, 한마디로 자신의 위치가 다른 아이들과는 각별히 다르다는 사실을 알아낸 본능보다 더 놀라운 것은 없는 듯했다. 헤스터는 감옥에서 풀려나온 뒤로 펄과 따로 떨어져 사람들 앞에 나선 적이 한 번도 없었다. 그녀가 마을을 돌아다닐 때면 언제나 펄이 꼭 붙어 다녔다. 처음에는 두 팔에 안긴 갓난아이로, 그 뒤에는 어머니의 어린 길동무로 어머니의 집게손가락을 한 손 가득히 꼭 걸머쥐고 어머니가 한 걸음씩 내디딜 때마다 서너 걸음씩 깡충거리며 따라다녔다. 펄은 식민지 아이들이 풀이 자란 한길가나 이 집 저 집 문턱에서 청교도 교육이 허락하는 엄숙한 태도로 놀고 있는 모습을 지켜보았다. 가령 아이들은 교회에 다니는 장난이며, 퀘이커교도를 채찍으로 때리는 장난이며, 원주민 인디언들과 싸워 머리 가죽을 벗기는 장난이며, 기분 내키면 마법을 부리는 흉내를 내며 서로에게 겁을 주는 장난을 즐기고 있었다. 펄은 이런 장난이 눈에 띌 때면 자세히 바라보기는 했지만 한 번도 그 아이들과 함께 어울리려고 하지 않았다. 다른 아이들이 말을 건네도 대답하려고 하지 않았다. 어쩌다 아이들이 펄의 주위에 모여들면, 펄은 발끈 화를 내고 돌멩이를 집어 들어 아이들한테 내던지며 알아듣지 못할 날카로운 소리를 질러 댔다. 무슨 말인지 알 수 없는 마녀의 저주 소리와 너무 똑같아서 헤스터는 온몸을 부르르 떨었다.

실제로 세상에 편협하기 짝이 없는 청교도 자식인 이 아이들은 이 모녀가 어딘지 모르게 유별나고 이 세상 사람 같아 보이지 않으며 차림새도 보통 사람과 무엇인가가 다르다는 것을 어렴풋하게나마 눈치채고 있었다. 그래서 마음속으로 그들을 업신여겼고 자주 욕설을 퍼부어 댔다. 펄은 그 낌새를 알아차리고 어린아이의 가슴속에 품을 수 있는 가장 격렬한 증오로써 그 아이들에게 보복했다. 이렇게 격렬하게 분노를 폭발하는 것을 보고 그 아이의 어미는 일종의 보람과 함께 심지어 위안을 느꼈다. 그 분노 속에는 아이의 행동에 나타나서 자주 어미를 괴롭혔던 광적인 변덕 대신에, 적어도 그녀가 알아볼 수 있는 진지한 감정이 담겨 있었기 때문이다. 그러나 그 속에도 일찍이 자신이 지녔던 죄악의 그림자가 깃들어 있음을 보자 그녀는 간담이 서늘해졌다. 펄은 이와 같은 증오와 격정을 결코 양도할 수 없는 권리로서 헤스터의 마음에서 그대로 물려받았던 것이다. 어머니와 딸은 인간 사회에서 외떨어진 소외의 원 속에 함께 서 있었다. 그리고 펄의 성질 속에는 태어나기 전에 헤스터 프린의 마음을 산란하게 했던 들뜬 성질이 고스란히 간직되어 있는 듯했다. 물론 헤스터의 이런 성질도 어미가 되고부터는 마음을 가라앉혀 주는 모성의 힘으로 점차 누그러지기 시작했지만 말이다.

펄은 어머니의 오두막집에서는, 집 안에서나 집 근처에서나, 굳이 다양한 놀이 상대를 찾을 필요가 없었다. 생명의 마력이 그녀의 영원한 창조 정신에서 솟아나와 마치 횃불이 닿는 데마다 불길이 일어나듯 헤아릴 수 없이 많은 사물들과 서로 마음이 통하게 했다. 전혀 얼토당토않게 보이는 물건들이(가령 지팡이나 누더기 뭉치 또는 꽃 한 송이 같은 것도 말이다.) 펄이 부리는 마술의 꼭두각시가 되었고, 겉으로는 조금도 달라지지 않았지만 그 아이의 마음속 무대에서 벌어지는 연극에 어울리도록 정신적으로 개조되었다. 펄의 어린아이다운 목소리 하나가 남녀노소를 가리지 않고 수많은 가상 인물의 목소리 여럿을 대신했다. 검고 우람한 노송들이 바람결에 울부짖는 온갖 신음 소리와 구슬픈 소리는 모습을 별로 바꾸지 않고서도 그대로 청교도 장로들의 역할을 했다. 뜰에 자란 볼품없는 잡초는 그 장로들의 아이들이었고, 그래서 펄은 그 잡초를 사정없이 후려쳐 쓰러뜨리거나 아예 뿌리째 뽑아 버렸다. 그 아이가 머리를 짜내 빚어낸 온갖 형체는 실제로 일관성 없이 늘 자연을 초월한 모습으로 불쑥 뛰쳐나와 춤을 추다가, 마치 생명의 조수가 너무 다급히 벅차게 밀려드는 바람에 기진맥진한 듯이 축 가라앉고 마는가 하면, 곧이어 역시 난폭한 힘을 지닌 다른 형체들이 대신 나타났으니 그 광경은 참으로 가관이었다. 그것은 북극광(北極光)의 변화무쌍한 모습에나 겨우 비길 수밖에 없었다. 그러나 이처럼 단순한 상상력의 발휘라든지 한창 자라나는 정신의 장난기 속에는 총명한 다른 아이들 속에서 찾아볼 수 있는 것 이상은 별로 없었는지도 모른다. 다만 펄은 인간이라는 친구가 없기 때문에 자신이 창조한 환상의 무리를 상대로 노는 일이 좀 더 많았을 뿐이다. 그러나 한 가지 이상한 것은 펄이 마음과 정신이 빚어 놓은 것들을 적의를 품고 바라보았다는 사실이다. 그 아이는 한 번도 친구를 만들어 내는 법이 없고 언제나 용의 이빨을 사방에 넓게 뿌려 무장을 갖춘 적들이 거기서 돋아나게 해, 그것들이 돋아나면 싸우려고 달려들었다.[32] 이처럼 어린 펄이 적대적인 세상을 끊임없이 느끼고 앞으로 다가올 투쟁에서 자신의 대의명분이 옳음을 입증할 힘을 저토록 악착스럽게 기르는 모습을 바라보는 것은 참으로 슬픈 일이었다. 더구나 그 원인을 가슴속 깊이 느끼는 어미에게는 얼마나 서글픈 일이었을까!

펄을 바라보던 헤스터 프린은 자주 바느질감을 무릎 위에 떨어뜨린 채 참으려 해도 북받치는 괴로움을 이기지 못해 말소리인지 신음 소리인지 구분하기 어려운 소리를 질렀다. "오,

---

32) 그리스신화에 따르면 페니키아의 왕자 카드모스가 아테나 여신의 조언을 듣고 죽은 용의 이빨을 땅에 뿌렸더니 그곳에서 갑옷을 입은 적병이 생겨났다. 그들은 카드모스의 부하가 되었고 뒷날 테베의 명문 집안의 조상이 되었다.

하늘에 계시는 아버지시여, 당신이 아직도 저의 아버지시라면 말입니다, 제가 세상에 낳아 놓은 이 아이는 도대체 어떤 아이입니까!" 그러면 펄은 어머니의 외침을 엿듣거나 어떤 좀 더 신비한 방법으로 가슴 아픈 괴로움을 알아차리고는 어머니를 향해 그 발랄하고 예쁜 얼굴을 돌려 요정같이 상큼한 미소를 방긋 짓다가 다시 장난에 몰두하곤 했다.

펄의 태도에 한 가지 유별난 데가 있다는 것을 우리는 아직까지 말할 기회가 없었다. 그 아이가 이 세상에 태어나서 맨 먼저 알아본 것은(도대체 무엇이었을까?) 다른 아이들처럼 조그마한 입가에 앳된 미소를 방긋 머금고 반기는 어머니의 미소가 아니었다. 뒷날 너무나 희미하게 기억되어 그것이 과연 미소였는지 아닌지 부질없는 말다툼의 대상이 되는 미소 말이다. 결코 그런 것이 아니었다! 펄이 태어나서 제일 먼저 의식한 것처럼 보이는 것은(글쎄, 꼭 이 말을 해야 할까?) 헤스터의 가슴에 달린 주홍 글자였던 것이다! 어느 날 어머니가 요람 위로 허리를 굽히자 갓난아이의 두 눈이 주홍 글자 둘레에서 희미하게 빛나는 금실 자수에 쏠리면서 불쑥 조그마한 손을 뻗쳐 주홍 글자를 붙잡았다. 뭔가 모르겠다는 천진한 태도가 아니라 미소는 짓고 있었지만 훨씬 성숙한 아이의 표정처럼 보이게 하는 확실한 즐거운 표정으로 말이다. 그 순간 헤스터 프린은 숨을 헐떡거리며 그 치명적인 징표를 움켜쥐고 본능적으로 떼어 버리려고 했다. 펄의 조그마한 손이 무엇을 알고 있기라도 한 듯 주홍 글자에 닿는 바람에 그녀의 괴로움은 너무나 컸다. 어머니의 괴로운 모습이 한낱 자신과 장난치는 일로밖에 보이지 않는지 귀여운 펄은 다시 어머니 눈을 들여다보며 방긋 웃는 것이 아닌가! 이때부터 펄이 잠들어 있을 때를 제외하고 헤스터는 한순간도 마음을 놓을 수 없었다. 하기야 펄이 단 한 번도 주홍 글자를 들여다보지 않은 채 몇 주일이 지나는 적도 가끔 있었다. 그러다가도 펄의 시선이 언제나 야릇한 미소와 이상한 표정과 함께 뜻하지 않은 죽음의 일격처럼 난데없이 다시 나타나곤 했다.

언젠가 한번은 어린아이의 눈동자에 비친 제 얼굴을 들여다보기 좋아하는 세상 어머니들처럼 헤스터도 펄의 눈동자를 찬찬히 들여다보고 있노라니 변덕스러운 요정의 기운이 그 아이의 두 눈 속에 나타났다. 그 순간 갑자기 헤스터는 작고 검은 거울 같은 펄의 눈동자 속에서 자기 얼굴을 축소해 놓은 것이 아닌 다른 사람의 얼굴을 본 것 같은 착각이 들었다. 외롭고 수심에 잠긴 여자란 까닭 모를 망상에 시달리는 법이기에 말이다. 그것은 악마 같은 얼굴로 악의에 찬 미소를 짓고 있었지만, 그녀가 너무 잘 아는 사람의 얼굴 생김새와 닮아 있었다. 물론 낯익은 그 얼굴은 좀처럼 악의에 찬 미소를 지은 적이 없었고 결코 악의를 품은 적도 없었다. 마치 악마가 그 아이를 사로잡아 비웃으며 빠끔히 보고 있는 것만 같았다. 그 뒤로 헤스터는 이때처럼 뚜렷하지는 않지만 똑같은 환상에 시달린 적이 여러 번 있었다.

펄이 뛰어다닐 만큼 자란 어느 여름날 오후의 일이었다. 펄은 들꽃을 한 움큼 꺾어 어머니의 가슴에 한 송이씩 내던지면서 놀다가 꽃송이가 주홍 글자에 맞으면 즐거워하며 꼬마 요정처럼 깡충거리며 뛰었다. 처음에는 헤스터도 두 손으로 가슴을 가려 막아 보려고 했다. 그러나 자존심 때문이었는지 체념 때문이었는지 아니면 이처럼 심한 고통으로 자신의 죄를 가장 잘 속죄할 수 있다고 느꼈기 때문이었는지 그녀는 가리고 싶은 충동을 억누르고 죽은 사람처럼 얼굴이 파랗게 질린 채 꼿꼿이 버티고 앉아서 어린 펄의 야성적인 눈을 슬픈 표정으로 바라보았다. 그래도 여전히 꽃송이는 눈보라처럼 날아와 어김없이 주홍 글자에 명중되어 어미의 가슴은 금방 상처로 뒤덮였다. 헤스터는 이 상처를 낫게 해 주는 향유를 이승에서도 구할 수 없고 저승에 가서도 구할 수 없었다. 마침내 총알처럼 쏘아 대던 꽃송이를 다 써 버리자 그 아이는 꼬마 악마가 웃으며 빠끔히 내다보는 듯이(정말 내다보았는지 내다보지 않았는지는 알 수 없지만, 그녀의 어머니는 그런 생각이 들었다.) 꼼짝하지 않고 서서 헤스터를 뚫어지게 바라보았다.

"애야, 넌 도대체 어떤 아이니?" 어머니가 큰 소리로 외쳤다.

"오, 난 엄마의 귀여운 펄이지!" 아이가 대답했다.

그런데 이렇게 대답하면서 펄은 기분이 나면 굴뚝 위로 날아 올라갈 꼬마 마녀인 것처럼[33] 우스운 몸짓으로 웃어 대며 깡충깡충 뛰기 시작했다.

"정말로 넌 엄마 딸이 맞아?" 헤스터가 물었다.

헤스터는 쓸데없이 물어본 것이 아니라 그 순간만큼은 거

---

33) 마녀는 굴뚝 위로 날아가는 등 인간으로서는 할 수 없는 여러 이적을 행했다고 전해진다.

짓 없는 진심에서 그렇게 물어보았다. 너무나 신통하고 영리한 펄이 세상에 태어난 비밀의 마법을 알아차리고 지금 이 순간 자기 정체를 드러내려는 것이 아닌가 싶었기 때문이다.

"그럼 맞지. 난 귀여운 펄이야!" 아이가 여전히 익살을 부리며 대답했다.

"넌 엄마 애가 아냐! 엄마의 펄이 아니라고!" 어머니가 농담 섞어 말했다. 깊은 슬픔에 잠긴 중에도 익살을 부리고 싶은 마음이 불현듯 고개를 쳐들 때가 가끔 있기 때문이다. "그럼 네가 누구인지, 누가 너를 이곳으로 보내 주셨는지 말해 볼래?"

"엄마가 가르쳐 줘!" 펄이 헤스터한테 다가와서 무릎에 기대고 정색하며 말했다. "제발 엄마가 가르쳐 달란 말이야!"

"하늘에 계시는 아버지께서 너를 보내 주셨단다!" 헤스터 프린이 대답했다.

그러나 이렇게 대답할 때 어머니는 주춤하는 기색을 보였고, 영리한 펄이 그것을 눈치채지 못할 리가 없었다. 평소의 변덕이 치솟았는지, 아니면 악령이 충동질했는지 펄은 조그마한 집게손가락을 쳐들어 주홍 글자를 만지작거렸다.

"하느님이 나를 보내신 게 아냐!" 펄이 단호하게 큰 소리로 외쳤다. "내겐 하늘의 하느님이 없거든!"

"입 다물어, 펄. 입 다물지 못해! 그런 말 하면 못써!" 어머니는 신음 소리가 새어 나오는 것을 억지로 참고 말했다. "하늘의 아버지께서 우리 모두를 이 세상으로 보내셨단다. 그분은 네 엄마인 나도 보내 주셨어. 그러니 너야 말할 나위가 없지! 요정 같은 맹랑한 계집애야, 그렇지 않으면 넌 도대체 어디서 왔단 말이니?"

"말해 줘! 말해 달라니까!" 펄은 더 이상 진지한 태도가 아니라 웃으며 마룻바닥 위를 깡충깡충 뛰어다니며 되풀이해서 말했다. "엄마가 말해 줘야 해!"

그러나 헤스터는 자신이 음침한 의혹의 미로 속에 갇혀 있기 때문에 펄의 물음을 속 시원하게 풀어 줄 수 없었다. 그녀의 머릿속에는 오직, 미소와 전율이 뒤섞인 가운데, 이웃 마을 사람들의 쑥덕공론만이 떠오를 뿐이었다. 이 아이의 아버지를 다른 곳에서 찾아보려다가 허탕을 친 그들은 그 아이의 남다른 성질을 보고서 안타깝게도 어린 펄이 악마의 자식이라고 떠들어 댔다. 악마의 자식들이 어미의 죄로 이 세상에 태어나서 추잡하고 악독한 목적을 이루려고 한다는 것은 저 옛날 가톨릭교 시대 이래 내내 가끔 있어 온 일이었다. 루터[34]도 그의 반대파 수도승들의 중상(中傷)에 따르면 악마의 자식이었다. 뉴잉글랜드 청교도들 가운데에서 이렇듯 상스럽지 못한 혈통을 가진 것으로 간주되는 아이는 비단 펄 하나만이 아니었던 것이다.

---

34) 마르틴 루터(1483~1546). 독일의 종교 개혁가. 개신교의 시조로 20년 이상 걸려 성서를 독일어로 번역했다. 그의 어머니가 악마와 관계를 맺어 그를 낳았다는 소문이 19세기까지도 끈질기게 나돌았다.

7장

총독 저택의 홀

어느 날 헤스터 프린은 벨링엄 총독의 주문을 받아 테두리
에 장식을 붙이고 수를 놓은 장갑 한 켤레를 들고 총독 저택
을 찾아갔다. 어느 성대한 공식 행사 때 사용할 장갑이었다.
그는 불행히도 지난번 보통선거 결과로 가장 높은 자리에서
한두 계급 내려앉기는 했지만 아직도 식민지 통치 기관에서
는 명예롭고 영향력 있는 자리를 차지하고 있었다.[35]

사실 헤스터는 수놓은 장갑을 전하려는 용무보다도 훨씬
더 중요한 다른 일이 있었기 때문에 당시 식민지 문제에서 막
강한 권력을 쥐고 활약 중인 인사에게 부득이 면담을 요구했

---

35) 벨링엄 총독은 1641년에 총독으로 처음 선출된 뒤 그 이듬해 봄에 선거
에서 져서 총독 자리를 물려났다. 1654년 총독으로 재선될 때까지 치안판
사 등의 자리에 있었다.

다. 종교나 정치 문제에 남달리 엄격한 원칙을 가진 몇몇 영향력 있는 주민들이 헤스터한테서 그녀의 아이를 빼앗아 가려는 계획을 세우고 있다는 소문이 그녀의 귀에 들려왔던 것이다. 앞에서 이미 암시했듯이 펄을 악마의 자식이라고 간주하고 그들이 기독교 신도답게 어미의 영혼을 염려하는 마음에서 그녀의 앞길을 가로막는 걸림돌을 아예 없애 버릴 필요가 있다고 주장한 것도 일리가 있었다. 한편 이 아이가 도덕적으로나 종교적으로 정말 성장할 능력이 있고 궁극적으로 구제받을 만한 바탕이 있다면, 차라리 헤스터 프린보다 현명하고 훌륭한 사람의 보호를 받게 하는 쪽이 그런 혜택을 누릴 가망이 좀 더 클 것이다. 이런 계획을 추진하는 사람들 가운데에서 벨링엄 총독이 가장 적극적인 사람 중의 하나라는 소문이었다. 요즈음 같으면 기껏 시 행정위원회 당국으로나 넘어갈 정도밖에 되지 않는 이런 문제가 이 무렵에는 공공연한 토론거리가 되어 마침내 그 문제를 둘러싸고 고위 정치가들이 찬반을 논했다고 생각하면 이상하다 못해 적잖이 우스꽝스럽게 보일지 모른다. 그러나 이렇듯 원시시대처럼 단순한 시대에는 헤스터와 펄 모녀의 행복과 비교해 훨씬 대중의 관심을 끌지 못하고 중요하지 않은 문제들도 이상하게 입법자들의 심의나 법령과 뒤섞였다. 돼지 한 마리 소유권을 둘러싼 말썽이 식민지 입법 기구 자체에 중대한 변화를 초래하게 되었던 것은[36] 이 이

---

36) 수퇘지 한 마리의 소유권을 두고 마을에서 선출된 대의원들과 전 지역에서 선출된 치안판사들이 입법부에서 서로 대립했다. 이 사건을 계기로 미국에 상원과 하원의 이원제가 채택되었다.

야기가 일어난 시대보다 조금 이르기는 했어도 그렇게 이르지 않은 때였다.

그러므로 헤스터 프린은 몹시 걱정되어(자신의 권리를 절실히 의식하고 있었기 때문에, 비록 대중과 맞서고 있기는 했지만 이쪽은 외로운 여인으로서 인간 본성이 가진 동정에 뒷받침받고 있었기 때문에 상대가 되지 않는 승부 같지는 않았다.) 쓸쓸한 오두막집을 나섰다. 물론 귀여운 펄도 같이 따라나섰다. 이즈음 그아이는 어머니 곁을 따라 사뿐사뿐 뛰어다닐 수도 있었고, 아침부터 저녁까지 온종일 잠시도 가만히 있지 못하는 나이가되었으므로 그보다 먼 길이라도 곧잘 따라갈 수 있었을 것이다. 그러나 그 아이는 힘이 들어서가 아니라 괜히 변덕을 부리느라고 헤스터에게 안아 달라고 자주 졸라 대다가 정작 안아주면 다시 내려 달라고 하는가 하면, 내려 주기가 무섭게 헤스터의 앞장을 서서 풀이 우거진 오솔길을 마구 내달리다가, 다치지는 않았지만 넘어지곤 하면서 뛰어갔다. 우리는 넘치도록 풍성하고 화려한 펄의 아름다움에 대해서는 이미 앞에서 말한 바 있다. 짙고 선명한 색깔을 띤 빛나는 미모며, 화사한 얼굴빛이며, 깊이나 광채나 모두 강렬함이 깃든 두 눈이며, 벌써짙은 갈색에 윤기를 머금기 시작해 뒷날에는 새까만 빛깔로변할 머리카락 말이다. 그 아이는 온몸 안과 온몸 주위에 불길을 지니고 있었다. 말하자면 불타는 정열에 사로잡힌 어느한순간 뜻하지 않게 생겨난 아이인 듯싶었다. 이 아이의 옷을꾸밀 때면 어머니는 타고난 화려한 상상력을 한껏 발휘했다. 그리하여 색다른 재단에다 금실로 화려하게 장식 수를 많이 놓은 진홍빛 벨벳 웃옷을 아이에게 차려입혔다. 만약 그 아이만큼 화색이 좋지 못한 아이가 이처럼 강렬한 빛깔의 옷을 입었더라면 오히려 그 뺨이 핏기 없이 파리하게 보였겠지만, 펄의 미모에는 더할 나위 없이 잘 어울려 마치 지상에서 지금껏 춤춘 불꽃 중에서 가장 눈부신 작은 불꽃처럼 보였다.

그러나 펄을 바라보는 사람마다 헤스터 프린이 숙명적으로 가슴에 달지 않으면 안 되는 그 징표를 자신도 모르게 어쩔 수 없이 떠올리는 것은 이런 옷이나 이 아이의 외모가 풍기는 두드러진 특색 때문이었다. 아이의 모습은 다른 형체를 갖춘 주홍 글자요, 살아 숨 쉬는 주홍 글자가 아니던가! 어머니 자신이, 마치 치욕의 붉은 불길이 그녀의 머릿속을 온통 태워 버리는 바람에 그녀가 품은 생각도 모두 그 모양을 지니게 된 것처럼, 주홍 글자와 꼭 닮은 것을 정성스럽게 만들어 냈다. 병적이라고 할 만큼 교묘한 창의성에 아낌없이 시간을 들여, 자신이 사랑하는 대상과 죄와 고뇌의 징표 사이에서 유사한 것을 창조했다. 그러나 실제로 펄은 이 두 가지 모두였다. 또 그 아이가 이 두 가지를 두루 갖추고 있었기 때문에 헤스터는 그 아이의 외모에 주홍 글자를 그렇게 완벽하게 표현해 낼 수 있었던 것이다.

두 모녀가 마을에 이르자 청교도 아이들은 장난을, 또는 이 무렵 음산한 말썽꾸러기 어린아이들에게 장난으로 통하던 것을 멈추더니 고개를 들어 두 모녀를 보면서 정색하고 서로 지껄여 댔다.

"얘들아, 저기 좀 봐라. 저기 주홍 글자를 단 여자가 지나간다. 그리고 주홍 글자와 정말로 똑같은 게 그 옆에 따라가고 있어! 자, 우리 저들에게 진흙을 던져 줄까!"

그러나 겁이 없는 아이인 펄은 오만상을 찌푸리고 두 발을 동동 구르며 위협을 주느라고 온갖 시늉을 다해 기승을 부리더니 갑자기 장난꾸러기 아이들이 몰려 있는 쪽으로 부리나케 뛰어들어 그들을 쫓아 버렸다. 살기등등해서 애들을 쫓는 펄의 모습은 마치 갓난아이를 괴롭히는 역병과도 비슷했다. 성홍열이라든지, 젊은 세대들의 죄를 처벌하는 사명을 띤, 아직 날개에 깃털도 나지 않은 심판의 천사라든지 말이다. 펄이 목청 높이 크게 고함을 지르는 바람에 달아나던 아이들은 정말로 간담이 서늘했을 것이다. 싸움에서 이기자 펄은 조용히 어머니한테로 되돌아와 방긋 미소를 지으면서 어머니의 얼굴을 올려다보았다.

그 뒤로는 별일 없이, 이 두 모녀는 벨링엄 총독 저택에 도착했다. 그 집은 커다란 목조 가옥으로 우리 나라의 좀 더 유서 깊은 마을 길거리에 가면 아직도 이와 비슷한 양식으로 지은 집들을 볼 수 있다. 지금은 이끼에 뒤덮인 채 썩어서 금세라도 허물어질 듯한 데다가 우중충한 여러 방 안에서 일어났다가는 사라져 버린, 그중에는 아직 기억에 새로운 것도 있고 잊힌 것도 있는 온갖 슬픈 일과 기쁜 일 때문에 음산한 느낌을 풍긴다. 그러나 그 무렵에는 인간이 거처하는 이 집 안에 죽음의 그림자가 한 번도 깃든 적이 없었고 건물 바깥에는 흐르는 세월이 지닌 신선함이 감돌았고 양지바른 창문에는 부드러운 빛이 흘러나오고 있었다. 실제로 그 건물의 외관은 자못 밝아 보였다. 벽에는 유리 조각이 많이 섞인 일종의 치장 벽토를 사방으로 발랐기 때문에 건물 정면 위에 햇빛이 비스듬히 내리비치면 마치 다이아몬드를 두 줌 정도 흩뿌린 듯 반짝거렸다. 이처럼 찬란한 광채는 근엄하고 나이 지긋한 청교도 통치자의 저택이라기보다는 오히려 알라딘 궁전[37]에나 잘 어울릴 것 같았다. 더구나 벽에는 이 무렵의 괴상한 취향에 맞게 이상하고 신비한 숫자와 도형이 장식되어 있었는데, 벽토를 갓 칠했을 때 곧바로 그린 것이 이제는 단단하게 굳어 후세 사람들의 감탄을 자아내고 있었다.

펄은 이처럼 빛을 발하는 이상한 집을 보자 깡충깡충 뛰면서 전면에 넓게 비친 햇빛을 가지고 놀 수 있게 자기한테 모두 모아 달라고 마구 졸라 댔다.

"안 돼, 펄!" 어머니가 말했다. "네가 갖고 놀 햇빛은 네가 직접 모아야 해. 엄마가 네게 줄 햇빛은 없어!"

마침내 두 모녀는 문 앞에 이르렀다. 이 문은 아치형으로 양쪽에 좁다란 탑이랄까 돌출부랄까 하는 것이 붙어 있었고 양쪽 탑에는 살창이 달렸는데 필요할 때에는 그 위에 나무 덧문을 닫게 되어 있었다. 헤스터 프린이 현관에 매달린 무쇠 망치를 집어 들고 문을 두드리자 총독 댁 하인 중의 한 사람이 모습을 드러냈다. 그는 영국에서 자유인으로 태어났지만 지금은 7년 기한으로 종살이를 하고 있는 사람이었다.[38] 그는 이

---

37) 『아라비안 나이트』의 「알라딘과 요술 램프」에 나오는 궁전으로 화려하기로 유명하다.
38) 그는 영국에서는 자유인 신분이었지만 신대륙에 올 때 뱃삯이 없어 돈

동안에는 주인의 재산이나 매한가지로 황소나 조립식 의자처럼 사고팔 수 있는 상품에 지나지 않았다. 종은 푸른 웃옷을 입고 있었는데, 이것은 이 무렵과 그 이전 오랫동안 영국의 유서 깊은 집안의 홀에서 하인들이 늘 입어 온 옷이었다.

"벨링엄 총독님 댁에 계시는지요?" 헤스터가 물었다.

"예, 계십지요." 하인이 눈을 휘둥그렇게 뜨고 주홍 글자를 보면서 대답했다. 이 지방에 온 지 얼마 되지 않은 탓에 이 하인은 주홍 글자를 처음 보았던 것이다. "예, 계시고말고요. 하지만 목사님 한두 분이랑 의사 선생님과 함께 계십니다. 그러니 지금은 나리를 만나 뵐 수 없습지요."

"그래도 뵈어야겠어요." 헤스터 프린이 대답했다. 그녀의 당당한 태도와 가슴에 빛나는 주홍 글자를 보고 이 지방의 귀부인이라고 생각했는지 하인은 더 이상 거부하지 않았다.

그리하여 어머니와 귀여운 펄은 현관 쪽으로 안내되었다. 벨링엄 총독은 재산깨나 있는 고국의 신사 계급의 저택을 본떠 새 집을 설계했지만, 건축 자재의 성격이나 기후의 변화, 사회생활양식의 차이점 등을 고려해 여러모로 다르게 지었다. 그래서 이 집에는 널찍하고 천장이 그런대로 알맞게 높은 홀이 있었는데, 이 홀은 집의 전체 깊숙한 곳까지 연결되어 있으며 나머지 방 하나하나와 대체로 직접 통하는 통로 구실을 했다. 한쪽 끝에 있는 이 널찍한 방은 현관 입구 양쪽의 후미진 곳에 서 있는 두 탑의 창문으로부터 빛을 받아 밝았다. 다

을 빌렸기 때문에 이곳에 도착해 일정 기간 동안 노예 생활을 하는 것이다.

른 쪽 끝에는 일부분이 커튼으로 가려져 있었지만 흔히 우리가 옛날 책에서 읽을 수 있는 활 모양의 홀 창문에서 들어오는 빛으로 한층 더 밝았고, 그곳에는 푹신한 방석을 깐 의자가 하나 놓여 있었다. 이 방석 위에는 2절판[39]의 큼직한 책 한 권이 놓여 있었는데, 모르긴 몰라도 『영국 연대기』[40]가 아니면 그런 종류의 묵직한 문학서일 것이다. 그것은 오늘날에 우리가 방 한복판의 탁자 위에 어쩌다 들르는 손님들이 뒤적거리도록 금박을 입힌 책들을 올려놓는 것과 똑같았다. 홀 안의 가구라고는 등받이에다 참나무 꽃을 화환형 장식으로 정교하게 아로새긴 묵직한 걸상 몇 개와 똑같은 장식을 한 탁자 하나 정도가 고작이었다. 모두가 엘리자베스 시대 아니면 그 이전 시대의 물건으로 벨링엄 총독 집안에서 대대로 물려 내려오던 가보를 그가 이곳으로 가지고 온 것들이었다. 탁자 위에는, 손님을 후하게 대접하는 옛날 영국풍의 호의를 고국에 그냥 남겨 두고 오지 않았다는 증거인 듯, 백랍(白蠟)으로 만든 큰 컵이 하나 놓여 있었다. 만약 헤스터나 펄이 그 컵 속을 들여다보았다면 조금 전에 막 마시고 난 맥주 거품이 남아 있는 것이 눈에 띄었을 것이다.

벽에는 벨링엄 집안 조상을 그린 초상화가 줄지어 걸려 있

---

39) 전지(全紙)를 2절로 나눈 책의 크기. 종이를 어떻게 접느냐에 따라 2절판, 4절판 등으로 결정된다. 2절판이 책 가운데 가장 크다.
40) 라파엘 홀린셰드가 지은 책으로 원래 제목은 『잉글랜드, 스코틀랜드, 아일랜드의 연대기』(1577)이다. 이 무렵 널리 알려진 역사책으로, 윌리엄 셰익스피어가 이 책의 내용을 사극의 소재로 삼았다.

었다. 그중에는 가슴에 갑옷을 입은 사람도 있고, 위엄 있는 주름깃이 달린 평상복 차림을 한 사람도 있었다. 하나같이, 오래된 초상화가 으레 풍기게 마련인 딱딱하고 엄숙한 분위기를 띠었다. 세상을 떠난 귀인들이라기보다는 망령들의 초상화 같았고, 살아 있는 사람들의 생활이나 즐거움을 가혹하고 무자비하게 비난하는 듯한 눈초리로 바라보고 있었다.

홀 벽에 댄 참나무 널빤지 한복판쯤에는 초상화처럼 조상의 유물이 아닌 아주 최근에 만든 갑옷 한 벌이 걸려 있었다. 그도 그럴 것이 이것은 벨링엄 총독이 뉴잉글랜드로 이주해 온 그해에 솜씨 좋기로 유명한 런던의 무기 제조업자가 만든 것이었다. 강철로 만든 투구며, 가슴과 목과 다리에 각각 가리는 갑옷이 목이 긴 장갑 한 켤레와 함께 걸려 있었고 그 밑에는 칼 한 자루가 걸려 있었다. 어느 것 할 것 없이, 그중에서도 특히 투구와 가슴에 대는 갑옷이 유난히 잘 닦여 있어 환한 빛으로 반짝거리며 홀 바닥에 온통 눈부신 광채를 던지고 있었다. 이 눈부신 갑옷은 단순히 과시하기 위한 자랑거리만은 아니었다. 실제로 그것은 총독이 엄숙한 열병식과 연병장 행차를 할 때마다 자주 차려입었을뿐더러 피쿼트 전쟁[41] 때에는 연대의 선두에서 빛을 내뿜던 갑옷이었다. 본디 법률가 교육을 받았기 때문에 베이컨,[42] 코크,[43] 노이,[44] 핀치[45]에 대

41) 1637년에 피쿼트 원주민 인디언과 뉴잉글랜드 이주민 사이에 벌어진 전쟁. 영국인 무역상 몇몇이 이들 인디언에게 살해되자 매사추세츠, 플리머스, 코네티컷의 식민지 연합부대가 인디언을 습격해 800여 명을 학살했다.
42) 프랜시스 베이컨(1561~1626). 영국의 법률가이자 철학자. 귀납법을 창

해 같은 직업에 종사하는 동료들로서 버릇처럼 언급했지만 이 신생국가의 긴박한 상황을 맞아 벨링엄 총독은 정치가이며 통치자는 물론이고 군인으로도 탈바꿈했던 것이다.

귀여운 펄은 반짝이는 집 전면을 바라보고 좋아했듯이 눈부신 갑옷을 무척 마음에 들어 하면서, 깨끗이 닦은 거울 같은 갑옷의 가슴받이 부분을 한참 동안이나 들여다보았다.

"엄마!" 그녀가 소리를 질렀다. "엄마가 이 거울 속에 보여. 자, 봐요! 보라고요!"

헤스터가 이 아이의 비위를 맞추느라고 갑옷을 들여다보았을 때 볼록거울의 독특한 작용 때문인지 주홍 글자가 엄청나게 확대되어 비치는 바람에 그녀의 모습에서 글자가 가장 두드러지게 눈에 띄었다. 실제로 헤스터는 주홍 글자에 온몸이 완전히 가려진 듯했다. 언제나 그랬던 것처럼 그 조그마한 얼굴에 요정같이 영리한 표정을 짓고 펄은 위쪽 투구에도 비친 같은 모양을 손가락질하며 어머니에게 미소를 지어 보였다. 짓궂은 장난을 좋아하는 이 아이의 얼굴도 거울 속에 어찌나 크고 뚜렷하게 비치는지 헤스터 프린에게는 자기 딸이 아니라 펄의 모습으로 바뀌려고 하는 꼬마 악마처럼 느껴졌다.

"이리 온, 펄!" 어머니가 그 아이를 끌어당기며 말했다. "이

시해 근대 과학에 이론적 근거를 마련한 것으로 유명하다.
43) 에드워드 코크(1552~1634). 영국의 법률가. 영국의 법조계 최고 지위까지 올랐다.
44) 윌리엄 노이(1577~1634). 찰스 1세의 법무 총재를 지낸 법률가.
45) 존 핀치(1584~1660). 찰스 1세를 지지하고 청교도를 탄압한 법률가.

리 와서 예쁜 정원이나 구경하렴. 어쩌면 꽃을 볼 수 있을지도 몰라. 숲속에서 볼 수 있는 꽃보다 더 고운 꽃 말이야."

그러자 펄은 홀 한쪽 먼 끝에 있는 아치형 창가로 달려가 정원의 산책 길을 쭉 훑어보았다. 길바닥에는 짧게 깎은 잔디가 융단처럼 깔려 있었고, 길 가장자리에는 관목 길을 만들려고 대충 시도한 흔적이 엉성하게 남아 있었다. 그러나 이 집 주인은 땅이 굳고 생존경쟁이 심한 대서양 건너 이쪽에 고국 영국풍의 정원을 가꾸는 취미를 옮겨 와 영원히 살려 보겠다는 노력을 아예 단념해 버린 듯했다. 환히 보이는 데서 양배추가 자라고 있는가 하면, 멀리 떨어진 곳에 뿌리박은 호박 덩굴이 이쪽으로 뻗어 나와 홀 창문 바로 밑에 큼지막한 호박 하나를 매달고 있었다. 마치 커다란 이 채소 덩어리야말로 뉴잉글랜드 땅이 그에게 바칠 수 있는 가장 호화로운 장식물이라고 말해 주는 것 같았다. 이 밖에 장미 덤불도 몇 개 있었고, 사과나무는 많이 있었는데, 이 사과나무는 이곳 반도에 맨 먼저 이주한 블랙스톤 목사[46]가 일찍이 심어 놓은 나무의 자손일지도 모른다. 황소를 타고 돌아다녔다는, 초기 연대기에 나오는 신화적 인물에 가까운 그 목사 말이다.

펄은 장미 덤불을 보자 빨간 장미꽃 한 송이를 따 달라고 보채기 시작하더니 아무리 달래도 막무가내였다.

---

46) 윌리엄 블랙스톤(1595~1675). 케임브리지 대학교 출신의 영국 국교회 목사. 당국과 의견이 맞지 않아 1623년에 보스턴 근처로 처음 이주해 사과와 채소를 재배하며 살았지만 청교도의 비관용적 태도를 싫어해 1635년에 로드아일랜드로 이주했다.

"쉿, 애야, 조용히 해야지!" 어머니가 정색하며 말했다. "울지 마, 귀여운 펄! 정원에서 소리가 나는구나. 아마 총독님이 오시나 보다. 다른 분들도 함께 말이야!"

아니나 다를까 정원의 샛길을 따라 서너 사람이 집 쪽으로 다가오고 있었다. 자신을 달래는 어머니의 말에는 조금도 아랑곳하지 않던 펄은 한바탕 사납게 고함을 지르고 나더니 갑자기 조용해졌다. 어머니의 말을 따라야겠다는 생각에서가 아니라 펄이 타고난 예리하고 변덕스러운 호기심이 낯선 사람들이 나타나자 고개를 쳐들었기 때문이다.

8장

꼬마 요정과 목사

벨링엄 총독은 느슨한 겉옷에다 헐렁한 모자를 쓰고(나이 지긋한 신사들이 집에서 한가로울 때 즐겨 입는 차림 말이다.) 앞장서 걸어오며 자기 소유지를 자랑 삼아 보여 주고, 앞으로 계획하고 개선할 점에 대해 장황하게 설명하고 있는 것 같았다. 희끗희끗한 턱수염 밑에는 제임스 왕[47] 시대의 옛 유행을 따라 공들여 만든 폭 넓은 주름깃이 있어서 그 위에 솟아 있는 머리통은 마치 큰 쟁반에 얹어 놓은 세례자 요한[48]의 머리와 비

---

47) 영국 왕 제임스 1세(1566~1625). 1603년부터 엘리자베스 1세의 뒤를 이어 영국을 통치했고, 그의 즉위 때 흠정역성서가 번역되었다.

48) "그래서 왕은 곧 호위병을 보내서 요한의 목을 베어 오게 했다. 호위병은 나가서 감옥에서 요한의 목을 베어 쟁반에 담아 소녀에게 주었고, 소녀는 그것을 자기 어머니에게 주었다."(「마가복음」 6장 27~28절)

슷했다. 초로가 지난 준엄하고 엄격한 그의 모습이 풍기는 인상으로 보아서는 분명히 온갖 힘을 쏟아 집 주위에 마련했을 세속적이고 환락적인 수단과는 별로 어울려 보이지 않았다. 우리의 근엄한 조상이, 비록 인생을 한낱 시련과 투쟁의 연속이라고 말하고 생각하는 버릇이 있었고, 의무가 명하면 온 재산과 생명을 기꺼이 바칠 용의가 있을망정, 꽤 손쉽게 누릴 수 있는 안락이나 심지어 사치의 수단마저 거절하는 것을 양심적인 행동으로 간주했다고 생각하는 것은 잘못이다. 가령 벨링엄 총독의 어깨 너머로 눈처럼 새하얀 턱수염을 삐죽이 드러내 보이고 있는 나이 지긋한 존 윌슨 목사도 그런 원칙 따위를 가르치지는 않았다. 이 목사는 배나 복숭아 같은 것이라면 뉴잉글랜드 토양에 가꿀 수도 있을 것이라는 둥 자줏빛 포도는 양지바른 정원 담장이라면 어떻게 해서라도 자라게 할 방법이 있을 법하다는 둥 자신의 소견을 밝혔다. 영국 교회[49]라는 기름진 가슴에서 자양분을 섭취하며 자라 온 이 늙은 목사는, 선량하고 안락한 것이라면 무엇이든 좋아하는 취미를 오래전부터 가지고 있었다. 강단에 섰을 때나 헤스터 프린이 저지른 것 같은 죄를 공개 석상에서 책망할 때는 엄격한 태도를 보였을지 몰라도 사생활에서는 인정 많고 자비로웠기 때문에 이 무렵의 사람들한테서 어느 목사들보다도 따뜻한 사랑을 받고 있었다.

---

49) 영국 국교회인 성공회. 청교도는 이 교회에 불만을 품고 종교적 자유를 찾아 신대륙으로 건너왔다.

총독과 윌슨 목사의 뒤를 따라 다른 손님들이 나타났다. 그 중 한 사람은, 독자들도 기억하겠지만, 아서 딤스데일이라는 목사로 헤스터 프린이 치욕을 당하던 장면에서 마지못해 잠깐 한 가지 역할을 맡았던 사람이다. 그리고 그 목사 옆에 바짝 붙어서 오는 사람은 의술에 조예가 깊은 로저 칠링워스라는 노인으로 두세 해째 이 마을에 자리 잡고 사는 사람이다. 이 박학한 의사는 젊은 목사를 돌보는 의사이자 그의 친구로 알려져 있다. 요즈음 들어 이 젊은 목사는 자기 몸을 돌보지 않고 성직자로서의 직분과 의무를 희생적으로 수행하는 탓에 몸이 몹시 쇠약해져 있었다.

손님들의 앞장을 선 총독이 계단을 한두 걸음 올라가 큰 홀의 들창문을 열자 바로 가까이에 귀여운 펄이 있었다. 헤스터 프린은 커튼의 그림자 때문에 몸의 일부가 가려져 있었다.

"아니, 이게 누구야?" 벨링엄 총독이 눈앞에 나타난 주홍색 모습을 보고 흠칫 놀라 바라보며 물었다. "정말 내가 한창 영화를 누리던 제임스 왕 시대 이후로 처음 보는 모습이야. 그때 난 궁전 가면무도회에 참석하는 걸 굉장한 호사로 생각했지! 경축일이면 으레 이런 조그마한 요정들이 구름같이 몰려들곤 했지 뭐야. 그 애들을 보고 '연회 사회자'[50]의 아이들이라고 했지. 그런데 저런 손님이 어떻게 이 홀 안으로 들어왔을까?"

"아, 정말이로군요!" 마음씨 착한 윌슨 노목사가 큰 소리로 맞장구를 쳤다. "무슨 작은 새이기에 저렇게 주홍색 깃을 가졌

---

50) 중세 영국에서 크리스마스 파티나 큰 연회 때 사회를 보던 사람.

을까? 햇살이 화려하게 색유리창을 통과해 마룻바닥에 황금빛이며 자줏빛 이미지의 윤곽을 드러낼 때나[51] 이런 걸 본 듯한데. 하지만 그건 고국에서의 일이지. 아가야, 넌 누구냐? 네어머니는 무엇 때문에 너에게 이처럼 이상한 옷을 차려입혀주었단 말이냐? 너도 예수 그리스도를 믿는 집 아이겠지, 응, 그렇지! 교리문답을 외울 줄 아느냐? 아니면 네가 바로 저 장난꾸러기 꼬마 악마이거나 요정이란 말이냐? 우리가 로마 가톨릭의 다른 유물과 함께 즐거웠던 옛 고국 땅에다 모두 버리고 온 요정 말이야."

"난 우리 엄마 아이예요!" 주홍빛 환영이 대답했다. "그리고 내 이름은 펄이고요!"

"펄이라고? 아냐, 차라리 루비가 좋아! 아니면 산호거나! 그것도 아니라면 네 얼굴 빛깔로 봐서 빨간 장미가 어울릴걸!" 늙은 목사는 이렇게 말하면서 손을 내밀어 귀여운 펄의 뺨을 쓰다듬어 주려고 했지만 헛수고였다. "그런데 네 엄마는 지금 어디 계시지? 오냐! 알겠다." 그는 이렇게 덧붙여 말하고는 벨링엄 총독에게 고개를 돌리고 나지막한 목소리로 속삭였다. "이 아이가 우리가 지금 의논하던 바로 그 아이입니다. 그리고 이 아이의 어미인 불행한 여인 헤스터 프린도 여기 있군요!"

"그래요?" 총독이 소리쳤다. "하마터면 저런 애 엄마라면 창

---

51) 교회의 화려한 색유리창이나 마룻바닥에 새겨 놓은 이미지는 영국 국교회에서 흔히 볼 수 있는 모습이다. 청교도는 이런 로마 가톨릭의 잔재를 우상 숭배라고 생각해 싫어했다. '청교도(Puritan)'란 글자 그대로 영국 국교회에서 로마 가톨릭의 잔재를 '정화하려는(purify)' 종교적 순결주의자였다.

녀나 바빌론의 계집[52] 같은 여인일 거라고 잘못 판단할 뻔했구려! 하지만 마침 그 여인이 왔으니 당장 이 문제를 상의해 봅시다."

벨링엄 총독은 유리문을 거쳐 홀 안으로 들어섰고, 그 뒤를 따라 손님 세 사람도 들어왔다.

"헤스터 프린." 총독은 아주 준엄한 시선으로 주홍 글자를 달고 있는 여인을 뚫어지게 바라보았다. "사실 최근 당신 문제로 여러 차례 신중히 논의했소. 저 아이 안에 들어 있는 것 같은 불멸의 영혼을 세상길을 걷다가 넘어져 함정에 빠졌던 사람에게 맡긴다는 게, 권위와 영향을 행세하는 우리로서 과연 양심의 책무를 다했다고 할 수 있는지에 대해 말이오. 저 아이의 어머니로서 당신이 직접 말해 보구려! 저 아이를 당신 품에서 벗어나게 해서 수수하게 옷을 입히고 엄격하게 훈련시키고 하느님의 진리를 가르쳐 주는 게 아이의 현세의 행복과 영원한 행복을 위하는 길이라고 생각하지 않소? 이런 문제에 대해 당신이 저 아이를 위해 무슨 일을 해 줄 수 있겠소?"

"이 일로 배운 것을 귀여운 펄에게 가르쳐 줄 수 있지요!" 헤스터 프린이 붉은 징표에 손가락을 얹으며 대답했다.

---

52) "이 여자는 자주색과 빨간색 옷을 입고 금과 보석과 진주로 꾸미고 손에는 금잔을 들고 있었는데, 그 속에는 가증한 것들과 자기 음행의 더러운 것들이 가득했습니다."(「요한계시록」 17장 4절) "이마에는 '땅의 음녀들과 가증한 것들의 어미, 큰 바빌론'이라는 비밀의 이름이 적혀 있었습니다."(17장 5절) '바빌론의 계집'이라는 표현은 청교도들이 가톨릭교회를 비난할 때 자주 일컫는 말이다.

"여인이여, 그건 치욕의 징표란 말이오!" 총독이 준엄하게 말했다. "우리가 당신 아이를 남에게 맡기려는 건 바로 그 주홍 글자가 나타내는 오점 때문이오."

"하지만 말이에요." 어머니는 얼굴이 점점 창백해지면서도 침착하게 말했다. "이 징표가 저에게 가르쳐 주었지요. 지금도 날마다 가르쳐 줍니다. 바로 이 순간에도 저에게 가르쳐 주고 있어요. 비록 저한테는 조금도 도움이 되지 않지만 제 아이를 더욱더 똑똑하고 훌륭하게 만들 수 있을지 모를 교훈을 말입니다."

"우리는 신중히 판단해 앞으로 취할 조처를 강구할 겁니다." 벨링엄 총독이 말했다. "윌슨 목사님께 부탁드립니다. 이 펄을, 그게 이 아이 이름이지요, 잘 살펴보시고 그 나이 또래 아이가 마땅히 갖춰야 할 그리스도교 교육을 받았는지 좀 알아봐 주십시오."

늙은 목사는 안락의자에서 앉아 펄을 두 무릎 사이로 끌어당겨 안으려고 했다. 그러나 어머니의 품을 제외하고는 남의 다정스러운 태도에 익숙지 않았던 그 아이는 열려 있는 창으로 빠져나가 금방이라도 하늘로 날아갈 듯 깃이 많은 야생 열대조처럼 위쪽 계단 위에 우두커니 서 있었다. 윌슨 목사는 이렇게 갑작스러운 아이의 행동에 적잖이 놀랐지만(본디 할아버지처럼 인자한 사람이라서 어느 아이들이나 무척 자신을 따랐기 때문이다.) 계속해서 시험해 보려고 했다.

"펄." 목사가 엄숙한 목소리로 말을 꺼냈다. "너는 앞으로 때가 되면 가슴에 값비싼 진주를 달 수 있도록 하느님의 가르침을 명심해야 하느니라. 그래, 얘야, 넌 누가 너를 만들었는지 알고 있느냐?"

이제는 펄도 누가 자기를 만들었는지를 충분히 알고 있었다. 믿음이 두터운 집안 딸인 헤스터 프린은 그 아이와 함께 하늘의 아버지에 대한 이야기를 나눈 뒤 곧바로 아무리 어릴 때라도 인간 정신이 아주 관심 있게 받아들이는 진리를 가르쳐 주기 시작했기 때문이다. 그래서 세 해 동안 얻은 지식이 아주 풍부한 펄은 뉴잉글랜드 입문서[53]나 웨스트민스터 교리문답[54]의 첫 줄 정도의 시험이라면 비록 이 이름난 책을 직접 보지는 못했어도 거뜬히 치러 낼 수 있었을 것이다. 그러나 아이들이라면 누구나 조금씩 갖고 있고, 더구나 펄의 경우에는 다른 아이들보다 열 곱절 심한 심술이 가장 적절하지 못한 때에 그 아이를 여지없이 사로잡아 마침내 입을 꼭 다물게 했거나 잘못 말하게 했다. 이 아이는 버릇없게도 윌슨 목사의 물음에 번번이 대답하지 않고 입에 손가락을 문 채 자기는 누가 만들어 준 것이 아니고 엄마가 감옥 문가에 자란 들장미 덤불에서 꺾어 온 것이라고 대답했다.

이런 엉뚱한 생각은 아마 펄이 창문 밖에 서 있었을 때 총독 저택 가까이 있는 붉은 장미를 보고 암시를 받았기 때문일 것이다. 아니면 이곳으로 오는 길에 지나쳐 온 감옥의 장미 덤

---

53) 1683년 매사추세츠에서 만든 어린이용 교과서. 알파벳뿐 아니라 성서에 나오는 인물이나 사건을 이용해 종교 교육을 하는 데 크게 이바지했다.
54) 1643년 영국 의회의 소집으로 웨스트민스터 사원에서 열린 성직자 회의에서 성문화시킨 교리문답.

불이 생각났기 때문이었는지도 모른다.

로저 칠링워스 영감은 얼굴 가득 웃음을 띠며 젊은 목사의 귀에다 대고 뭐라고 속삭였다. 의술을 지닌 이 사내를 바라본 헤스터 프린은 자신의 운명이 아슬아슬한 위기에 놓여 있는 순간이었지만 몹시도 달라진 사내의 모습을 보고 크게 놀랐다. 함께 다정하게 지내던 그때보다 어쩌면 저렇게 보기 흉하게 변했는지, 워낙 거무스름했던 얼굴은 얼마나 더 검어지고, 몸은 얼마나 더 기형적으로 되었는지. 헤스터의 시선은 한순간 그 사내의 눈과 마주쳤지만 곧바로 눈앞에 벌어지는 장면에 모든 주의를 돌려야 했다.

"이거 참 딱한 노릇이로군!" 펄의 대답을 듣고 놀란 총독이 마침내 마음을 가다듬고 큰 소리로 외쳤다. "세 살이나 되었는데 누가 자기를 만들었는지도 모르다니! 이 아이는 자기 영혼이니, 현재의 타락이니, 미래의 운명에 대해서 역시 아무것도 모를 게 틀림없어요! 여러분, 더 이상 물어볼 필요가 없을 것 같군요."

헤스터는 펄을 붙잡아 품으로 힘껏 잡아당기면서 매서운 표정으로 늙은 청교도 총독을 마주 보았다. 세상에서 버림받아 외롭게 살면서 자신의 심장을 멈추지 않게 해 주는 것이라고는 오직 이 보물 하나밖에 없는 헤스터는, 자신은 온 세상에 맞서 파기할 수 없는 권리를 갖고 있으며 이 권리를 죽음을 바쳐서라도 지켜야겠다고 느꼈다.

"이 아이는 하느님께서 저한테 주셨어요!" 헤스터가 큰 소리로 외쳤다. "하느님은 당신이 제게서 빼앗아 간 것들을 보상해 주시려고 이 아이를 주신 겁니다. 이 아이는 제 행복이에요! 그 못지않게 제 괴로움이기도 하고요! 제가 이 세상에서 살아 나갈 수 있는 건 바로 이 펄 때문이에요! 펄은 제게 벌도 준다고요! 모르시겠어요? 이 아이는 사랑받을 수밖에 없는, 그래서 제 죄에 대해 몇백만 배 처벌하는 힘을 가진 주홍 글자라는 것을. 하늘이 무너져도 이 아이를 절대로 빼앗기지 않겠어요! 그럴 바에야 차라리 제가 먼저 죽어 버릴 거예요!"

"불쌍한 여인이로고." 인정 많은 노목사가 말했다. "그 아이는 잘 돌보아 줄 거요! 당신이 할 수 있는 것보다도 훨씬 더 극진하게 말이오."

"이 아이는 하느님이 제게 맡겨 주신 겁니다." 헤스터가 거의 비명에 가깝게 목청을 높여 말했다. "이 아이만은 절대로 내놓지 못하겠어요!" 그리고 문득 무슨 충동을 느꼈는지 그녀는 지금껏 눈길 한 번 주지 않던 젊은 딤스데일 목사 쪽으로 고개를 돌렸다. "목사님께서 저를 대신해 말씀해 주세요!" 그녀가 외쳤다. "당신은 제 목사님이셨고, 제 영혼을 맡으셨던 분이니까 저분들보다는 저를 잘 아실 테지요. 전 이 애를 내놓지 못하겠어요! 저를 대신해 어서 말씀 좀 해 주세요! 목사님은 알고 계시지요. 목사님껜 저분들한테서 찾아볼 수 없는 동정심이 있으니까요! 목사님만은 아실 겁니다. 제 심정이 어떠하며, 어미의 권리가 무엇이며, 가진 것이라곤 오직 자식 하나와 주홍 글자밖에 없을 때 그 어미의 권리가 얼마나 강해지는지! 목사님께서 이 점을 부디 헤아려 주세요! 전 이 아이를 절대로 내놓지 못해요! 부디 헤아려 주세요!"

헤스터 프린이 자신이 놓인 상황 때문에 거의 미친 듯 이렇게 격렬하고 특이하게 호소하는 것을 듣자, 곧바로 젊은 목사는 파랗게 질린 얼굴로 유난히 예민한 신경이 극도로 흥분할 때면 언제나 버릇처럼 그러듯이 가슴에 손을 얹은 채 앞으로 나섰다. 목사는 헤스터가 군중 앞에서 치욕을 당하는 자리에서 우리가 만났을 때보다도 훨씬 더 수심에 싸이고 수척해 보였다. 몸이 쇠약해진 탓인지 그 밖에 또 다른 무슨 이유 때문인지는 몰라도, 커다란 검은 눈 속 깊이 괴롭고 침울한 빛이 감돌며 온갖 고통이 가득 어려 있었다.

"이 여인이 하는 말에는 진실이 담겨 있습니다." 젊은 목사가 마침내 상냥하고 떨리는, 그러나 홀 안에 온통 반향을 일으켜 속이 빈 갑옷이 울려 퍼질 만큼 쟁쟁한 목소리로 말문을 열었다. "헤스터가 하는 말이나 그녀의 가슴을 이토록 벅차게 하는 감정에는 진실이 담겨 있어요! 하느님께서는 헤스터에게 이 아이를 주셨을뿐더러 이 아이의 성질이나 요구에 대한 본능적인 지식도 함께 주셨습니다. 비록 둘 다 그토록 이상하게 보일지도 모릅니다만, 이건 다른 인간은 아무나 가질 수 없는 지식이지요. 더구나 이 어미와 이 아이의 관계에는 지극히 거룩한 그 무엇이 간직되어 있지 않습니까?"

"으음! 한데 그게 어떻다는 말이지요, 딤스데일 목사?" 총독이 그의 말을 가로막았다. "그 말뜻을 좀 더 분명하게 밝혀 주시오!"

"꼭 그럴 것임에 틀림없습니다." 젊은 목사가 다시 말을 이었다. "만약 그렇지 않다고 생각한다면 인류를 창조하신 하느님 아버지께서 죄 되는 짓을 가볍게 보시고 더러운 욕정과 신성한 애정의 차이를 대수롭지 않게 여기신다고 말하는 것이 되지 않겠습니까? 아비의 죄와 어미의 치욕이 낳은 이 아이는 하느님의 손에서 나왔습니다. 그래서 이 아이를 맡을 권리를 저토록 진지하게, 저토록 비통한 심정으로 탄원하는 어미 마음속에 여러 방법으로 역사하고 있지요. 이 아이는 축복으로 주어진 겁니다. 어미의 삶에서 오직 하나뿐인 축복 말이지요! 물론 어미 자신도 우리에게 말한 것처럼 그 아이는 죄의 징벌을 위해 주어진 것이기도 합니다. 뜻하지 않은 순간에도 번번이 느끼게 마련인 고통 말이지요. 근심 어린 기쁨 한가운데에서 나타나는 가책이요, 고문이요, 언제나 되살아나는 고뇌란 말이지요! 그녀는 가엾은 이 아이의 옷차림에 이런 생각을 표현한 게 아닐까요? 이 옷을 보면 그녀의 가슴을 태우는 저 붉은 징표를 그토록 강하게 생각하게 되니 말입니다."

"역시 좋은 말씀이오!" 윌슨 목사가 큰 소리로 말했다. "나는 또 저 여인의 머릿속에 제 자식을 사기꾼으로나 만들려는 소견머리밖엔 없는 줄 알았구려!"

"아, 천만에요! 그건 가당치도 않은 일이지요!" 딤스데일 목사가 다시 말을 이었다. "하느님께서 이 아이를 통해 역사하신 그 엄숙한 기적을 이 여인은 정녕 깨닫고 있을 겁니다. 그리고 하느님께 빌건대, 이것이야말로 진리라는 생각이 듭니다만, 이 은혜가 무엇보다도 어미의 영혼을 살아 있게 하고, 나아가서는 그 은혜가 없었더라면 사탄이 빠뜨릴지도 모를 더욱 캄캄한 죄의 구렁텅이로 떨어지지 않도록 베풀어졌다는 사실을 느끼도록 말이지요! 그러므로 이 가엾고 죄 많은 여인에게 불멸의 영혼을 지닌 어린아이, 영원한 기쁨이나 슬픔을 줄 수 있는 이 아이를 맡기는 것이 그 어미에게도 좋은 일입니다. 그렇게 되면 이 아이 때문에 올바른 길로 가는 훈련을 받게 되고, 이 아이는 순간순간 어미에게 지난날의 타락을 새삼스럽게 생각나게 해 줄 뿐 아니라, 마치 창조주의 신성한 서약이기라도 한 것처럼, 만약 어미가 자식을 천국으로 이끌어 가면 그 자식 역시 양친을 천국으로 모셔 가리라고 어미한테 가르쳐 주게 되겠지요! 이런 점으로 미뤄 보아 죄 지은 어미가 죄 지은 아비보다는 행복합니다. 그러므로 헤스터 프린을 위해서나 그 못지않게 가엾은 어린아이를 위해서나 하느님께서 옳다고 생각하신 대로 두 모녀를 그냥 내버려 두시지요!"

"목사님, 목사님은 이상할 정도로 진지하게 말씀하십니다그려." 로저 칠링워스 노인이 젊은 목사에게 미소를 지어 보이며 말했다.

"지금 젊은 형제가 한 말에는 중요한 뜻이 담겨 있어요." 윌슨 목사가 덧붙여 말했다. "벨링엄 각하, 어떻습니까? 이 가엾은 여인을 위해 변호를 잘하지 않았습니까?"

"정말이오." 총독이 대답했다. "그렇게 훌륭한 논거를 제시해 주었으니 이 문제를 지금 상태 그대로 둘 수밖에 없군요. 적어도 앞으로 이 여인한테 다른 추문이 나돌지 않는 한 말이오. 하지만 윌슨 목사님이나 딤스데일 목사가 수고를 해서 적당한 때에 이 아이한테 교리문답에 관한 정기 시험을 받게 해야 할 것 같소이다. 그뿐 아니라 때가 되면 학교나 예배에도 참석하도록 마을 관리들이 신경을 써야겠지요."

젊은 목사는 말을 마치자마자 일동이 있는 곳에서 몇 걸음 물러서더니 창문에 드리운 묵직한 커튼 자락 뒤에 얼굴을 반쯤 가리고 서 있었다. 햇빛을 받아 마룻바닥에 비친 그의 그림자는 격렬한 호소를 한 탓으로 떨리고 있었다. 매우 변덕스러운 꼬마 요정 펄은 슬며시 목사한테로 다가가 두 손으로 그의 손을 움켜쥐고 그 위에다 뺨을 얹었다. 애무하는 품이 어찌나 다정스럽고 얌전한지 그 모습을 지켜보고 있던 어머니가 혼잣말로 중얼거렸다. "저 애가 정말 내 아이 펄이란 말인가?" 그러나 이 아이의 가슴속에 애정이 들어 있다는 것은 어머니도 진작 알고 있었다. 하기야 갑자기 격렬하게 폭발하기가 일쑤인 그 아이의 애정이 지금처럼 부드러워져서 은근하게 나타난 것은 평생에 두 번 보기 힘들었지만 말이다. 목사는 주위를 둘러보더니 어린아이 머리 위에 손을 얹고 잠시 머뭇거리다가 마침내 이마에 입을 맞추었다. 오랫동안 못내 그리웠던 여성의 호감을 제외하고는 영적인 본능에서 저절로 우러난, 그래서 진정 사랑받을 만한 어떤 것을 풍기는 듯한 어린아이의 애정 표현보다 더 달콤한 것은 없으니 말이다. 그러나 펄의 여느 때와 다른 이런 기분은 더 이상 오래가지 않았다. 펄이 깔깔대고 웃으며 날아가듯 사뿐사뿐 홀을 뛰쳐나가는 것을 보고 나이 지긋한 윌슨 목사는 어린아이의 발끝이 정말로 마룻바닥에 닿고 있는지 의아해하지 않을 수 없었다.

"저 말괄량이 꼬마는 틀림없이 몸에 무슨 마술이라도 지니고 있나 보오." 윌슨 목사가 딤스데일 목사를 향해 말을 건넸다. "저 애는 마녀 할멈이 타고 다닌다는 빗자루 같은 게 필요 없겠는걸!"

"참으로 이상한 애로군요!" 로저 칠링워스 노인이 말을 꺼냈다. "저 어린애에게서 어미의 혈통을 찾아내기란 어렵지 않아요. 여러분, 저 아이의 성질을 분석한 뒤 그 성격을 근거로 아비의 정체를 제대로 알아맞히는 것이 학자의 연구로서 감당하기 어려운 일일까요?"

"그건 안 될 말이지요. 이런 문제에 속세의 학문을 수단으로 이용한다는 건 벌 받을 짓이에요." 윌슨 목사가 말했다. "차라리 금식 기도라도 드리는 게 나을 겁니다. 하느님께서 마음이 내키어 밝히시지 않는 한 그 수수께끼는 지금대로 내버려 두는 편이 더 좋을 겁니다. 그러면 선량한 그리스도교인은 너나 할 것 없이 가엾게도 버림받은 아이에게 아버지로서의 온정을 베풀 자격을 가지게 될 테니까요."

문제가 이렇게 만족스럽게 해결되자 헤스터 프린은 펄과 함께 총독의 저택을 떠났다. 두 모녀가 계단을 내려설 때 벨링엄 총독의 심술궂은 누이인 히빈스 부인이 창문을 활짝 열어젖히면서 화창한 햇빛 속으로 얼굴을 삐죽 내밀었다고 한다. 바로 이 부인이 그로부터 몇 해 뒤에 마녀로 처형을 받게 되는 여인이다.

"쉿, 이봐요!" 히빈스가 말했다. 그녀가 말하는 동안 불길스러운 얼굴이 새 집의 산뜻한 분위기에 우중충한 그림자를 더해 주는 것 같았다. "오늘 밤에 우리와 같이 가 보지 않겠우? 숲속에 가면 재미있는 패거리가 많이 있는데 말이오. 아리따운 헤스터 프린도 한패가 될 거라고 마귀한테 벌써 약속을 해 놓다시피 했는데."

"가지 못해 미안하다고 전해 주시지요!" 헤스터 프린이 승리의 미소를 띠며 대답했다. "난 집에 남아서 우리 귀여운 펄을 보살펴야 하니까요. 만약 그분들이 내게서 이 아이를 빼앗아 갔다면 난 기꺼이 당신과 함께 숲속을 찾아가서 마귀의 기록부에 내 이름을 적었을 거예요. 그것도 내 피로 말이지요!"

"어차피 우린 곧 그곳에 가게 될걸!" 얼굴을 찌푸리며 마녀의 얼굴이 창 안으로 사라졌다.

그런데 만약 히빈스 부인과 헤스터 프린의 이 만남이 한낱 일화가 아니라 사실이라면, 여기서 타락한 어미와 그녀의 나약함에서 생긴 자식의 관계를 끊어서는 안 된다고 주장한 젊은 목사의 견해가 옳았음을 증명하는 한 예를 찾을 수 있을 것이다. 이처럼 그 아이는 이렇게 일찍부터 어머니를 마귀의 함정에서 건져 냈던 것이다.

9장

의사

로저 칠링워스라는 이름 밑에는 또 다른 이름이 숨어 있었고, 이 이름을 숨기고 있는 장본인은 자신의 본명이 세상 사람들 입에 두 번 다시 오르지 않게 하리라고 굳게 마음먹었다는 사실을 독자들은 기억하고 있을 것이다. 여행으로 지친 나이 지긋한 사내 하나가 위험한 황야에서 막 돌아와 사람들 앞에서 치욕을 받는 헤스터 프린을 군중 틈에 끼어 바라보고 있었다는 것을 이미 앞에서 밝혔다. 그런데 죄의 상징으로 군중 앞에 서 있던 이 여자야말로 그 사내가 자신과 함께 따스하고 단란한 가정을 꾸릴 수 있다고 바라 마지않던 바로 그 장본인이었던 것이다. 기혼 여성으로서 헤스터의 체면은 이미 사람들의 발밑에 짓밟혀 있었다. 시장터 한가운데 그녀의 주위에서는 욕설이 들끓었다. 만약 그녀의 친척이나 순결한 처녀 시절의 친구들에게 이런 소문이 전달된다면 오직 불명예가 전염병처럼 번질 것이다. 그런데 그 전염병은 과거의 친분 관계가 얼마나 깊었는가, 아니면 얼마나 신성했는가 하는 정도에 따라 완전히 일치하고 비례해 번졌을 것이다. 그렇다면 도대체 무엇 때문에(그 선택권은 그 사람 자신에게 있으니까 말이다.) 타락한 여인과 가장 허물없고 신성한 관계를 가졌던 사내가 일부러 나타나서 그렇게 달갑지도 않은 유산을 물려받겠다고 요구하겠는가? 사내는 치욕의 처형대 위에 헤스터와 나란히 서서 창피를 당하지 않으리라고 굳게 마음먹었다. 헤스터 프린을 제외한 모든 사람에게 자신의 정체를 감추고 그녀의 침묵이라는 자물쇠와 열쇠를 손아귀에 쥔 채 인류의 명단에서 자기 이름을 지워 버리려고 했다. 그리고 지난날의 인연이며 이해관계에 관해서는 정말로 바다 깊은 곳에 빠져 죽은 사람처럼 세상에서 완전히 사라지기를 원했다. 그렇잖아도 떠도는 소문에 따르면, 그는 이미 오래전에 깊은 바닷속 물귀신이 되지 않았던가. 일단 이와 같은 목적을 이루자 이번에는 새로운 흥밋거리 그리고 마찬가지로 새로운 목적이 고개를 쳐들곤 했다. 죄라고는 할 수 없을지 몰라도 틀림없이 음험한, 그러나 그의 온갖 능력을 모두 쏟을 만큼 충분히 강력한 힘을 지닌 목적 말이다.

이런 결심을 실행에 옮기기 위해 사내는 로저 칠링워스라는 이름 아래 오직 남달리 풍부하게 지닌 학문과 지혜만을 내세우고 청교도 마을에 자리를 잡았다. 지난날 연구로 이 무렵의 의학 지식을 널리 갖추고 있었기 때문에 의사로서 행세할 수 있었고, 실제로도 의사로서 후한 대접을 받았다. 이 무렵 식민지에서는 의술과 외과 기술을 가진 능란한 사람들은 보기 드물었다. 그런 사람들은 다른 이주민들이 대서양을 넘어오게 했던 열정적인 신앙심을 아마 가지지 못했기 때문일 것이다. 인체를 연구하다 보면 어쩌면 그런 사람들의 좀 더 고귀하고 예민한 정신 기능이 물질적인 것으로 바뀌어 버릴 것이다. 그래서 마침내 그 자체 안에 삶의 모든 것을 함축할 만한 기술을 지닌 듯한 저 신비롭고 복잡한 구조 속에서 삶을 정신적으로 바라보는 관점을 끝내 잃어버리고 말았는지도 모른다. 어찌 되었든 의약에 관한 한 보스턴 시민의 건강은 지금까지는 나이 지긋한 집사이자 약제사 한 사람이 도맡아 왔다. 그런데 이 노인의 경건한 믿음과 독실한 태도가 면허증의 형태로 그가 얻을 수 있는 어떤 것보다 훨씬 더 유리한 자격증 구실을 했다. 하나밖에 없는 이 외과 의사는 날마다 면도칼을 휘두르다가 간혹 한 번씩 그 고상한 기술을 사용하는 것이 고작이었다.[55] 이와 같은 의료계에 로저 칠링워스의 등장이야말로 값진 수확이 아닐 수 없었다. 그는 곧 예로부터 내려오는 무게와 위엄을 갖춘 의술의 기법을 통달하고 있음을 세상에 보여 주었다. 치료 약마다 하나같이 마치 불로장수의 약을 만들려고 하는 것처럼 엄청나게 잡다한 성분을 집어넣어 정성들여 조제했다. 더구나 인디언에게 포로로 잡혀 있을 때 그는

---

55) 17세기까지만 해도 외과 의사는 이발사를 겸했다. 오늘날 이발소에 붙어 있는 줄무늬 표시는 붕대를 상징하는 것이었다.

토착 약초의 효험에 대해 풍부한 지식을 얻었다. 그래서 무지한 야만인들에게 대자연이 베풀어 준 은혜라고 할 이런 소박한 약재를, 그토록 많은 조예 깊은 의사들이 지난 몇백 년 동안 정성껏 조제해 온 유럽의 약전(藥典) 못지않게 신뢰한다는 사실을 그는 환자들에게 굳이 숨기려고 하지 않았다.

이렇게 새로 나타난 낯선 학자는 이곳에 도착하자 적어도 외면적인 종교 생활에 관해서는 본받을 만한 위인으로, 곧 영적 지도자로 딤스데일 목사를 택했다. 그를 열렬히 숭배하는 사람들은 아직도 학자로서의 명성을 옥스퍼드[56]에 떨치고 있는 이 젊은 목사를 하늘의 명을 받은 사도와 다름없이 우러렀다. 만약 이 목사가 보통 사람만큼 살아서 일할 수만 있다면, 아직도 미약한 뉴잉글랜드의 교회를 위해 일찍이 초대 교회의 교부(敎父)들이 요람기의 기독교 신앙을 위해 이룩한 것 못지않은 위대한 업적을 이룩할 것이라고 생각했다. 그러나 이즈음 딤스데일 목사의 건강은 눈에 띄게 쇠약해지기 시작했다. 목사의 생활 습관을 잘 아는 사람들의 말에 따르면, 젊은 목사의 얼굴이 창백한 것은 지나치게 연구에 몰두하는 데다가 성직자로서의 직분을 너무 철저하게 이행하고, 더구나 속세의 더러움이 영혼의 등불을 꺼트리거나 흐려지게 하지 못하도록 자주 금식을 하고 철야 기도를 드리는 탓이라고 했다. 어떤 사람은 만약 딤스데일 목사가 정말로 사망하게 된다면, 그것은

---

56) 영국 옥스퍼드 대학교. 케임브리지 대학교와 함께 본디 목사를 양성하기 위해 세워진 고등교육기관이다.

이 세상이 더 이상 그분의 발에 밟힐 만한 가치가 없기 때문이라고 장담하기도 했다. 한편 목사 자신은 타고난 겸손한 태도로 만약 하느님이 자신을 데려가는 것이 옳다고 여기신다면, 그것은 자신이 이 세상에서 신의 사명 가운데에서도 가장 미천한 사명마저 담당할 자격이 없기 때문이라고 서슴지 않고 밝혔다. 목사의 건강이 쇠약해진 원인에 대해서는 이렇듯 온갖 견해가 있었지만 어찌 되었든 쇠약해졌다는 사실만은 의심할 여지가 없었다. 그의 몸은 날로 수척해졌다. 목소리는 여전히 우렁차고 감미로웠지만 어딘지 모르게 침울함이 깃들어 있어 그가 점점 쇠약해져 간다고 예상할 수 있었다. 대수롭지 않은 일로 흠칫 놀라거나 갑자기 뜻밖의 일을 당하거나 하면 영락없이 가슴에 손을 얹고 처음에는 얼굴을 붉히지만 곧 다시 창백해지며 괴로워하는 모습을 드러내 보였다.

젊은 목사의 상태가 이런 데다가 밝아 오는 새벽 햇살 같은 그의 생명의 빛이 때 이르게 꺼질지도 모를 이처럼 절박한 때에 마침 로저 칠링워스가 이 마을에 나타났다. 하늘에서 떨어진 듯 땅에서 솟아난 듯 도대체 어디에서 왔는지 아무도 모르는 이 사내의 첫 등장은 처음에는 자못 수수께끼처럼 받아들여지다가 곧 쉽게 기적적인 일로 받아들여졌다. 이 사내는 이 무렵의 의술에 능통한 사람으로 알려져 있었다. 보통 사람의 눈에는 아무 쓸모 없어 보이는 것에서 숨어 있는 가치를 잘 아는 사람처럼 그가 약초와 들꽃송이를 모으고 풀뿌리를 캐고 숲속 나뭇가지를 꺾는 모습이 가끔 눈에 띄었다. 칠링워스는 케넬름 딕비 경[57]이며 그 밖의 유명한 인사들과(이들이 이

록한 과학적 성과는 거의 초인간적으로 존경 받았다.) 서신 왕래를 하고 있거나 같이 일하던 동료라고 말하더라는 것이다. 학계에서 이런 지위를 차지한 그가 이런 지방으로 찾아든 까닭이 과연 어디에 있을까? 대도시에서 활약해야 할 이 사내가 이 황야에서 찾는 것이 과연 무엇이란 말인가? 이런 물음에 대한 답으로 한 풍문이 나돌았으니(물론 터무니없는 것이었지만 매우 지각 있는 몇 사람마저도 사실로 믿었다.) 그 내용인즉 하느님께서 엄청난 기적을 베풀어 독일의 어느 대학교에서 고명한 의학박사님을 살짝 들어 하늘로 날라다 딤스데일 목사의 서재 문턱에다 내려놓았다는 것이 아닌가! 사실 좀 더 지각 있고 믿음 두터운 사람들도 하느님이 이른바 기적적 간섭이라는 극적 효과를 노리지 않고서도 그 뜻을 이룰 수 있다는 사실을 빤히 알면서도 로저 칠링워스가 시의 적절하게 이곳에 도착한 데에는 하느님의 손길이 작용하고 있었다고 보는 경향이 있었다.

이와 같은 생각은 의사가 늘 젊은 목사한테 보이는 대단한 관심에서 뒷받침을 받았다. 의사는 교구민으로서 목사를 좋아해 본디 선천적으로 말이 없는 예민한 목사에게서 친구로서의 존경과 신임을 얻으려고 했다. 목사의 건강 상태에 몹시 놀라움을 나타내면서도 어떻게라도 치료해 주려고 애썼다. 만

---

57) 1603~1665. 영국의 외교관이자 작가이자 모험가로 청교도혁명 때 혁명을 반대해 투옥되었다가 왕정복고 때까지 유럽에서 망명 생활을 했다. 연금술과 점성술에 정통했고, 식물에 산소가 필요하다는 사실을 밝혀낸 사람 중의 하나이다.

약 치료를 서두른다면 좋은 결과를 기대할 수 없는 것도 아니라고 생각했다. 딤스데일 목사의 교회 신도들 가운데 장로들이며 집사들이며 어머니 같은 부인들이며 젊고 예쁜 처녀들은 하나같이 목사에게 의사가 허물없이 가르쳐 주는 요법을 시도해 보라고 애걸하듯 권했다. 그러나 딤스데일 목사는 그들의 간청을 점잖게 거절했다.

"내겐 아무 약도 소용없어요." 그는 이렇게 말했다.

그러나 안식일이 돌아올 적마다 두 뺨은 전보다 더욱 창백해지고 몸은 야위어 가고 목소리는 더욱 떨리는데도 젊은 목사는 어떻게 이런 소리를 할 수 있단 말인가? 이제는 가슴에 손을 얹는 것이 어쩌다 하는 행동이 아니라 쉴 새 없이 하는 버릇이 되었는데도 말이다. 자기 일에 싫증이 난 것일까? 아니면 죽기를 바라는 것일까? 보스턴의 원로 목사들과 그의 교회 집사들은 딤스데일 목사에게 엄숙한 태도로 이런 물음을 던졌다. 이 사람들 말을 빌린다면, 하느님이 이처럼 뚜렷이 베풀어 주시는 도움을 함부로 거역하는 죄와 관련해 "목사와 담판을 벌였다."라는 것이다. 목사는 잠자코 귀를 기울이고 듣고 있다가 마침내 의사에게 치료받기로 약속했다.

이런 약속을 지키기 위해 딤스데일 목사가 로저 칠링워스 의사에게 진찰을 부탁하며 말했다. "만약 그것이 하느님의 뜻이라면 내 수고와 슬픔과 죄악과 괴로움이 곧 내 생명과 더불어 끝나, 이승의 것은 무덤에 묻히고 영혼적인 것은 나를 따라 영원한 나라로 돌아간다 해도 나는 만족할 뿐이지요. 차라리 그편이 의사 선생님이 나를 위해 의술을 쓰시는 것보다는 낫습니다."

"아하." 로저 칠링워스가 일부러 그러는지 진심에서 그러는지 알 수 없지만 그의 모든 행동에 두드러지게 나타나는 침착한 태도로 대답했다. "젊은 목사님들은 으레 그런 투로 말하기를 좋아하시지요. 젊은이들이란 생명의 뿌리를 깊이 박지 않은 탓인지 삶을 너무 가벼이 저버린단 말씀이에요! 그런데 이 지상에서 하느님과 함께 걷는 거룩한 분들은 기꺼이 이 세상을 떠나 저 먼 새 예루살렘[58]의 황금 깔린 길을 하느님과 함께 거닐고 싶어 함 직도 하지요."

"천만에요." 젊은 목사가 가슴에 한 손을 얹고 이마에는 언뜻 괴로움의 빛을 띠면서 대꾸했다. "천국에 가서 거닐 자격이 있다면 차라리 이 세상에서 고난을 겪는 편이 오히려 낫겠습니다."

"훌륭한 분들은 언제나 자신을 지나치게 낮추지요." 의사가 대꾸했다.

이리하여 신비에 싸인 로저 칠링워스 노인은 딤스데일 목사의 주치의가 되었다. 그런데 이 의사는 목사의 병에 관심을 가질 뿐 아니라 환자의 성품과 기질을 살펴보고 싶은 마음도 몹시 간절했다. 그래서 비록 나이 차이가 많이 났지만 두 사람은 서로 함께 보내는 시간이 점차 많아졌다. 목사의 건강을 위해서, 또한 의사가 효능 있는 약초를 채집할 겸 해서 두 사람은

---

58) 구원받은 사람들이 사는 천국의 도시. "나는 또 거룩한 도성 새 예루살렘이 남편을 위하여 단장한 신부와 같이 차리고 하느님께로부터 하늘에서 내려오는 것을 보았습니다."(「요한계시록」 21장 2절)

바닷가나 숲속을 오랫동안 함께 산책했다. 그럴 때마다 바닷물이 철썩 부딪쳤다가 산산이 흩어지는 소리와 나무 꼭대기에서 나는 찬송가와도 같은 바람 소리를 들으며 온갖 이야기를 나누었다. 또한 의사는 가끔 목사가 조용히 들어앉아 지내는 서재로 방문하기도 했다. 과학자와 한자리에 앉아 있노라면 목사는 그에게서 뭔가 매력 같은 것을 느꼈다. 과학자에게서 범상치 않은 깊고 넓은 지적 교양과 더불어 동료 목사들한테서는 좀처럼 찾아볼 수 없는 너그럽고 자유로운 사상을 발견했기 때문이다. 실제로 목사는 의사에게서 이런 특성을 발견하고 충격은 받지 않았지만 몹시 놀랐다. 딤스데일 목사는 진실한 목회인이요, 진실한 종교인으로서 어떤 신조를 강하게 밀고 나가는 정신력을 갖추고 있었기 때문에 힘차게 신앙의 길을 걸었으며 세월이 흘러가면서 그 길은 더욱더 탄탄해졌다. 어떤 사회에서 살더라도 그는 이른바 자유사상의 신봉자는 되지 못했을 것이다. 신앙의 힘이 그의 주위에 도사리고 있어 그를 무쇠 같은 울타리 속에 가두어 두는 동안에도 그를 지지해 주어야만 언제나 마음의 평화를 느낄 수 있었다. 그런데도 목사는 평소에 대화를 나누던 지성과는 또 다른 지성을 통해 우주를 내다볼 때 기쁨에 떨면서도 가끔 위안을 얻을 때가 있었다. 그것은 마치 창문을 활짝 열어 놓아 숨 막힐 듯 답답한 서재 안에 좀 더 신선한 공기를 들어오게 하는 것과 같았다. 이 서재 안의 등불빛이며 가려진 햇살이며 감각적이건 정신적이건 책에서 풍기는 곰팡이 냄새 속에서 그의 생명은 점차 시들어 갔다. 그러나 이 공기는 너무나 신선하고 싸늘해서 오래도록 편히 들이마실 수는 없었다. 그래서 목사는 의사와 함께 그들의 교회가 정통이라고 규정지은 울타리 안으로 되돌아가곤 했다.

이리하여 로저 칠링워스는 두 갈래로 환자를 샅샅이 살펴보곤 했다. 즉 목사가 자신에게 친근한 사상의 울타리 범위 안에서 낯익은 길을 계속 걸어가는 일상생활에서의 모습 그리고 색다른 도덕적 풍경 속에 갑자기 놓이자 그 풍경이 너무도 신기해서 성격에 뭔가 새로운 변화를 나타낼 때의 모습을 아울러 관찰했다. 의사는 목사를 돕기 전에 먼저 그 사람의 마음을 꼭 알 필요가 있다고 생각하는 것 같았다. 마음과 지성이 있는 한, 육체의 병은 으레 이 두 가지 특징의 영향을 받게 마련이기 때문이다. 아서 딤스데일로 말하자면, 사고력과 상상력이 남달리 왕성한 데다가 감수성이 예민했기 때문에 아마 육체의 병은 그곳에 뿌리를 두고 있는 듯했다. 그래서 의술이 뛰어난 데다가 친절하고 우정이 두터운 의사인 로저 칠링워스는 환자의 가슴속 깊숙이 파고 들어가 마치 캄캄한 동굴에서 보물을 캐내려는 사람처럼 그의 온갖 생각과 사상을 파헤치고 지난날의 회상을 들추어내며 아주 신중하게 모든 것을 캐어 보려고 했다. 이런 탐색을 마음대로 할 수 있는 기회와 권리를 가졌고 마침 탐색할 만한 재주를 지닌 사람의 눈을 피할 수 있는 비밀이란 이 세상에 그다지 흔하지 않을 것이다. 비밀을 간직한 사람이라면 특히 의사의 친밀한 접근을 피해야 마땅할 것이다. 만약 의사가 천성적으로 총명한 데다가 말로 표현할 수 없는 그 이상의 무엇을(그것을 직관력이라고 해 두자.) 가지고 있다면, 만약 주제넘은 아집이라든지 불쾌할 정도로 두드러진 별난 성격을 내세우지만 않는다면, 만약 자기 마음과 환자의 마음을 서로 통하게 하는 천성적인 재주가 있어서 환자가 그저 머릿속으로 생각해 본 것일 뿐이라고 여기는 것을 무심결에 입 밖에 내뱉게 할 수 있다면, 만약 이런 폭로의 말을 들어도 눈썹 하나 까딱하지 않고 모든 것을 이해했음을 나타내기 위해 동정적인 말을 하기보다는 차라리 침묵을 지키거나 한숨만 내쉰다거나 이따금씩 한마디 정도의 대꾸로써 받아들인다면, 그리고 만약 속마음을 터놓을 수 있는 친구라는 자격에다 의사로서의 공인된 명성이 가져다주는 이점까지 합친다면, 만약 그렇다면 어쩔 수 없는 어느 순간에 이르러 환자의 영혼은 녹아서 거무스름하지만 투명한 개천을 이루고 흘러내리다가 마침내 그 속에 간직한 비밀을 모두 백일하에 드러내고 말 것이다.

로저 칠링워스는 위에 열거한 여러 특징을 두루 갖추거나 대부분 갖추고 있었다. 그런데도 시간이 지나면서 앞에서 말한 것처럼 일종의 친분이 교양 있는 두 사람의 정신 사이에 이루어졌으며, 이 두 정신은 인간의 사상과 학문의 모든 영역을 두루 포괄할 만큼 폭넓은 대화의 장(場)을 마련했다. 두 사람은 윤리와 종교는 말할 것도 없고 공적인 문제나 사적인 문제를 가리지 않고 화제로 삼았다. 또한 서로 개인적인 성격을 지닌 듯한 문제에 대해서도 이야기를 많이 나누었다. 그러나 의사가 반드시 숨겨 두고 있으려니 짐작한 비밀이 목사의 의식에서 살짝 새어 나와 친구의 귓속으로 들어간 적은 한 번도 없었다. 실제로 의사 쪽에서는 딤스데일 목사가 한 번도 자신의 육체적 질병의 성격조차 아직 자기에게 제대로 밝히지 않았다고 의심하고 있었다. 과묵치고는 그야말로 이상한 과묵이 아닌가!

얼마 뒤에 로저 칠링워스의 귀띔으로 딤스데일 목사의 몇 친구는 의사와 목사가 한 지붕 밑에서 살 수 있도록 주선해 주었다. 그렇게 되면 목사를 몹시 염려하고 아끼는 의사가 목사의 생명이라는 조수(潮水)의 밀물과 썰물을 낱낱이 살펴볼 수 있기 때문이었다. 몹시도 바라던 일이 이루어지자 마을 사람들은 모두 기뻐했다. 이번 일이야말로 젊은 목사의 행복을 위해서는 최선의 조처라고들 말했다. 하기야 그럴 만한 자격이 있다고 느끼는 사람들한테서 자주 권유를 받았듯이, 목사가 영적으로 그에게 헌신하는 꽃다운 뭇 아가씨 가운데에서 하나를 선택해 아내로 삼지 않는다면 말이다. 그러나 지금 같아서는 아서 딤스데일이 남의 권유로 그럴 가능성은 전혀 없었다. 목사로서 독신을 지킨다는 것이 마치 교회 기율 조목의 하나인 것처럼 그는 한사코 그런 제안을 뿌리쳤다. 그렇기 때문에 딤스데일 목사는 자기 스스로 남의 식탁에서 맛없는 음식을 먹고 남의 난롯가에서 몸을 녹이려는 사람의 차가움을 한평생 견뎌 나가야 하기 때문에, 총명하고 세상 경험 많고 인자하며 이 젊은 목사에 대해 아버지 같은 사랑과 존경을 겸비한 이 나이 지긋한 의사야말로 늘 목사 주변 가까이에서 시중을 들 수 있는 이 세상에 단 하나밖에 없는 적격자가 아닌가 싶었다.

이 두 친구가 새로 함께 살게 된 집은 명문가 출신의 경건한 과부 댁으로, 뒷날 신성한 킹스채플의 건물이 서게 되는 근처 일대를 거의 차지하고 있는 집이었다. 한쪽에는 본디 아이작 존슨의 소유지였던 묘지가 있어 목사와 의사 모두에게 진지한 사색을 북돋아 주기에 알맞은 환경인 데다가 저마다의 직업에도 안성맞춤이었다. 과부는 어머니 같은 자상한 마음씨에서 딤스데일 목사에게 현관 쪽 방을 사용하게 했는데, 이 방은 양지바른 편이었지만 창문에 묵직한 커튼이 드리워 있어 필요한 때에는 대낮에도 그늘이 지게 할 수 있었다. 벽에는 다윗과 밧세바 그리고 예언자 나단에 관한 성경 이야기[59]가 그려진, 고블랭[60] 직조기에서 짠 벽걸이용 융단이 쭉 드리워 있었다. 그런데 아직 색이 바래지 않았지만 그 장면의 여인은 재앙을 예고하는 예언자와 거의 마찬가지로 으스스한 아름다움을 풍겼다. 이 방에 창백한 목사는 초기 교부들이 지은 양피지로 제본한 2절판 책이며, 유대교 랍비들의 학문이며, 수도승들의 박식을 담은 서적들을 수북이 쌓아 장서를 마련했다. 이 무렵 개신교의 목사들은 이런 종류의 저자들을 헐뜯고 비난하면서도 그들의 저서를 부득이 이용하는 경우가 많았다. 이 집의 다른 쪽 한 귀퉁이에 로저 칠링워스 노인은 서재 겸

---

59) 이 이야기는 구약성서 「사무엘기 하」 11~12장에 기록되어 있다. 다윗은 우리야의 아내 밧세바와 간통을 범했다. 예언자 나단이 밧세바가 낳은 아이가 반드시 죽을 것이라고 예언한 일을 가리킨다.
60) 프랑스 파리의 염색가 고블랭. 이 가문은 벽걸이용 융단을 짜는 것으로 유명하다.

실험실을 마련했다. 그러나 현대 과학자들이 제법 완벽하다고 여길 만한 것은 못 되었고, 고작 증류기 하나와 능숙한 연금사가 그 활용법을 잘 아는 약재나 화학 약품을 조제하는 기구가 갖추어져 있을 뿐이었다. 이렇듯 아늑한 환경에서 두 학자는 제각기 자기 세계 안에 자리 잡고 들어앉았지만, 이따금 다정스럽게 서로의 방을 찾아가 상대방의 일을 호기심 어린 눈으로 살펴보기도 했다.

그런데 아서 딤스데일 목사의 친구들 중에서도 유난히 총명한 사람들은 앞에서도 말했듯이 젊은 목사의 건강을 회복시키려는 목적에서(숱한 사람들이 공석에서나 가정에서나 또는 남몰래 기도드리며 이 목적이 이루어지기를 바랐다.) 하느님이 이 모든 일을 꾸며 주셨다고 생각했는데 이것은 아주 일리 있는 생각이었다. 그러나 이즈음 일부 마을 사람들은, 지금 밝혀 두자면, 딤스데일 목사와 수수께끼 같은 늙은 의사의 관계를 두고 자기네 나름의 의견을 갖기 시작했다. 무식한 군중이 제멋대로 독자적인 관찰을 꾀하면 열에 아홉은 아주 잘못된 판단을 내리게 마련이다. 그러나 군중이 늘 그러듯이 너그럽고 따스한 가슴에서 우러난 직관을 바탕으로 판단을 내리는 경우에는 그 결론이 대개 심오하고 정확해서 마침내 신비롭게 계시된 진리와도 같은 성격을 지니는 법이다. 이번 경우만 하더라도 사람들은 로저 칠링워스에 대한 편견을 그렇게 자신 있는 반박거리가 되는 사실이나 논거를 내세워 옳다고 주장했던 것은 아니다. 사실 약 30년 전 토머스 오버베리 경 살해 사건[61] 당시 런던에서 살았다는 나이 많은 수직공이 하나 있었다. 그런데 이 수직공은 자신은 그 이름을 잊어버렸지만 어쨌든 지금과는 다른 이름을 가진 의사 한 사람이 오버베리 사건에 연루된 유명한 늙은 마술사인 포먼 박사[62]와 함께 있는 것을 보았다고 증언했다. 두세 명의 사람도 이 의사가 인디언에게 붙잡혀 있을 때 원주민 무당들과 어울려 주문을 외움으로써 의학 지식을 넓혔다는 암시를 주었다. 이 무렵 인디언 무당들은 능수능란한 요술쟁이로서 번번이 마술을 부려 신통하게 병을 고쳐 준다는 소문이 널리 퍼져 있었다. 많은 사람들은 (그중 적잖은 사람은 판단력이 온전하고 관찰력이 실제적이라서 다른 문제에서도 그들의 의견이 소중했다.) 로저 칠링워스의 모습이 그가 이 마을에서 사는 동안, 특히 딤스데일 목사와 한 집에 살게 된 뒤로 눈에 띄게 달라졌다고 주장했다. 본디 그의 표정은 의젓하고 명상적이며 학자다웠다. 그러나 지금은 전에 볼 수 없이 추하고 흉악한 그 무엇이 어려 있어 그를 자주 바라보면 볼수록 그것이 더욱더 뚜렷하게 눈에 띈다는 것이다. 일반

---

61) 제임스 1세 때 에식스 백작 로버트 디버루 14세와 프랜시스 하워드 13세 사이의 정략결혼이 사건의 발단이 되었다. 부부로 생활하기에는 나이가 너무 어리다는 이유로 로버트가 유럽에 나가 있는 동안, 프랜시스는 로체스터 자작 로버트 카와 사랑하는 사이가 되었다. 두 사람이 결혼하려고 하는 것을 제임스 1세의 고문이던 토머스 오버베리 경이 반대하자 그들은 오버베리를 런던탑에 감금하고 마침내 1613년에 독살했다. 이 사건이 발각되어 두 사람은 1616년에 사형선고를 받았지만 뒷날 감형되어 1624년 제임스 1세가 사망하기 직전에 석방되었다.
62) 사이먼 포먼(1552~1611). 점성가이자 마술사이며 수상쩍은 의술도 사용한 그는 오버베리 사건의 공범자 앤 터너와 친했다.

사람들의 속설에 따르면 그의 실험실에 있는 불은 지옥에서 얻어 온 것으로 지옥의 땔감으로 피우는 것이고, 그래서 짐작할 수 있듯이 그의 얼굴이 연기에 검게 그을리고 있다는 것이다.

요컨대 아서 딤스데일 목사가 그리스도교 세계에서 모든 시대에 걸쳐 남달리 신성한 여러 인물들처럼 악마 자신이나 로저 칠링워스의 허울을 쓴 악마의 앞잡이한테서 괴로움을 받는다는 이야기가 널리 퍼져 있었다. 이 악마의 앞잡이는 하느님의 허락을 받아 잠깐 동안 목사와 친밀한 사이가 되어 그의 영혼에 대한 음모를 꾸미고 있다는 것이다. 눈치 빠른 사람들은 어느 쪽이 승리를 거둘지는 의심할 여지 없이 뻔하다고 했다. 마을 사람들은 철석같은 믿음을 갖고 목사가 기필코 승리를 거두고야 말 싸움에서 영광스럽게 승리해 새로운 모습을 하고 돌아오기를 바라 마지않았다. 그러면서도 목사가 승리를 향해 싸워 나갈 때 겪어야 할 뼈저린 고통을 생각하고 가슴 아파했다.

아아, 가엾은 목사의 두 눈 깊숙이 어려 있는 침울함과 공포의 빛으로 미루어 보건대 그 싸움은 치열한 것이며, 그 승산 또한 결코 장담할 수 없었다.

10장

의사와 환자

로저 칠링워스 노인은 평생 동안 성격이 온후한 데다가 따스한 애정은 없을지라도 다정한 편이었고, 바깥세상과의 사교에서는 한결같이 순박하고 고지식한 사람이었다. 그는 무언가를 탐구하기 시작하면 판사처럼 엄정하고 공평하게 오직 진리를 찾는 데에만 골몰했다. 마치 그가 문제 삼는 것은 인간의 정열이나 남한테서 받은 부당한 행위가 아니라 기하학 문제에서 공간에 그어진 선이며 도형에 지나지 않는 것 같았다. 그러나 이런 탐구가 진행되면 무서운 마력이랄까 잠잠하면서도 줄기찬 필연적인 힘이랄까 하는 것이 불현듯 노인을 사로잡고서 그것이 시키는 대로 할 때까지 좀처럼 놓아주지 않았다. 노인은 금을 찾는 광부,[63] 아니 차라리 무덤 속에서 시체의 가슴에 달린 채 파묻힌 보석을 찾으려고 하지만 오직 썩은 시체와 부패밖에 찾지 못할 것 같은 도굴꾼처럼, 가엾은 목사의 가슴속을 깊이 파고 들어갔다. 아, 만약 이것이 정작 그가 찾는 것이라면 그 자신의 영혼을 위해서도 어찌 슬프지 않으랴!

때때로 의사의 눈에 불길하게 번쩍이는 한 줄기 파란빛은 마치 용광로 불의 반사 같기도 했고, 또는 존 버니언이 말한 것처럼 산기슭의 무시무시한 입구에서 뿜어 나와서 순례자의 얼굴을 비추던 흉측한 한 가닥 불길 같기도 했다.[64] 이 음험한 광부가 일하던 곳의 흙이 어쩌면 그의 기운을 북돋아 주는 무슨 표적을 보여 주었는지도 모른다.

언젠가 그런 한순간에 의사가 혼자서 중얼거렸다. "모두들 이 사내를 순결하다고 여기고 있지만, 겉으로 보기에는 아주 영적인 인물 같지만, 실제로는 아버지나 어머니한테서 매우 강한 동물적인 성격을 물려받았단 말씀이야. 어디 이 방향으로 광맥을 좀 더 깊이 캐어 봐야겠는걸!"

그래서 목사의 어두컴컴한 가슴속을 오랫동안 파헤치고 들어가 인류의 행복을 바라는 고귀한 포부니, 영혼에 대한 따뜻한 애정이니, 순결한 감정이니, 사색과 연구를 통해 굳건해지고 하느님의 계시를 통해 좀 더 선명해진 타고난 경건성의 모

---

63) 호손이 이 소설을 쓸 무렵에 미국 캘리포니아 지방에서는 '골드러시'라는 황금 채취가 한창이었다. 1848년 1월 수터스밀에서 처음으로 금이 발견된 뒤 그 이듬해부터 골드러시가 시작되었다.
64) 영국 작가 존 버니언(1628~1688)의 『천로역정』(1678) 첫 부분에서 주인공이 지옥 문 앞을 지나는 장면을 언급한 내용이다. 호손은 여러 소설에서 이 작품을 자주 언급한다.

습을 갖추고 있는 온갖 귀중한 자료를(이런 것들은 황금과도 같이 아무리 귀중한 가치를 지녔을망정 탐색자에게는 한낱 티끌에 지나지 않을지도 모르지만 말이다.) 한참 뒤적거린 뒤에 의사는 마침내 풀이 죽어 다른 쪽으로 탐색의 손길을 뻗치곤 했다. 살금살금 조심스러운 걸음걸이로 사방을 빈틈없이 두루 살피면서 더듬어 가는 그의 태도는 마치 반쯤 잠든 채 누워 있는, 아니면 완전히 잠에서 깨어 누워 있는 사람의 방으로 방 주인이 자신의 눈동자처럼 소중히 여기는 보물을 훔치러 들어가는 도둑과 비슷했다. 미리 용의주도하게 계획은 세웠지만 방바닥은 가끔씩 삐걱거렸고, 옷자락은 스치는 소리를 냈으며, 더 이상 가까이 할 수 없을 정도로 너무 가까이 다가서는 바람에 그의 그림자가 방 주인의 얼굴에 비치곤 했다. 바꾸어 말해서, 신경이 날카로워 이따금 영적 직관력이 생긴 딤스데일 목사는 마음의 평화를 어지럽히는 그 무엇이 자기 신변을 위협하고 있다는 것을 어렴풋하게나마 알아차리게 되었다. 그러나 로저 칠링워스 노인 또한 거의 직관에 가까운 인지능력을 갖고 있었다. 목사가 자신을 향해 놀란 눈길을 던질 때면 의사는 친절하고 주의 깊고 동정심 많지만, 그렇다고 절대로 주제넘지 않은 친구처럼 태연하게 앉아 있었다.

그러나 만약 딤스데일 목사가 마음이 병든 사람이 흔히 빠지기 쉬운 어떤 병적인 상태 때문에 모든 사람을 의심하는 버릇만 없었더라면, 이 노인의 성격을 좀 더 완벽하게 살펴볼 수 있었을지 모른다. 목사는 어느 누구도 친구라고 믿는 일이 없었기 때문에 정작 원수가 나타나도 그가 원수인지를 알아차리지 못했다. 그래서 여전히 늙은 의사와 다정하게 지내며 날마다 그를 자기의 서재로 반겨 주기도 하고, 아니면 그의 실험실을 방문해 심심풀이로 잡초를 효능 있는 약으로 만드는 과정을 지켜보기도 했다.

어느 날 목사는 한 손으로 이마를 짚고 묘지를 향해 열린 창문턱에 팔꿈치를 얹은 채 마침 볼품없는 식물 한 묶음을 살피고 있는 로저 칠링워스와 이야기를 나누고 있었다.

"도대체 어디에서 선생님은 이런 우중충하고 맥없는 풀을 뜯어 오셨나요?" 목사가 식물 묶음을 곁눈질로 보면서 물었다. 이 무렵 목사는 사람이건 물건이건 무엇이나 똑바로 마주 바라보지 않는 버릇이 생겼기 때문이다.

"바로 이 근처 묘지에서 뜯었지요." 의사가 일손을 멈추지 않은 채 대답했다. "난생 처음 보는 풀이에요. 어느 무덤 위에 자라고 있더군요. 그 무덤에는 비석이나 죽은 이를 기념할 만한 것이라곤 아무것도 없고 이 볼품없는 잡초만 자라고 있었소. 이 풀들이 그 죽은 사람을 기념하는 구실을 맡은 격이지요. 아마 시체의 심장에서 돋아나 시체와 함께 묻힌 무서운 비밀을 상징적으로 보여 주는 건지도 모르고요. 살아생전에 그 비밀을 고백했더라면 더 좋았을 것을."

"아마 모르긴 몰라도 그 사람도 정말로 고백하고 싶었으면서도 막상 그렇게 하지 못한지도 모르지요." 딤스데일 목사가 대꾸했다.

"왜 그랬을까요?" 의사가 캐물었다. "도대체 무엇 때문에 고백을 하지 못했을까요? 자연의 모든 힘이 그처럼 극성스럽게 죄의 고백을 요구하는 바람에, 이 검은 잡초가 무덤에 묻힌 가슴에서 솟아나 숨긴 죄악을 드러내는데도요?"

"의사 선생님, 그건 선생님의 환상에 지나지 않습니다." 목사가 대꾸했다. "제 추측이 옳다면, 하느님의 권능이 아니고서는 죽은 사람의 가슴과 함께 묻혀 버릴지도 모를 그 비밀을 입으로든 무슨 징표로든 밝힐 수 있는 힘이 없지요. 그런 비밀을 숨김으로써 죄를 짓게 되겠지만, 그 가슴은 숨긴 비밀이 모두 드러나는 최후 심판의 날까지 그냥 감춘 채 버텨 나가야 합니다.[65] 또한 저는 지금껏 인간의 생각이나 행실이 그때에 밝혀진다고 하여 그게 무슨 징벌의 일부로 볼 수 있다고 성경을 읽거나 해석해 본 적이 없습니다.[66] 그건 분명히 징벌을 천박하게 해석하는 것이지요. 정말 그래요. 제 생각이 크게 틀리는 게 아니라면, 이렇게 비밀을 밝힌다는 건 모든 지식인의 지적 만족을 충족시켜 주기 위한 것에 지나지 않겠지요. 이 사람들은 그날이 오면 지상의 암담한 문제가 명백해지는 것을 보려고 기다릴 겁니다. 그런 문제를 완전히 해결하려면 인간의 마음을 헤아려야 할 겁니다. 더구나 제 생각으로는 선생님이 운운하는 그 끔찍스러운 비밀을 간직하고 있는 마음은 최후의 날이 오면 마지못해서가 아니라 더할 나위 없이 기쁜 마

---

65) "이런 일은, 내가 전하는 복음대로 하느님께서 그리스도를 내세우셔서 사람들이 감추고 있는 비밀을 심판하실 그날에 드러날 것입니다."(「로마서」 2장 16절)

66) "그러므로 여러분은 서로 죄를 고백하고, 서로를 위하여 기도하십시오. 그러면 여러분은 낫게 될 것입니다."(「야고보서」 5장 16절)

음으로 그 비밀을 모두 털어놓겠지요."

"그렇다면 어째서 그 비밀을 이승에서는 고백하지 않는 거지요?" 로저 칠링워스가 목사를 넌지시 곁눈질로 바라보며 물었다. "도대체 무슨 까닭으로 죄 지은 자들은 말할 수 없이 흐뭇한 이런 위안을 좀 더 일찍 누리려고 하지 않을까요?"

"대부분의 사람은 그렇게 하지요." 목사가 마치 통증이 끈질기게 닥쳐와 괴롭기라도 한 듯 가슴을 움켜쥐고 말했다. "많은, 참으로 많은 가엾은 사람이 숨을 거두는 자리에서는 물론이고 한창 정력이 왕성하고 명성이 드높은 때에도 저한테 비밀을 털어놓더군요. 한데 그 죄 지은 형제들이 이렇게 고백을 한 뒤에 아, 어쩌면 그렇게도 후련해들 하는지요! 마치 자기 더러운 입김으로 숨이 막혀 있다가 한참 만에 비로소 시원한 공기를 들이쉬는 사람에게서 볼 수 있는 것과 꼭 같더군요. 그럴 수밖에 없지 않겠습니까? 가령 살인죄를 저지른 비참한 사람이 도대체 왜 당장에 시체를 내던져 그 뒤치다꺼리를 세상에 맡기지 않고 자기 가슴속에 영원히 묻어 두려고 하겠습니까!"

"하지만 그렇게 비밀을 묻어 두는 사람들도 있지요." 침착한 의사가 대꾸했다.

"맞아요. 물론 그런 사람들도 있어요." 딤스데일 목사가 대답했다. "하지만 좀 더 명백한 이유를 듣지 않더라도 그런 사람들은 아마 바로 그 타고난 성격 때문에 입을 열지 못할지 모르지요. 아니면 혹 이렇게도 생각되지 않나요? 죄가 있더라도 하느님의 영광과 인간의 행복을 갈망하는 나머지 차마 사람들에게 자신의 더럽고 추악한 모습을 보여 주지 못할지도 모릅니다. 밝혀서 이로울 게 없고, 좀 더 훌륭한 봉사를 통해 과거의 죄를 속죄할 수도 있기 때문이지요. 그래서 이루 말할 수 없는 고뇌를 스스로 맛보면서 갓 내린 눈같이 깨끗한 척하지만 가슴속은 씻어 버리려야 씻어 버릴 수 없는 죄악으로 온통 더럽혀진 채 사람들 사이를 돌아다니는 겁니다."

"그 사람들은 자기 자신을 속이는 겁니다." 로저 칠링워스가 보통 때보다 조금 더 흥분해 집게손가락으로 작게 손짓하면서 말했다. "마땅히 당해야 할 치욕을 받기가 무서운가 봅니다. 인간에 대한 사랑이니, 하느님을 섬기려는 열성이니, 이런 성스러운 감정이 그들의 가슴속에 사악한 동거인들과 뒤섞여 있을 수도 있고, 그렇지 않을 수도 있지요. 그들의 죄악이 문의 빗장을 풀고 불러들인 사악한 동거인들은 반드시 가슴속에 마귀의 종족을 퍼뜨리고 말 겁니다. 하지만 만약 그들이 하느님에게 영광을 돌리겠다면, 그 더러운 손을 아예 하늘 높이 쳐들게 해서는 안 되지요! 동료를 위해 이바지하겠다면 저들이 겸손하게 회개하도록 해서 우선 양심의 힘과 실체를 드러나도록 해야지요! 아, 현명하고 경건한 목사 양반, 그래 당신은 나더러 하느님의 진리보다도 위선이 더 낫다고, 하느님의 영광을 위해서나 인간의 행복을 위해서나 더 낫다고, 그렇게 믿게 하고 싶은 건가요? 정말이지 그런 사람들은 자기 자신을 속이는 자들이라고요!"

"그럴지도 모르지요." 젊은 목사가 마치 아무 관계가 없거나 가당치 않은 논의를 그만두려고 하는 것처럼 무관심한 태도로 말했다. 실제로 그는 지나치게 예민한 자기 신경을 건드리는 화제라면 무엇이거나 눈치 빠르게 피해 버리는 재간이 있었다. "그런데 유능하신 의사 선생님께 여쭙고 싶습니다만, 선생님이 허약한 이 몸뚱이를 친절히 돌보아 주신 결과 정말로 제게 어떤 효험이 있었다고 생각하시는지요?"

이때 마침 로저 칠링워스가 미처 대답하기도 전에 맑고 거침없는 어린아이의 목소리가 근처 묘지 쪽에서 들려왔다. 목사가 본능적으로 열린 창을 통해 내려다보니(창을 열어 놓은 것은 여름철이었기 때문이다.) 헤스터 프린과 어린 펄이 묘지 울타리를 가로지르는 길을 따라 지나가고 있었다. 펄은 활짝 갠 대낮처럼 아름다웠지만 심술궂으면서 즐거운 기분에 사로잡혀 있었는데 이럴 때마다 그 아이는 동정이나 인간적 접촉의 영역에서 완전히 벗어나 있는 것처럼 보였다. 이 무덤에서 저 무덤으로 까불며 뛰놀다가 마침내 널찍하고 편편한 문장(紋章)이 달린, 고인이 된 어느 명사의 비석 앞에 이르자(아마도 아이작 존슨의 무덤일 것이다.) 그 위에서 춤을 추기 시작했다. 좀 얌전하게 있으라고 달래고 애걸하는 어머니의 말을 따르는 듯 펄은 걸음을 멈추더니 무덤가에 자란 길쭉한 우엉의 가시 돋친 열매를 따 모았다. 이 열매를 한 줌 쥐고서는 어머니의 가슴에 달린 주홍 글자를 따라 늘어놓자 가시는 그 특성상 꼭 달라붙어 있었다. 헤스터는 우엉 열매를 잡아떼려고 하지 않았다.

이즈음 로저 칠링워스가 창가로 다가서면서 음험한 미소를 머금고 아래를 내려다보았다.

"저 아이의 성질은 법도 없고 권위를 존중할 줄도 모르며 옳거나 그르거나 인간의 명령이나 의견을 존중할 줄도 모르거든." 의사가 옆에 있는 목사 못지않게 자신한테 건네는 듯 혼잣말로 중얼거렸다. "일전에는 저 아이가 스프링 레인의 소 여물통이 있는 데서 총독님께 물을 튀기는 걸 보았지요. 도대체 저 아이의 본성은 뭘까요? 저 요정같이 요사스러운 게 정말로 마귀가 아닐까요? 저것도 애정이라는 것을 갖고 있을까요? 인간으로서의 원칙 같은 것을 찾아볼 수 있을까요?"

"없습니다. 깨뜨린 법률의 자유밖에는 아무것도 갖지 않았을 겁니다." 딤스데일 목사가 이 문제를 가슴속에서 진작부터 생각하고 있었던 것처럼 조용한 말투로 대답했다. "착한 일을 할 수 있을지 없을지 그건 저도 모릅니다."

아이는 어쩌면 두 사람이 주고받는 이야기를 엿들은 것 같았다. 명랑하고 영리한 장난꾸러기 같은 밝은 미소를 띠며 창문 위쪽을 쳐다보고 딤스데일 목사에게 가시 돋친 우엉 열매를 하나 던졌기 때문이다. 예민한 목사는 신경이 과민한 탓으로 가볍게 날아든 우엉 열매를 피하느라고 몸을 움츠렸다. 목사의 겁먹은 태도를 보고 이 아이는 몹시 기쁜 듯 조그마한 손뼉을 치며 웃어 댔다. 이때 헤스터 프린도 무심결에 위쪽을 쳐다보았다. 이리하여 네 사람은 늙은이나 젊은이나 할 것 없이 잠자코 서로를 바라다보고 있었다. 마침내 펄이 깔깔 웃어 대며 소리를 질렀다. "자, 어서 가, 엄마! 어서 가자고. 저기 저 늙은 악마가 엄마를 붙잡아 갈 거야! 악마는 벌써 목사님을 붙잡았는걸. 어서 가, 엄마! 그러지 않으면 저 악마한테 붙잡힌다니까! 하지만 저 악마도 펄을 잡지는 못할걸!"

이렇게 펄은 어머니를 이끌고 무덤 사이를 마음대로 뛰고 춤추고 깡충거리며 걸어갔다. 그 모습은 이곳에 묻힌 사람들과는 아무런 공통점도 없으며, 그들과 어떤 유대 관계도 인정하지 않는 것 같았다. 또한 그 아이는 새로운 요소를 빚어서 새롭게 만든 존재였기 때문에 자신의 엉뚱한 행동을 죄악으로 생각하지 않고 자신의 법에 따라 자기 나름대로 자신의 삶을 살아가도록 허용해야 할 것 같았다.

"저기 저 여자는 말이에요." 로저 칠링워스가 잠깐 말을 끊었다가 말을 이었다. "그 죄과가 무엇이건, 지금 목사님께서 감당하기 무거운 짐이라고 생각한 숨은 죄의 비밀은 조금도 가지고 있지 않습니다. 목사님은 헤스터 프린이 가슴에 주홍 글자를 달고 있기 때문에 그만큼 덜 비참하다고 생각하나요?"

"정말로 그러리라고 믿습니다." 목사가 대답했다. "하지만 저 여인을 대신해서 뭐라고 대답할 순 없지요. 그녀의 얼굴에는 보지 않으면 좋을 괴로운 표정이 어려 있어요. 그렇더라도 가슴속에 비밀을 완전히 숨겨 두는 사람보다는 차라리 저 가엾은 여인 헤스터처럼 괴로움을 자유롭게 드러내는 게 나을 겁니다."

또다시 침묵이 흘렀다. 마침내 의사는 손수 채집한 약초를 다시 뒤적거리면서 정리하기 시작했다.

"목사님이 조금 전에 내게 물었지요." 의사가 마침내 입을 열었다. "목사님의 건강에 관한 내 의견 말입니다."

"네, 그랬지요." 목사가 대답했다. "그 의견을 들어 보았으면 좋겠습니다. 솔직하게 말씀해 주십시오. 생사에 상관 말고 말입니다."

"그렇다면 솔직하게 터놓고 말씀드리지요." 의사가 여전히 약초를 뒤적거리고 있지만 딤스데일 목사를 유심히 살피면서 말했다. "병환이 좀 괴상합니다. 병 자체는 그리 대단치도 않고 밖으로 나타나는 것도 별로 없어요. 적어도 나한테 드러난 병 증세로 미루어 보면 그렇습니다. 날마다 목사님을 들여다 보고 겉으로 나타난 증세를 살피기를 어느새 몇 달째가 되고 보니 목사님은 병이 꽤 중한 환자라고 할 수밖에 없을 것 같아요. 하지만 능력 있고 주의력 깊은 의사라면 치료해서 고치지 못할 병은 아닌 듯합니다. 한데 글쎄, 뭐라고 말해야 좋을지 모르지만, 그 병의 원인을 알 듯하면서도 잘 모르겠단 말씀이에요."

"수수께끼처럼 말씀하시는군요, 의사 선생님." 얼굴이 창백해진 목사가 창밖을 곁눈질로 바라보면서 말했다.

"그럼 좀 더 명백히 말씀드리지요." 의사가 말을 이었다. "하지만 용서하십시오, 목사님, 이게 용서받을 일이라면 말입니다. 어쩔 수 없이 솔직히 말씀드리는 것에 대해서 말이지요. 터놓고 묻겠습니다. 목사님의 친구로서, 또 하느님의 뜻에 따라 목사님의 생명과 육체의 건강을 도맡아 온 사람으로서 말입니다. 목사님은 병의 증세를 나한테 하나도 숨김없이 털어놓았나요?"

"어떻게 그런 걸 다 묻습니까?" 목사가 물었다. "정말이지, 의사를 불러 놓고 아픈 데를 감춘다면 그건 어린애들 장난 같은 짓이 아니고 뭐겠습니까!"

"그러면 내가 모두 안다고 말씀하실 생각이군요?" 로저 칠링워스가 강렬하고 자못 예지에 빛나는 눈으로 목사의 얼굴을 뚫어지게 바라보면서 조심스럽게 말했다. "그렇다면 그걸로 좋습니다! 하지만 한 번만 더 실례를 무릅쓰겠어요! 고작해야 신체 밖으로 나타난 병밖에 모르는 의사는 환자가 고쳐 달라는 병의 원인을 반밖에는 모르는 경우가 종종 있지요. 육체의 병이란 그 자체로 완전한 병이라고 생각하지만, 결국 정신 질환의 징후에 지나지 않습니다. 목사님, 내 말이 목사님의 비위에 거슬린다면 다시 용서를 빌겠습니다. 목사님, 목사님이야말로 내가 아는 어느 누구보다도 정신의 도구로서의 육체와 정신이 가장 밀접하게 결합되고 서로 통하며 혼연일체가 되어 있는 분입니다."

"그렇다면 저는 더 이상 부탁드리지 않겠습니다." 목사가 의자에서 허겁지겁 일어서면서 말했다. "제가 보기에 의사 선생님은 영혼을 구제할 의술은 취급하지 않는 것 같으니 말이오!"

"그래서 병이란, 목사님의 정신에 든 병, 아니 이렇게 말할 수 있다면 정신적인 상처는 즉시 육체에 그에 합당한 증상이 나타나게 마련이지요." 로저 칠링워스가 목사의 말에 아랑곳하지 않고 변함없는 말투로, 그러나 자리에서 일어나 키가 작고 까무잡잡한 흉한 몸을 초췌하고 창백한 목사 앞으로 다가세우면서 계속 말을 이었다. "목사님은 의사가 육체의 병만 고쳐 주기를 바랍니까? 의사에게 영혼의 상처나 괴로움을 밝혀 주지 않는다면, 도대체 어떻게 그 병을 고칠 수 있겠습니까?"

"천만에요! 의사 선생님에겐 안 돼요! 속세의 의사에게는 절대 안 될 말이지요!" 딤스데일 목사가 눈에 이글이글 타오르는 빛을 띠며 어딘지 모르게 매서운 눈초리로 칠링워스 노인을 쏘아보며 버럭 소리를 질렀다. "당신에게는 어림도 없다고요! 하지만 내 영혼에 정작 병이 있다면 단 한 분밖에 계시지 않는 영혼의 의사님께 내 몸을 맡기겠소! 그분께서는 마음이 내키면 고쳐 주실 것이고, 그러지 않으면 죽여 주실 수도 있겠지요! 그분께서는 정의와 예지에 비추어 합당하다고 생각하시는 대로 나를 처분해 주실 겁니다. 그런데 이런 문제에 간섭하는 당신은 도대체 누구입니까? 주제넘게 환자와 하느님 사이에 나서려는 당신은 도대체 누구냐 말이오?"

목사는 미친 듯이 몸부림치며 방에서 뛰쳐나갔다.

"이런 방법을 쓰는 것도 괜찮군." 로저 칠링워스가 목사의 뒷모습을 바라보며 의미심장한 웃음을 머금은 채 혼자 중얼거렸다. "손해날 건 하나도 없어. 우린 금방 다시 친구가 될 테니까. 한데 거참, 사람도 어쩌면 저렇게 발끈해 가지고 미친 사람 꼴이 된담! 지금 격정에 사로잡혔듯이 다른 때에도 마찬가지였을 거야. 필시 이자가 전에도 망측한 짓을 저질렀음에 틀림없단 말씀이야. 이 믿음 두텁다는 딤스데일 목사가 불타는 마음의 욕정을 이기지 못해서 말이지!"

두 사람이 전과 다름없는 처지에서 이전과 같은 친분을 다시 맺는 것은 그렇게 어려운 일이 아니었다. 젊은 목사는 홀로 몇 시간을 보낸 뒤에 자신의 신경이 날카로워져 민망하게 버럭 화를 냈다는 것을 깨달았다. 사실 아무리 생각해 봐도 자기 행실에 대한 핑곗거리나 변명거리를 의사의 말에서 찾아볼 수 없었다. 실제로 목사는 자기 스스로 간절히 원했던 충고를 친절한 늙은 의사가 단지 책임감에서 베풀어 주었는데도 노인을 쫓아 버린 자신의 난폭한 행동에 새삼 놀라지 않을 수 없었다. 이렇게 뉘우치는 마음이 들자 목사는 곧바로 의사에게 진심으로 사과하고 치료를 계속해 달라고 부탁했다. 사실 그 치료 덕택으로 건강을 회복하는 일에는 성공하지 못했더라도 이날 이때까지 가냘픈 생명을 지탱해 왔는지도 모른다. 로저 칠링워스도 기꺼이 그 청을 받아들이고 목사의 건강을 계속 보살펴 주었다. 어찌 되었든 그는 목사를 위해 정성껏 최선을 다했지만 의사로서 환자를 만나 보고 방에서 나올 때에는 언제나 입가에 이상야릇한 회심의 미소를 띠곤 했다. 이런 기색은 딤스데일 목사 앞에서는 보일 수 없었지만 문턱을 넘어서고 나면 갑자기 뚜렷해졌다.

"보기 드문 증세야!" 의사가 혼자서 중얼거렸다. "좀 더 깊이 살펴봐야겠는걸. 영혼과 육체가 이상하게 교감하고 있단 말씀이야! 의술의 목적을 위해서라도 이 문제를 속속들이 캐 봐야겠어!"

앞에서 언급한 장면이 벌어진 지 얼마 되지 않아서 딤스데일 목사는 한낮에 의자에 앉은 채 저도 모르는 사이에 아주 깊은 잠에 들었다. 앞의 책상 위에는 시커먼 활자[67]로 박은

---

67) 시커먼 활자란 고딕 활자를 가리킨다. 다른 활자보다 굵어 검은색이 돋보이기 때문이다.

큼직한 책 한 권이 펼쳐진 채 놓여 있었다. 이 책은 읽는 사람에게 졸음을 일으키는 힘을 가진 역량 있는 문학서임에 틀림없었다. 목사가 이처럼 깊이 잠에 빠져 있다는 것이 더욱 놀라웠다. 목사는 평소에는 나뭇가지에서 뛰노는 작은 새처럼 얕은 잠을 자는 데다가 단속적으로 그리고 조금만 건드려도 금방이라도 깰 듯이 잠을 자는 버릇이 있었기 때문이다. 그러나 그날따라 그의 정신은 그동안과는 달리 전에 없이 먼 곳으로 깊숙이 물러나 있었기 때문에 로저 칠링워스 노인이 별달리 조심하지 않고서 방으로 들어가도 목사는 의자에서 꼼짝도 하지 않았다. 의사는 환자 앞으로 곧장 다가가 환자의 가슴에 한 손을 얹고 지금껏 늘 가슴을 뒤덮은 채 의사도 들여다보지 못하게 했던 앞가슴을 풀어헤쳤다.

실제로 이때 딤스데일 목사는 몸을 부르르 떨며 약간 꿈틀거렸다.

의사는 잠깐 가만히 멈추어 있다가 자리를 떴다.

그러나 그 얼마나 놀라움과 희열과 공포가 감도는 흥분된 표정이었던가! 너무 강렬한 나머지 눈과 얼굴 표정만으로는 그 기분을 충분히 나타낼 수가 없어 흉측스러운 몸뚱이에서 그 무시무시한 광희를 내뿜는 것이 아닌가! 그리고 심지어 미친 듯이 천장을 향해 두 팔을 뻗치고, 방바닥을 발로 쿵쿵 구르며 요란스럽게 기쁨을 나타내는 것이 아닌가! 만약 이처럼 기뻐서 어쩔 줄 몰라 하는 로저 칠링워스 노인을 본 사람이 있다면, 소중한 인간의 영혼이 천국에 가지 못하고 지옥에 떨어지게 될 때 사탄이 어떻게 행동하는지 구태여 물어볼 필요가 없었을 것이다.

그러나 의사의 희열과 악마의 희열이 서로 다른 점은 의사의 기쁨 속에는 놀라움의 특징이 드러나 있었다는 것이다!

11장

마음의 내부

앞에서 언급한 사건이 있은 뒤로 목사와 의사의 관계는 겉으로는 별로 달라지지 않았지만 실제로는 이전과 사뭇 다른 모습이었다. 로저 칠링워스의 지력이 나아가야 할 길은 이제 아주 순탄하게 펼쳐져 있었다. 실제로 그 길은 그 자신이 밟고 나아가기 위해 계획했던 것과는 전혀 달랐다. 얼핏 보기에 이 가엾은 노인은 조용하고 온후하고 냉정한 듯했지만 요즈음에는 지금껏 잠잠히 숨어 있던 악의가 발동해 일찍이 누구도 자기 원수에게 그토록 잔인한 복수를 한 적이 없는 무서운 복수심을 품게 되었다. 목사는 이런 사람을 하나밖에 없는 신뢰할 친구로 여기고 그에게 두려움이며 양심의 가책이며 괴로움이며 헛된 참회며 떨쳐 버릴 수 없이 왈칵 되살아나는 죄책감을 모두 털어놓아야 하다니! 세상 사람들의 눈에서 감추어진 채, 너그러운 세상의 마음은 동정하고 용서했을지도 모를 죄 많은 슬픔을 '무자비한 사내'인 그 사람에게, '용서할 줄 모르는 사내'인 그 사람에게 낱낱이 밝혀야 하다니! 다른 그 무엇으로는 이처럼 적절하게 복수의 빚을 갚을 수 없었을 그 사내에게 그 음침한 보물을 모두 아낌없이 줘야 하다니!

목사가 수줍음이 많고 신경이 예민해 마음을 터놓지 않는 바람에 그동안 의사의 이런 계획에는 방해가 많았다. 그러나 로저 칠링워스는 그렇다고 해서 이런 사태를 불만스럽게 생각하는 기색이 없었다. 그런데 이것도 하느님이(그는 복수하는 자도 복수받는 자도 당신의 목적으로 삼으시어 어쩌면 벌주어야 할 곳에 도리어 용서를 베풀기도 하신다.) 의사의 음흉한 계략 대신에 마련하신 결과였다. 의사는 자신에게 하느님의 계시가 내려졌다고 말할 수 있을 정도였다. 그의 목적을 위해서는 그 계시가 하늘에서 왔건 다른 곳에서 왔건 별로 상관없었다. 어찌되었든 계시 덕택으로 의사는 그 뒤부터 딤스데일 목사와의 모든 관계에서 목사의 겉모습뿐 아니라 정신세계의 깊은 곳에 자리 잡고 있는 영혼까지도 눈앞에 끄집어내어 그 움직임을 하나하나 알아보고 이해할 수 있었다. 그러고 나서부터는 '가엾은 목사의 내면세계'라는 드라마에서 한낱 구경꾼이 아닌 주연 배우 역할을 하게 되었다. 그는 마음 내키는 대로 목사를 희롱할 수 있었다. 목사에게 고통을 주어 흥분시키고 싶은가? 그러면 가엾은 목사는 언제나 고문대에 올라가 있었다. 고문대를 움직이는 용수철 장치만 알면 그만이었다. 그리고 의사는 이 장치를 너무나 잘 아는 것이 아닌가! 목사에게 갑자기 공포를 불러일으켜 놀라게 하고 싶은가? 그러면 마치 요술쟁이가 지팡이를 휘두를 때처럼 무서운 유령이 솟아났다. 그것도 수많은 유령이 말이다. 저마다 죽음이나 그보다도 더 무서운 치욕의 온갖 탈을 쓰고 떼를 지어 몰려나와 목사를 둘러싸고 제각기 그의 가슴을 향해 손가락질해 대는 것이 아닌가!

이런 일이 모두 너무나 완전하고 교묘하게 이루어졌기 때문에 목사도 어떤 악의 영향력이 자신을 감시하고 있다는 것을 늘 어렴풋하게 느끼면서도 그 정체가 바로 무엇인지는 좀처럼 알아차릴 수 없었다. 실제로 목사는 미심쩍고 두려운 마음으로, 때로는 심지어 공포와 끔찍스러운 증오심으로 늙은 의사의 기형적인 모습을 바라보았다. 목사의 눈에는 의사의 몸짓이며 걸음걸이며 희끗희끗한 턱수염이며 자질구레하고 무관심한 행동이며 옷차림새까지도 하나같이 밉살스러웠다. 이것이 목사 자신이 선뜻 인정하는 것 이상으로 가슴속 깊은 곳에 반감을 품고 있다는, 은연중에 알 수 있는 증거였다. 하지만 그렇게 의심하고 혐오하는 이유를 찾아낼 수 없었기 때문에, 딤스데일 목사는 병든 신체 한 부분의 독소가 가슴 전체에 감염되었다고 의식하고는 자신의 모든 예감을 바로 그 탓으로 돌렸다. 목사는 로저 칠링워스에게 좋지 않은 감정을 품는 자신을 나무랐고, 그런 감정에서 얻었을지도 모를 교훈을 무시했으며, 있는 힘을 다해 그것을 뿌리째 뽑아 버리려고 최선을 다했다. 그러나 그렇게 할 수 없자 원칙의 문제로서 이 노인과 허물없는 교제를 계속함으로써 도리어 복수자에게(이 복수자야말로 가련하고 외로웠으며 그가 노리는 자보다도 더한층 비참한 인간이었다.) 그가 온 힘을 쏟는 목적을 달성할 수 있는 기회를 끊임없이 주었던 것이다.

이렇듯 딤스데일 목사는, 육체는 병으로 고통받고 영혼은 비참한 번민 때문에 괴로움을 당하고 고문을 당한 채 가장 치명적인 원수의 흉계에 사로잡혀 있으면서도 성직자로서는 그 명망이 눈이 부실 만큼 자못 높았다. 실제로 그가 그런 명망을 얻은 것은 대부분 그의 슬픔 때문이었다. 타고난 지적 능력이며 도덕적 감수성이며 감정을 느끼고 전달하는 힘이 날마다 겪는 가책과 고뇌로 이상하게 활발한 상태에 놓여 있었다. 아직도 상승일로에 있었지만 그의 명망은 이미 몇몇 동료 목사의 좀 더 평범한 명성을 앞지르고 있었다. 물론 그중에는 고명한 사람도 있었지만 말이다. 이 목사들 중에는 딤스데일 목사가 살아온 세월보다 더 긴 세월을 바쳐 신학과 관련한 심원한 학문을 닦은 학자들도 있었다. 그러므로 그들은 이 젊은 동료보다도 그런 견실하고 소중한 학식에 조예가 더 깊다고 해도 당연하게 여겼다. 또한 딤스데일 목사보다 강한 정신력을 지닌 사람들도 있었으며, 그보다 날카롭고 무쇠나 화강석처럼 단단하고 확고한 이해력을 훨씬 더 많이 향유하는 사람들도 있었다. 이런 이해력에 상당한 분량의 교리적인 지식이 적당히 가미되면 지극히 훌륭하고 유능하며 고지식한 부류의 목사가 되었다. 그런가 하면 부지런히 많은 책을 독파하고 끊임없이 사색해 지적 능력이 성숙한 데다가, 죽음이라는 옷을 걸치고 있지만 순결한 삶으로 말미암아 내세에 거의 도달해 있으면서 영적으로 교류할 만큼 영화(靈化)된 참으로 성자다운 교부들도 있었다. 다만 그들에게 모자라는 것이 있다면 오순절에 선택된 사도들에게 불길의 혀가 되어 내린 기적의 힘이었다. 그런데 이것은 낯선 남의 나라 말로 하는 언어 능력이 아니라, 마음의 타고난 말로 온 세상의 형제들에게 건네는 언어 능력을 상징하는 것 같았다.[68] 이 교부들은 다른 점에서는 사도라고 일컬을 만한 사람들이었지만 공교롭게도 하느님이 맨 나중에 주시는 보기 드문 성직자 증명서라고 할 '불길의 혀'를 갖지는 못했다. 그들은 알기 쉬운 말과 형상이라는 가장 친근한 수단을 통해 가장 지고한 진리를 표현하려고 했지만, 비록 그렇게 하려고 꿈꾸었더라도 아무 소용이 없었을 것이다. 그들의 목소리는 그들이 늘 살고 있는 드높은 곳에서 까마득히 멀리 희미하게 들려올 수밖에 없었다.

딤스데일 목사는 온갖 성격의 특징으로 미루어 보아 자연히 후자에 속할 만했다. 만약 짊어지고 허덕여야 할 죄악이나 고뇌의 무거운 짐이 방해가 되지 않았다면, 그는 아마 숭고한 신앙과 신성이라는 높은 산 정상에 벌써 다다랐을 것이다. 그러나 바로 그 짐 때문에 그는 가장 낮은 데에서 허덕이고 있었다. 온갖 영적 소질을 지니고 있어 만약 그 짐만 없었더라면 천사들도 그의 목소리에 귀를 기울이고 화답해 주었을 바로 그런 사람이 아니던가! 그렇지만 바로 이 무거운 짐

---

68) 예수 그리스도가 오순절에 사도들에게 강림하여 그들로 하여금 많은 사람들에게 그들의 언어로 이야기할 수 있는 능력을 부여한 것을 언급한다.(「사도행전」 2~14장)

때문에 목사는 죄 많은 형제들에게 그토록 깊은 공감을 주었다. 그래서 그의 마음은 그들의 마음과 하나가 되어 떨었고, 그들의 괴로움을 자신의 마음속에 받아들였으며, 고동치는 고통을 구슬프면서도 설득력 있고 샘솟는 듯한 힘찬 웅변에 담아 수많은 형제들의 가슴속으로 뿜어 넣어 주었다. 그의 설교는 자주 뭇사람을 설복했지만 때로는 얼마나 끔찍했던지! 사람들은 자신들을 움직이는 그런 힘이 어디서 나오는지 알지못했다. 다만 이 젊은 목사야말로 신성함이 빚어낸 기적이라고 여길 뿐이었다. 슬기며 꾸짖음이며 사랑에 관한 하느님의 복음을 전달하는 대변인이라고 생각했다. 그들의 눈에는 목사가 밟는 땅마저도 거룩해 보였다. 교회 처녀들은 목사의 주위에 서면 얼굴이 창백해졌다. 종교적 감정이 너무 스며든 정열의 희생자가 된 나머지 정열 그 자체를 모두 종교라고 생각하고, 제단에 바칠 가장 훌륭한 제물로서 그 정열을 당당하게 순결한 가슴속에 품고 교회에 나왔다. 신도 가운데 나이가 든 축들은 자신들이 노쇠하여 주름살이 쪼글쪼글한데도 딤스데일 목사의 나약한 몸을 보고 목사가 자기들보다 먼저 세상을 떠날 것이라고 생각했는지, 자기가 죽거든 늙은 뼈를 젊은 목사의 성스러운 무덤 가까이에 묻어 달라고 자식들에게 당부했다. 또한 이 동안 딤스데일 목사는 자신의 무덤을 생각하며 그 무덤 위에 제대로 풀이 돋아날 수나 있을까 자문했는지도 모른다. 그 무덤 속에는 저주받은 자가 묻혀야 했기 때문이다.

뭇 신도가 이렇게 이 목사를 존경하기 때문에 오히려 그가 느끼는 괴로움은 정말로 상상할 수 없을 정도였다! 진리를 숭배하고 그것들의 생명 속에 생명으로서의 진리의 신성한 본질을 갖고 있지 않은 것을 모두 그림자와 같은 것이요, 중요하지도 않고 가치도 없는 것이라고 생각하는 것이 본래 그의 진정한 충동이었다. 그렇다면 목사의 정체는 도대체 무엇이란 말인가? 실체였을까? 아니면 그림자 가운데에서도 가장 희미한 그림자였을까? 그는 강단에서 목청을 높여 신도들에게 자신의 정체를 밝히고 싶었다. "여러분이 보시다시피 이 검은 목사 옷을 입고 있는 이 사람은, 신성한 강단에 올라와 창백한 얼굴로 하늘을 우러러보며 여러 성도를 대신하여 전지전능하신 하느님과 영적 교섭을 가질 책임을 맡고 있는 이 사람은, 나날의 생활에서 에녹[69]의 신성함이 깃들어 있다고 성도들께서 생각해 주시는 이 사람은, 이 세상의 길을 걸을 적마다 발자취에 한 가닥 빛을 남기고 이 빛을 등불로 삼아 뒤따라오는 순례자들을 축복의 나라로 인도한다고 생각해 주시는 이 사람은, 여러분의 자녀들 머리 위에 손을 얹어 세례를 주었던 이 사람은, 숨을 거두는 성도 여러분의 친구들에게 마지막 기도를 올려 방금 하직한 세상에서 아멘 소리가 희미하게 들리게 해 준 이 사람은, 성도 여러분의 목사라고 그처럼 존경하고 그렇게 믿어 주시는 이 사람은 실제로는 아주 타락한 사람이요, 위선자입니다!"

---

69) 신앙심이 두텁고 경건한 사람의 모범으로 흔히 꼽히는 인물. 그는 성 므두셀라의 아버지로 365세에 살아 있는 채로 하늘에 올라갔다. "믿음으로 에녹은 죽지 않고 하늘로 옮겨 갔습니다. 하느님께서 그를 옮기셨으므로 우리는 그를 찾을 수 없습니다."(「히브리서」 11장 5절)

딤스데일 목사는 이번에 강단에 올라서면 이렇게 고백하지 않고서는 절대로 계단을 내려오지 않겠다고 자신에게 다짐한 적이 한두 번이 아니었다. 목청을 가다듬고 떨면서 긴 한숨을 깊이 들이마신 적 또한 한두 번이 아니었고, 이렇게 들이마신 숨을 다시 내뿜을 때에는 영혼의 흉측한 비밀을 함께 끌고 나왔을지도 모른다. 한 번 이상, 아니 수백 번 수천 번 그는 실제로 고백하지 않았던가! 분명히 고백하지 않았던가! 그렇다면 어떻게 고백했을까? 목사는 자신이 아주 비열한, 비열하기 이를 데 없는 사람이요, 극악무도한 죄인이요, 사람들이 침을 뱉어도 될 만큼 역겨운 사람이요, 상상할 수 없을 정도로 간악한 사람이라고, 자신의 더러운 몸뚱이가 전지전능하신 하느님의 불타오르는 노여움으로 날로 시들어 가는 것을 사람들이 눈으로 보고도 모르다니 참으로 이상한 노릇이라고 고백하지 않았던가! 이보다 더 솔직한 설교가 이 세상에 또 어디 있단 말인가? 신도들은 깜짝 놀라 순간적으로 일제히 의자에서 벌떡 일어나서 그가 더럽힌 강단에서 목사를 끌어내리려고 하지 않았던가? 그러나 실제로는 그런 일이 한 번도 일어나지 않았던 것이다! 신도들은 그의 설교를 한마디도 남김없이 다 듣고 나서도 목사를 더욱더 존경할 따름이었다. 목사가 스스로 책망하는 그 말 속에 얼마나 끔찍스러운 뜻이 숨어 있는지 그들은 거의 눈치채지 못했다. "믿음이 깊은 젊은이로고!" 그들이 자기들끼리 말했다. "지상의 성자로군! 아, 목사님은 자신의 해맑은 영혼 속에서 그처럼 심각한 죄악의 그림자를 살피시니, 당신의 영혼이나 내 영혼에서는 얼마나 끔찍스러운 모습을 바라보실까!" 목사는 자신의 애매한 고백이(교묘하면서도 뉘우칠 줄 아는 위선자가 아니던가!) 신도들 눈에 어떻게 비칠지 잘 알았다. 목사는 죄책감을 밝힘으로써 자신을 속이려고 했지만 도리어 또 다른 죄와 자기 스스로 인정한 치욕을 얻었을 뿐 자신을 속이고 있다는 일시적인 안도감도 맛보지 못했다. 정말로 거짓 없는 진실을 말하고 있었으면서도 그 진실을 도리어 이를 데 없는 거짓으로 만들어 버린 셈이었다. 그렇지만 목사의 타고난 성품은 남달리 진실을 사랑하고 거짓을 미워했다. 그러니 무엇보다도 비참한 자신이 얼마나 끔찍이도 싫었을까!

목사는 마음속의 괴로움 때문에 그가 태어나 자라난 교회의 좀 더 나은 빛보다도 로마의 낡아 빠진 타락한 신앙[70]에 어울리는 행동을 하게 되었다. 자물쇠를 채운 딤스데일 목사의 벽장 속에는 피 묻은 회초리 하나가 들어 있었다. 개신교에다 청교도 목사인 이 딤스데일은 이따금 자기 어깨에 마구 회초리질을 할 때가 있었다. 회초리질을 하면서 자신을 몹시 비웃었고, 비웃었기 때문에 더욱더 모질게 회초리를 퍼붓곤 했다. 또한 믿음이 두터운 다른 여러 청교도들처럼 그도 역시 금식을 하는 버릇이 있었다. 그들처럼 육체를 정화시켜서 하늘의 광명을 받아들이기에 좀 더 알맞은 도구가 되려고 그러는 것이 아니라, 오히려 하나의 고행으로 두 무릎이 후들후들 떨

---

70) 로마 가톨릭교를 가리킨다. 개신교의 눈으로 보면 로마 가톨릭교는 '낡아 빠지고 타락한' 교회로밖에 비치지 않았다. 한편 개신교는 '좀 더 훌륭한 빛'에 해당했다.

릴 때까지 모질게 단식을 했던 것이다. 또한 목사는 어떤 때에는 칠흑 같은 어둠 속에서, 어떤 때에는 희끄무레한 등불 밑에서, 또 어떤 때에는 가장 밝은 불빛 옆에서 거울 속에 비친 자신의 얼굴을 들여다보면서 밤마다 철야 기도를 드리기도 했다. 끊임없이 자신을 고문하는 듯한 내면 성찰을 이런 식으로 표현했지만 그렇다고 자신을 정화시킬 수는 없었다. 오랫동안 철야 기도를 하고 나면 번번이 눈이 빙빙 돌았고 눈앞에서는 어떤 환상이 가물거렸다. 그 환상은 그 자체가 품는 희끄무레한 빛으로 방 저 한 귀퉁이 어두운 데에서 몽롱하게 보이기도 하고, 그의 바로 곁에 있는 거울 속에서 좀 더 뚜렷하게 보이기도 했다. 어떤 때는 악마의 모습을 한 무리가 이빨을 드러내고 희죽거리며 파랗게 질린 목사를 비웃어 대고 따라오라고 손짓을 하는가 하면, 다른 때는 빛나는 천사의 모습을 한 무리가 처음에는 슬픔에 젖어 무겁게 하늘을 향해 날아갔지만 올라가면서 점차 공기처럼 가벼워지기도 했다. 또 어떤 때는 이미 세상을 떠난 젊을 때의 친구들이 나타났는가 하면, 성자처럼 얼굴을 찌푸린 턱수염이 새하얀 아버지와 얼굴을 옆으로 돌리고 지나가는 어머니의 모습이 잇달아 나타나기도 했다. 유령과도 같은 어머니는, 너무나 희미한 환상 같은 어머니는 아무리 그렇더라도 아들을 향해 동정 어린 눈길 한 번 던져 줄 법하련만! 이런 환상 때문에 그토록 무시무시해진 방 안을 이번에는 헤스터 프린이 주홍빛 옷을 걸친 귀여운 펄을 데리고 사뿐히 가로질러 가면서 처음에는 자기 가슴 위에 달린 주홍 글자를 손가락질하고 나서는 뒤이어 목사의 가슴을 가리켰다.

이런 환상 중 어떠한 것도 목사를 완전히 속이지는 못했다. 어느 순간에도 그는 의지의 힘으로 안개처럼 몽롱하여 아무것도 보이지 않는 가운데에서도 실체를 분간하여 이런 것들이 저 조각 장식이 있는 참나무 탁자나 가죽을 씌우고 놋쇠로 죈 네모나고 큼직한 성경처럼 실체가 있는 것이 아니라고 확신했다. 그런데도 어떤 의미에서 그것들은 가엾은 목사가 지금 상대하고 있는 것 중에서 가장 진실하고 실체를 갖춘 것이기도 했다. 그의 삶처럼 그토록 위선적인 삶 때문에 우리 주변에 있는 현실이 무엇이든 하느님이 영혼의 기쁨과 자양분으로 마련하신 그 현실로부터 정수를 빼앗긴다는 것은 이루 말할수 없이 불행한 노릇이다. 진실하지 않은 사람에게는 온 우주가 거짓이요, 온 우주가 손에 잡히지 않으며, 설령 붙잡는다고해도 손아귀 속에서 줄어들어 없어지고 마는 법이다. 그리고목사 자신도 거짓의 빛 속에 모습을 드러내고 있는 한 그림자가 되어 버리거나 아예 존재하지 않게 된다. 딤스데일 목사를이 세상에 실제로 존재하는 사람이 되게 한 오직 한 가지 진실은 그의 가장 깊은 영혼 속에 들어 있는 고뇌 그리고 그의얼굴에 나타난 거짓 없는 표정이었다. 만약 그가 한 번이라도웃음을 띠고 즐거운 표정을 지을 힘을 갖고 있었다면, 딤스데일이라는 사람은 벌써 자취를 감추어 버리고 말았으리라!

우리가 잠깐 내비치기만 하고 자세하게 묘사하지 못한 그을씨년스러운 어느 날 밤에 목사는 의자에서 벌떡 일어났다. 머릿속에 새로운 생각 하나가 문득 떠올랐기 때문이다. 어쩌면 이런 생각을 하며 잠시나마 마음의 평화를 느꼈을지도 모른다. 목사는 마치 예배를 드리러 갈 때처럼 조심스럽게 옷을 차려입고 슬며시 계단을 내려가 문을 열고 밖으로 걸어 나갔다.

12장

목사의 밤샘

 딤스데일 목사는 몽롱한 꿈속을 헤매듯, 어쩌면 몽유병에라도 걸린 듯 걸어서 오래전에 헤스터 프린이 처음 군중 앞에서 몇 시간 동안 치욕을 당했던 장소에 이르렀다. 기나긴 7년 동안 모진 비바람과 햇볕에 얼룩져 우중충하게 더럽혀진 데다가 그 뒤로 수많은 죄인이 오르내린 발자국으로 닳았지만 그 처형대는 예나 다름없이 교회당 발코니 아래에 그대로 서 있었다. 목사는 계단을 밟고 처형대 위로 올라갔다.
 5월 초순의 어느 어스름밤이었다. 한결같이 시커먼 구름의 장막이 하늘 꼭대기에서 지평선까지 온통 뒤덮고 있었다. 헤스터 프린이 벌을 받는 동안 구경 나왔던 사람들이 다시 불려 나왔다 해도 아마 캄캄한 잿빛 밤중이라서 처형대 위에 서 있는 사람의 얼굴도, 그 사람의 형체도 알아보지 못했을 것이다.

마을은 온통 잠들어 있었다. 그렇기 때문에 들킬 염려도 없었다. 목사가 마음 내키는 대로, 먼동이 터서 동녘 하늘이 붉게 물들 때까지 계속 처형대 위에 서 있었다고 하더라도 기껏 축축하고 싸늘한 밤공기가 그의 몸에 스며들어 류머티즘으로 사지가 뻣뻣해지고 카타르와 기침으로 목구멍이 막혀 이튿날 기도와 설교를 기다리는 신도들의 기대를 저버릴 위험밖에는 없었을 것이다. 목사가 밀실에서 피 묻은 회초리를 휘두르는 것을 목격한, 늘 깨어 있는 그 작자 말고는 아무도 그를 볼 수 없었을 것이다. 그렇다면 목사는 도대체 무엇 때문에 이곳에 왔단 말인가? 참회를 흉내 내려는 것이었을까? 물론 흉내는 내겠지만 그런 흉내를 내면서 영혼은 스스로를 희롱하는 것이 아닌가! 천사들이 그 모습을 보고 낯을 붉히며 눈물을 흘리는 반면, 악마들은 비웃어 대며 기뻐 날뛸 흉내가 아니던가! 목사는 어디든지 자기를 뒤따라 다니는 '회개'의 충동에 쫓기다 못해 이곳까지 이끌려 왔지만, 서둘러 막 고백하려는 순간 '회개'의 누이동생이자 친한 친구인 '비겁'이 언제나 그를 떨리는 손으로 꽉 움켜쥐고 잡아당겼다. 얼마나 가엾고 비참한 인간인가! 이처럼 연약한 사내가 무슨 자격이 있어 범죄의 무거운 짐을 짊어져야 하는가?[71] 범죄란 그것을 견뎌 내든지, 아니면 너무 심하게 압박을 받는 경우에는 매섭고 잔인한 힘을 아주 효과적으로 휘둘러 즉시 죄를 집어던져 버리든지, 그 둘

---

71) 여기에서 너새니얼 호손은 종교상의 용어인 '죄(sin)' 대신에 법률상의 용어인 '범죄(crime)'를 사용한다. 이 두 용어는 요즈음에는 엄격히 구분되지만 청교도 시대에는 거의 동의어로 사용되었다.

중 하나를 택할 수 있는 신경이 무쇠같이 강인한 사람들에게나 어울리는 것이 아닌가! 누구보다도 마음이 약하고 섬세한 목사는 그 어느 한쪽도 할 능력이 없으면서도 어떤 때는 이것, 다른 때는 저것을 거듭함으로써 하느님을 거역하는 죄의 괴로움과 헛된 회개의 괴로움을 풀 수 없는 매듭으로 더욱 뒤엉키게 만들었을 뿐이다.

그래서 이렇듯 헛된 속죄의 흉내를 내며 처형대 위에 서 있는 동안 딤스데일 목사는 마치 온 우주가 그의 벌거숭이 가슴쪽 심장 바로 위의 주홍빛 징표를 들여다보고 있기라도 한 듯 극도의 공포에 사로잡혀 있었다. 실제로 그곳에는 오래전부터 독기 품은 이빨에 찔리는 듯한 육체의 고통이 있었고 그것은 지금도 여전했다. 의지의 노력이나 자제할 힘도 없이 그는 큰 소리로 고함을 질렀다. 그 외침은 밤하늘을 타고 사방으로 우렁차게 퍼져 집집마다 부딪쳐 반향을 일으켰고, 마을 뒷산에서도 메아리쳐 울렸다. 마치 마귀 떼가 그 울림 속에서 엄청난 불행과 공포를 발견하자 그 소리를 장난감 삼아 이리 집어 던지고 저리 집어 던지는 것과 같았다.

"이제 마침내 해 버렸구나!" 목사가 두 손에 얼굴을 파묻고 혼자서 중얼거렸다. "온 마을 사람들이 잠에서 깨어 헐레벌떡 뛰쳐나와 여기 있는 나를 발견할 테지!"

그러나 실제로는 그렇지 않았다. 아마 이 고함 소리는 놀란 목사 자신의 귀에 실제보다 훨씬 더 크게 들렸을지 모른다. 마을 사람들은 잠에서 깨어나지 않았다. 설령 잠이 깼더라도 아직 졸음이 가시지 않은 사람들은 그 고함 소리를 꿈결에 본

어떤 무서운 것이 내는 소리거나 마녀가 왁자지껄하는 소리
려니 생각했을 것이다. 이 무렵에는 사탄과 함께 농장이나 외
떨어진 오두막집 상공을 날아다니는 마녀들의 소리가 번번이
들렸다. 그러므로 목사는 조금도 소란스러워지는 기척이 없자
두 눈을 뜨고 주위를 둘러보았다. 한길 위쪽 저만치에 있는
벨링엄 총독 저택의 열린 한쪽 창문에 늙은 총독이 한쪽 손
에 등불을 들고 있는 모습이 보였다. 머리에 하얀색 잠자리용
모자를 쓴 데다가 희고 긴 잠옷을 걸친 총독은 마치 무덤에
서 갑자기 불려 나온 유령 같았다. 고함 소리를 듣고 놀랐음
에 틀림없었다. 같은 저택 다른 창가에도 역시 등불을 든 총
독의 누이 히빈스 노파가 보였는데, 그렇게 멀리 떨어져 있는
데도 등불의 불빛에 그녀의 심술궂고 불만스러운 얼굴 표정이
환히 드러나 보였다. 그녀는 창살 사이로 머리를 삐죽 내밀고
불안스럽게 하늘을 올려다보았다. 조금도 의심할 나위 없이
이 유명한 마녀는 딤스데일 목사의 고함 소리와 수많은 메아
리와 여운을 듣고 마귀와 마녀가 왁자지껄하는 소리려니 하고
생각했다. 히빈스 노파가 이들과 숲속을 쏘다닌다는 이야기는
이미 잘 알려져 있었다.

노파는 벨링엄 총독의 등불빛을 보기가 무섭게 얼른 자기
등불을 끄고 사라져 버렸다. 아마 구름 속으로 날아갔는지도
모른다. 목사의 눈에는 그녀의 거동이 다시는 보이지 않았다.
총독은 조심스럽게 어둠 속을 살펴본 뒤(그것은 맷돌 속을 뚫어
볼 수 없는 것과 별로 다를 것이 없었다.) 창가에서 모습을 감추
었다.

목사는 어느 정도 마음이 가라앉았다. 그런데 처음에는 멀리 떨어진 곳에 있었지만 점차 이쪽을 향해 다가오는 희끄무레하고 조그마한 등불 하나가 금방 눈에 띄었다. 그 등불은 이쪽 기둥이며, 저쪽 정원 울타리며, 이쪽 창살을 단 유리창이며, 저쪽 물이 가득 찬 통이 달린 펌프를 비추다가 이번에는 다시 무쇠 노커가 달린 아치형 참나무 문과 계단 삼아 문 앞에 올려놓은 거친 통나무를 비추었다. 딤스데일 목사는 지금 들려오는 발자국 소리를 따라 자신의 운명이 슬며시 다가오고 있으며 잠시 뒤에는 저 등불이 자신을 비춰 오랫동안 숨겨온 비밀을 들추어내리라는 것을 굳게 확신하면서 이런 사소한 것들을 자세히 관찰하고 있었다. 등불이 다가오면서 둥그렇게 퍼진 불빛 속에 동료 목사인, 좀 더 정확히 말하자면 목사로서의 어버이이자 몹시 존경해 마지않는 소중한 벗이기도 한 윌슨 목사의 모습이 보였다. 짐작건대 윌슨 목사는 누군가가 임종하는 자리에서 마지막 기도를 올리고 지금 막 집으로 돌아가는 모양이었다. 실제로 그랬다. 이 나이 지긋한 목사는 아직 한 시간도 안 되어 지상을 떠나 천국으로 간 윈스럽 총독[72]이 운명한 방에서 막 돌아오는 참이었다. 윌슨 목사가 이 어두운 죄악의 밤 속에서 옛날의 성자다운 사람들처럼 찬란한 후광에 둘러싸여(마치 세상을 떠난 총독이 그의 영광을 물려준 듯이, 아니면 승리의 순례자가 천국 문 안으로 들어가는 것을 보려고

---

72) 존 윈스럽(1588~1649). 매사추세츠만 식민지의 초대 총독을 지낸 그는 초기 뉴잉글랜드 역사에서 주역을 맡았다. 그가 사망한 것은 5월이 아니라 3월 26일이다.

저쪽을 우러러보는 동안 자신에게도 아득히 비쳐 오는 천상의 도시의 빛을 온몸에 받은 것처럼[73]) 한마디로 윌슨 목사가 등불로 앞길을 비추면서 집으로 돌아가는 중이었던 것이다! 희뿌연 등불빛이 이런 엉뚱한 생각을 품게 하자 딤스데일 목사는 슬며시 미소를 지었고(아니, 그런 생각에 웃음이 나오다시피 했다.) 마침내 자신이 혹시 미치고 있는 것이 아닌가 하는 생각이 들었다.

윌슨 목사가 한쪽 손으로 제네바 외투[74]를 바짝 당겨 여미고 다른 쪽 손으로 등불을 가슴 위까지 들어 올린 채 처형대 앞을 지나갈 때, 딤스데일 목사는 말을 걸고 싶은 충동을 거의 억제할 수 없었다.

"안녕하십니까, 윌슨 목사님! 자, 이리로 올라와 저와 함께 재미있는 시간을 보내시지요!"

오, 하느님 맙소사! 그래, 딤스데일 목사가 정작 이런 말을 했단 말인가? 한순간 정말 자기 입술에서 그 말이 새어 나왔다고 그는 믿었다. 그러나 사실은 머릿속에서 한 말에 지나지 않았다. 윌슨 목사는 발밑의 진창길을 조심스럽게 살필 뿐 단한 번도 죄 많은 처형대를 돌아보지 않은 채 느린 걸음으로 계속 걸어갔다. 희미한 등불이 완전히 사라지자, 딤스데일 목

---

73) 호손은 여기에서 「요한계시록」 21장에 기록된 내용을 언급한다. "그 대문은 동쪽에 셋, 북쪽에 셋, 남쪽에 셋, 서쪽에 셋이 있었습니다."(13절) "그 도성에는 밤이 없으므로 온종일 대문을 닫지 않을 것입니다."(25절)
74) 칼뱅교 목사들이 입는 검은색 외투. 스위스의 종교개혁가 장 칼뱅이 제네바에서 주로 활동했기 때문에 그런 이름이 붙었다.

사는 갑자기 정신이 아찔해지며 문득 조금 전의 짧은 순간이 야말로 끔찍스러운 불안의 위기였음을 깨달았다. 그의 정신은 일종의 음험한 장난으로 잠시나마 짐을 덜어 보려고 했지만 말이다.

곧바로 뒤이어 마찬가지로 등골을 오싹하게 하는 장난기가 또다시 딤스데일 목사의 사념이 빚어낸 엄숙한 망상 속에 슬 며시 스며들었다. 몸에 익숙하지 않은 냉랭한 밤공기 탓에 그 는 팔다리가 뻣뻣해져 처형대 계단을 내려갈 수 있을지 자못 의심스러웠다. 먼동이 트면 이곳에 있는 나를 사람들이 발견 하겠지. 이웃 동네 사람들이 잠을 깨기 시작하겠지. 맨 먼저 잠에서 깬 사람이 희뿌연 새벽 어스름 속으로 뛰쳐나와 한 사 람이 치욕의 처형대 위에 우뚝 서 있는 어슴푸레한 모습을 발 견하겠지. 그러면 놀라움과 호기심 사이에서 반쯤 미친 상태 가 되어 집집마다 문을 두드려 모든 사람을 끌어내 가지고 죽 은 죄인의 유령을(분명히 유령이라고 생각할 것임에 틀림없다.) 구 경하라고 야단법석을 떨겠지. 마침내 첫새벽 녘부터 소동이 이 집에서 저 집으로 날개를 퍼덕이듯 번져 가겠지. 그러고는 아침 햇살이 점점 밝아지면서, 나이 많은 가장들은 저마다 허 둥지둥 일어나 플란넬 가운 바람으로, 아낙네들은 잠옷을 갈 아입을 경황도 없이 야단법석을 떨겠지. 지금껏 머리카락 하 나 흐트러진 꼴을 보인 적이 없는 점잖은 사람들은 간밤에 악 몽을 꾼 듯 사나운 모습을 하고 사람들 앞에 뛰쳐나올 테지. 나이 지긋한 벨링엄 총독은 근엄한 표정으로 제임스 왕조풍 의 주름깃을 비뚤어지게 맨 채 나타날 것이고, 히빈스 노파는 밤새도록 쏘다닌 바람에 한잠도 자지 못해 시큰둥한 표정으로 치맛자락에 숲속의 잔가지를 매단 채 나타날 것이며, 윌슨 목사는 임종의 자리에서 밤을 새우다시피 한 뒤 겨우 눈을 붙이고 영광스러운 성자들의 꿈을 꾸다가 그렇게 일찍 방해를 받아 깬 것에 기분을 언짢아하며 나올 테지. 또한 딤스데일 목사의 교회 장로들이며 집사들이며 목사를 존경하는 나머지 순결한 가슴속에 그를 위해 예배당을 마련한 젊은 처녀들도 너무나 서두르는 바람에 수건으로 머리를 가릴 틈도 없이 허겁지겁 달려 나올 테지. 한마디로 온 마을 사람이 문지방에 걸려 넘어질 뻔하면서 처형대 주위에 몰려들어 놀라움과 공포에 싸인 얼굴로 쳐다보겠지. 그들은 이마 위에 붉은 동녘 햇빛을 받고 그곳에 서 있는 사람을 도대체 누구로 알아볼 것인가? 치욕을 이기지 못해 몸이 꽁꽁 얼어 거의 빈사 상태가 되어, 헤스터 프린이 일찍이 올라섰던 그 자리에 서 있는 것은 아서 딤스데일 목사가 아니고 누구란 말인가!

이렇게 기괴하고 무서운 광경에 넋을 잃고 있는 목사는 그 자신도 몹시 놀랄 정도로 무심결에 갑자기 한바탕 큰 소리로 웃어 댔다. 곧바로 그 웃음소리에 답해 공기처럼 경쾌한 어린 아이의 웃음소리가 들려왔다. 목사는 가슴에 전율을 느끼면서, 몹시 괴로워서인지 무척 반가워서인지 알 수 없지만, 그 웃음소리에서 귀여운 펄의 목소리를 알아차렸다.

"펄! 사랑스러운 펄!" 목사가 잠깐 가만히 있다가 큰 소리로 외치고 나서 다시 목소리를 죽여 말했다. "헤스터! 헤스터 프린! 당신이오?"

"네, 저예요. 헤스터 프린이에요!" 그녀가 놀란 목소리로 대답했다. 마침내 목사는 헤스터가 지나가던 길에서 자기 쪽으로 다가오는 발자국 소리를 들었다. "저하고 귀여운 펄이에요."

"어디서 오는 길이오, 헤스터?" 목사가 물었다. "웬일로 이곳까지 왔소?"

"돌아가신 분이 계셔서요." 헤스터 프린이 대답했다. "윈스럽 총독께서 운명하셔서 그곳에서 수의 치수를 재 가지고 막 집으로 돌아가는 길이었어요."

"헤스터, 이리 올라와요. 펄도 같이." 딤스데일 목사가 말했다. "당신들은 전에 이곳에 올라온 적이 있었지. 하지만 그때 나는 당신 옆에 서 있지 않았어. 자, 한 번만 더 이곳으로 올라와요. 그래서 우리 셋이 함께 나란히 섭시다!"

헤스터는 말없이 계단에 올라 귀여운 펄의 손목을 잡고 처형대 위에 섰다. 목사가 그 아이의 다른 손을 더듬어 잡았다. 손을 잡자마자 자신의 생명과는 다른 새 생명이 세차게 솟구쳐 그의 심장 속으로 격류처럼 흘러들어 모든 핏줄로 재빨리 퍼져 나가는 느낌이 들었다. 마치 그의 반쯤 마비된 신체 기관 속에 어미와 아이가 그들의 생명의 온기를 불어넣어 주는 것만 같았다. 세 사람은 마치 전류가 통하는 하나의 쇠사슬을 이루고 있는 것 같았다.

"목사님!" 귀여운 펄이 속삭였다.

"얘야, 왜 그러니?" 딤스데일 목사가 물었다.

"내일 한낮에도 엄마랑 나랑 셋이서 같이 이곳에 서 주실래요?" 펄이 물었다.

"아니, 그건 안 돼, 펄!" 목사가 대답했다. 이때 용솟음친 새로운 기운과 더불어 그렇게 오랫동안 자신의 삶을 괴롭힌, 세상 사람들의 눈에 드러나게 되리라는 온갖 공포심이 다시 되살아났기 때문이다. 목사는 지금 자기가 그들과 함께 있다는 생각에 이상야릇한 기쁨을 맛보면서도, 벌써 몸을 부르르 떨고 있었다. "그건 안 돼, 얘야. 내일은 아니라도 어느 날이고 너희 엄마랑 너랑 정말 같이 서 주마!"

펄은 웃으면서 손을 뿌리치려고 했다. 그렇지만 목사는 아이의 손을 놓치지 않으려고 꽉 잡고 있었다.

"펄, 조금만 더!" 그가 말했다.

"그러면 약속해 주시겠어요?" 펄이 물었다. "내일 한낮에 내 손이랑 엄마 손이랑 잡아 주시겠다고요."

"내일은 안 돼, 펄." 목사가 대답했다. "다른 때에 그렇게 해 주마."

"다른 때라니 언제요?" 펄이 끈질기게 물었다.

"저 마지막 심판 날에 말이야!" 목사가 속삭였다. 이상하게도, 자신이 진리를 가르치는 직책에 있는 사람이라는 의식 때문에 목사는 아이에게 이처럼 대답했던 것이다. "그날 그곳 심판의 자리에서 네 엄마랑 너랑 나는 함께 서지 않으면 안 되겠지! 하지만 이 세상의 햇빛 아래에선 우리 셋이 만나는 모습을 보여서는 안 돼!"

그러자 펄이 다시 웃었다.

그런데 딤스데일 목사가 미처 말을 끝내기도 전에 한 줄기 섬광이 구름에 뒤덮인 하늘 사면팔방에 번쩍거렸다. 밤하늘을 지켜보는 사람들이 자주 볼 수 있듯이 망망한 허공 속에서 불타다 사라져 가는 유성이 만들어 낸 것임에 틀림없었다. 그 광채가 어찌나 강렬한지 하늘과 땅 사이에 있는 두꺼운 구름층을 골고루 환히 비춰 주었다. 둥근 지붕 모양을 한 거대한 램프의 갓처럼 하늘이 밝게 빛났다. 그 광채 때문에 길거리의 낯익은 장면이 대낮처럼 환히 드러났지만, 또한 낯선 빛이 친근한 물건을 비출 때처럼 언제나 무시무시하게 보였다. 불룩하게 튀어나온 층들과 기묘한 박공이 달린 목조 건물이며, 일찌감치 풀이 돋아 있는 문 앞 계단과 문지방이며, 갓 갈아엎어 놓은 흙이 시커먼 채마밭이며, 별로 발길이 닿지 않고 심지어 시장 바닥까지 양쪽 가장자리에 잔디밭이 있는 마찻길이며, 이 모든 것이 하나같이 지금까지 지니고 있었던 것과는 다른 도덕적 의미를 주는 듯한 특이한 모습을 띠고 있었다. 그리고 목사는 가슴에 손을 얹은 채, 헤스터 프린은 가슴 한가운데 희뿌옇게 빛나는 수놓은 글자를 단 채, 펄 자신도 한 상징이며 두 사람을 연결시켜 주는 고리인 듯 제각기 서 있었다. 그런데 그들은 이상하게도 대낮같이 밝은 이상하고 장엄한 광채에 휩싸여 서 있었는데, 그것은 마치 온갖 비밀을 들추어내는 빛이요, 서로에게 속해 있는 사람들을 한데 뭉치게 해 줄 새벽과 같았다.

귀여운 펄의 눈 속에는 마력이 어려 있었고, 목사를 올려다보는 얼굴에는 그녀를 그토록 자주 꼬마 요정같이 보이게 하는 짓궂은 미소가 담겨 있었다. 그녀는 딤스데일 목사의 손아귀에서 손을 빼내어 한길 건너편을 가리켰다. 그러나 목사는 가슴 앞에 두 손을 깍지 낀 채 하늘 꼭대기를 우러러보고 있었다.

이 무렵에는 해와 달이 뜨고 지는 것보다 덜 규칙적으로 일어나는 유성의 출현이나 그 밖의 자연현상을 초자연적인 무엇인가에서 비롯된 온갖 계시라고 해석하는 것이 보편적이었다.[75] 그러므로 한밤중 하늘에 나타나는 불길을 뿜는 창검이나 활이나 화살통의 화살은 인디언과의 전쟁이 일어날 전조라고 여겨졌다. 괴질이 돌기 전에는 그 전조로 주홍빛 광채가 소나기처럼 쏟아져 내렸다. 식민지 시대부터 혁명 시대에 이르는 사이에[76] 뉴잉글랜드에 일어난 큰 사건치고, 그것이 좋건 그르건 간에, 그 전조로 사람들에게 이런 성질의 현상을 미리 보여 주지 않은 것이 과연 있었는지 자못 의심스럽다. 사실 뭇사람이 자주 그런 현상을 직접 목격했다. 그러나 실제로 그것을 믿느냐 믿지 않느냐 하는 것은 어떤 단 한 사람의 목격자의 신념에 의존할 수밖에 없는 때가 많았다. 그런데 그 목격자는 크게 보이게도 하고 일그러져 보이게도 하는 상상력이라는 안경을 끼고 신비스러운 현상을 본 뒤에 머릿속에서 제멋대로 재구성해 그 형체를 좀 더 뚜렷하게 만들어 놓기 일쑤였다. 국

---

75) 신의 계시가 어떤 자연 현상을 통해 인간에게 알려진다는 생각은 정통 칼뱅주의 사상이라기보다는 계약 신학의 견해이다. 그러므로 엄밀히 말해서 청교도 신학은 칼뱅주의와는 일치하지 않는다.

76) 1620년 순례자 교부들이 메이플라워호를 타고 플리머스에 도착해 식민지를 개척한 때부터 미국독립전쟁(1775~1783)을 일으킬 때까지 기간을 말한다.

가의 운명이 넓은 천체에 이처럼 무서운 상형문자로 나타난다는 것은 생각만 해도 실로 장엄한 일이 아닐 수 없었다. 하늘이라는 넓고 넓은 두루마리 책장일지라도 하느님이 그 속에 백성의 운명을 적으려면 그리 넓은 폭도 아닐지 모른다. 우리 선조는 우리의 신생 공화국이 하느님으로부터 유난히 친밀하고 극진한 보호를 받고 있다는 증거로 으레 이런 신념을 즐겨 내세우곤 했다. 그러나 어느 한 사람이 넓은 기록 종이에 자신만을 위한 하느님의 계시를 보았노라고 말할 때 우리는 과연 뭐라고 대꾸해야 할 것인가! 이런 경우 계시란 지극히 혼란스러운 정신 상태가 빚어내는 한 징후에 지나지 않을지 모른다. 사람은 오랫동안 남몰래 심한 고통을 당하면 병적일 정도로 내성적으로 변해 광활하게 펼쳐져 있는 대자연 전체에 자기중심주의를 확장해 마침내 하늘 자체가 자신의 영혼의 역사와 운명을 기록하기에 적합한 종잇장에 지나지 않는 것으로 보는 경우가 있다.

그러므로 우리는 하늘을 우러러본 목사가 흐릿한 붉은 광채로 나타난 큼직한 글자를(바로 그 'A' 자 말이다.) 본 것은 오직 그의 눈과 가슴속의 질병 탓으로 돌리지 않을 수 없다. 마침 그때 그 지점에서 보였던 것은 구름 사이에서 흐릿하게 불타오르는 유성에 지나지 않았을지도 모른다. 죄의식에 가득 찬 그의 상상력이 빚어낸 그런 모습을 하고 있지도 않았고, 또한 적어도 그 형체가 너무 몽롱했기 때문에 다른 죄를 지은 사람이 보았더라면 아마 다른 상징으로 보았을지도 모른다.

이 순간 딤스데일 목사의 심리 상태의 특징을 드러내는 이상한 사건이 하나 일어났다. 하늘을 쳐다보고 있는 동안에도 내내 목사는 어린 펄이 처형대에서 그다지 멀리 떨어지지 않은 곳에 서 있는 로저 칠링워스 노인을 손가락으로 가리키고 있다는 사실을 분명히 의식하고 있었다. 목사는 그 기적 같은 글자를 발견한 똑같은 눈으로 노인을 알아본 듯했다. 노인의 얼굴 표정에서도 다른 형체에서와 마찬가지로 유성의 빛을 받아 색다른 표정이 감돌았다. 아니면 이때 의사는 보통 때처럼 목사를 바라보는 눈에 악의를 품지 않도록 조심하지 않았는지도 모른다. 만약 유성이 헤스터 프린과 목사에게 최후 심판날을 상기시켜 주는 경외심으로 하늘을 환히 비춰 주고 대지를 드러낸 것이 사실이라면, 그들에게 로저 칠링워스는 찌푸린 얼굴에 미소를 지으며 그들이 자기 것임을 주장하기 위해 서 있는 우두머리 악마로 여겨졌을지 모른다. 의사의 표정이 너무나 뚜렷했거나, 아니면 목사가 그것을 너무나 강렬하게 감지했기 때문에 유성이 사라진 뒤에도 마치 길거리와 그 밖의 모든 것이 금방 소멸해 버린 것 같은 효과를 지닌 채 여전히 어둠 속에 아로새겨져 있는 듯했다.

“저 사람은 도대체 누구요, 헤스터?” 딤스데일 목사가 공포에 짓눌려 숨을 헐떡거리며 물었다. “저 사람을 보면 치가 떨리는구려! 당신은 저 사람이 누군지 알고 있소? 난 저 사람이 싫소, 헤스터!”

헤스터는 자기가 한 약속을 생각하고는 잠자코 있었다.

“정말로 저 사람을 보면 내 영혼이 떨리는구려!” 목사가 다시 중얼거렸다. "저 사람은 도대체 누구요? 저자가 누구냔 말이오? 당신이 나를 위해 도와줄 수 있는 건 아무것도 없소? 난 저 사람만 보면 왠지 공포감이 든단 말이오."

"목사님." 펄이 입을 열었다. "저 사람이 누군지 제가 가르쳐 드릴게요!"

"그래, 어서 빨리 말해 봐라, 얘야!" 목사가 펄의 입술에 귀를 바싹 들이대고 말했다. "어서 빨리 말해 보래도! 될 수 있는 대로 낮은 목소리로 말해 다오."

펄이 목사의 귀에 대고 뭐라고 속삭였다. 그러나 그 말은 사람의 말 같기는 했지만 아이들이 몇 시간씩이나 계속해서 혼자 뭐라고 종알거리며 놀고 있을 때 들을 수 있는 허튼소리에 지나지 않았다. 어쨌든 그 속에 로저 칠링워스 노인에 관한 비밀 정보가 담겨 있다 해도 그것은 학자인 목사에게도 알아들을 수 없는 말이어서 오히려 그의 마음은 더욱 갈피를 잡을 수 없었다. 그러더니 이때 꼬마 요정 같은 펄이 활짝 웃음을 터뜨렸다.

"너 지금 나를 놀리는 거냐?" 목사가 말했다.

"아저씨는 겁쟁이예요! 거짓말쟁이고요!" 펄이 대답했다. "내일 대낮에 내 손이랑 엄마 손이랑 잡아 주겠다고 약속하지 않는걸, 뭐!"

"이보십시오." 어느새 처형대 발치까지 다가온 의사가 입을 열었다. "혹 딤스데일 목사가 아니십니까? 설마 목사님이실 줄이야? 옳지 옳아, 정말이군! 책 속에 머리를 파묻고 연구하는 사람들은 엄격한 감시가 필요하다니까! 깨어 있는 순간에도 꿈을 꾸고, 자면서도 걸어 다니니 말이오. 자, 목사님, 내가 집까지 바래다드리리다!"

"내가 이곳에 있는 줄 어떻게 아셨지요?" 목사가 겁에 질려 물었다.

"사실은 말입니다." 로저 칠링워스가 대답했다. "나야 아무것도 모르고 있었지요. 오늘 밤 대부분 시간 동안 윈스럽 총독님의 머리맡에서 비천한 솜씨로나마 조금이라도 총독님을 편하게 해 드리려고 눌러앉아 있었지요. 결국 그분도 저 좋은 세상으로 돌아가셨기에 나도 막 집으로 돌아가는 중인데, 마침 이상한 불빛이 비추고 있지 않겠어요. 자, 부디 나를 따라오십시오, 목사님. 잘못하면 내일 주일예배도 제대로 드리지 못하겠소. 아하! 그거 보십시오. 그놈의 책이 골머리를 아프게 한단 말씀이에요. 고얀 놈의 책 같으니라고! 그놈의 책이 말입지요! 이제 책은 덜 읽으시고 무슨 오락에라도 취미를 붙이셔야겠어요. 자칫하면 이런 밤중의 변덕이 버릇이 될지도 모르니까요!"

"함께 집으로 돌아가지요." 딤스데일 목사가 말했다.

목사는 흉측한 꿈에서 깨어나 온몸이 축 늘어진 사람처럼 싸늘한 절망에 사로잡힌 채 의사에게 몸을 맡기고 끌려갔다.

그러나 안식일인 이튿날 목사는 지금껏 그의 입에서 흘러나온 어떤 설교보다도 가장 풍부하고 힘차며 하느님의 감화력이 충만한 설교를 했다. 소문에 따르면 이날의 훌륭한 설교를 듣고 진실을 깨달아 여생을 통해 딤스데일 목사에 대한 성스러운 마음을 한결같이 간직하겠다고 마음속으로 맹세한 신도가 한 사람 이상이나 되었다고 한다. 그러나 목사가 강단 계단을 내려올 때 수염이 희끗희끗한 교회지기가 다가와 그에게 검은 장갑 한 켤레를 내밀었고, 목사는 그것이 자기 것임을 알아차렸다.

"이걸 주웠습지요." 교회지기가 말했다. "오늘 아침 죄 지은 사람들이 구경꾼 앞에서 치욕을 당하는 처형대 위에서 말입지요. 악마가 무엄하게도 목사님을 한번 놀려 볼까 하고 이것을 그곳에 떨어뜨린 것 같습니다. 하지만 정말이지, 늘 그렇듯이 악마라는 놈은 역시 눈먼 바보 멍텅구리지요. 순결한 손에는 가릴 장갑이 필요 없는데 말입니다!"

"고맙소." 목사가 마음속으로는 놀라면서도 엄숙하게 말했다. 기억이 너무 흐릿해 간밤의 일을 한낱 환상이었던 것으로 처리해 버리고 싶은 생각이 들었다. "음, 정말 내 장갑 같군요!"

"하지만 악마가 이걸 훔치는 게 좋다고 생각한 모양이니까, 앞으로 목사님께선 맨손으로 그놈을 사정없이 다루셔야 할까 봅니다."[77] 늙은 교회지기가 험상궂게 미소를 지으며 말했다. "그리고 목사님은 간밤에 나타났다는 그 전조인가 뭔가 하는 얘기를 들어 보셨습니까? 하늘에 나타났다는 큼직한 주홍 글자, 그 'A' 자 말입지요. 저희는 그 글자가 '천사(Angel)'를 뜻하는 줄로 알고 있습지요. 윈스럽 총독님께서 어젯밤에 천사가 되셨으니까, 그 일에 대해 마땅히 무슨 전조라도 있어야 한다

---

77) 여기에서 호손은 '장갑 없이 다루다'라는 표현을 함축적 의미와 비유적 의미 두 가지로 사용한다. 함축적으로는 '맨손으로 다루다'라는 뜻이지만 비유적으로는 '가차 없이 다루다'라는 뜻이다.

고 생각했습지요!"

"아니, 그런 얘긴 듣지 못했소." 목사가 대답했다. "그 얘기는
금시초문이오."

13장

헤스터의 새로운 생각

헤스터 프린은 지난번 딤스데일 목사와 이상하게 만난 자리에서 목사의 수척한 모습을 보고 적잖이 놀랐다. 목사의 힘이 여지없이 파괴되어 있는 것 같았다. 정신력이 어린애보다도 더 약해져 있었다. 지적인 능력은 본래의 힘을 유지하고 있거나 질병에 걸린 사람만이 얻을 수 있는 병적인 에너지를 얻었는데도, 정신력은 힘없이 쓰러져 엎드려 있었다. 온 세상은 모르는 일련의 곡절을 잘 알고 있는 헤스터는 딤스데일 목사 자신의 정상적인 양심의 가책 말고도 어떤 가공할 만한 위력을 지닌 존재가 그의 건강이며 안정에 영향을 끼쳤으며 지금도 여전히 영향을 끼치고 있다고 쉽게 판단을 내릴 수 있었다. 이 가엾고 죄 지은 사내가 전에는 어떤 사람이었는지 잘 알고 있는 헤스터의 영혼은 이 사내가 본능적으로 알아낸 원수의 마수로부터 자신을 지켜 달라고 자기에게, 버림받은 여인인 자신에게 애걸할 때의 그 몸서리치도록 공포에 질린 모습 때문에 여지없이 흔들렸다. 더구나 그녀는 그 사람이 자신에게 최대한의 도움을 요구할 권리가 있다고 판단을 내렸다. 오랫동안 사회와 인연을 끊고 살아온 탓에 자기 외의 기준으로 옳고 그름에 대한 판단을 내리는 데 거의 익숙해 있지 않지만, 헤스터는 목사에 관해서는 그 밖의 어느 누구에게도, 또한 온 세상 누구에게도 지고 있지 않은 책임이 있다는 것을 깨닫고 있었다. 아니, 그렇게 깨닫고 있는 듯 보였다. 그녀와 그 밖의 모든 인류를 맺어 주는 사슬은, 예컨대 화초든 비단이든 황금이든 그 밖에 어떤 재료로 된 것이건 간에, 이제 모두 끊어져 버리고 말았다. 그러므로 이제는 공동의 죄라는 무쇠 사슬만이 남아 있으며, 이 사슬은 목사도 헤스터도 끊으려야 끊을 수가 없었다. 다른 온갖 인연과 마찬가지로 거기에는 의무가 뒤따랐다.

이제 헤스터 프린은 치욕을 겪었던 처음 무렵과 똑같은 처지에 있지 않았다. 그동안 몇 해가 바뀌었다. 펄도 이제 어느덧 일곱 살이 되었다. 환상적으로 수놓은 주홍 글자가 가슴에 빛나는 그 아이의 어미는 벌써 오래전부터 마을 사람들의 눈에 낯익은 존재가 되었다. 세상에서 두드러지게 눈에 띄는 존재인 동시에 공적이건 사적이건 이해나 편의를 아랑곳하지 않는 사람들의 경우 흔히 그러하듯이, 헤스터 프린에 대해서도 마침내 세상 사람들의 마음에 일종의 애정 같은 것이 싹트게 되었다. 인간의 천성이 이기심으로 작동하지 않는 한, 남을 미워하기보다는 사랑하는 것을 좋아한다는 사실은 인간의 본성이 지닌 장점이다. 본래의 적대감을 끊임없이 새롭게 건드리지 않는 한, 미움도 조금씩 조용히 사랑으로 바뀌게 된다. 헤스터 프린의 경우, 그녀는 남을 건드리거나 귀찮게 구는 일이 없었다. 그녀는 세상 사람들과 다투지 않고 아무 불평 없이 세상의 가장 혹독한 대우를 받아들였고, 자신이 받은 고통의 대가로 세상에 대해 아무것도 요구하지 않았다. 그렇다고 세상 사람들의 동정에 기대지도 않았다. 더구나 세상에서 소외되어 치욕을 견디고 살아오는 동안 흠잡을 데 없이 깨끗한 생활을 했다는 사실 또한 그녀의 입장을 유리하게 만들어 주었다. 인류의 입장에서 보면 이제는 잃어버릴 것도, 무엇을 얻을 희망도 욕망도 없고 보니 이 가엾은 방랑자가 다시 정도(正道)를 걸으려면 오로지 선행을 진심으로 존중하는 수밖에 없었을 것이다.

또한 헤스터는 세상 사람들의 특권에 대한 가장 소박한 권리조차 요구하지 않았으면서도(아무나 마셔도 좋은 공기를 들이쉬거나 몸소 손으로 부지런히 일해서 자기와 어린 펄의 하루 양식을 버는 것 말고는 말이다.) 남에게 은혜를 베풀 기회가 있을 때는 언제나 인류의 자매임을 재빨리 자처했다는 사실도 세상이 알게 되었다. 가난한 사람들이 필요로 할 때마다 그녀처럼 자신의 보잘것없는 재산을 서슴지 않고 기꺼이 나누어 주는 사람도 없었다. 물론 마음씨 고약한 가난뱅이가 꼬박꼬박 문전까지 갖다주는 음식이나 임금의 옷에라도 수놓을 수 있는 솜씨로 바느질한 옷가지를 받고 비웃음으로 되갚는 일도 있었지만 말이다. 사나운 전염병이 마을에 퍼졌을 때에도 헤스터처럼 발 벗고 나서서 헌신적으로 애쓴 사람도 없었다. 실제로 사회 일반의 재난이건 개인적인 재난이건 불행한 일이 일어나면 언제나 세상에서 버림받은 그녀는 재빨리 자신이 일할 자리를 찾았다. 걱정거리로 침울해진 집안의 문을 손님으로서가 아닌 어엿한 한 집안 식구로서 두드렸다. 마치 집안의 침울한 어둠은 그녀가 동료 인간과 교제할 수 있는 권리를 부여받는 매개체인 듯했다. 그곳에서 그 수놓은 글자는 이 지상의 것 같지 않은 빛으로 위로를 주며 빛을 발했다. 다른 데에서는 죄악의 징표에 지나지 않는 주홍 글자가 병실에서는 방 안을 환히 밝혀 주는 촛불이었다. 심지어 환자가 마지막 숨을 거두는 순간에도 그녀는 시간의 한계를 뛰어넘어 아득한 저편까지 어슴푸레한 빛을 비추어 주었다. 그래서 이승의 빛이 점점 어두워 가면서도 저승의 빛이 미처 나타나기 전에 그 환자의 영혼이 밟고 갈 곳을 밝혀 주는 것이었다. 이처럼 위급한 자리에서 헤스터의 천성은 온정이 넘치고 풍요롭게 드러났다. 아무리 무리한 요구라도 외면하는 법이 없고 아무리 수요가 크더라도 결코 바닥나지 않는 따스한 인정의 샘터였다. 치욕의 징표를 달고 있는 그녀의 가슴은 베개가 필요한 사람의 머리를 위해서는 푹신한 베개가 될 뿐이었다. 그녀는 스스로 '자선수녀회'[78]의 한 사람이 되었다. 아니면 세상이나 그녀가 이런 결

---

78) 자선과 교육 사업 등에 종사하는 수녀회. 1827년 캐서린 매콜리가 아일랜드의 수도 더블린에서 처음 설립했다.

과를 전혀 바라지 않았는데도 세상의 가혹한 손길이 그녀를 그렇게 만들었다고나 할까. 주홍 글자는 그녀의 소명을 상징했다. 그녀에게는 놀라울 만큼 남에게 도움을 주는 힘이 있었기 때문에, 남을 돕는 힘도, 동정하는 힘도 많았기 때문에, 이제 사람들은 주홍 글자 'A'를 본래의 뜻대로 해석하려 들지 않았다.[79] 그들은 주홍 글자가 '능력(Able)'을 뜻한다고 했다. 어찌 되었든 비록 여자의 힘이지만 헤스터 프린이 지닌 힘은 강하기 이를 데 없었다.

이렇듯 헤스터를 맞아들일 수 있는 집은 오직 어둠이 깃든 집뿐이었다. 어둠 속에 햇빛이 스며들면 그 여자는 자취를 감추었다. 그녀의 그림자는 문지방 너머로 사라졌다. 이 도움을 주는 수형자(受刑者)는 자신이 정성껏 돌봐 주던 사람들 가운데 혹시 진심으로 고마워하는 사람이 있더라도 당연히 받아야 할 그 감사를 받기 위해 단 한 번도 뒤돌아보지 않고 그냥 떠나고 말았다. 길에서 서로 만나더라도 헤스터는 그냥 고개를 떨어뜨리고 인사를 받으려고 하지 않았다. 그래도 그들이 굳이 인사를 하려 들면 주홍 글자 위에 손을 얹고 그대로 지나쳐 버렸다. 혹시 이것을 그녀의 자만심으로 볼 수도 있을지

---

79) 호손의 이런 태도는 「로마서」 3장의 내용과 비슷하다. "그러므로 율법의 행위로는 하느님 앞에서 의롭다고 인정받을 사람이 아무도 없습니다. 율법으로는 죄를 인식할 뿐입니다."(20절) "모든 사람이 죄를 범했습니다. 그래서 사람은 하느님의 영광에 미칠 수 없는 처지에 놓여 있습니다. 그러나 사람은 그리스도 예수 안에서 얻는 구원으로 말미암아 하느님의 은혜로 값없이 의롭다는 선고를 받습니다."(23~24절)

모르지만 실제로는 겸손함 같은 것이어서 일반 사람들의 마음속에 겸손의 미덕이 지니는 모든 온화한 감화력을 불어넣어 주었다. 일반 대중의 기질에는 폭군과 같은 데가 있다. 예사로운 정의라도 무슨 권리인 듯 우격다짐으로 요구하면 거절하려 든다. 그러나 흔히 볼 수 있는 일이지만, 그것과 꼭 같이 오히려 관대하게 봐 달라고 호소하면 정의보다도 더한 것이라도 선뜻 내준다. 폭군이라는 자들은 그렇게 해 주는 것을 좋아하기 때문이다. 사회는 헤스터 프린의 행실을 이런 성질의 호소라고 해석한 나머지 지난날의 죄인에게 그녀가 바라는 것 이상으로, 또는 마땅히 받아야 할 것 이상으로 호의적인 얼굴로 대해 주었다.

사회의 통치자들이며 현명하고 학식 있는 사람들은 헤스터의 좋은 특성이 지닌 이런 감화력을 인정하는 데 일반 주민들보다는 시간이 좀 더 오래 걸렸다. 그들이 일반 주민들과 마찬가지로 그녀에게 품었던 편견은 논리라는 무쇠 틀 속에 갇혀 있었기 때문에 그것을 빼내는 것은 훨씬 더 어려운 일이었다. 그러나 날이 갈수록 그들의 음산하고 엄숙한 얼굴의 주름살이 점차 펴지고 있어 세월이 흘러 언젠가는 마침내 자비에 가까운 표정으로 바뀔 것 같았다. 신분이 높기 때문에 대중의 도덕을 수호해야 할 지위 높은 사람의 경우도 마찬가지였다. 한편 일반 개인들도 헤스터 프린이 저지른 잘못을 너그럽게 용서해 주었다. 아니, 이보다 한 발 더 나아가 주홍 글자를 그녀가 오랫동안 달고 다니며 가혹한 고행을 견뎌 내야 했던 하나의 죄의 징표가 아닌, 그 뒤 그녀가 행한 여러 선행의 징표로 간주하기 시작했다. "저기 수놓은 징표를 달고 있는 여인이 보입니까?" 그들은 이곳을 찾아온 낯선 사람들에게 이렇게 말하곤 했다. "우리 헤스터지요. 바로 이 마을에 살고 있는 헤스터랍니다. 가난한 사람들에게는 무척 친절하고, 아픈 사람들에게는 많은 도움을 주며, 괴로운 사람들에게도 큰 위로가 되어 주지요!" 물론 그런 말을 하고 나서도 자신을 헐뜯는 가장 나쁜 것이라도 다른 사람한테 나타날 때면 입에 올리고 싶어 하는 것이 인간의 천성이라서 그들은 지난날의 불명예스러운 추문에 대해 속삭이곤 했다. 그러나 사실 이렇게 이야기하는 장본인들의 눈에도 주홍 글자가 마치 수녀 가슴 위의 십자가 같은 효능을 지니고 있었다. 주홍 글자는 그것을 달고 다니는 사람에게 일종의 신성함을 지니게 하여 온갖 위험 속에서도 무사히 걸어 다닐 수 있게 해 주었다. 만약 도적 떼에 걸려들었더라도 주홍 글자가 그녀를 무사히 지켜 주었을 것이다. 어떤 인디언 하나가 주홍 글자를 겨누고 활을 당겨 쏘아 그녀를 맞혔는데도 화살이 그녀에게 아무런 상처도 입히지 않고 그냥 땅바닥에 떨어졌다는 이야기가 널리 퍼졌고, 이 풍문을 사실로 믿는 사람도 많았다고 한다.

헤스터 자신의 마음속에 이런 상징이, 아니 상징이라기보다는 이것이 가리키는 헤스터의 사회적 위치가 미치는 영향은 강렬하고 독특했다. 그녀의 성격이라는 밝고 우아한 잎사귀는 이 시뻘겋게 단 낙인 때문에 말라비틀어져 이미 다 떨어지고 볼품없이 앙상한 윤곽만 남아 있었다. 만약 그녀의 친구들이 이것을 보게 된다면 아마 혐오감을 느끼게 될 것이다. 심지어 그녀의 아름다운 몸매도 이와 비슷한 변화를 겪었다. 이런 변화는 그녀가 일부러 옷을 수수하게 지어 입는 데 한 원인이 있을 것이요, 태도에 감정을 드러내지 않으려고 하는 데 또 다른 원인이 있을지 모른다. 또한 그 풍성한 머리카락은 아예 잘라 버린 것인지 모자 때문에 완전히 보이지 않는 것인지 한 번도 머리카락 하나 빠져나와 햇볕을 받은 적이 없었으니 이 또한 슬픈 변화가 아닐 수 없었다. 일부는 이런 사정 때문에, 다른 일부는 그 밖의 다른 사연 때문에 헤스터의 얼굴에는 이제 더 이상 '사랑'이 깃들 만한 곳이 없는 것 같았다. 그녀의 몸매는 위엄 있는 무슨 조각품 같았지만 '정열'이 꿈에서라도 꼭 껴안아 주고 싶은 곳이 없는 듯했다. 또한 헤스터의 가슴속에는 '애정'이 다시 한번 베개로 삼을 곳도 없을 성싶었다. 여성으로 계속 남아 있기 위해서 영원히 갖추어야 할 어떤 속성이 그녀에게서 자취를 감춘 것이다. 한 여자가 유난히 혹독한 경험을 겪고 나면 여성으로서의 성격과 신체는 이렇게 자주 숙명처럼, 이렇게 가혹하게 발전하기 마련이다. 만약 그녀가 몹시 나약하다면 영락없이 죽고 말 것이다. 만약 살아남으려면 부드러움은 완전히 부서져 없어지거나 아니면, 겉보기에는 같은 것 같지만 가슴속으로 깊숙이 쫓겨나 두 번 다시 얼씬하지도 말아야 할 것이다. 아마 후자가 가장 타당한 이론일 것이다. 한때 여성이었다가 여성의 자격을 상실한 사람은, 만약 변모를 일으키는 마술의 손길이 닿기만 하면 언제라도 여성으로 되돌아갈 수 있을지 모른다. 헤스터 프린이 앞으로 그런 마술의 손길에 닿아 그처럼 변화할지 그러지 않을지는 좀 더 나중에 가서 밝혀질 것이다.

　헤스터가 대리석같이 차디찬 인상을 풍기는 까닭은 주로 생활이 상당 부분 정열과 감정에서 사색으로 옮겨졌다는 사실로 돌릴 수 있었다. 이 세상에서 홀로 선 채, 사회에 전혀 기대지도 않고 귀여운 펄을 데리고 그녀를 가르치고 보호하며 혼자서(비록 그것이 바람직하지 않다고 경멸하지 않는다고 해도, 자기의 지위를 되찾을 희망도 없이 혼자서 말이다.) 헤스터는 끊어진 사슬 조각을 내동댕이쳐 버렸다. 이 세상의 법률은 이제 그녀의 정신에 걸맞는 법이 아니었다. 이 무렵 이제 막 해방된 인간의 지성은 지난 몇 세기 전보다 훨씬 더 활기차고 활동 범위도 더 넓었다.[80) 군인들은 귀족들과 제왕들을 뒤집어엎었다. 이들보다도 더 대담한 무리는, 현실이 아니라 그들의 가장 실질적인 주거지인 이론의 테두리 안에서, 옛날의 여러 원칙이 관련된 낡은 편견의 체계를 모두 뒤엎고 다시 고쳐 세웠다. 헤스터 프린은 바로 이런 정신을 호흡했던 것이다. 그녀는 사색의 자유를 누렸다. 그런데 이 자유는 이 무렵 대서양 건너 쪽에서는 아주 흔히 볼 수 있었지만, 만약 우리 조상이 알고 있었더라면 주홍 글자로 단죄하는 죄보다 더욱 끔찍스러운 죄로 간주했을 것이다.[81) 바닷가에 외로이 서 있는 그녀의 집에,

---

80) 17세기에 이르러 인간의 지성이 근대적 합리주의 정신에 눈을 떠 교회의 절대주의적 지배를 벗어나게 되었음을 말한다. 청교도혁명을 비롯해 갈릴레오의 지동설, 프랜시스 베이컨과 토머스 홉스의 과학적 합리주의 등이 좋은 예이다.

81) 『주홍 글자』의 시간적 배경인 17세기 중엽은 영국에서 청교도혁명이 일

뉴잉글랜드의 다른 집이라면 감히 들어가지도 못할 사상이 찾아들었다. 그림자 같은 손님이 그녀 집 문을 두드리는 것만 발견되었어도 그런 손님을 맞이하고 있는 자에게는 마귀의 방문만큼이나 위험한 짓으로 간주되었을 것이다.

가장 대담하게 사색하는 사람들이 이따금 사회의 형식적 규칙을 가장 온순하게 따른다는 것은 주목할 만한 일이다. 그들에게는 사상만으로도 충분하여 그 사상에 행동이라는 피와 살을 붙여 주지 않아도 되는 법이다. 헤스터의 경우도 마찬가지인 것 같았다. 그러나 만약 어린 펄이 정신세계로부터 그녀에게 찾아오지 않았더라면 사정은 전혀 달라졌을 것이다. 만약 그랬더라면 헤스터는 어떤 종파의 시조로 앤 허친슨과 손을 맞잡고 어쩌면 우리 역사에 이름을 남겼을지도 모른다. 그녀의 말대로 혹시 예언자가 되었을지도 모른다. 청교도의 토대를 전복하려고 한다고 하여 이 무렵 준엄한 법정에서 사형을 선고받았을지도 모른다. 아니, 모르긴 몰라도 틀림없이 사형선고를 받았을 것이다. 그러나 어머니의 열렬한 사색은 자식을 교육하면서 분출구를 찾았다. 하느님은 이 귀여운 아이의 몸을 통해 여성이라는 싹과 꽃을 헤스터에게 맡기고 어떤 역경 속에서도 잘 간수하여 키우라고 하셨다. 세상만사가 그녀에게 불리했다. 온 세상이 그녀에게 적의를 품고 있었다. 아이의 천성 속에는 무엇인지 잘못된 것이 있어 부정하게

어난 시기와 비슷하다. 1649년 찰스 1세는 왕위에서 쫓겨나 처형당했다. 호손은 헤스터를 청교도혁명을 이끈 올리버 크롬웰과 비슷한 혁명적 인물로 보려는 듯하다.

태어났다는 사실을 끊임없이 보여 주었고(이 아이는 어미의 방종한 욕정의 산물이 아닌가.) 그래서 헤스터는 비통한 마음으로 이 가엾은 아이가 세상에 태어난 것이 잘된 일인지 잘못된 일인지 가끔 자신에게 물어볼 때도 있었다.

실제로 여성 전체에 관해서도 이와 똑같은 암담한 물음이 가끔 헤스터의 가슴속에 떠올랐다. 아무리 가장 행복한 여성일지라도 여성으로서의 삶이란 과연 받아들일 만한 가치가 있는 것인가? 자신의 개인적 삶에 관한 한 그녀는 이미 오래전에 그렇지 않다는 판단을 내리고 그 문제는 일단 해결이 난 것으로 치부해 버렸다. 깊이 사색하는 성향은 남자의 경우와 마찬가지로 여자의 마음을 가라앉히기도 하지만 동시에 여자의 마음을 서글프게 하기도 한다. 헤스터는 가망 없는 일이 자기 앞에 가로놓여 있다는 것을 알아차렸는지도 모른다. 무엇보다도 먼저 첫 단계로 사회조직을 모두 깨부수어 새로이 세워야 한다. 그러고 나서 남성의 천성 자체나 오랜 세월에 걸쳐 천성이 되다시피 한 인습적인 습관을 여성도 정당하고 적절한 지위 비슷한 것이나마 차지하게 될 때까지 뿌리째 뜯어고쳐야 한다. 나머지 난관이 마침내 모두 극복되더라도 여성 자신이 크게 달라지기 전에는 이런 초보적인 개혁을 이용할 수 없을 것이다. 그런 상태에서는 여성의 가장 참다운 삶을 찾아볼 수 있는 영혼의 정수가 수증기처럼 사라져 버리고 말 것이다. 여성은 그 어떤 사색의 힘으로도 이런 문제를 극복할 수 없을 것이다. 이런 문제는 좀처럼 해결하기 어려우며, 설령 해결한다 해도 길은 오직 한 가지뿐이다. 어쩌다 여성의 감정이 먼저 나타나기라도 한다면 모든 문제는 자취를 감출 것이다. 이리하여 정상적이고 건강한 기능을 잃어버린 헤스터 프린의 감정은 아무런 단서도 없이 마음의 미궁 속에서 헤매고 있었다. 어떤 때에는 도저히 넘어갈 수 없는 가파른 낭떠러지에 부딪쳐 물러나기도 했고, 어떤 때에는 깊은 골짜기에서 깜짝 놀라 뒷걸음치기도 했다. 그녀 주위에는 무시무시하고 황량한 풍경이 있을 뿐 가정과 위안은 아무 데도 없었다. 차라리 펄을 당장 천국으로 보내고 자신도 '영원한 정의의 신'이 마련해 주는 내세로 가 버리는 쪽이 더 낫지 않을까 하는 무서운 의구심이 그녀의 영혼을 사로잡으려고 할 때도 있었다.

그렇다면 주홍 글자는 제 구실을 다하지 못하고 있었던 셈이었다.

그런데 목사가 밤을 새우던 그날 밤 헤스터가 그를 만난 뒤부터 그녀에게는 새롭게 곰곰이 생각할 문젯거리가 생겨났고, 온갖 노력과 희생을 바쳐서라도 성취할 만한 가치가 있는 목적이 눈앞에 나타났다. 그녀는 목사가 짓눌려 처참하게 몸부림치고 있는 비참한 모습을 보았다. 아니, 좀 더 정확히 말해 목사는 아예 몸부림치기조차 그만두고 있었던 것이다. 그 여자는 목사가 아직 정신착란에 빠지지는 않았지만 정신착란에 빠지기 직전에 놓여 있다는 것을 알아차렸다. 남모르는 자책감에 그 어떤 고통스러운 효능이 있는지는 몰라도, 그 고통을 덜어 주겠다고 나선 사람이 도리어 그 가슴속에 더욱더 무서운 독액을 넣어 주었다는 것은 의심할 여지가 없었다. 정체를 감춘 원수가 친구며 조력자라는 허울을 쓰고 언제나 딤스데일 목사 곁에 붙어서 이런 기회를 틈타 목사의 천성 속에 있는 섬세한 용수철을 마구 만지작거리고 있었다. 목사를 그처럼 큰 불행의 전조가 보이고 희망적인 일이라고는 아무것도 기대할 수 없는 입장으로 빠지게 한 것과 관련해, 헤스터는 자기 자신이 진실과 용기 그리고 충성이 처음부터 부족한 것이 아닌지 스스로에게 물어보지 않을 수 없었다. 헤스터에게 오직 한 가지 변명거리가 있다면, 자기 자신을 파멸시켰던 것보다 더 무서운 파멸로부터 목사를 구하기 위해서는 자기의 정체를 숨기려는 로저 칠링워스의 흉계를 잠자코 따르는 길밖에는 달리 방법이 없었다는 사실이다. 충동적으로 그녀는 그 길을 선택했지만 지금 보이는 바로는 이 두 가지 방법 중에서 도리어 더 비참한 쪽을 선택해 버렸던 것 같았다. 그래서 아직도 가능하다면 자신의 잘못을 보상하기로 마음먹었다. 지난 몇 해 동안 가혹하고 엄격한 시련으로 힘을 얻었기 때문에, 이제 그녀는 죄로 말미암아 비굴해지고 아직도 기억이 생생한 치욕 탓에 미치다시피 되어 로저 칠링워스와 감옥 방에서 이야기를 주고받은 그날 밤처럼 그와 맞서 싸울 힘이 없다고 생각하지 않았다. 그때 이후로 헤스터는 좀 더 높은 곳에 이르러 있었다. 한편 노인은 비열함을 무릅쓰고 추구해 왔던 복수 때문에 그녀와 동등한 수준에 가까이 이르렀거나 어쩌면 오히려 그 밑에 놓여 있었다.

한마디로 헤스터 프린은 전 남편을 만나 힘닿는 데까지 그의 손아귀에 들어갔음에 틀림없는 희생자를 구해 내기로 결심했다. 그런 기회를 찾아내는 데는 오랜 시간이 걸리지 않았

다. 어느 날 오후 헤스터가 펄과 함께 이곳 반도의 외떨어진
곳을 거닐고 있을 때 한쪽 팔에는 바구니를 걸치고 다른 쪽
손에는 지팡이를 든 늙은 의사가 약을 조제할 약초를 찾느라
고 허리를 굽히고 걸어가는 모습이 보였던 것이다.

14장

의사와 헤스터

헤스터는 어린 펄에게 약초를 채집하는 사람과 잠깐 이야기할 동안 물가 쪽으로 달려가서 조개껍데기나 엉킨 해초를 갖고 놀라고 일렀다. 그래서 이 아이는 새처럼 내달려 조그맣고 하얀 맨발을 드러낸 채 질퍽한 바닷가를 따라 철벅거리며 뛰어갔다. 도중에 곳곳에서 펄은 걸음을 멈추고 자신의 얼굴을 들여다볼 수 있는 거울로 썰물이 남겨 놓고 간 물웅덩이 속을 신기한 듯 들여다보았다. 그러면 물웅덩이 속에서 까맣게 반짝이는 곱슬머리를 늘어뜨리고 두 눈에는 요정 같은 미소를 머금은 웬 어린 소녀 하나가 펄을 삐죽이 올려다보았다. 펄은 이때 마침 같이 놀 친구가 없었기 때문에 그 소녀에게 같이 손을 잡고 달리기를 하자고 부탁했다. 그러나 환영 같은 꼬마 소녀도 저대로 펄에게 손짓을 하면서 마치 이렇게 말하는 듯했다. "이곳이 더 좋은 곳이야! 네가 물웅덩이로 들어오지 그래!" 그러자 펄이 다리 중간까지 물에 잠기도록 발을 들여놓고는 그 밑바닥에 있는 자신의 하얀 다리를 들여다보았다. 그러는 동안 더욱 깊은 곳에서는 조각조각 부서진 미소 같은 것이 어슴푸레 나타나 펄이 휘저어 놓은 물속에서 이리저리 둥실거렸다.

한편 펄의 어머니는 의사한테로 다가가 말을 건넸다.

"당신한테 잠깐 드릴 말씀이 있어요." 헤스터가 말을 꺼냈다. "우리와 관계가 많은 얘기예요."

"아하! 이 늙은 칠링워스한테 할 말이 있다는 게 헤스터 부인이 아니오?" 그가 굽혔던 몸을 일으키면서 대답했다. "아무렴, 내 기꺼이 듣겠소! 부인, 그렇지 않아도 당신에 대해선 사방에서 좋은 소리를 듣고 있소! 헤스터 부인, 바로 엊저녁에도 현명하고 믿음이 깊은 치안판사 한 사람이 당신 문제를 얘기하다가 내게 귀띔해 주는 말이, 총독보좌회의에서도 당신에 관한 문제를 논의했다고 하더군. 당신 가슴에서 그 주홍 글자를 떼어 줘도 사회 안녕에 지장이 없을까 하고 의논했다는 거요. 정말이지 헤스터, 당장 그렇게 해 달라고 그 치안판사 나리에게 간절히 부탁해 뒀소!"

"이 징표를 떼어 버리는 것을 치안판사들이 달가워하지 않을 거예요." 헤스터가 조용히 대답했다. "이것을 달지 않아도 될 때가 되면 아마 저절로 떨어졌든지, 아니면 다른 뜻을 의미하는 어떤 것으로 바뀌게 되었겠지요."

"글쎄, 그렇게 하는 게 더 마음에 든다면 그냥 달고 있구

188

려.” 그가 대꾸했다. “여자는 몸치장이라면 자기가 하고 싶은 대로 해야 하는 법이니까. 그 글자를 화려하게 수놓으니 당신의 가슴에 참 잘 어울리는구려!”

이러는 동안 노인을 물끄러미 바라보던 헤스터는 지난 7년 동안 몹시도 변해 버린 그의 모습에 너무 놀라 충격을 받았다. 특별히 나이를 더 먹었다고 해서 그런 것이 아니었다. 나이를 먹은 티가 눈에 띄긴 했지만 그는 노령을 꿋꿋이 잘 견뎌 낸 데다가 강인하고 민첩해 보였기 때문이다. 그러나 헤스터가 무엇보다 잘 기억하고 있는 지적인 학자의 의젓하고 조용한 모습은 흔적도 없이 사라지고 그 대신 골똘히 무엇을 찾아 내고야 말겠다는 듯한, 어딘지 모르게 잔인하고 몹시 조심스러워 보이는 표정이 눈에 나타났다. 노인은 이런 표정을 미소로 감추려고 하는 듯했다. 그러나 미소는 그를 속이고 조롱이라도 하듯 얼굴 위에서 가물거렸기 때문에 오히려 그의 음흉함이 한층 더 눈에 띄었다. 더구나 이따금 두 눈에서 붉은빛이 번득였다. 마치 노인의 영혼이 불붙어 가슴속에서 희뿌옇게 계속 연기를 내뿜다가 마침내 난데없이 격정의 바람에 순간적으로 확 불길로 타오르는 것 같았다. 그는 이것을 될 수 있는 대로 재빨리 감추고 그런 일이 언제 있었냐는 듯이 아무렇지도 않은 표정을 지으려고 무던히 애를 쓰고 있었다.

한마디로 로저 칠링워스 노인은 사람이 적당한 기간 동안 악마의 역할을 하려고 마음만 먹으면 정말로 악마로 변모할 수도 있다는 인간의 능력을 여실히 증명해 주는 위인이었다. 이 불행한 노인은 지난 7년 동안 괴로움에 가득 찬 한 사람의 마음을 끊임없이 해부하고 거기에서 쾌락을 찾으며 또한 자신이 해부하고 흐뭇하다는 듯 바라보는 불같은 고뇌에 기름을 붓는 데 온갖 정력을 기울임으로써 이렇게 변모하게 되었던 것이다.

주홍 글자가 헤스터 프린의 가슴 위에서 활활 불타고 있었다. 바로 이 자리에 또 하나의 파멸이 있었으며, 그녀는 그 책임의 일부가 자신에게 있다는 것을 뼈저리게 깨닫고 있었다.

"내 얼굴에 무엇이 있기에 그렇게 뚫어지게 바라보는 거요?" 의사가 그녀에게 물었다.

"저를 울게 만드는 그 무엇 때문이지요. 만약 제게 그에 알맞을 정도로 서러운 눈물이 아직 남아 있다면 말이에요." 그녀가 대답했다. "하지만 그건 아무 상관 없어요! 제가 말하고 싶은 건 그 가엾은 분에 관한 얘기예요."

"그 사람이 어쨌다는 거요?" 로저 칠링워스는 그 화제가 마음에 들뿐더러 속을 터놓고 말할 수 있는 유일한 사람과 이야기를 나눌 기회가 생겨 반갑다는 듯 정색하며 큰 소리로 말했다. "헤스터 부인, 진실 그대로 말하자면, 그렇지 않아도 지금 내 머릿속은 온통 그 사람의 일로 꽉 차 있소. 그러니 어디 마음 놓고 말해 보시오. 내 대답해 주리다."

"7년 전에 당신과 둘이서 만나 얘기했을 때 말이에요." 헤스터가 입을 열었다. "당신은 제게서 우리 관계를 밝히지 않겠다는 약속을 받아 냈지요. 그분의 생명과 명성이 당신의 손아귀에 달려 있었으니 저로서는 당신과 한 약속대로 침묵을 지키는 수밖에 별 도리가 없었어요. 하지만 저는 적잖이 불안을 느끼면서도 그런 약속을 해 버렸던 거예요. 남들에 대한 의무는 모두 저버렸을망정 그분에 대한 의무만은 계속 남아 있었기 때문이었지요. 그런데 당신과의 비밀을 지킬 것을 서약하는 건 결국 그분에 대한 의무를 배반하는 게 아니냐고 저한테 속삭여 주는 소리가 있었지요. 그날 이후부터 당신만큼 그분 가까이에 있는 사람은 아무도 없었어요. 당신은 그분이 걷는 발자국마다 그 뒤를 밟고 있어요. 자나 깨나 언제나 그분 곁에 있지요. 그분의 머릿속을 샅샅이 뒤지고 있어요. 그분의 가슴속을 파헤쳐 상처를 들쑤셔 놓고 아프게 하면서 말이지요! 당신은 그분의 생명을 손아귀에 움켜쥐고 하루하루 그분을 산송장으로 만들고 있어요. 그런데도 그분은 여전히 당신의 정체를 모르고 있습니다. 이렇게 되도록 허락한 저는 지금껏 그분에게 거짓 역을 해 왔던 거지요. 제가 마음을 다해 진실하게 대해야 할 유일한 그분한테 말이에요!"

"당신인들 별수 있었겠소?" 로저 칠링워스가 물었다. "내가 손가락만 끄덕하면 그 사람을 강단에서 감옥으로, 그리고 아마 그곳에서 다시 처형대로 몰아낼 수도 있었으니 말이오!"

"차라리 그랬더라면 더 좋았을 거라고요!" 헤스터 프린이 말했다.

"내가 그 사람에게 무슨 몹쓸 짓이라도 했단 말이오?" 로저 칠링워스가 물었다. "헤스터 프린, 내 분명히 말하지만, 일찍이 의사가 왕을 치료하고 받는 가장 큰 보수를 갖고도 내가 그 가엾은 목사를 돌보아 준 그 정성을 살 수는 없을 거요! 내 도움이 없었다면 그 사람의 생명은 당신들이 그 죄를 저지른 지

두 해도 채 못 가서 고통을 이기지 못해 타 버리고 말았을 거요. 왜냐하면, 헤스터, 그 사람의 정신에는 당신처럼 주홍 글자 같은 무거운 짐을 견뎌 내는 힘이 없기 때문이오. 아, 그 멋진 비밀을 밝힐 수 있다면 좋으련만! 하지만 그 따위 얘기는 이 정도로 해 두지! 난 그 사람에게 의술이 미칠 수 있는 가능한 수단을 모두 썼소. 그자가 지금 숨을 쉬며 땅 위를 기어다니는 것도 모두 내 덕택이란 말이오!"

"그분은 차라리 그때 당장 세상을 떠났더라면 좋았을 걸 그랬어요!" 헤스터 프린이 말했다.

"그렇소, 당신 말이 맞소!" 로저 칠링워스가 가슴속에 불타오르는 무서운 불꽃을 헤스터의 눈앞에서 번쩍이며 큰 소리로 외쳤다. "하기야 진작 죽었더라면 더 좋았겠지! 어느 누구도 그자와 같은 심한 고통을 겪어 온 자는 없을 테니까. 그것도 하필이면 천하의 원수가 보는 앞에서 말이지! 그자도 벌써부터 나를 의식해 왔소. 자기 곁에 무슨 저주 같은 게 늘 떠나지 않고 있다는 걸 알아차렸단 말이오. 그자한테는 어떤 영감(靈感)이란 게 있어서, 그렇게 다정하지 않은 손길이 자신의 감정을 뒤흔들고 있다는 것을, 죄악만을 노리고 있다가 그것을 찾아낸 어떤 눈이 자기 마음속을 호기심 있게 주시하고 있다는 것을 잘 알았지. 조물주가 만든 사람치고 이 사람처럼 예민한 자는 없으니까 말이오. 하지만 그 눈과 손이 바로 내 것인 줄은 꿈에도 모르고 있소! 동료 목사들과 공통된 미신을 지니고 있는 그자는 자기가 마귀에 홀려서 무서운 꿈이니, 극단적인 생각이니, 가시 돋친 뉘우침이니, 절망적인 용서니

하는 것에 시달려 무덤 저편에 가서 당해야 할 것을 미리 맛보고 있다고 상상하고 있소. 하지만 그게 바로 사라질 줄 모르고 끊임없이 따라다니는 내 그림자란 말이렷다! 그자 때문에 가장 지독하게 신세를 망쳐 버린, 그 사람과 가장 닮은 존재! 그리고 가장 무서운 복수라는 이 영원한 독만을 의지하며 살아가게 된 그 사람이란 말이오! 아무렴, 그렇고말고! 그자의 짐작은 빗나가지 않았지! 바로 그자 가까이에 마귀가 있었으니 말이오! 한때는 인간다운 마음을 지녔던 한 사람이 특별히 그자를 괴롭히려고 마귀로 변했소!"

불행한 의사는 이렇게 지껄이면서 공포에 질린 표정으로 두 손을 높이 쳐들었다. 마치 뚜렷이 알아볼 수 없는 어떤 무서운 형체가 거울 속에 비친 자신의 그림자를 밀어내고 그 자리에 대신 들어서려는 것을 본 것 같았다. 그것은 인간의 정신 상태가 마음의 눈앞에 고스란히 드러나는 순간, 때로는 몇 년 동안에 한 번 정도밖에는 일어나지 않는 바로 그런 순간 중의 하나였다. 모르긴 몰라도 지금처럼 똑똑히 그가 자신을 바라본 적은 한 번도 없었을 것이다.

"이제 그 정도면 그분을 실컷 괴롭힌 셈이 아닌가요?" 헤스터가 노인의 표정을 살피며 물었다. "그분은 당신한테 갚아야 할 빚을 다 갚지 않았나요?"

"그렇지 않소! 어림도 없는 소리지! 그자가 갚을 빚이 도리어 늘어났을 따름이오!" 의사가 대답했다. 이렇게 말을 계속해 나가는 동안 그의 표정은 매정함을 조금씩 잃어 갔으며 마침내 침울한 기분에 빠졌다. "헤스터, 당신은 9년 전의 나를 기억하오? 나는 그때 이미 인생의 황혼기에 접어들고 있었지. 그것도 느지막한 황혼기였소. 하지만 그때만 해도 내 삶은 진지하고 학구적이었으며 사색적이고 평온했소. 난 그런 내 삶을 전부 나 자신의 지식을 늘리기 위해서 성심껏 쏟았소. 또한 인류의 복지를 향상시키기 위해서도 나 자신을 성심껏 바쳤소. 하기야 나중 목적은 앞에서 말한 목적에 비한다면 지극히 우연한 것에 지나지 않았지만 말이오. 내 삶만큼 평화롭고 순진한 삶도 없었고, 내 삶만큼 은총으로 가득 찬 삶도 드물었을 거요. 당신은 그 무렵의 나를 기억하지 못하오? 당신이 보기에는 냉정했을지 모르지만 나는 사실 남에게는 인정을 많이 베풀면서도 나 자신은 별로 돌보지 않는 사람이었소. 친절하고 성실하고 올바르고 열렬하진 않아도 변함없는 애정을 지닌 사람이 아니었소? 내가 이런 모든 것을 갖춘 사람이 아니었냔 말이오?"

"모두 맞는 말이에요. 아니, 그 이상이었지요." 헤스터가 말했다.

"그런데 지금의 나는 어떻소?" 그가 헤스터의 얼굴을 살피며 자기 마음속의 흉악한 것을 온통 얼굴에 드러내면서 따졌다. "내가 지금 어떻다는 건 조금 전에 이미 당신한테 말했지! 악마 말이오! 그게 다 누구 때문이지?"

"저 때문이에요!" 헤스터가 몸을 떨면서 외쳤다. "다 저 때문이에요. 그분 못지않게 저 때문이라고요. 한데 왜 제게는 복수를 하지 않는 거지요?"

"난 당신을 주홍 글자에 맡겼소." 로저 칠링워스가 대답했다. "그 징표가 나 대신 복수하지 않았다 해도 나로서는 어찌할 도리가 없소!"

그는 빙그레 웃으며 주홍 글자 위에 손가락을 얹었다.

"그건 당신을 대신해 복수했지요!" 헤스터가 대답했다.

"나도 꼭 그렇게 생각했소." 의사가 말했다. "그런데 이제 그자와 관련해 나를 어떻게 하겠다는 거요?"

"전 그분에게 비밀을 밝혀야겠어요." 헤스터가 단호하게 대답했다. "그분은 당신의 정체를 사실대로 알아야 해요. 그 결과가 어떻게 될지는 저도 모르겠어요. 하지만 제가 그분에게 지고 있는 신뢰라는 이 오랜 빚을 이젠 갚아야겠어요. 제가 그분을 파멸로 몰아넣었기 때문이에요. 그분의 명성과 이 세상에서의 위치, 어쩌면 생명까지도 파멸시키느냐 그대로 두느냐 하는 건 오직 당신의 손에 달려 있어요. 저는, 비록 영혼 속으로 뚫고 들어가는 시뻘건 불덩이 같은 진실이었지만 주홍 글자가 저를 깨우쳐 진리를 알게 된 저는, 그분이 더 이상 소름끼치는 공허한 삶을 계속 이어 가는 게 바람직하다고 생각하지 않기 때문에 허리를 굽혀 당신의 자비심을 애걸하지는 않을 겁니다. 그분에 대해서는 당신이 하고 싶은 대로 하세요! 그분에게 이로울 것도 없고, 저한테 이로울 것도 없고, 당신에게도 이로울 것이 없어요! 어린 펄에게도 이로울 것이 아무것도 없어요! 이제 이 어두운 미로에서 우리를 인도해 줄 길은 없다고요!"

"여인이여, 참으로 당신한테 연민의 정이 느껴질 정도요!" 로저 칠링워스가 가슴에 사무치는 감탄을 이기지 못해 말했다. 그녀가 보여 준 절망 속에는 어딘지 모르게 장엄에 가까운 그 무엇이 있었기 때문이다. "당신은 훌륭한 바탕을 지닌 사람이오. 아마 당신이 나보다 나은 사람을 만났더라면 이런 죄악을 겪지는 않았을 거요. 천성 가운데 있는 훌륭한 것을 헛되이 낭비해 버린 당신이 가엾구려!"

"저도 당신이 가엾다고요!" 헤스터 프린이 대답했다. "그 증오심 때문에 현명하고 올바른 당신이 악마로 변해 버렸으니 말이에요! 이제라도 증오심을 말끔히 씻어 버리고 다시 한번 사람다워지시지 않겠어요? 그분을 위해서가 아니라면 당신 자신을 위해서라도요! 그분을 용서하고 그 이상의 벌은 그것을 주관하시는 하느님께 맡기세요! 방금 말씀드렸지만 그분이나 당신이나 저에게나 전혀 이로울 게 없어요. 우린 함께 음산한 죄악의 미궁 속에서 길을 잃고 헤매고 있고, 발길을 옮길 때마다 우리가 길에 흩뿌려 놓은 죄악의 돌부리에 걸어채어 넘어지고 있어요. 그게 아니군요! 혹 당신에게는, 유독 당신에게만은 이로울 게 있을지도 몰라요. 당신만이 가장 큰 피해를 입으셨고, 그분을 용서하고 용서 안 하고는 당신의 뜻 하나에 달려 있으니까요. 하나밖에 없는 그 특권을 포기하실 건가요? 그 값진 특권을 저버리실 건가요?"

"쉿, 헤스터, 조용히. 그만해요!" 노인이 침울하면서도 엄한 목소리로 대답했다. "내게는 용서할 권리가 없소. 당신이 말하는 그런 힘이 내게는 없단 말이오. 오랫동안 잊었던 지난날의 믿음이 나한테 되돌아와서 우리의 행실이며 고뇌를 모두 설명해 주는구려. 당신의 잘못된 첫걸음 때문에 당신은 죄악의 씨앗을 뿌렸소. 하지만 그 순간부터는 모두가 어두운 필연[82]이었소. 내 신세를 망친 당신들은 어떤 전형적인 환상에 사로잡혔을 때를 제외하고서는 죄를 저질렀다곤 할 수 없소. 마귀의 손아귀에서 마귀의 역할을 빼앗은 나도 결코 마귀 같은 존재는 아니오. 그 모두가 운명이오. 검은 꽃이 피고 싶어 하면 피도록 그냥 내버려 두시오! 자, 어서 그자한테 가서 당신 마음대로 해 보구려."

그는 손을 한 번 젓더니 다시 약초를 캐기 시작했다.

---

82) 이 '어두운 필연'이라는 말은 인간의 자유의지보다는 결정론에 뿌리를 둔 비극적이고 운명론적인 인생관을 말한다. 칠링워스의 이런 믿음은 칼뱅주의의 교리에서 비롯한 것이다. 호손은 다른 작품에서 그것을 '어둠의 힘'이라고도 일컫는다.

15장

헤스터와 펄

그리하여 로저 칠링워스는, 사람들의 뇌리에서 좀처럼 떠나지 않는 얼굴을 가진 이 불구의 노인은 헤스터 프린과 헤어지자 땅을 따라 허리를 꾸부정하게 굽힌 채 걸어갔다. 그 사람은 여기저기에서 약초를 뜯고 뿌리를 캐어 팔에 걸친 바구니에 담았다. 앞으로 기다시피 걸어갈 때면 그의 희끗희끗한 수염이 땅바닥을 거의 스쳤다. 헤스터는 이른 봄의 부드러운 풀이 노인의 발밑에서 시들어 아름다운 신록의 초원 위에 구불구불한 발자국 길이라도 누렇게 남기지 않나 싶어 반쯤 환상에 사로잡혀 호기심에 찬 표정으로 그의 뒷모습을 잠깐 동안 지켜보았다. 노인이 저토록 부지런히 뜯어 모으는 약초가 도대체 어떤 것일까 의아하게 생각했다. 노인의 눈길이 닿자마자 교감을 일으켜 흉악한 목적을 품게 된 땅이 노인의 손가락 밑에서 돋아나 생전 처음 보는 종(種)의 독초로 그를 반기지나 않을까? 아니면 온갖 이로운 풀도 그의 손길이 닿기만 하면 곧바로 해로운 독초로 변해 그가 흐뭇해하지나 않는지? 다른 데에서 화창하게 빛나던 태양이 정녕 이 노인에게도 비쳤는가? 또는 노인이 발길을 돌리는 곳마다 불길한 그림자가 둥글게 그 불구의 몸뚱이를 언제나 따라다니고 있었는지? 어쩐지 그럴 것만 같았다. 그런데 노인은 지금 어디로 가는 것일까? 혹시 홀연히 땅속으로 꺼진 후 황량하고 저주받은 자리를 남겨 놓지나 않을까? 그리고 그 자리에서 때가 되면 벨라도나며 말채나무며 싸리며 그 밖에 이런 풍토에서 자랄 수 있는 온갖 독초들이 무섭도록 마구 무성하게 자라지나 않을까? 아니면 박쥐 날개를 펴고 날아가 하늘 높이 날면 날수록 더욱더 추악하게 보이지는 않을까?

"벌을 받건 받지 않건 난 저 사람이 끔찍이 싫어!" 헤스터 프린이 노인의 뒷모습을 한없이 바라보면서 쓰디쓴 표정으로 말했다.

헤스터는 이런 감정에 사로잡힌 자신을 책망했지만 그 감정을 이겨 낼 수도 억누를 수도 없었다. 그래서 먼 지방에서 지냈던 아득한 옛날을 돌이켜 보았다. 그때 그 사람은 저녁이 되면 으레 처박혀 있던 서재에서 나와 아늑한 난롯불빛과 그녀의 아내다운 환한 미소를 반기며 자리에 앉았다. 그는 너무나 오랫동안 외롭게 책 속에 파묻혀 생긴 냉기를 학자의 가슴에서 없애 버리려면 아내의 따뜻한 미소로 몸을 녹일 필요가 있다고 말했다. 그런 장면이 한때는 행복과 다를 것이 없었다.

그러나 그 뒤에 겪은 삶이라는 음울한 매체를 통해 바라볼 때 지금은 가장 추악한 회상에 속했다. 그런 장면이 도대체 어떻게 있을 수 있었단 말인가! 어떻게 그런 사내와 결혼하게 되었던가! 그녀가 무엇보다도 가장 뉘우쳐야 할 범죄라고 여긴 것은 자신이 그 사내의 미적지근한 손과 악수를 나누기도 하고 자신의 입술과 눈에 어린 미소가 사내의 미소와 서로 얽혀 녹아 버리도록 그냥 내버려 두었다는 점이었다. 그리고 아직 철부지였던 시절 로저 칠링워스가 그녀에게 자기 곁에 있는 것이 행복하다고 믿게 만든 사실은 뒷날 그 사내가 저지른 어떤 욕된 일보다도 훨씬 더 추악한 범행과 다름없다는 생각이 들었다.

"정말이지, 그이가 끔찍해!" 헤스터가 아까보다 더 쓰디쓴 얼굴로 혼자 되뇌었다. "그이는 나를 속였어! 내가 그 사람에게 한 짓보다 더 몹쓸 짓을 내게 저지른 거야!"

남성들이여, 여자의 결혼 승낙을 받고도 가슴속의 가장 큰 열정을 함께 얻지 못한다면 마음을 졸일지어다! 만약 그 열정을 얻지 못했다면, 로저 칠링워스의 경우처럼 자신들의 공감보다 더 힘찬 어떤 공감이 그녀의 온갖 감성을 일깨워 줄 때, 남자들이 아내에게 유복한 현실로서 강요하게 될 아늑한 만족, 행복이라는 대리석상에 대해서조차 비참하게도 비난받게 될 것이다. 그러나 헤스터는 이미 오래전에 이런 부당한 생각을 청산했어야 했다. 도대체 그녀가 그런 생각을 청산하지 않았다는 것은 무엇을 암시할까? 주홍 글자에 시달린 지난 7년이라는 긴 세월이 그렇게 큰 불행을 빚어냈는데도 아무런 뉘우침도 가져오지 않았단 말인가?

헤스터가 우두커니 서서 꾸부정한 로저 칠링워스의 뒷모습을 바라보는 동안 잠시 치솟은 감정은 그녀의 마음속에 어두운 빛을 던져 보통 때 같으면 그런 것도 있었나 싶었던 것들까지도 환히 드러나게 해 주었다.

칠링워스가 사라지자 헤스터는 아이를 불렀다.

"펄! 귀여운 펄! 지금 어디 있니?"

그야말로 지칠 줄 모르는 활발한 정신을 지닌 펄은 자기 어머니가 약초를 캐는 노인과 이야기를 나누는 동안에도 심심한 줄을 몰랐다. 앞에서 밝혔듯이 처음에 펄은 물웅덩이 속에 환영처럼 비친 자신의 모습과 어울려 놀며 나오라고 손짓을 하더니, 그 환영이 좀처럼 나오려는 기색을 보이지 않자 만질 수도 없는 땅과 다다를 수도 없는 하늘이 한데 겹친 물속으로 자기가 직접 들어가려고 했다. 그러나 자신도 그림자도 실체가 아닌 것을 알아차리자 더 재미있게 놀 수 있는 곳으로 발길을 돌렸다. 그녀는 자작나무 껍데기로 조그마한 배를 몇 개 만들어 그 배에 달팽이 집을 실어 뉴잉글랜드의 어느 상인보다도 더 많은 상품을 싣고 바다로 띄워 보냈다. 그러나 대부분은 해안 가까이에서 가라앉고 말았다. 살아 있는 참게의 끝을 잡기도 했고, 불가사리 몇 마리를 산 채로 잡기도 했으며, 해파리를 따뜻한 햇볕에 내다 놓아 말라 버리게도 했다. 그러고 나서 밀려오는 조수에 줄무늬처럼 생긴 새하얀 물거품을 떠서 산들바람결에 휘날렸다가 커다란 눈송이처럼 내리면 떨어지기 전에 붙잡으려고 날쌔게 쫓아가기도 했다. 물가에서 무엇을 쪼아 먹으며 퍼덕거리는 바닷새들을 보자 장난꾸러기 펄은 앞치마 가득 조약돌을 주워 담아 가지고 그 작은 바닷새들을 뒤쫓아 바위 사이사이를 기어다니며 자못 능란한 솜씨로 돌을 던지곤 했다. 펄의 생각에는 가슴이 하얀 잿빛 작은 새 한 마리가 돌에 맞아 날개가 부러진 채 날아간 것이 틀림없는 듯했다. 그러고 나서 이 꼬마 요정은 한숨을 내쉬며 장난을 그만두었다. 바다의 산들바람이나 자신처럼 자연에서 자란 자유분방한 작은 생물에게 상처를 준 것이 가슴 아팠기 때문이다.

펄은 마지막 장난으로 온갖 해초를 모아 스카프니 외투니 머리 장식물 따위를 만들어 마치 작은 인어처럼 몸치장을 했다. 그 아이는 어머니한테서 치장하는 솜씨며 옷가지를 장식하는 재간을 물려받았다. 인어 옷의 마지막 장식으로 펄은 거머리말 해초를 몇 개 뜯어 어머니의 가슴에서 언제나 보아 와서 눈에 익은 장식을 제 가슴에 가능한 한 멋지게 흉내 내었다. 그것은 한 글자였는데(그 'A' 자 말이다.) 그러나 주홍색이 아니라 선명한 초록색의 글자였다! 아이는 가슴 위에 고개를 떨어뜨리고 이상야릇한 관심에 사로잡혀 이 장식을 곰곰이 들여다보았다. 마치 자신이 이 세상에 태어난 목적이 이 글자의 숨은 뜻을 알아내기 위해서인 것처럼 말이다.

'이게 무슨 뜻이냐고 엄마가 물어보지 않을까?' 펄이 생각했다.

그때 마침 어머니의 목소리를 듣고 펄은 작은 바닷새처럼 사뿐하게 뛰어와서는 헤스터 프린의 앞에 나타나 깔깔 대고 춤을 추며 손가락으로 제 가슴의 장식을 가리켰다.

"내 귀여운 펄." 헤스터가 잠시 아무 말 없이 있다가 말문을 열었다. "초록색 글자를, 그것도 너 같은 어린애 가슴에 달았댔자 아무런 의미도 없어. 그런데 애야, 넌 엄마가 달고 있어야 하는 이 글자의 의미를 알고나 있니?"

"그럼, 알고 있지, 엄마." 펄이 대답했다. "그건 대문자 'A'야. 왜, 엄마가 철자 책에서 가르쳐 준 글자잖아."

헤스터는 펄의 조그마한 얼굴을 물끄러미 들여다보았다. 그러나 헤스터는 펄의 검은 눈 속에서 흔히 볼 수 있었던 그 야릇한 표정을 여전히 볼 수 있었지만, 펄이 정말로 그 상징에 어떤 의미를 부여하는지는 확신할 수 없었다. 그것을 확인해 보고 싶은 병적인 욕망이 문득 치솟았다.

"애야, 왜 엄마가 이 글자를 달고 있는지 그 이유를 너는 알고 있는 거야?"

"그럼, 알고말고!" 펄이 어머니의 얼굴을 밝은 표정으로 똑바로 쳐다보면서 대답했다. "그건 목사님이 언제나 가슴에 손을 얹고 있는 것과 똑같은 이유지 뭐야!"

"그 이유라는 게 뭔데?" 헤스터는 펄의 말이 얼토당토않아 빙그레 웃었다. 그러나 그 말을 되씹어 보고는 갑자기 얼굴이 파래지면서 물었다. "이 글자하고 내 가슴 아닌 다른 사람의 가슴하고 무슨 상관이 있는 거지?"

"아무것도 아냐, 엄마. 내가 아는 걸 다 말했을 뿐이야." 펄이 보통 때보다도 더욱 심각하게 정색하고 대답했다. "방금 아까 엄마가 얘기를 나누던 저기 저 할아버지한테 물어봐! 어찌면 그 할아버지는 아실걸. 정말이지 엄마, 이 주홍 글자는 무슨 뜻이 있는 거야? 그리고 엄마는 왜 그걸 가슴에 달고 있어? 그리고 목사님은 왜 언제나 가슴에 한 손을 얹고 있는 거야?"

펄은 두 손으로 어머니의 손을 꼭 쥐고 그녀의 격정적이고도 변덕스러운 성미에서는 좀처럼 찾아볼 수 없었던 진지한 태도로 어머니의 눈을 바라보았다. 펄이 어린애다운 신뢰로써 자신에게 접근하려는 것이며 최선을 다해 머리를 짜내 두 모녀 사이에 서로 마음이 통하는 어떤 접합점을 마련하려고 애쓰고 있는 것이 아닐까 하는 생각이 문득 헤스터의 머리를 스쳐 갔다. 그래서인지 펄의 모습이 다른 때와는 달라 보였다. 지금까지 어머니는 자신의 딸을 오직 한마음으로 사랑하면서도 그 아이한테서 4월의 춘풍 같은 변덕 이상의 것은 전혀 바라지 말자고 자신을 타일러 왔다. 그 아이는 경쾌하게 놀면서 시간을 보내다가도 갑자기 종잡을 수 없는 정열을 발산하는가 하면, 기분이 좋다가도 문득 발끈 화를 내기도 하고, 가슴에 꼭 안아 주어도 같이 안아 줄 생각을 하기는커녕 오히려 쌀쌀맞게 대하기 일쑤였다. 이렇듯 버릇없이 군 대가로 그 아이는 어쩌다 무슨 속셈인지 이상스럽게 다정하게 뺨에 입을 맞춰 주고 머리카락을 귀엽게 어루만져 주다가 남의 가슴속에 꿈결 같은 즐거움을 아로새겨 준 채 다른 한가로운 일에 팔려 훌쩍 가 버리는 것이었다. 그나마 어머니까 그 아이의 성미를 이 정도라도 이해한 것이다. 아마 남이라면 무뚝뚝한 성미만을 발견하고는 이보다 훨씬 부정적으로 평가했을 것이다.

그러나 이즈음에는 눈에 띄게 조숙하고 예민해진 펄이 어머니의 어엿한 친구로서 어머니의 슬픔을 터놓고 이야기하더라도 어미나 아이 모두에게 존경심을 잃지 않을 나이에 이르렀다는 생각이 헤스터의 머릿속에 뚜렷이 떠올랐다. 종잡을 수 없는 펄의 성격에도 굽힐 줄 모르는 용기로 다져진 확고한 원칙이니, 아무도 통제할 수 없는 의지니, 잘 다루면 자기 존경심으로 변할 수도 있는 강한 긍지니, 자세히 살펴보면 거짓에 물들어 있을지도 모르는 많은 것에 대한 가차 없는 경멸이니 하는 것이 싹트고 있었는지도 모른다. 아니, 어쩌면 그런 것들이 처음부터 존재했는지도 모른다. 미처 무르익지 않은 과실의 그윽한 맛처럼 지금까지는 그녀에게도 씁쓸하면서도 불쾌한 것이기는 해도 애정은 있었다. 이런 온갖 순수한 특성을 지녔는데도 이 요정 같은 어린아이가 장차 고귀한 여인으로 자라지 못한다면 반드시 어머니한테서 물려받은 흉악한 성질이 엄청났음에 틀림없다고 헤스터는 생각했다.

펄이 수수께끼 같은 주홍 글자 주위에서 좀처럼 벗어나지 못하는 경향은 어쩔 수 없이 타고난 천성인 듯했다. 철이 든 바로 그 무렵부터 그 아이는 무슨 사명처럼 이런 버릇에 젖어 있었다. 하느님이 정의와 형벌을 아울러 마련해 주려는 뜻에서 이 아이에게 이렇게 남다른 성격을 베풀어 주신 것은 아닌가 하고 헤스터는 가끔 생각할 때가 있었다. 그러나 지금까지는 행여 이런 계획과 더불어 자비심과 온정을 베풀어 주시려는 뜻에서는 아니었을까 하고 생각해 본 적은 한 번도 없었다. 만약 어린 펄을 이 세상의 어린아이인 동시에 영혼의 사자로서 믿음과 정의로 키워 나간다면, 어미의 가슴속에 싸늘하게 파묻혀 그 속을 무덤처럼 만들어 버린 슬픔을 위로하고 풀어 주는 것이 펄의 역할 아니었을까? 또한 한때는 그토록 격렬했지만 지금은 죽지도 잠들지도 않은 채 무덤 같은 가슴속에 갇혀 버린 정열을 극복하도록 어미를 도와주는 것이 펄의 역할 아니었을까?

마치 누군가가 실제로 헤스터의 귀에 이 말들을 속삭여 주는 것처럼 생생하게 이런 생각들이 지금 그녀의 가슴을 설레게 했다. 그러는 동안 내내 귀여운 펄은 어머니의 손을 두 손에 쥐고 얼굴을 쳐든 채 다음과 같은 날카로운 질문을 한두 번도 아니고 세 번씩이나 던지고 있었다.

"엄마, 주홍 글자가 무슨 뜻이야? 그리고 엄마는 왜 그걸 달고 있어? 그리고 목사님은 왜 언제나 가슴에 손을 얹고 계시는 거고?"

'글쎄, 뭐라고 대답해야 할까?' 헤스터는 마음속으로 혼자 생각했다. '아냐, 말해선 안 돼! 이 아이의 동정을 얻기 위한 답이라면 말할 수 없어!'

그러고 나서 헤스터가 큰 소리로 외쳤다.

"이 바보 같은 펄." 그녀가 말했다. "그런 질문이 어디 있어? 이 세상에는 어린애들이 물어서는 안 될 말도 많단다. 목사님의 가슴을 내가 어떻게 안단 말이니? 그리고 주홍 글자는 그 금실이 고와서 달고 있는 거고!"

지난 7년 동안 지금까지 헤스터 프린이 가슴에 달고 있는 치욕의 징표에 대해 성실하지 않은 때는 한 번도 없었다. 어쩌면 그것은 준엄하고 엄격하면서도 한편 그녀를 보호해 주는 수호신 같은 부적이었는지도 모른다. 그런데 이 수호신은 그녀의 가슴을 빈틈없이 감시했는데도 어떤 새로운 죄악이 스며들었거나, 어떤 옛날의 죄악이 아직 쫓겨나지 않고 남아 있다는 사실을 알고는 지금 그녀를 저버렸는지도 모른다. 한편 귀여운 펄의 얼굴에 어렸던 진지한 기색도 이내 자취를 감추어 버리고 말았다.

그러나 아이는 그 문제를 그대로 덮어 치워 버리려고 하지 않았다. 어머니와 함께 집으로 돌아가는 길에 두세 번, 저녁 먹을 때와 헤스터가 그녀를 거들어 잠자리에 들게 해 주었을 때에도 두세 번 그리고 웬만큼 잠이 든 것 같은 뒤에도 다시 한 번 펄은 검은 두 눈에 장난기 어린 빛을 띠면서 얼굴을 쳐들었다.

"엄마." 아이가 물었다. "주홍 글자는 무얼 뜻하는 거야?"

이튿날 아침 펄은 잠이 깼다는 첫 신호로 베개에서 머리를 불쑥 쳐들고는 다른 질문을 던졌다. 그러나 까닭은 알 수 없지만 헤스터는 이 질문을 주홍 글자에 관한 질문과 연관시켰다.

"엄마! 엄마! 어째서 목사님은 가슴에 항상 손을 얹고 계시는 거야?"

"입 다물고 있지 못해, 이 장난꾸러기!" 어머니가 전에 없이 엄격하게 대답했다. "엄마를 괴롭히지 마라. 말 안 들으면 캄캄한 벽장 속에 가둬 둘 테야!"

16장

숲속의 산책

지금 당장 어떤 고통을 겪고 있고, 앞으로 어떤 결과에 부딪힐 위험이 있더라도, 딤스데일 목사에게 어느 사이엔가 슬며시 그와 친해진 사내의 정체를 알려 주어야겠다는 헤스터 프린의 결심에는 아무런 변함이 없었다. 목사가 반도의 해변을 따라 또는 이웃 마을의 숲이 우거진 언덕을 명상에 잠겨 산책하는 것을 알고 헤스터는 이때를 이용해 이야기해 볼까 하고 며칠 동안이나 기회를 엿보았지만 헛수고였다. 물론 그녀가 서재로 목사를 직접 찾아가더라도 거룩하고 순수한 목사의 명예에 추문이 떠돌거나 어떤 위험이 따르지도 않았을 것이다. 그 서재에서는 전에도 숱한 참회자들이 주홍 글자가 상징하는 죄 못지않은 죄를 고백한 적이 있었기 때문이다. 그러나 한편으로는 로저 칠링워스의 은밀하거나 공공연한 간섭이 두려웠고, 다른 한편으로는 자격지심에서 전혀 의심할 것도 없는데 공연히 의심받을까 봐 겁이 났으며, 또 다른 한편으로 목사와 단둘이서 이야기하는 동안에는 넓디넓은 세계에서 숨을 쉴 필요가 있을 것 같기도 해서, 이런 모든 이유 때문에 헤스터는 넓게 트인 하늘 아래가 아닌 비좁고 은밀한 장소에서는 목사를 만나려고 생각하지 않았던 것이다.

딤스데일 목사가 초빙되어 기도를 드려 준 일이 있는 어느 환자의 방에서 어느 날 헤스터가 병시중을 들고 있을 때, 목사가 원주민 인디언 개종자들과 함께 지내는 엘리엇 전도사[83]를 방문하러 하루 전에 마을을 떠났다는 사실을 그녀는 마침내 알게 되었다. 목사는 이튿날 오후 어느 시간까지는 돌아올 모양이었다. 그래서 다음 날 일찍 헤스터는 어린 펄을 데리고 함께 길을 떠났다. 옆에 있는 것이 아무리 귀찮아도 나들이할 때면 으레 그 아이를 데리고 다녔던 것이다.

두 여행자가 반도에서 본토 쪽으로 넘어선 뒤부터 길은 오솔길에 지나지 않았다. 이 길은 꾸불꾸불 굽이돌아 신비에 싸인 원시림 속으로 이어졌다. 이 원시림 때문에 길은 아주 좁아졌고 양쪽으로 검은 나무들이 빽빽하게 들어서 있어 하늘도 제대로 보이지 않았다. 그 때문에 헤스터의 머릿속에는 이곳이 바로 자신이 오랫동안 헤매던 정신적 황야를 제대로 상

---

83) 존 엘리엇(1604~1690). 1622년에 영국 케임브리지 대학교를 졸업하고 영국 국교회의 목사가 되었지만 1631년 보스턴으로 이주해 인디언에게 기독교를 전도해 큰 성과를 거두었다. 1674년경에는 기독교로 개종한 인디언이 무려 3600명에 이르렀다.

징하는 것 같다는 생각이 들었다. 날씨는 싸늘하고 음산했다. 머리 위에 드리운 잿빛 구름이 산들바람 결에 조금씩 움직이면 이따금 한 줄기 희미한 햇빛이 삐죽이 스며들어 숲속 좁은 길을 따라 외로이 희롱하듯 가물거렸다. 이렇게 유쾌하게 가물거리는 햇빛은 언제나 숲을 통해 좀 더 멀리 눈에 들어오는 오솔길 저편 끝에 있었다. 희롱하듯 가물거리는 햇빛이, 이날 이 장면에 짙게 깃들어 있는 애수 때문에 희롱해 보았자 기껏 조금밖에는 희롱할 수가 없었지만, 두 사람이 가까이 다가가면 금방 사라지면서 빛이 한들거리던 지점을 그만큼 더 음산해 보이게 했다. 두 모녀가 그곳이라도 밝았으면 하고 은근히 바라고 있었기 때문이리라.

"엄마." 귀여운 펄이 입을 열었다. "햇빛은 엄마를 싫어하나 봐. 엄마 가슴에 달고 있는 것이 무서워 달아나 숨어 버리니 말이야. 저것 좀 봐! 햇빛이 저쪽 멀리서 장난치고 있잖아. 엄마는 여기에 그냥 있어 봐. 내가 달려가서 붙잡아 올 테니. 난 어린애니까 날 보고 도망치진 않을 거야. 아직 가슴에 아무것도 달고 있지 않으니까!"

"얘야, 넌 앞으로 절대 그런 걸 달고 있으면 안 돼." 헤스터가 말했다.

"왜 안 돼, 엄마?" 펄이 막 내달리려고 하다가 갑자기 멈추고 물었다. "나도 어른이 되면 그게 저절로 달리게 되는 게 아닐까?"

"얘야, 자, 빨리 달려가거라." 어머니가 대답했다. "어서 햇빛을 잡아 오려무나! 곧 없어져 버릴 테니."

펄이 재빨리 달려가서 정말로 햇빛을 잡는 시늉을 하자 그 모습을 바라보며 헤스터는 빙긋이 웃었다. 휘황찬란한 빛에 온통 휩싸여 햇빛 한가운데에서 웃고 있는 펄은 날쌘 뜀박질 때문에 생긴 활기로 더욱 찬란한 빛을 내뿜었다. 햇빛은 그런 친구가 생겨서 반갑다는 듯 외로운 아이의 주위에 서성거렸다. 마침내 어머니도 이 마법의 둥근 원 안에 발을 들여놓을 만큼 가까이 다가갔다.

"이젠 도망갈 거야!" 펄이 고개를 살래살래 흔들며 말했다.

"자, 보렴!" 헤스터가 웃으면서 대답했다. "이젠 나도 손을 벌려 햇빛을 잡을 수 있잖아."

헤스터가 햇빛을 잡으려 하자 햇빛은 곧 사라져 버렸다. 펄의 얼굴 위에 반짝이는 환하게 밝은 표정으로 미루어 보아 어머니는 펄이 햇빛을 모두 한 몸에 빨아들였다가 자신과 함께 좀 더 어두컴컴한 그늘 속으로 뛰어들면 다시 햇빛을 내뿜어 앞길에 한 줄기 빛을 비추려고 한다는 상상을 할 수 있었다. 펄의 성격에는 이처럼 지칠 줄 모르는 생기발랄함만큼 어미한테 물려받은 것이 아닌 새로운 활력이 있었고, 이것만큼 그녀에게 강한 인상을 주는 다른 속성도 없었다. 펄은 고약한 병에 한 번도 걸리지 않았다. 근래에는 거의 모든 어린아이들이 병에 걸린 조상한테서 연주창(連珠瘡)[84]과 함께 이런 병을 물려받았다. 어쩌면 생기발랄함도 하나의 질병으로서 펄을 낳기

---

84) 결핵성 림프샘 종기인 이 병은 특히 아이들에게 흔했다. 국왕이나 여왕의 손길이 환부에 닿으면 낫는다고 하여 '왕의 고질' 또는 '여왕의 고질'이라고도 불렸다.

전에 헤스터가 온갖 슬픔과 싸우던 야성적인 힘이 반사된 것에 지나지 않았을지도 모른다. 확실히 그것은 이 아이의 성격에 강한 금속성의 광채를 어리게 하는 의심스러운 매력임에 틀림없었다. 다만 그 아이에게 부족한 것은, 평생 동안 그것을 지녀 보지 못하고 마는 사람도 있지만, 자신의 심금을 크게 울려 인간답게 되고 남을 동정할 줄 아는 마음을 갖게 해 주는 슬픔이었다. 그러나 어린 펄에게는 아직도 많은 시간이 남아 있었다.

"펄, 이리 와!" 헤스터가 여전히 햇빛 속에 서 있는 펄에게서 시선을 돌려 주위를 돌아보며 말했다. "숲속으로 좀 더 들어간 다음에 쉬자."

"난 피곤하지 않아, 엄마." 귀여운 펄이 대답했다. "하지만 나한테 얘기를 들려준다면 엄마는 앉아서 쉬어도 괜찮아."

"얘기라니, 얘야!" 헤스터가 물었다. "무슨 얘기 말이야?"

"아이, 왜 마귀 얘기 있잖아!" 펄은 어머니의 겉옷자락을 붙잡고 정색을 하는 것 같기도 하고 익살을 부리는 것 같기도 한 표정으로 어머니를 올려다보며 말했다. "마귀가 늘 이 숲속에 책을 가지고 나타난대. 무쇠로 된 큼직하고 묵직한 그 책 말이야. 이 무섭게 생긴 마귀가 숲속에서 만나는 사람마다 그 책과 무쇠 펜을 내주고 각자의 피로 이름을 적게 한대. 그러고 나서 그 사람들 가슴에 표를 찍어 준다는 얘기 말이야![85] 엄마, 엄마도 마귀를 만나 본 적 있어?"

---

85) 펄이 말하는 내용은 마녀에 관한 책에 기록된 것과 거의 일치한다. 마

"누구한테 그런 얘기를 들었니, 펄?" 어머니가 이 무렵 널리 퍼져 있는 미신 이야기라는 것을 알아차리고 물었다.

"지난밤 엄마가 병시중을 들던 집 있잖아. 그 집 난롯가에 앉아 있던 할머니한테서 들었지." 펄이 대답했다. "그런데 그 할머니는 그 얘기를 할 때 내가 잠을 자고 있는 줄 알았나 봐. 많은 사람들이 이 숲에서 마귀를 만나 책에 이름을 적고 표를 찍었대. 그리고 그 심술궂은 히빈스 할머니도 그중 하나래. 그런데 엄마, 그 할머니가 말이지, 이 주홍 글자도 마귀가 엄마한테 찍어 준 거랬어. 그래서 엄마가 한밤중에 캄캄한 이 숲속에서 마귀를 만나면 주홍 글자가 새빨간 불길처럼 타오른댔어. 그게 정말이야, 엄마? 엄마도 한밤중에 마귀를 만나러 가는 거야?"

"눈을 떴을 때 엄마를 보지 못한 적이 한 번이라도 있었니?" 헤스터가 물었다.

"그런 기억은 없는데." 펄이 대답했다. "만약 나를 오두막집에 남겨 두는 게 마음이 놓이지 않는다면, 같이 데리고 가 줘. 난 신나게 따라갈 테야! 하지만 엄마, 이제 좀 얘기해 줘! 마귀라는 게 정말 있는 거야? 엄마도 만나 본 적 있어? 이게 마귀의 징표인 거야?"

"엄마가 한 번만 얘기해 줄 테니 다신 귀찮게 굴지 않을래?" 헤스터가 물었다.

귀는 '마귀의 기록부'라는 책을 가지고 다니고 이 책에 서명한 사람은 마귀나 마녀가 되어 몸에 표식을 지니고 다니게 된다. 이 표식이 있는 부분은 감각이 없고 침으로 찔러도 피가 나지 않는다고 믿었다.

"응, 엄마가 나한테 다 얘기해 주면." 펄이 대답했다.

"내 일생에 단 한 번 마귀를 만난 적이 있단다!" 어머니가 말했다. "이 주홍 글자가 바로 그의 징표야!"

이렇게 말하면서 두 사람은 우연히 숲속의 오솔길을 따라 지나가는 어떤 사람의 눈에도 띄지 않을 만큼 나무 사이로 꽤 깊숙이 들어갔다. 두 사람은 쌓이고 쌓인 이끼 더미 위에 앉았다. 이 이끼 더미는 한 세기 전에는 어두운 그늘 속에서 뿌리와 줄기를 뻗고 나무 꼭대기는 하늘을 찌르며 드높이 치솟았던 거창한 소나무였을지도 모른다. 그들이 자리 잡고 앉은 곳은 조그마한 골짜기로 양쪽으로는 가랑잎이 떨어져 흩어진 둑이 나지막하게 솟아 있었고, 그 가운데로 낙엽이 가라앉은 바닥 위를 개울이 흐르고 있었다. 그 위에 늘어져 있는 나무들의 큰 가지가 이따금 꺾여 떨어지는 바람에 물길이 막혀 군데군데 소용돌이를 만들고 깊숙이 고여 검푸른 빛을 띠기도 했다. 한편 물살이 빠르고 센 곳에는 조약돌과 반짝이는 갈색 모랫바닥이 훤히 드러나 보였다. 개울 줄기를 따라 눈길을 뻗으면 숲속 저만치 개울에 반사되는 햇빛이 보였지만, 나무줄기와 덤불 그리고 회색 이끼로 뒤덮인 큼직한 바위들이 어지럽게 뒤섞여 있는 곳에서 곧 사라지고 말았다. 이렇듯 거창한 나무들과 둥근 화강석들은 이 조그마한 개울이 흘러가는 길을 아무도 모르게 애써 숨기느라 여념이 없는 것 같았다. 끊임없이 재잘거리며 저 옛 숲의 마음속에 간직한 이야기를 소곤거리지나 않을까, 물웅덩이의 매끄러운 수면에 그 비밀을 비추어 드러내지나 않을까 하고 걱정하는 것 같기도 했다. 살며시 흘러가면서 정말로 끊임없이 재잘거리는 개울은 다정스럽고 조용하고 어딘지 듣는 사람의 마음을 위로해 주는 데가 있었다. 그러나 재미있게 놀지도 못하고 어린 시절을 보냈으며 즐거움을 모르고 우울한 친구들과 음울한 사건 속에서 자란 어린아이의 목소리처럼 우울했다.

"오, 개울아! 오, 바보스럽고 따분한 작은 개울아!" 펄이 개울 소리에 잠깐 귀를 기울이고 있다가 큰 소리로 외쳤다. "너는 왜 그렇게 슬퍼하니? 기운 좀 내. 그렇게 늘 한숨만 짓고 중얼거리지만 마!"

그러나 숲속에서 짧으나마 일생을 보내온 개울은 그동안 그토록 엄숙한 경험을 겪어 왔기 때문에 그 사연을 말하지 않을 수도 없고 그 밖에 다른 것을 말할 수도 없는 듯했다. 펄의 생명의 흐름도 신비스러운 근원에서 솟아나와 역시 마찬가지로 음산하게 그늘진 풍경 속으로 흘러왔다는 점에서 이 개울과 비슷했다. 그러나 이 작은 개울과 달리 펄은 달리면서도 춤을 추고 반짝거리고 경쾌하게 재잘거렸다.

"이 슬픈 개울이 뭐라고 재잘거리고 있는 거야, 엄마?" 펄이 물었다.

"만약 너에게도 슬픔이 있다면 이 개울은 너에게 그 얘기를 들려줄 테지." 어머니가 대답했다. "개울이 내게 내 슬픈 이야기를 들려주듯이 말이야! 어머, 펄, 오솔길을 걸어오는 발소리가 들리는데. 나뭇가지를 헤치는 소리도 나고. 저기 오시는 분하고 얘기 좀 할 테니 어디 좀 가서 놀고 있어."

"저분이 그 악마야?" 펄이 물었다.

"얘야, 저쪽에 가서 좀 놀지 않을래?" 어머니가 거듭 말했
다. "하지만 숲속으로 너무 깊숙이 들어갔다가 길을 잃으면 안
돼. 내가 부르면 금방 돌아오도록 해."

"응, 그렇게, 엄마." 펄이 대답했다. "그렇지만 저 사람이 그
악마라면 잠깐 기다렸다가 겨드랑이에 큼직한 책을 끼고 있는
모습을 좀 봐도 될까?"

"어서 저리 가, 이 바보야!" 어머니가 역정을 내며 다그쳤다.
"저분은 악마가 아냐! 나무 사이로 이제 볼 수 있을걸. 저분은
목사님이셔!"

"정말이네!" 펄이 말했다. "그런데 엄마, 목사님이 가슴에 손
을 얹고 계셔! 목사님이 마귀의 책에 이름을 적었을 때 마귀
가 그곳에다 표를 찍었기 때문이야? 그런데 왜 목사님은 엄마
처럼 가슴 밖에다 그걸 달고 다니지 않는 걸까?"

"자, 어서 가 봐, 애야. 엄마를 괴롭히려면 나중에 그러려무
나!" 헤스터 프린이 큰 소리로 외쳤다. "하지만 너무 멀리 가지
는 마. 개울 소리가 들리는 데 있어야 해."

아이는 개울의 흐름을 따라 올라가면서 노래를 불러 그 개
울의 우울한 속삭임 소리에 좀 더 경쾌한 운율을 섞어 보려고
했다. 그러나 개울은 좀처럼 위안을 받으려고 하지 않고 옛날
이 암울한 숲속에서 일어난 어떤 남모를 슬픈 비밀을 여전히
알아들을 수 없는 소리로 마냥 재잘댔다. 아니면 앞으로 일어
날 어떤 일을 예언이라도 하듯 아주 구성지게 탄식했는지도
모른다. 자신의 삶 속에 벌써 적잖이 그늘을 갖고 있는 펄은
불평만 늘어놓는 이 개울과 깨끗이 절교하기로 마음먹었다.

그래서 오랑캐꽃이며 할미꽃이며 드높이 솟은 바위 틈바구니에서 자라는 주홍빛 매발톱꽃을 따 모으기 시작했다.

꼬마 요정 같은 아이가 사라지자 헤스터 프린은 숲속을 뚫고 뻗은 오솔길을 향해 한두 걸음 다가섰지만 여전히 짙은 나무 그늘 밑에 있었다. 길가에서 나무를 잘라 만든 지팡이에 의지하고 혼자서 길을 걸어오는 목사의 모습이 눈에 들어왔다. 수척하고 쇠약해 보이는 목사의 태도에는 무기력한 절망의 빛이 감돌았다. 그런 모습은 그가 개척지 마을 주위를 거닐 때도, 남의 눈을 끌 우려가 있다고 생각하는 다른 어떤 상황에서도 이처럼 뚜렷이 나타난 적이 한 번도 없었다. 그러나 이 세상에서 아주 외떨어진 숲속에서는 무기력한 절망이 애처롭도록 눈에 띄었으며, 이런 정신 상태에서는 이렇게 숲속에 떨어져 있다는 것 자체만으로도 엄청난 시련이 되었을 것이다. 힘없이 걷고 있는 모습이 마치 한 발자국이라도 더 걸어야 할 이유도, 걷고 싶은 의지도 없는 듯했다. 그가 기쁨을 느낄 수 있는 뭔가가 있다면, 가장 가까운 나무뿌리에 몸을 내동댕이치고 힘없이 축 늘어져 그 자리에 영원히 그냥 누워 있고 싶은 생각뿐이었다. 그러면 생명이 붙어 있든 붙어 있지 않든 그의 몸뚱이 위에 나뭇잎이 떨어져 덮이고 흙이 점차 쌓이고 쌓여 마침내 조그마한 언덕이 생기리라. 죽음이란 너무나 엄정한 것이어서 인간에게는 그것을 바랄 수도 피할 수도 없는 대상이었다.

그러나 헤스터의 눈에는 귀여운 펄이 말한 것처럼 딤스데일 목사는 가슴에 손을 대고 있는 것 말고는 어떤 뚜렷한 고통의 증세도, 격심한 고통의 증세도 보이지 않았다.

17장

목사와 그의 신자

목사는 느릿느릿 걷고 있었지만 하마터면 헤스터 프린이 충분히 목소리에 힘을 불어넣어 그의 주의를 끌기도 전에 그 냥 지나쳐 가 버릴 뻔했다. 마침내 그녀는 간신히 목소리를 낼 수 있었다.

"아서 딤스데일!" 헤스터가 처음에는 나지막하게 말했다가 다시 좀 더 크게 목쉰 소리로 불렀다. "아서 딤스데일!"

"거기 누구요, 날 부르는 게?" 목사가 물었다.

목사는 남의 눈에 띄고 싶지 않은 기분에 있다가 갑자기 기습당한 사람처럼 재빨리 정신을 가다듬으며 몸을 좀 더 꼿꼿이 펴고 섰다. 목소리가 들리는 쪽으로 불안하게 눈길을 보낸 목사는 나무 밑에 서 있는 한 형체를 어렴풋하게 바라보았다. 그 형체는 몹시 침침한 색깔의 옷을 입은 데다가 대낮인데도 찌푸린 하늘과 울창한 나뭇잎 때문에 어두침침해진 회색의 박명과 거의 구별할 수 없어 그 모습이 여자인지 그림자인지 제대로 분간할 수 없었다. 어쩌면 그의 상념에서 슬며시 빠져나온 유령이 이렇게 그의 인생길에 나타났는지도 모른다.

목사가 한 걸음 가까이 다가서자 주홍 글자가 보였다.

"헤스터! 헤스터 프린!" 그가 외쳤다. "당신이오? 당신 아직 살아 있소?"

"그래요, 살아 있고말고요!" 그녀가 대답했다. "지난 7년 동안 살아온 것과 마찬가지로요! 아서 딤스데일, 당신도 아직 살아 계셨나요?"

이렇게 두 사람이 상대방이 실제로 살아 있는지 묻고 심지어 자신들의 생존마저 의심한 것은 그렇게 이상한 일이 아니다. 그들은 어두컴컴한 숲속에서 너무나 이상하게 만났기 때문에 마치 이승에서 인연이 깊었던 두 혼령이 지금 무덤 저편의 세계에서 서로 무서워 몸서리치면서 처음 만나는 것만 같았다. 이 두 혼령은 자신들의 처지를 아직 잘 모르는 데다가 육체를 떠난 영혼과 사귀는 데에도 익숙하지 않기 때문이었다. 서로가 유령이면서도 상대편 유령을 무서워하다니! 그들은 또한 자신들한테도 두려움을 느끼고 있었다. 왜냐하면 이런 위기 때문에 각자의 의식을 되찾게 되었고 서로의 마음속에 지난날의 내력과 경험이 드러났기 때문이다. 그런데 이런 일은 이처럼 숨 막히는 순간이 아니고서는 이승에서 좀처럼 일어나는 법이 없다. 그 영혼은 흘러가는 순간이라는 거울에 자신의 얼굴을 비추어 보았다. 두려움에 몸을 떨며, 말하자면 내키지 않지만 어쩔 수 없이 천천히 아서 딤스데일은 시체처럼 싸늘한 손을 내밀어 헤스터 프린의 차디찬 손을 잡았다. 두 사람의 악수는 차가웠지만 처음 만나면서 느꼈던 커다란 적막감을 가시게 했다. 이제는 적어도 같은 세계에 살고 있는 사람들이라는 느낌이 들었다.

더 이상 한마디도 하지 않았지만, 목사도 헤스터 프린도 누가 먼저 앞장을 선 것도 아닌데 말없이도 서로 마음이 통했는지 두 사람은 헤스터가 걸어 나온 숲의 그늘 속으로 미끄러지듯 돌아가 아까 그녀와 펄이 앉아 있던 이끼 더미 위에 앉았다. 겨우 말을 꺼내게 되자 두 사람은 누구나 만나면 으레 그러듯이, 하늘이 찌푸렸다느니 당장이라도 폭풍이 몰아닥칠 것 같다느니 하는 말과 상대방의 건강을 묻는 말을 서로 주고받았을 뿐이다. 이렇게 두 사람은 대담하지는 않았지만 조금씩 조금씩 마음속 깊숙이 간직하고 있던 문제로 다가갔다. 그동안 운명과 여러 사정으로 너무 오랫동안 만나지 못했기 때문에 먼저 달려가서 교제라는 문을 활짝 열어젖히고 그들의 속마음이 문지방을 건너가게 하려면 대수롭지 않은 말부터 먼저 몇 마디 주고받아야 했던 것이다.

잠시 뒤 목사는 헤스터 프린의 눈을 뚫어지게 바라보았다.

"헤스터." 그가 입을 열었다. "당신은 마음의 평화를 찾았소?"

그녀는 자기 가슴을 내려다보면서 쓸쓸한 미소를 지었다.

"당신은요?" 그녀가 그에게 물었다.

"아니! 절망이 있을 뿐이오!" 그가 대답했다. "나 같은 인간이, 지금 같은 삶을 살면서 달리 무엇을 바랄 수 있겠소? 만약 내가 무신론자라면, 양심도 없고 더럽고 짐승 같은 본능을 지닌 인간이라면 아마 벌써 마음의 평화를 찾았을는지 모르지요. 아니, 처음부터 그것을 잃어버리지도 않았을 거요! 하지만 내 영혼이 지금 같은 꼴이 되고 보니, 본래 내가 그 어떤 뛰어난 소질을 갖고 있었다 해도, 하느님께서 주신 더할 나위 없이 훌륭한 선물이 모두 영혼을 괴롭히는 것이 되어 버렸소. 헤스터, 난 참으로 비참하기 이를 데 없는 사람이오!"

"사람들은 당신을 존경하고 있어요." 헤스터가 말했다. "더군다나 당신은 분명히 그 사람들에게 좋은 일을 하고 계셔요! 그런데도 아무런 위안을 받지 못하시나요?"

"더욱 비참할 뿐이오, 헤스터! 더욱더 비참해질 따름이란 말이오!" 목사가 쓰디쓴 웃음을 지으며 대답했다. "내가 베풀고 있다고 할지 모르는 그 선행에 관해 난 아무런 신념도 없소. 그건 필시 망상임에 틀림없소. 나같이 타락한 영혼이 남의 영혼을 구제하는 일에 무슨 도움이 되겠소? 더럽혀진 영혼이 그들의 영혼을 정화시키는 데 말이오? 그들은 나를 존경한다지만 차라리 비웃고 미워해 줬으면 좋겠소! 헤스터, 강단에 서 있는 내 얼굴에서 마치 천국의 빛이 뿜어 나오는 듯 올려다보는 그 많은 눈길과 마주쳐야만 한다는 사실을 당신은 위안이라고 생각할 수 있소! 진리에 굶주린 양 떼가 마치 오순절의 혀가 말하기라도 하듯[86] 내 설교에 귀를 기울이는 모습을 바

---

86) "불길이 솟아오를 때 혓바닥처럼 갈라지는 것 같은 혀들이 내려앉았다. 그들은 모두 성령으로 충만하게 되어서, 성령이 시키는 대로 각각 방언으로 말하기 시작했다."(「사도행전」 2장 3절)

라보는 것을! 그리고 나서 내 가슴속을 들여다보면 그들이 우상처럼 섬기는 것이 실제로는 얼마나 추악한지를 새삼 깨달아야 하는 사실을! 겉으로 보는 내 모습과 진정한 내 모습이 그렇게 다른 것을 보고 비통하고 괴로운 마음에 절로 웃음이 나오곤 했다오! 사탄도 그것을 보고 비웃겠지!"

"그건 당신이 자신을 학대하시는 거예요." 헤스터가 부드럽게 말했다. "당신은 뼈저리게 뉘우칠 만큼 뉘우치셨어요. 이제 당신의 죄는 아득히 먼 옛날 속에 이미 묻혀 버렸어요. 정말로 당신의 현재 생활은 사람들 눈에 비치는 것 못지않게 신성해요. 그처럼 분명히 선행으로 입증된 회개가 한낱 헛수고에 지나지 않는단 말씀인가요? 그런데도 어째서 당신에게 마음의 평화가 찾아오지 않는 거지요?"

"아니오, 헤스터. 그건 아니오!" 목사가 대꾸했다. "그것에는 실체가 없소! 싸늘한 시체와 같아서 내게는 아무 소용도 없소! 회개라면 지금까지 충분히 늘 해 왔소! 그런데 회개한 보람이 어디에 있단 말이오! 회개한 보람이 있었다면 난 벌써 신성을 가장하는 목사의 옷을 훌훌 벗어던지고 최후 심판의 자리에 나설 때와 같은 모습을 온 세상 사람 앞에 벌써 드러냈어야 했소. 헤스터, 차라리 버젓이 가슴에 주홍 글자를 달고 있는 당신이 행복한 거요! 내 주홍 글자는 가슴속에서 남몰래 불타고 있소! 당신은 상상도 못 할 거요. 지난 7년 동안 세상을 속이느라고 괴로워하던 끝에 자신의 참모습을 알아주는 사람의 눈을 바라본다는 게 얼마나 마음의 위안이 되는지 당신은 잘 모를 거요! 만약 내게 친구가 있어서, 설령 세상에 더없는 원수라도 말이오! 다른 모든 사람들의 칭찬이 신물 날 때면 날마다 찾아가 나야말로 세상의 어느 죄인보다 가장 추악한 죄인이라는 것을 밝힐 수만 있다면, 그 덕택에 내 영혼은 그 생명을 이어 나갈 수 있을 것 같소. 이만큼의 진실만 있더라도 나는 구원받을 수 있을 거요! 하지만 이제는 모든 게 위선일 뿐이오! 모두가 허무일 뿐이오! 모두가 죽음일 뿐이오!"

헤스터 프린은 목사의 얼굴을 들여다보았지만 말하기를 망설였다. 그러나 그가 오랫동안 억눌렸던 벅찬 감정을 이렇듯 줄기차게 털어놓았기 때문에 목사의 말은 마침내 그녀가 하려고 마음먹고 온 말을 꺼낼 수 있는 다시없이 좋은 계기가 되었다. 그래서 그녀는 두려움을 억누르고 말문을 열었다.

"당신이 방금 바라셨던 친구로요." 그녀가 말했다. "당신과 함께 당신의 죄에 대해 눈물을 흘려 줄 수 있는 친구로 말이에요, 함께 죄를 저지른 제가 있잖아요!" 또다시 헤스터는 머뭇거리다가 가까스로 말을 이었다. "또한 당신에겐 벌써부터 그런 원수가 있었어요. 지금 한 지붕 밑에서 살고 있지요!"

목사는 자리에서 벌떡 일어서서 숨을 헐떡이며 마치 가슴속의 심장이라도 떼어 버리려는 듯 가슴을 움켜잡았다.

"아니! 지금 뭐라고 했소!" 그가 큰 소리로 외쳤다. "원수라고! 한 지붕 밑에서 살고 있다고! 도대체 그게 무슨 소리요?"

헤스터 프린은 이 불행한 목사를 몇 해 동안이나, 아니 단 한순간일지라도 악의에 찬 목적을 가진 사람의 손아귀에 내맡김으로써 그가 깊은 상처를 입게 만든 것은 자신의 책임이라고 충분히 깨닫고 있었다. 제아무리 가면을 쓰고 정체를 숨기고 있다 해도 원수가 자기 가까이에 있다는 사실은 아서 딤스데일처럼 예민한 사람의 자기권(磁氣圈)을 어지럽히기에 충분했다. 하기야 헤스터는 이런 사실을 지금처럼 뚜렷이 의식하지 못한 적도 있었다. 어쩌면 자신의 고통으로 말미암아 인간이 싫어진 나머지 그녀는 자기가 보기에는 좀 더 견뎌 내기 쉬운 운명을 목사가 감수하도록 그냥 내버려 두었는지도 모른다. 그러나 최근 목사와 밤샘을 한 뒤부터는 그에 대한 동정심이 깊어지고 활기를 띠었다. 이제는 그의 마음을 훨씬 더 정확하게 읽을 수 있었다. 로저 칠링워스가 목사 옆에 늘 붙어 있는 것이며, 남모르게 악의를 품은 독소가 그를 둘러싼 공기에 온통 스며들어 있는 것이며, 그가 의사 자격으로 목사의 육체와 영혼의 병에 버젓이 간섭할 수 있는 것 등 이런 모든 불리한 조건이 무자비한 목적에 악용되고 있다고 헤스터는 추호도 의심하지 않았다. 이 바람에 환자의 양심은 줄곧 초조한 상태에 놓여 있었고, 따라서 건전한 고통을 일으켜 환자를 고쳐 주기는커녕 오히려 그의 영적 존재를 어지럽히고 타락시켰던 것이다. 그 결과 현세에서는 거의 어김없이 정신이상을 가져올 수밖에 없을 것이고, 내세에서는 '선과 진리'이신 하느님으로부터 영원히 소외되게 될 것이다. 정신이상이란 어쩌면 이런 소외 현상이 이 세상에 나타난 표상일지도 모른다.

헤스터가 한때 그리고 지금도 여전히 그토록 열렬히 사랑하는 그 사내가(아니, 그렇게 말하지 못할 까닭이 없지 않은가?) 그녀 때문에 맞이한 파멸은 바로 그러했다. 헤스터는 이미 로저 칠링워스한테도 말했듯이 목사의 명예훼손이나 심지어 죽음일지라도 자신이 일부러 택한 다른 방법보다는 더없이 훨씬 나았으리라고 생각했다. 지금 이 서글픈 과오를 고백하느니 차라리 숲속의 낙엽 위에 쓰러져 아서 딤스데일의 발밑에서 죽는 쪽이 나을 것이다.

"아아, 아서." 그녀가 큰 소리로 외쳤다. "저를 용서해 주세요! 저는 그 밖에 모든 일에서는 진실하려고 애써 왔어요! 진실이야말로 갖은 고난을 무릅쓰고 제가 꼭 붙잡을 수 있었던, 아니 정작 붙잡았던 단 하나의 미덕이었어요. 다만 당신의 행복이, 당신의 생명이, 그리고 당신의 명성이 위험에 처해 있던 그때를 빼고는 말이에요! 그때 저는 기만 앞에 무릎을 꿇고 말았어요. 하지만 비록 생명의 위협을 느낄 때라도 거짓말은 좋지 못한 거지요! 제 말을 알아듣지 못하겠어요? 그 늙은이, 그 의사 말이에요! 로저 칠링워스라는 그 사람 말이에요! 그이가 바로 제 남편이었어요!"

목사는 몹시 격렬한 감정에 북받쳐 잠깐 동안 헤스터를 바라보았다. 그런데 그 격렬한 감정은, 좀 더 고귀하고 순박하고 온후한 성품과 여러 형태로 한데 뒤섞여 있는 그 감정은, 사실 악마가 제 몫이라고 주장한 그의 일부였으며, 그 일부를 통해 나머지 부분마저 빼앗으려고 한 것이었다. 헤스터는 지금처럼 험악하고 매섭게 찌푸린 목사의 얼굴을 일찍이 본 적이 없었다. 비록 짧은 시간 동안이었지만 그 얼굴은 참으로 끔찍한 모습으로 변해 있었다. 그러나 고뇌를 겪어 오면서 성격도 무척 약해졌기 때문에 그 격정도 순간적인 몸부림밖에 될 수 없었다. 목사는 땅바닥에 털썩 쓰러져 두 손으로 얼굴을 감쌌다.

"알 법도 한 일이었으련만!" 그가 중얼거렸다. "아니, 나는 알고 있었지! 하기야 그 사람을 처음 만났을 때도, 그리고 그 뒤로도 종종 만날 적마다 가슴이 저절로 움츠러들더라니, 바로 그게 비밀을 가르쳐 주는 것이 아니었던가? 어째서 그걸 몰랐단 말인가? 아, 헤스터 프린, 당신은 이게 얼마나 끔찍한 일인지 눈곱만큼도 모를 거요. 비웃으면서 들여다보는 그 작자의 눈앞에 병들고 죄 많은 가슴을 훤히 드러냈다니, 그게 얼마나 창피한 노릇이었는지! 얼마나 야비한 일이었는지! 얼마나 무섭도록 추악하기 이를 데 없는 일이었는지 말이오! 헤스터 프린, 그 책임은 모두 당신에게 있소! 난 당신을 용서할 수가 없소!"

"용서해 주셔야 해요!" 헤스터가 목사 옆의 낙엽 위로 몸을 던지며 외쳤다. "제게 주실 벌은 하느님께 맡기세요! 당신은 저를 용서해 주셔야 해요!"

갑자기 헤스터는 솟구치는 애정을 이기지 못해 목사를 두 팔로 껴안고 그의 머리를 자신의 가슴에 힘껏 끌어당겼다. 그의 뺨이 주홍 글자에 닿거나 말거나 아랑곳하지 않고 말이다. 목사는 몸을 빼려고 했지만 빠져나올 수 없었다. 헤스터는 목사가 준엄한 눈초리로 자신의 얼굴을 들여다볼까 봐 그를 놓아주려고 하지 않았다. 그동안 온 세상이 헤스터를 보면 눈살을 찌푸렸다. 지난 7년이라는 긴 세월 동안 온 세상 사람이 이 외로운 여인을 보고 하나같이 눈살을 찌푸렸던 것이다. 그리고 그녀는 여전히 모든 것을 꾹 참고 견뎌 냈고, 단 한 번도 자신의 단호하고 슬픈 시선을 돌린 적이 없었다. 하늘 또한 그녀에게 눈살을 찌푸렸지만 그녀는 결코 죽지 않았다. 그러나 창백하고 연약하고 죄 많고 슬픔에 시달린 이 사내의 찌푸린 눈살을 헤스터는 어떻게 참고 살아갈 수 있단 말인가!

"이제는 용서해 주시겠어요?" 그녀가 여러 번 되풀이해 물었다. "저에게 눈살을 찌푸리지 않으시겠지요? 용서해 주시는 거지요?"

"용서하겠소, 헤스터." 마침내 목사가 슬픔의 심연 속에서 우러나온 듯이 나지막한, 그러나 조금도 노기를 띠지 않은 목소리로 대답했다. "이제 진정으로 당신을 용서하겠소. 하느님, 저희 두 사람을 용서하소서! 헤스터, 우리는 결코 이 세상에서 가장 나쁜 죄인은 아니오. 심지어 타락한 목사보다도 더 흉악한 죄인이 한 사람 있소. 그 사람의 복수야말로 내 죄보다도 더 무서운 죄요. 냉혹하게도 그 사람은 신성한 인간의 마음을 범했소. 헤스터, 당신과 나는 그런 짓을 한 적이 한 번도 없었소!"

"없고말고요. 단 한 번도 없었지요!" 그녀가 속삭였다. "우리가 저지른 일에는 그 나름대로 신성함이 있었어요. 우리 자신이 그것을 느꼈잖아요! 우린 서로에게 그렇다고 얘기했더랬지요! 당신은 그것을 잊으셨나요?"

"조용히 하구려, 헤스터!" 아서 딤스데일이 땅바닥에서 일어나면서 말했다. "아뇨, 잊지 않았소!"

두 사람은 쓰러진 나무의 이끼 낀 그루터기 위에 손을 잡고 나란히 다시 앉았다. 지금까지 살아오면서 이 순간보다 더 우울한 적은 일찍이 없었다. 지금 이 순간이야말로 그들의 인생

행로가 그토록 오랫동안 지향해 온, 소리 없이 이어져 오면서 언제나 점점 어두워졌던 지점이었다. 그러나 그것은 그들을 떠날 줄을 모르고 마냥 서성거리게 하며 결국 한순간만 더, 한순간만 더, 또 한순간만 더 하고 더욱 갈구하게 만드는 그 어떤 매력을 간직하고 있었다. 이제 두 사람 주위 숲속에는 어둠이 깔렸고, 그 속으로 한 줄기 강풍이 불어와 삐꺽거리는 소리를 냈다. 그들의 머리 위에서는 나뭇가지들이 무섭게 흔들거렸다. 한편 장엄한 고목 한 그루가 마치 그 밑에 앉아 있는 두 남녀의 서글픈 이야기를 전하거나, 아니면 앞으로 닥쳐올 재앙을 예고하지 않을 수 없다는 듯 다른 나무를 향해 구슬픈 신음 소리를 냈다.

그래도 두 사람은 좀처럼 자리를 뜨려고 하지 않았다. 헤스터 프린이 치욕의 짐을 다시 걸머지고, 목사가 공허한 허식에 불과한 명성의 짐을 걸머져야 하는 개척지 마을로 되돌아가는 숲속의 오솔길은 얼마나 쓸쓸해 보였던가! 그래서 그들은 한순간이라도 더 머물러 있었다. 그 어떤 황금빛도 이 컴컴한 숲속의 어둠보다 더 소중했던 적은 일찍이 없었다. 바라보는 사람이라고는 목사밖에 없는 이곳에서는 주홍 글자도 타락한 여인의 가슴속을 태울 필요가 없지 않겠는가! 또한 바라보는 사람이라고는 그녀밖에 없는 이곳에서는 하느님과 인간을 배신한 아서 딤스데일도 한순간이나마 진실할 수 있지 않겠는가!

목사는 갑자기 머릿속에 떠오른 한 가지 생각에 소스라치게 놀랐다.

"헤스터, 새로운 두려움이 하나 생겼소!"그가 큰 소리로 외쳤다. "로저 칠링워스는 당신이 그의 정체를 밝히려는 속셈을 짐작하고 있을 텐데. 그런데도 그 사람이 우리 비밀을 지키려고 할까? 앞으로 그 사람이 우리에게 어떤 식으로 복수할까?"

"그 사람은 천성적으로 비밀을 좋아하는 이상한 점이 있어요." 헤스터가 깊은 생각에 잠겨 대답했다. "남몰래 복수하는 동안 그게 버릇이 되었나 봐요. 그러니 우리 비밀을 폭로할 것 같지는 않아요. 틀림없이 흉악한 욕망을 채울 다른 방법을 찾겠지요."

"하지만 나는! 앞으로 그 끔찍한 원수와 한 공기를 마시면서 어떻게 살아가야 한단 말이오?" 아서 딤스데일은 몸을 움츠리고, 떨리는 손으로 가슴을 누르며 부르짖었다. 이 몸짓은 이제 자신도 모르게 본능처럼 되어 버렸다. "헤스터, 나를 위해 생각 좀 해 보구려! 당신은 강한 사람이니. 날 위해서 무슨 결심이라도 좀 세워 주구려!"

"이젠 그 사람하고 같이 살아선 안 돼요." 헤스터가 천천히, 그러나 단호하게 말했다. "이젠 그 사람의 흉악한 눈앞에 당신의 마음속을 드러내서는 안 돼요!"

"그건 죽음보다 더 끔찍한 일이오!" 목사가 대답했다. "하지만 그걸 어떻게 피할 수 있느냔 말이오? 내게 무슨 선택이 남아 있겠소? 아까 당신이 그 사람의 정체를 밝혔을 때, 내가 쓰러졌던 저 낙엽 위에 다시 쓰러져야 하겠소? 그곳에 다시 주저앉아 당장 죽어 버려야 할까?"

"아, 가엾은 분, 당신이 이 지경에 이르시다니!" 두 눈에서 눈물을 왈칵 쏟으면서 헤스터가 말했다. "당신은 단지 마음이 약하다고 죽겠다는 말씀인가요? 그것 말고는 다른 이유가 없 잖아요!"

"내게 하느님의 심판이 내렸소." 양심의 가책으로 괴로워하 면서 목사가 말했다. "내가 대항하기에는 상대의 힘이 너무 강 하단 말이오!"

"하느님께서 자비를 베풀어 주실 거예요." 헤스터가 대답했 다. "만약 당신에게 그 자비심을 이용하는 힘이 있으시다면 말 이지요."

"부디 나를 위해 강한 사람이 되어 줘요!" 목사가 대답했다. "어떡하면 좋을지 가르쳐 주구려."

"이 세상이 그렇게 좁던가요?" 헤스터가 그윽한 눈길로 목 사를 바라보며 부르짖었다. 그러면서 본능적으로 그녀는 너무 기진맥진해서 제대로 몸을 꼿꼿이 가눌 힘도 없는 목사의 정 신력에 자석 같은 힘을 불어넣었다. "우주라는 건 저기 저 마 을의 범위 안에만 존재하는 것일까요? 저 마을도 얼마 전까지 는 나뭇잎이 흩어져 있던 쓸쓸한 황야로 이곳과 다름없이 적 막한 곳이었지요. 저 숲속 길은 어디로 통하는 길이지요? 개 척지 마을로 들어가는 길이라고 당신은 말씀하시겠지요! 옳 은 말씀이에요. 하지만 그 길은 앞으로 계속 뻗어 있어요! 점 점 깊숙이, 점점 더 황야로 접어들 테니 한 걸음을 옮길 때마 다 점차 사람들 눈에도 띄지 않게 되겠지요. 그래서 마침내 그 곳에서 다시 몇 마일만 더 가면 누르스름한 낙엽 위에 백인의 발자국이라곤 눈을 씻고 찾아도 찾아볼 수 없을 거예요. 그곳에만 가면 당신은 자유의 몸이 되는 거예요! 그러니 조금만 여행을 하면 당신은 누구보다도 비참한 신세로 지내던 세계에서 벗어나 여전히 행복해질 수 있는 세계로 가실 수 있다고요! 이 넓디넓은 숲속에 로저 칠링워스의 시선으로부터 당신의 마음속을 감출 만한 그늘이 없겠어요?"

"물론 있겠지, 헤스터. 하지만 낙엽으로 뒤덮인 그 밑에 묻히는 길밖에 없을 거요!" 목사가 웃으면서 대답했다.

"그렇다면 망망한 바닷길이 있잖아요!" 헤스터가 다시 말을 이었다. "당신도 그 바닷길을 이용해 이곳에 오셨어요. 그러니 당신이 그 길을 택하신다면 되돌아갈 수도 있어요. 고국 땅을 밟기만 하면 외떨어진 시골 마을이든 드넓은 런던이든 아니면 독일이든 프랑스든 쾌적한 이탈리아든 어디든지 당신은 그 사람의 힘과 지력에서 벗어날 수 있다고요! 그렇게 되면 그 무쇠같이 냉혹한 사람들 그리고 그들의 주장 따위가 당신하고 무슨 상관이 있겠어요? 그들은 그동안 당신의 훌륭한 덕성을 너무 오랫동안 속박해 왔어요!"

"그건 안 될 말이오!" 마치 꿈을 현실로 바꿔 달라는 부탁이라도 받은 사람처럼 귀를 기울이며 목사가 대답했다. "난 이곳을 떠날 힘이 없소! 비록 가엾고 죄 많은 사람이지만 그래도 하느님께서 정해 주신 곳에서 이승의 삶을 질질 끌고 가는 것 말고는 다른 생각이 없소. 내 영혼은 이미 타락했지만 난 여전히 다른 인간의 영혼을 위해 할 수 있는 일을 하고 싶소! 성실치 못한 파수꾼이지만 내 초소를 감히 떠날 수 없소. 파수꾼으로서의 그 쓸쓸한 역할이 끝날 때 내가 받을 보수가 죽음과 치욕일지라도 말이오!"

"당신은 지난 7년 동안 불행에 짓눌려 기진맥진하신 거예요." 헤스터가 자신의 기운으로 목사의 기운을 북돋아 주려고 단단히 마음먹고 대답했다. "하지만 당신은 그 모든 것을 깡그리 당신 뒤에다 버리셔야 해요! 숲속의 오솔길을 걸으실 적에 그런 것이 발길에 방해가 되지 않도록 하세요. 만약 뱃길을 택하신다면 배에도 그 짐을 싣지 마세요. 당신의 파멸은 그것이 일어났던 이곳에 그냥 내버려 두세요! 이제 더 이상 그런 것에 대해선 아랑곳하지 마세요! 모든 걸 새롭게 시작하셔야 해요! 이 단 한 차례의 시련에 실패했다고 해서 당신은 가능성을 모두 잃으셨나요? 천만에요! 아직도 당신의 앞길에는 시련과 성공이 넘쳐 나요. 행복을 누리실 수도 있어요! 남에게 선행도 베푸실 수도 있고요! 지금껏 살아온 거짓 삶을 참된 삶과 바꾸세요. 만약 당신의 정신이 어떤 사명을 분부한다면 원주민 인디언의 스승이나 전도사가 되세요. 아니면, 이것이 더욱 당신의 성격에 맞는 것이겠지만, 문명 세계의 가장 유명한 사람들과 가장 똑똑한 사람들 가운데에서도 아주 뛰어난 학자나 철학가가 되세요. 설교를 하세요! 글을 쓰세요! 행동하세요! 이곳에 쓰러져 그냥 죽는 일 말고 무엇이든지 하시라고요! 딤스데일이라는 이름을 버리고 두려움도 수치심도 느끼지 않고 떳떳하게 쓸 수 있는 다른 고귀한 이름을 지으세요. 도대체 무엇 때문에 당신이 단 하루라도 더 당신의 생명을 그토록 좀먹어 온, 당신의 의지력도 실천력도 없게 만들어 온, 심지어 뉘우치는 힘마저 빼앗아 버리려는 고통 속에 머물러 있어야

232

한다는 건가요? 어서 당장 일어나 떠나세요!"

"오, 헤스터!" 아서 딤스데일이 큰 소리로 부르짖었다. 그의 두 눈에서는 헤스터의 열광적인 태도에 힘을 얻어 한 줄기 광채가 불현듯 치솟아 번쩍이다가 금방 사라지고 말았다. "당신은 무릎이 떨려 걷기조차 어려운 사람더러 달음박질을 하라고 말하는구려! 나는 이곳에 뼈를 묻어야 하오! 내겐 넓고 낯설고 고난으로 가득 찬 세계로 모험을 무릅쓰고 찾아갈 기운도 용기도 남아 있지 않소. 더구나 혼자서 말이오!"

이것은 정신 파탄에 이른 영혼이 마지막으로 내는 낙담의 절규였다. 목사는 손아귀에 넣을 수 있을 듯한 행운을 움켜잡을 기운조차 없었다.

목사가 마지막 말을 되풀이했다.

"헤스터, 나 혼자서 말이오!"

"당신은 혼자서 가시는 게 아니라고요!" 헤스터가 그윽한 속삭임으로 대답했다.

그렇다면 이제 더 이상 무슨 말을 할 수 있단 말인가!

18장

흘러넘치는 햇살

아서 딤스데일은 희망과 기쁨에 빛나는 눈길로 헤스터의 얼굴을 바라보았다. 그러나 동시에 그 얼굴에는 희망과 기쁨의 중간 지대라고 할 불안의 빛과 함께 지금까지 자신이 어렴풋이 내비치기만 했을 뿐 감히 입 밖에 내지 못한 것을 헤스터가 대담하게 말한 데 대한 일종의 공포의 빛도 어려 있었다.

그러나 타고난 용기와 활기로 넘치는 헤스터 프린은 오랫동안 사회에서 소외되어 있었을 뿐 아니라 버림받아 왔기 때문에 목사로서는 감히 생각도 할 수 없을 만큼 자유로운 사색에 익숙해 있었다. 그녀는 그동안 아무런 규칙도 안내도 없이 정신의 황야를 헤매 왔던 것이다. 그 정신적 황야는 어둠 속에서 자신들의 운명을 좌우할 이야기를 주고받은 원시림처럼 광활한 데다가 복잡하고 그늘져 음산했다. 그녀의 지성과 감성은 말하자면 이런 황야에 거처를 마련하고 있었으며, 원주민 인디언들이 숲속을 마음대로 쏘다니듯 헤스터도 이 황야를 자유롭게 헤매고 다녔다. 지난 몇 년 동안 그녀는 인간의 여러 제도며 목사들이나 입법자들이 세워 놓은 것이 무엇이든 그 것을 이렇게 사회에서 소외된 관점에서 바라보았다. 인디언들이 목사의 허리띠며 법관의 옷이며 처형대며 교수대며 난롯가며 교회에 대해 갖는 것 이상의 존경심 없이 그런 것들을 비판했던 것이다. 그녀의 운명과 팔자는 그녀를 자유롭게 해 주려는 경향이 있었다. 주홍 글자는 다른 여성들이 감히 밟을 수 없는 곳으로 찾아가도 좋다는 통행권과 같았다. 치욕, 절망, 고독! 이런 것들이 그녀에게는 스승이었다. 비록 준엄하고 무모한 스승이었지만 말이다. 그것들은 그녀를 강하게 만들어 주었지만 잘못 가르쳐 준 것도 많았다.

한편 목사는 널리 인정받는 법의 테두리를 벗어나게 할 것 같은 경험을 일찍이 한 번도 겪어 본 적이 없었다. 물론 단 한 번 그중 가장 신성한 법칙 하나를 무섭게 깨뜨리기는 했지만 말이다. 그러나 그것은 욕정에서 저지른 죄였을 뿐 무슨 원칙에서 저지른 죄가 아니며 심지어 어떤 의도에서 범한 죄도 아니었다. 이 비참한 순간부터 그는 병적으로 골똘히 그리고 세심하게 자신의 행동이 아닌(행동이란 사전에 쉽게 계획할 수 있기 때문이다.) 모든 감정의 움직임이며 생각 하나하나를 낱낱이 감시해 왔다. 이 무렵의 성직자들이 그랬듯이 사회 기구의 맨 윗자리를 차지하고 있었기 때문에 그는 그만큼 더한층 사회의 규칙과 원칙, 편견의 구속을 받고 있었다. 목사로서는 성직 사회 체제의 테두리 안에 어쩔 수 없이 갇혀 있을 수밖에 없었다. 단 한 번 죄를 저질렀지만 아물지 않는 상처를 건드려 언제나 양심을 살아 있게 하고 고통스러울 정도로 예민하게 만든 한 인간으로서, 그는 전혀 죄를 저지르지 않은 경우보다 도덕의 테두리 안에서 더욱 안전하다고 생각할 수 있었을 것이다.

헤스터 프린으로 말하자면 세상에서 추방당하고 치욕 속에서 지낸 지난 7년은 한낱 이 순간을 위한 준비에 지나지 않은 것 같았다. 그러나 아서 딤스데일은 어떤가! 만약 이런 인간이 또다시 타락한다면 자신이 저지른 죄를 가볍게 해 달라고 어떤 변명을 할 수 있을까? 아마 아무런 변명도 할 수 없을 것이다. 다만 그가 오랫동안 극도의 고통을 받아 기진맥진한 상태였다는 사실, 그의 마음이 고통스러운 가책 때문에 혼미해지고 혼란을 겪었다는 사실, 스스로 죄를 고백한 죄인으로 도망쳐야 할지 위선자로서 그냥 머물러 있어야 할지의 갈림길에서 그의 양심은 어느 쪽이 더 나은지 결정을 내리지 못했다는 사실, 인간이라면 죽음과 치욕의 위험과 원수의 헤아릴 길 없는 흉계를 피할 수밖에 없을 것이라는 사실 그리고 마지막으로 병들고 지치고 비참한 모습으로 쓸쓸하고 황량한 길을 가는 이 가련한 순례자에게 그가 지금 속죄하고 있는 가혹한 운명 대신에 인간적인 애정과 동정의 한 가닥 빛이, 새로운 삶, 참다운 삶이 나타났다는 사실이 그에게 조금이나마 도움을 주지 않는다면, 그 밖에는 아무런 변명도 할 수 없을 것이다. 또한 죄악이 인간의 영혼 속에 일단 만들어 놓은 틈새는 인간

세계에서는 결코 메워지지 않는다는 이 준엄하고 서글픈 진리를 밝혀 두자. 적병이 또다시 성채를 뚫고 들어오고 심지어 다음 공격 때에는 이전에 성공한 길 대신에 다른 길을 택하지 못하도록 그 틈새를 미리 감시하고 방비할 수 있을 것이다. 그러나 여전히 성벽이 무너진 곳이 있을 것이며, 적병은 또다시 그 잊을 수 없는 승리감을 맛보기 위해 그 근처로 슬그머니 다가와 서성거릴 것이다.

마음속의 갈등이 정작 있었다고 해도 여기에서 그것을 묘사할 필요는 없을 것이다. 다만 목사가 도망하기로 결심했지만 혼자서 도망치는 것이 아니라는 사실을 밝혀 두는 것으로 충분하리라.

아서 딤스데일이 혼자 생각했다. '지난 7년을 통틀어 단 한 순간이라도 평화나 희망을 가졌던 때가 기억난다면, 나는 하느님의 자비라는 약조금을 받기 위해서라도 그냥 버텨 나가겠어. 하지만 지금 난 돌이킬 수 없는 형의 선고를 받은 신세이고 보니, 사형수가 처형되기 전에 허용된 그런 위안을 얼른 잡아채서는 안 될 까닭이 어디 있겠는가? 또는 헤스터가 나한테 설득하려고 했듯이, 이것이 더 나은 삶에 이르는 길이라면, 내가 이 길을 택한다고 해도 결코 이보다 더 유리한 가능성을 포기하는 건 아닐 테지. 이제 난 헤스터 없이는 살 수 없어. 이토록 힘차게 나를 부축해 주고 이토록 다정하게 나를 위로해 주니! 아, 감히 눈을 들어 우러러볼 수 없는 당신이시여, 그래도 당신께서는 저를 용서해 주시겠나이까!'

"당신은 가셔야 해요!" 헤스터가 목사와 눈이 마주치자 조용히 말했다.

이렇게 마음을 정하고 나니 이상야릇한 기쁨의 빛이 목사의 괴로운 가슴 위에 깜박거리며 환하게 비쳤다. 자신의 마음이라는 토굴에서 막 풀려나온 죄수가, 아직 구원받지도 않고 기독교가 들어오지도 않은 무법의 땅에서 불어오는 자연 그대로의 싱그럽고 자유로운 공기를 들이마시는 상쾌한 효과와 같았다. 말하자면 그의 정신은 도약하듯 높이 뛰어올라서 지난날 그로 하여금 언제나 땅바닥을 기어다니게 했던 불행을 겪을 때보다 더 가까이에서 하늘을 바라볼 수 있었다. 본래 종교적인 기질이 깊은 탓에 그의 기분에는 어쩔 수 없이 경건함 같은 것이 깃들어 있을 수밖에 없었다.

"내가 또다시 기쁨을 맛보는 건가?" 그가 자신을 의심하듯 큰 소리로 외쳤다. "내게 기쁨의 씨앗은 벌써 시들어 버린 줄 알았는데! 오, 헤스터, 당신은 내 더없이 훌륭한 천사요! 난 나 자신을, 병들고 죄악의 때가 묻고 슬픔으로 더러워진 몸뚱이를 숲속의 낙엽 위에 내던졌다가 완전히 새롭게 태어나 자비로우신 그분을 찬미할 새 힘을 갖고 일어선 것 같구려! 이것만으로도 벌써 전보다 나은 삶이 아니고 무엇이겠소! 어째서 우린 진작 이것을 발견하지 못했을까?"

"이제 뒤를 돌아보지 말기로 해요." 헤스터 프린이 대답했다. "과거는 이미 지나가 버렸어요! 무엇 때문에 그 과거를 저버리지 못하고 망설이는 거지요? 자, 보세요! 저는 이 징표와 함께 과거를 말끔히 씻어 버리고 그 과거가 없었던 것처럼 만들겠어요!"

이렇게 말하면서 헤스터는 주홍 글자를 매단 고리를 벗겨 그것을 가슴에서 떼어 내 저 멀리 개울가로 내던져 버렸다. 그 신비스러운 징표는 개울가 이쪽 가장자리에 떨어졌다. 손바닥 한 뼘만큼만 더 멀리 날아갔더라면 주홍 글자가 아마 개울 속으로 떨어져 개울은 여전히 종알거리는 알아들을 수 없는 이야기 말고도 또 하나의 슬픔을 싣고 흘러갔을 것이다. 그러나 그 수놓은 글자는 그 자리에 떨어져 잃어버린 보석처럼 반짝이고 있었다. 만약 어떤 운 나쁜 길손이 그것을 줍는다면 그는 그 뒤부터 괴상한 죄악의 환영이며 낙심이며 형용할 수 없는 불행에 시달리게 될지도 모른다.

치욕의 징표가 없어지자 헤스터는 길고 깊은 한숨을 내쉬었고, 그 한숨과 함께 치욕과 고뇌의 무거운 짐도 그녀의 마음에서 자취를 감추었다. 아, 얼마나 마음이 후련한가! 헤스터는 자유로운 기분을 맛보게 되어서야 비로소 그 무게를 느낄 수 있었다. 뒤이어 무슨 충동이 일었는지 그녀는 머리카락을 감싸고 있던 모자를 벗어 버렸다. 그러자 윤이 나는 검은 머리카락이 그림자와 빛과 함께 풍성하게 그녀의 두 어깨 위로 떨어져 내리면서 그녀의 얼굴은 부드러운 매력을 띠었다. 여성의 가슴속 깊은 곳에서 우러나온 듯 화사하면서도 부드러운 미소가 입가에 떠돌고 두 눈에 감돌았다. 오랫동안 그렇게도 창백하던 두 뺨에는 주홍빛이 불그레하게 감돌았다. 여성으로서의 성(性)과 청춘과 온갖 풍요로운 아름다움이 세상에서 흔히 말하는 되찾을 수 없는 과거에서 돌아와 현재라는 마법의 둥근 원 안에서 처녀 시절의 희망 그리고 전에는 전혀 몰랐던 행복과 함께 뒤섞였다. 그리고 마치 하늘과 땅 사이의 어둠이 이 두 남녀의 가슴이 내뿜었던 것에 지나지 않다는 듯 두 사람의 슬픔과 함께 사라지고 말았다. 이 순간 갑자기 하늘이 방긋 미소라도 던지는 것처럼 햇빛이 찬란하게 쏟아져 내려 어두운 숲속을 비추자 초록색 나뭇잎은 기쁨에 넘치고 누런 낙엽은 금빛으로 변하고 장엄한 나무들도 아래쪽 희뿌연 줄기가 반짝거렸다. 지금껏 그늘졌던 것들도 이제는 환하게 빛났다. 한 줄기 화사한 빛이 저 멀리 신비에 싸인 숲의 심장부까지 이어진 것으로 미루어 보아 작은 개울이 그쪽으로 흐르고 있음을 알 수 있었다. 이 숲도 이제는 기쁨의 신비에 휩싸여 있었다.

이렇듯 대자연이, 한 번도 인간 법률의 지배를 받은 적도, 그보다 더 높은 고귀한 진리의 빛으로 일깨워진 적 없는 숲의 야성적이고 이교도적인 대자연이, 두 영혼의 희열에 공감을 보내는 것이 아닌가! 갓 태어났건, 아니면 죽음과 같은 깊은 잠에서 깨어났건 사랑이란 으레 햇빛을 창조해 가슴속을 밝은 빛으로 가득 채워 주기 때문에 그 햇빛은 바깥 세계로 넘쳐 흘러나오는 법이다. 그렇다면 비록 숲이 여전히 어둠을 간직하고 있다고 해도 헤스터의 눈에도, 아서 딤스데일의 눈에도 숲은 밝게 보였을 것이 아닌가!

헤스터는 또 다른 기쁨거리[87]로 온몸을 떨며 목사를 바라보았다.

---

87) 헤스터가 딤스데일 목사에게 지금 막 말하려고 하는 펄을 가리킨다.

"당신은 물론 펄을 아시겠지요!" 그녀가 말했다. "우리의 귀여운 펄 말이에요! 당신도 그 아이를 보셨지요. 네, 그건 저도 알아요! 하지만 이젠 다른 눈으로 그 아이를 보게 될 거예요. 그 아이는 이상한 아이예요! 전 그 아이를 거의 이해할 수가 없어요! 하지만 저와 마찬가지로 당신도 그 아이를 극진히 사랑하게 될 겁니다. 그리고 제가 그 아이를 어떻게 다루어야 할지도 가르쳐 주세요."

"그 아이는 나를 알고 좋아할 것 같소?" 목사가 조금 불안한 듯 물었다. "나는 오래전부터 아이들을 만나면 피하곤 했소. 아이들이 종종 나를 믿으려고 하지 않기 때문이오. 나하고 친해지기를 꺼린다는 말이지요. 나는 펄을 두려워하기까지 했소!"

"아, 그건 정말 딱한 일이었군요!" 헤스터가 말했다. "하지만 그 아이는 당신을, 당신은 그 아이를 서로 극진히 사랑하게 될 거예요. 그 아이는 지금 이곳에서 그렇게 멀리 떨어지지 않은 곳에 있어요. 제가 그 아이를 부를게요! 펄! 펄!"

"저기 보이는군." 목사가 말했다. "저기 저 개울 건너편에 한 줄기 햇살이 비치는 곳에 서 있구려. 그래, 저 아이가 나를 좋아할 것 같소?"

헤스터는 빙그레 미소를 짓고 나서 다시 펄을 불렀다. 목사의 말대로 꽤 멀리 떨어진 곳에서 아치를 이루고 있는 나뭇가지 사이로 새어 든 한 가닥 햇살 속에 눈부신 옷을 걸친 환영처럼 아이가 서 있는 모습이 보였다. 눈부신 햇빛이 사라졌다가 다시 나타날 적마다 햇살이 이리저리 흔들리는 바람에 펄의 모습이 희미해졌다 환해졌다 했다. 그래서 어떤 때에는 진짜 어린애같이 보이다가도, 또 어떤 때에는 어린애의 정령같이 보였다. 그 아이는 어머니의 목소리를 듣자 숲속으로 천천히 다가왔다.

펄은 어머니가 목사와 앉아서 이야기를 나누는 동안 지루한 줄을 몰랐다. 크고 어두운 숲은 이 세상의 죄와 고뇌를 그 속으로 갖고 들어온 사람들에게는 준엄하게 보일지 모르지만, 이 외로운 어린아이에게는 곧잘 놀이 상대가 되어 주었다. 숲은 비록 음산했지만 그녀를 반기려고 더할 나위 없이 다정한 표정을 짓고 있었다. 숲은 지난가을에 자라나 봄철에 무르익어 지금은 시든 잎사귀 위에서 핏방울 모양으로 맺힌 새빨간 덩굴호자나무 열매를 그녀에게 내주었다. 펄은 이 열매를 따 모아 그 속에서 풍기는 야생의 맛을 즐겼다. 황야의 작은 식구들은 펄에게 길을 비켜 주려고 하지 않았다. 사실 새끼 여남은 마리를 거느린 뇌조 한 마리가 덤벼들듯이 다가왔지만 이제 자기의 당돌한 짓을 뉘우쳤는지 새끼를 향해 무서워하지 말라는 듯 구구 하는 소리를 내며 울어 댔다. 나지막한 나뭇가지에 혼자 우두커니 앉아 있는 비둘기는 펄이 그 밑으로 다가가도 가만히 앉아 기쁨인지 놀라움인지 모를 소리를 질렀다. 그들의 머리 위에서는 다람쥐 한 마리가 나무 꼭대기 깊숙한 집에서 화가 나서인지 즐거워서인지 계속 지껄여 댔다. 다람쥐라는 놈은 화도 잘 내고 변덕도 제법 부릴 줄 아는 작은 짐승이어서 그놈의 기분을 분간하기란 어려웠다. 그래서 펄을 보고 뭐라고 지껄이더니 머리 위로 호두 한 알을 내던졌다. 그것은 한 해 묵은 호두로 다람쥐가 날카로운 이빨로 벌써 갉아먹은 자국이 있었다. 가랑잎을 사뿐사뿐 밟는 펄의 발소리에 놀라 잠에서 깬 여우 한 마리가 슬그머니 도망쳐야 할지 그 자리에서 그냥 계속 자야 할지 갈피를 잡지 못하겠다는 듯 펄을 유심히 건너다보았다. 소문에 따르면 늑대 한 마리가 나타나서 펄의 옷 냄새를 맡자 손으로 쓰다듬어 달라고 그 사나운 머리를 들이대더라는 것이다. 소문도 이쯤 되면 확실히 믿기 어렵지만 말이다. 그러나 어쩌면 어미인 숲과 그 어미가 키워 주는 이들 야생의 아이들은 하나같이 이 인간의 어린아이에게서 저희와 비슷한 야성을 발견했는지도 모른다.

그리고 펄은 가장자리에 풀이 자란 마을 길거리나 어머니의 오두막집에 있을 때보다도 이곳에서 더욱 얌전했다. 꽃도 그것을 알아차린 모양이었다. 그래서 이 아이가 지나가면 서로들 이렇게 소곤거리곤 했다. "나를 가지고 치장해 봐, 예쁜 아가씨야. 나를 가지고 곱게 차려 보라고!" 그러면 펄도 꽃들을 기쁘게 해 주려고 제비꽃이며 아네모네며 미나리풀이며 해묵은 고목들이 그녀의 눈앞에 드리운 무척 싱그러운 초록색 잔가지들을 따 모으기도 했다. 이런 것들로 머리며 앳된 허리를 치장한 펄은 마치 숲의 꼬마 요정이나 나무의 요정 또는 그 밖에 이 원시적인 숲과 깊이 조화를 이루는 그 무엇이 되었다. 펄이 그런 치장을 하고 있을 때 마침 어머니의 목소리가 들려왔기 때문에 그녀는 천천히 어머니한테로 돌아왔다.

펄이 이렇게 천천히 돌아오는 것은 바로 목사가 눈에 띄었기 때문이다.

19장

개울가의 어린아이

"당신도 펄을 무척 좋아하게 될 거예요." 목사와 나란히 앉아 있는 헤스터 프린이 어린 펄을 바라보며 되풀이해서 말했다. "저 아이 참 예쁘지 않아요? 저것 좀 보세요. 보잘것없는 꽃으로 저렇게 치장하는 타고난 솜씨를! 숲속에서 진주나 다이아몬드나 루비 같은 걸 주워 모았어도 저렇게 잘 어울리지는 않을 거예요. 놀랄 만한 아이예요! 하지만 저 아이 이마가 누구를 닮았는지 저는 잘 알지요!"

"당신은 모를 거요, 헤스터!" 아서 딤스데일이 불안한 미소를 지으며 말했다. "늘 당신 곁에 붙어서 깡충거리며 뛰어다니는 귀여운 저 애를 보면 번번이 내 가슴이 덜컥 겁이 났다는 것을. 암만해도, 아, 헤스터, 내가 그런 생각을 다 하게 되다니, 또한 그런 걱정을 한다는 게 얼마나 끔찍한 일인지! 저 아이 얼굴이 나를 빼닮은 데가 있어 세상 사람들이 눈치챌 것만 같아서 말이오! 하지만 저 아이는 당신을 더 많이 닮았소!"

"아니, 천만에요! 저를 그렇게 많이 닮지 않았어요!" 헤스터가 다정스러운 미소를 머금고 대답했다. "조금만 더 있으면 저 아이가 누구의 자식인지 사람들이 알아볼까 봐 걱정할 필요가 없을 거예요. 그런데 머리를 들꽃으로 장식하고 있으니까 어쩌면 저렇게 예뻐 보일까요! 우리가 그리운 고국 영국에 남겨 놓고 온 요정 하나가[88] 저 아이를 저렇게 치장해서 우리를 만나러 보낸 것 같아요."

두 사람은 일찍이 느껴 보지 못한 행복감에 사로잡힌 채 앉아서 펄이 천천히 다가오는 모습을 지켜보았다. 이 아이 속에 두 사람을 결합해 주는 끈이 보였다. 지난 7년 동안 펄은 두 사람이 그토록 남몰래 감추려고 했던 비밀이 드러나 있는 살아 있는 상형문자로서 세상에 등장했다. 만약 이 불길한 글자를 해독할 줄 아는 예언자나 마술사가 있었다면, 이 상징에 모든 것이 씌어 있고 모든 것이 뚜렷이 나타나 있다는 것을 알아차렸을 것이 아닌가! 더구나 펄은 두 사람이 일체를 이룬 결정체였다. 지난날의 죄악이야 어떻든 자신들의 육체적 결합의 결정체인 동시에 정신의 표상인 펄을 바라볼 때, 이승에서의 삶과 저승에서의 운명이 서로 얽혀 있다는 사실을 두 사람이 어찌 의심할 수 있으랴? 이 아이를 통해 두 사람은 서로 만

---

88) 영국의 전설이나 민담에는 요정 이야기가 많이 나온다. 그러나 청교도인들은 이런 전설이나 민담을 이단이라고 규정지었다.

났고 영원히 함께 살게 될 것이다. 이런 생각 때문에, 어쩌면 그들이 인정하거나 설명할 수 없는 또 다른 생각 때문인지도 모르지만, 그들을 향해 다가오는 아이의 주위에 어떤 엄숙한 분위기가 감도는 듯했다.

"펄에게 말을 건넬 적엔 말이에요." 헤스터가 속삭였다. "열정적이거나 열성적이거나 조금이라도 이상한 데를 보이지 마세요. 우리 펄은 이따금 변덕을 부리는 장난꾸러기 요정 같은 아이거든요. 특히 남이 까닭 모르게 나타내는 감정을 좀처럼 그냥 받아들일 줄 몰라요. 하지만 저 아이는 대단한 애정을 갖고 있지요! 펄은 저를 사랑하니까 당신도 사랑할 거예요!"

"당신은 짐작도 하지 못할 거요." 목사가 헤스터 프린을 곁눈질로 힐끗 바라보며 말했다. "저 아이를 만나기 두려우면서도 정말로 만나고 싶은 내 심정을 말이오! 그런데 당신한테도 말했듯이, 어린애들이 선뜻 내게 정을 붙여 주질 않는다오. 무릎 위에 올라오려고도 하지 않고, 귀에다 입을 대고 재잘거려 주지도 않고, 미소를 보내도 그 미소에 답해 주지 않고 멀찌감치 서서 이상하다는 듯 나를 바라본단 말이오. 심지어 갓난아이들도 내가 두 팔에 안으면 마구 울어 대거든. 하지만 펄은 비록 나이는 어리지만 그동안 두 차례나 나를 다정하게 반겨 주었지요! 첫 번째 경우는 당신도 잘 기억할 거요! 두 번째 경우는 저 엄하고 나이 지긋하신 총독의 관저로 그 아이를 데리고 왔을 때였소."

"그때 당신은 저와 아이를 위해 아주 훌륭하게 변호해 주셨지요!" 헤스터가 말했다. "지금도 기억하고 있어요. 귀여운 펄도 마찬가지일 거예요. 그러니 조금도 걱정하지 마세요! 저 아이는 처음에는 쑥스러워하고 수줍어할지 몰라도 금방 당신을 좋아할 거예요!"

이때쯤 펄은 저편 개울의 가장자리에 이르렀고 건너편에 서서 이끼 낀 나뭇등걸에 나란히 앉아서 자신을 기다리는 헤스터와 목사를 잠자코 건너다보았다. 바로 그 아이가 서 있는 곳에서 개울은 우연히도 웅덩이 하나를 만들어 내고 있었다. 그런데 이 웅덩이는 너무나 고요하고 잔잔해서 꽃이며 나뭇잎화환으로 장식해 그림처럼 눈부시게 아름다운 펄의 작은 모습을 실물보다도 한층 순수하고 영적으로 비추어 주고 있었다. 살아 있는 펄의 모습과 너무나 비슷한 이 이미지는 그 아이 자신에게 그림자처럼 손에 닿을 수 없는 특징을 조금이나마 전달하는 듯했다. 펄이 우두커니 선 채로 숲속의 희끄무레한 어둠을 통해 두 사람을 단호하게 바라보는 모습에는 어딘지 모르게 이상한 데가 있었다. 이러는 동안 펄 자신은 어떤 친화력에 이끌려 온 듯한 한 줄기 햇살에 가득 휩싸여 있었다. 그녀 발밑의 개울 속에도 또 다른 아이가, 다르면서도 똑같은 아이가 그녀와 마찬가지로 황금빛 햇살을 받으며 서 있었다. 헤스터는 뭐라고 분명히 말할 수는 없지만 애타는 기분으로 펄에게서 멀어져 있는 듯한 느낌이 들었다. 마치 그 아이가 숲속을 혼자 거닐다가 아이와 어머니가 함께 살던 세계에서 벗어나 이제는 다시 돌아오려고 애써도 영영 돌아올 수 없게 되어 버린 것만 같았다.

이렇게 생각하는 것이 한편으로는 맞기도 하고 다른 한편으로는 틀리기도 했다. 어린아이와 어머니 사이가 멀어진 것은 펄의 잘못이 아니라 어디까지나 헤스터의 잘못이었다. 펄이 어머니 곁을 떠나 숲속으로 놀러 간 뒤에 어머니의 감정 세계에 다른 사람이 들어와 그 모습을 너무나 달라지게 했기 때문에 다시 돌아온 그 아이는 평상시의 자기 자리도 찾아볼 수 없었고 지금 자신이 어디에 있는지도 알 수 없었던 것이다.

"이상한 생각이 든단 말이오." 신경이 예민한 목사가 말했다. "저 개울은 두 세계의 경계선이며, 당신은 펄을 다시는 만나지 못할 것만 같구려. 그렇지 않다면 어릴 적 읽은 전설에 나오는 꼬마 요정처럼 저 아이도 흐르는 개울을 넘지 못하게 되어 있는지도 모르오. 제발 저 아이를 어서 빨리 오도록 재촉해 보시오. 저렇게 머뭇거리고 있는 것을 보니 내 신경이 벌써부터 곤두서는구려."

"이리 빨리 건너온, 애야!" 헤스터가 두 팔을 벌리며 용기를 북돋아 주듯 말했다. "어쩌면 저렇게 꾸물댈까! 전에는 그렇게 꾸물댄 적이 없었잖니? 이곳에 엄마의 친구분이 계시는데, 이분은 네 친구도 되어 주실 거야. 이제부턴 엄마가 혼자서 사랑해 준 것보다 갑절로 사랑을 많이 받게 되는 거야! 개울을 훌쩍 뛰어넘어 우리한테로 어서 오렴. 넌 새끼 사슴처럼 뛰어넘을 수 있잖니!"

펄은 꿀같이 달콤한 엄마의 말에는 아무런 대꾸도 하지 않고 개울 건너편에 우두커니 그냥 서 있었다. 사나운 눈을 반짝이며 어머니와 목사를 번갈아 바라보다가 두 사람을 한꺼번에 힐끗 바라보기도 했다. 마치 두 사람이 어떤 관계인지를 알아내 스스로에게 설명해 주려고 하는 것만 같았다. 무슨 까닭에서인지 아서 딤스데일은 펄의 시선을 느끼자, 이제는 무의식적이 될 정도로 버릇이 되어 버린 몸짓으로 슬며시 가슴에 한 손을 얹었다. 마침내 남다르게 위엄 있는 태도로 펄은 한 손을 뻗쳐 조그마한 집게손가락을 펴더니 분명히 어머니의 가슴을 향해 가리켰다. 그러자 그 아래 거울 같은 개울 속에서도 꽃에 둘러싸이고 햇빛에 비친 귀여운 펄의 그림자가 역시 조그마한 집게손가락으로 손가락질을 했다.

"참 이상한 애로구나. 어째서 엄마한테로 오지 않는 거야?" 헤스터가 소리를 질렀다.

펄은 여전히 손가락질을 하면서 양미간을 찌푸렸다. 찌푸린 얼굴은 어리다 못해 갓난아이와도 같은 표정이었기 때문에 그만큼 한층 더 뚜렷한 인상을 띠었다. 어머니가 여전히 손짓을 해 가며 얼굴에는 여느 때와는 다른 미소를 짓고 있었는데도 그 아이는 더욱더 거만한 표정과 몸짓을 하면서 발을 동동 구르고 있었다. 또다시 개울 속에 비친 환상적으로 아름다운 이미지도 이맛살을 찌푸리고 손가락질을 하는 거만스러운 몸짓을 하면서 귀여운 펄의 모습을 더욱 돋보이게 했다.

"펄, 빨리 오너라. 그러지 않으면 엄마가 화낼 거야!" 헤스터 프린이 소리를 질렀다. 헤스터가 다른 때에는 요정 같은 펄의 그런 행동에 아무리 익숙해져 있다 해도 지금 이 순간만은 당연히 좀 더 얌전하게 굴기를 바랐다. "개울을 뛰어넘어 이쪽으로 달려오렴, 이 장난꾸러기야! 네가 오지 않으면 엄마가 너한테 갈 거야!"

그러나 아무리 어머니가 애걸해도 수그러지지 않고 겁을 주어도 눈썹 하나 까딱하지 않던 펄은 갑자기 화를 내고 손발을 막 버둥거리면서 작은 몸을 사정없이 뒤틀었다. 이렇게 광기를 부리면서 숲 사방에서 메아리가 울릴 만큼 찢어질 듯 크게 고함을 질렀다. 그 아이가 철없고 분별없게 화를 내고 혼자 지른 고함 소리였지만, 마치 뒤에 숨어 있는 군중이 아이에게 동정과 격려를 보내는 것 같았다. 이번에도 개울 속에는 꽃으로 머리와 몸뚱이를 장식한 펄의 화난 이미지가 발을 동동 구르고 손발을 버둥거리는 가운데 조그마한 집게손가락으로 헤스터의 가슴을 가리키는, 그림자처럼 희미한 모습이 보이는 것이 아닌가!

　　"저 아이가 왜 저러는지 알겠어요." 헤스터가 목사에게 속삭였다. 고뇌와 괴로움을 감추려고 몹시 애썼지만 그녀의 얼굴은 백지장처럼 창백하게 변하고 있었다. "어린애들이란 날마다 보아서 눈에 익은 모습이 조금이라도 달라지면 참지를 못해요. 펄은 제가 늘 달고 다니던 것이 눈에 띄지 않아서 저러는 거예요!"

　　"제발 저 아이를 달랠 재간이 있거든 어서 좀 달래 보구려!" 목사가 대꾸했다. 그리고 애써 웃음을 지으면서 덧붙였다. "히빈스 같은 늙은 마녀가 고약하게 화내는 것을 제외하고는 어린애가 이렇게 화를 내는 것처럼 싫은 게 없지요. 그 쭈글쭈글한 할멈과 마찬가지로 예쁘고 어린 펄도 화를 내면 보기 싫은 모습이 되는 법이니까. 당신이 나를 사랑한다면 어서 저 아이를 달래 보구려!"

두 뺨이 새빨갛게 달아올라 헤스터는 다시 펄에게 고개를 돌렸으며, 곁눈질로 목사를 유심히 바라본 뒤 한숨을 내쉬었다. 그리고 미처 말문을 열기도 전에 두 뺨은 어느새 홍조가 가시고 시체처럼 새하얗게 변했다.

"펄." 그녀가 슬픈 목소리로 말했다. "발밑을 좀 내려다보려무나! 거기 말이야! 바로 네 앞쪽! 이쪽 개울가 말이야!"

펄은 어머니가 가리키는 쪽으로 시선을 돌렸다. 주홍 글자가 개울가 가장자리 아주 가까이에 떨어져 있어 수놓은 황금빛이 개울 속에 비치고 있었다.

"그것 좀 이리 가져온!" 헤스터가 말했다.

"엄마가 와서 가져가!" 펄이 대답했다.

"저런 아이가 어디 있담!" 헤스터가 옆의 목사를 바라보면서 나지막하게 말했다. "참, 저 아이에 관해서 할 말이 많아요! 사실 이 지긋지긋한 징표에 관해서는 저 아이의 생각이 옳아요. 전 이 징표의 고통을 조금만 더, 기껏해야 며칠이겠지만, 우리가 이 지방을 떠나 꿈속에서 본 나라인 것처럼 이곳을 되돌아볼 수 있는 그날까지는 참고 견뎌 내야 해요! 이 숲은 그걸 감출 수 없으니까요! 바다 한복판에 내 손으로 직접 내던져 그 바다가 영원히 삼켜 버리게 하겠어요!"

이렇게 말하면서 헤스터는 개울가로 다가가 주홍 글자를 집어 들고 다시 가슴에 달았다. 바로 한순간 전에 주홍 글자를 깊은 바닷속에 내던지겠다고 했을 때만 해도 희망에 넘쳐 있었지만, 이렇게 막상 운명의 손아귀에서 그 끔찍스러운 징표를 되찾고 보니 그녀는 어쩔 수 없는 운명에 사로잡혀 있었다. 그녀는 주홍 글자를 넓디넓은 광막한 공간에 내동댕이쳤더랬다! 그래서 한 시간 동안 자유롭게 숨을 쉴 수 있었다! 그러나 이제 또다시 주홍 빛깔의 불행이 예전의 그 자리에서 번쩍이고 있다니! 죄악이란 징표로 상징되든 상징되지 않든 어쨌거나 언제나 숙명의 성격을 띠게 마련이다. 헤스터는 무겁게 늘어진 머리카락을 끌어모아 모자 밑에 틀어넣었다. 그 슬픈 글자는 모든 것을 시들게 만드는 마력을 갖고 있기라도 한 듯 그녀의 아름다움도, 여성으로서의 따스함도, 풍성함도 스러져 가는 햇빛처럼 모두 사라져 버렸다. 그리고 그 대신 희뿌연 그림자가 그녀의 몸에 내려앉는 것만 같았다.

이렇듯 애처로운 모습으로 바꾸고 나서 헤스터는 펄에게 손을 내밀었다.

"이젠 엄마를 알아보겠니, 얘야?" 헤스터가 나무라듯이 그러나 부드러운 목소리로 물었다. "어서 개울을 건너와 엄마를 차지하렴. 이제 치욕의 징표도 다시 달았으니까, 슬픈 신세로 되돌아왔으니까."

"응, 그렇게!" 펄이 개울을 뛰어넘어 헤스터를 두 팔로 껴안으며 대답했다. "이젠 정말 내 엄마야! 그리고 난 엄마의 귀여운 펄이고!"

평소에 보기 드문 다정한 분위기로 펄은 어머니의 머리를 끌어당겨 이마와 두 뺨에 입을 맞추었다. 그러나 바로 그때, 어쩌다 위안을 준 뒤에는 언제나 반드시 뼈저린 고통을 느끼게 해 주듯이, 펄은 입을 오므리고 주홍 글자에도 입을 맞추는 것이 아닌가!

"그건 별로 고맙지 않구나!" 헤스터가 말했다. "너는 엄마를 조금 사랑한다 싶다가도 금방 다시 놀려 대더구나!"

"어째서 목사님이 저기 앉아 있는 거야?" 펄이 물었다.

"너를 반겨 주려고 기다리시는 거야." 어머니가 대답했다. "자, 어서 가서 목사님한테 축복해 달라고 부탁드려라! 펄, 그분은 너를 사랑하신단다. 그리고 엄마도. 넌 그분이 마음에 들지 않니? 자, 어서! 그분은 너를 무척 반기고 싶어 하시니까!"

"저분이 우리를 사랑하셔?" 펄이 얼굴에 무척 총명한 빛을 띠고 어머니를 올려다보며 물었다. "저분이 우리와 함께 손을 잡고 셋이서 마을로 돌아가 주실까?"

"지금은 안 돼, 애야." 어머니가 대답했다. "하지만 뒷날 그분은 우리와 함께 손을 잡고 거닐어 주실 거야. 우리도 이젠 즐거운 가정을 이루게 돼. 그러면 넌 그분 무릎 위에 앉고, 그분은 너에게 여러 가지를 가르쳐 주시겠지. 그리고 그분은 너를 무척 귀여워해 주실 거고. 너도 그분을 사랑하지, 안 그래?"

"그런데 왜 목사님은 늘 가슴 위에 손을 얹고 있어?" 펄이 물었다.

"바보같이, 도대체 그런 질문이 어디 있어!" 어머니가 큰 소리로 외쳤다. "어서 가서 축복을 부탁드려!"

그러나 귀염을 받는 아이가 귀염을 빼앗아 갈지도 모를 다른 경쟁자에게 으레 본능적으로 품는 질투심에서인지, 아니면 타고난 변덕에서인지, 어쨌든 펄은 목사에게 조금도 호의를 베풀려고 하지 않았다. 어머니가 억지로 목사 앞으로 끌고 갔지만 그 아이는 우물쭈물 뒤로 물러서며 이상하게 얼굴을 찌푸리고 기분이 내키지 않는다는 표정을 지었다. 그 아이는 갓난아이 때부터 이상하게도 온갖 모양으로 얼굴을 찌푸리는 버릇이 있었으며, 장난기를 새롭게 더해 가면서 그 표정이 풍부한 얼굴을 일련의 다른 표정으로 바꿀 수 있었다. 목사는 몸을 앞으로 기울이고, 고통스러우리만큼 민망했지만 혹시 입이라도 맞추어 주면 신통하게 아이의 호감을 사지나 않을까 하고 바라면서 펄의 이마에 입을 맞추었다. 그러자 펄은 갑자기 어머니에게서 빠져나와 개울가로 달려가더니 몸을 굽혀 달갑지 않은 입맞춤이 말끔히 씻겨 길게 흘러가는 물결을 타고 흩어져 버릴 때까지 물로 이마를 씻었다. 그러고 나서 그 아이는 저만큼 떨어져 선 채로 잠자코 헤스터와 목사를 지켜보았다. 한편 두 사람은 서로 이야기를 나누며 자신들의 달라진 처지며 곧 달성해야 할 목적에 따르는 여러 가지 준비에 대해 이야기를 나누었다.

마침내 두 사람의 운명적인 만남은 이제 끝이 났다. 골짜기는 다시 우중충한 고목들만이 우거진 쓸쓸한 모습으로 되돌아갔다. 이 고목들은 그곳에서 일어난 일을 오랫동안 두고두고 속삭일 테지만 누구도 그 속삭임을 알아차리지는 못할 것이다. 그리고 우울한 개울도 그 조그마한 가슴속에 이미 벅찰 만큼 안고 있는 신비스러운 이야기에 또 하나의 이 이야기를 덧보탤 것이다. 그리고 개울은 이 이야기에 대해 끊임없이 중얼거리며 흐르고 있겠지만, 그렇다고 그 목소리는 지금까지 오랜 세월 동안 그랬던 것보다 조금도 더 명랑하지는 않을 것이다.

20장

미로에 선 목사

목사는 헤스터 프린과 어린 펄보다 먼저 길을 떠나면서 힐 끗 뒤를 돌아다보았다. 숲속에 깃든 어둠에 점차 사라져 가는 모녀의 모습이나 윤곽을 어렴풋하게나마 볼 수 있으려니 얼마쯤 기대하면서 말이다. 자신의 삶에서 맞이한 이토록 엄청난 변화를 그는 현실로 금방 받아들일 수가 없었다. 그러나 잿빛 옷을 입은 헤스터는 아득히 먼 옛날 강풍이 휘몰아쳐 쓰러진 뒤로 오랜 세월 동안 온통 이끼로 뒤덮여 있는 나무 그루터기 옆에 여전히 서 있었다. 그래서 세상에서 가장 무거운 짐을 짊어지게 된 운명을 지닌 저 둘[89]은 나란히 앉아서 단 한 시간

---

89) 헤스터 프린과 아서 딤스데일이 아니고, 헤스터와 옛날 강풍에 쓰러진 고목의 그루터기를 가리킨다.

의 안식과 위안을 얻을 수 있었는지도 모른다. 또한 개울에서 깡충거리며 춤을 추며 달려와(방해가 되는 제삼자가 사라졌기 때문이다.) 어머니 곁의 제자리를 다시 차지하고 있는 펄이 있었다. 그렇다면 그동안 목사는 잠이 들어 꿈을 꾼 것이 아니던가!

이렇듯 인상이 몽롱하고 혼미해 이상하게 불안해지는 마음에서 벗어나려고 목사는 헤스터와 함께 세웠던 출발 계획을 머리에 떠올리며 좀 더 분명하게 따져 보았다. 원주민 인디언의 오두막집이나 해안 일대에 드문드문 흩어져 있는 유럽 사람들의 몇 안 되는 정착지 중에서 어느 한쪽을 선택할 수밖에 없는 뉴잉글랜드나 온 아메리카 대륙의 황야보다는 아무래도 군중과 도시들이 있는 구대륙이 피난처와 도피처로 더 바람직하다고 두 사람은 결정을 내렸던 것이다. 목사의 건강 상태로 보아 고통스러운 삼림지대의 생활을 지탱하기 어렵다는 것은 두말할 것도 없고, 그가 타고난 재능이나 교양이나 성장 발전 전체는 오직 문명과 세련된 사회에서나 터전을 마련할 수 있을 것이다. 문명의 수준이 높으면 높을수록 목사는 더욱더 훌륭하게 순응할 것이다. 이런 계획을 도와주기라도 하듯 공교롭게도 마침 항구에 배 한 척이 정박해 있었다. 이 무렵 흔히 나타나던 수상쩍은 순항선 중의 하나로 완전히 무법적인 배는 아니었지만 꽤 무책임하게 해상을 돌아다니는 배였다. 이 배는 최근에 스패니시메인[90]에서 왔으며 사흘 뒤면 브리

---

90) 스페인의 상선이 항로로 이용하던 카리브해 근처를 가리킨다. 한때 이 곳에 해적이 많이 출몰했다.

스틀[91])을 향해 출항할 예정이었다. 헤스터 프린은(그녀는 자진해서 일하는 '자선단' 회원의 한 사람으로 봉사할 때 일찍이 선장과 선원들을 알고 있었다.) 그럴 만한 사정이 있으니 절대 비밀로 하고 어른 두 사람과 어린아이 하나의 배표를 구할 수 있었다.

목사는 대단한 관심을 갖고 헤스터에게 순항선의 정확한 출항 예정 날짜를 물어보았다. 아마 나흘 뒤가 될 것이라고 했다. 그 말을 들은 목사는 "그것 참 천만다행이군!" 하고 혼자 중얼거렸다. 딤스데일 목사가 도대체 왜 천만다행이라고 생각했는지 그 까닭을 지금 여기에서 밝히기가 조금 망설여진다. 그러나 독자들에게 아무것도 숨기지 않고 말한다면, 사흘째 되는 날에 그는 선거 축하 설교[92]를 하기로 예정되어 있었기 때문이다. 더구나 뉴잉글랜드의 목사에게 이런 경우는 생애에 보기 드문 명예로운 일이었기 때문에 딤스데일 목사로서는 성직자의 생애에 종지부를 찍는 데 이보다 더 좋은 방법과 기회를 얻을 수 없을 것이다. 이 '모범적인' 목사는 머릿속으로 생각했다. '그러면 그들은 적어도 나에 대해서 내가 목사로서의 공적 의무를 다하지 못했거나, 잘못 이행했다는 소리는 하지 않겠지!' 이 가엾은 목사의 자기 성찰처럼 진지하고 예리한 자기 성찰이 그토록 비참하게 속아 넘어가다니 이 얼마나 슬픈

---

91) 영국 남서부에 위치한 무역항.

92) 총독 취임을 축하하는 설교. 찰스 1세로부터 받은 면허장에 따르면 이 식민지의 자유인은 매년 5월 또는 6월에 선거를 통해 총독을 뽑게 되어 있었다. 새 총독이 취임할 때에는 목사에게 축하 설교를 의뢰했으며 이 설교를 맡은 목사는 큰 명예로 생각했다.

일인가! 이 목사에 대해 우리는 지금까지 이보다 더 나쁜 점을 보고 들어 왔으며 앞으로도 여전히 그럴 것이지만, 지금처럼 가엾도록 결단력이 없는 경우를 본 적이 없었다. 또한 오래전부터 그의 성격의 바탕을 좀먹기 시작한 그 미묘한 병을 그토록 미미한 동시에 그렇게 확실하게 증명해 준 적도 없었다. 어느 누구나 오랫동안 자신에게는 한 얼굴, 군중에게는 다른 얼굴을 보이게 되면 반드시 나중에는 어느 얼굴이 진짜 얼굴인지 헷갈리게 되는 법이다.

헤스터와 만나고 돌아가는 딤스데일 목사는 보기 드물게 온몸에 힘이 솟아나 빠른 걸음으로 마을을 향해 걸어갔다. 숲속의 오솔길은 마을에서 나올 때보다 거추장스러운 자연의 방해물로 훨씬 더 황량하고 사람의 발자취도 더 적어 보였다. 그러나 목사는 질퍽한 곳은 뛰어넘고 달라붙은 덤불 속은 헤쳐 나가며 언덕은 넘고 움푹 들어간 곳은 돌진하면서, 한마디로 자신도 놀랄 만큼 지칠 줄 모르는 정력으로 오솔길의 온갖 장애물을 극복했다. 겨우 이틀 전만 해도 똑같은 길을 힘겹게 걸으며 숨을 돌리려고 여러 번 걸음을 멈추던 일이 떠올랐다. 마을로 가까이 다가가자 그는 눈앞에 나타난 낯익은 것들이 전과는 아주 달라져 있다는 인상을 받았다. 이런 것들과 헤어진 것이 어제나 하루 이틀 전이 아니라 며칠, 심지어 몇 해가 지난 것만 같았다. 정말로 길거리도 그의 기억에 있는 모습 그대로였고, 예기했던 만큼의 박공이며 있었던 것으로 기억 속에 있었던 곳에 달려 있는 바람개비며 집들의 특징도 전과 다름없었다. 그런데도 뭔가가 달라졌다는 생각이 끈질기게 불쑥

불쑥 머릿속에 떠올랐다. 목사가 길거리에서 만나는 사람들이나 이 조그만 마을 주위에서 살아가는 낯익은 모습들도 꼭 마찬가지였다. 그들은 더 늙어 보이지도 더 젊어 보이지도 않았다. 늙은이의 수염도 더 희어지지 않았으며, 어제는 기어다니던 갓난아이가 오늘은 서서 걸어 다니게 된 것도 아니었다. 아주 최근에 헤어질 때 보았던 사람들이 지금은 어떤 점에서 어떻게 달라졌는지 설명하기란 불가능했다. 그렇지만 목사의 가장 깊은 의식은 무엇인가가 달라졌다고 말해 주는 것 같았다. 자신의 교회당 담 밑을 지나갈 때 이와 비슷한 인상이 유달리 강하게 그의 뇌리에 스쳐 갔다. 교회당 건물은 너무나 낯설게 보이는 동시에 너무 낯익어 보여 딤스데일 목사의 마음은 지금까지 꿈속에서만 교회당을 보았는지, 아니면 지금 교회당에 대해 꿈을 꾸고 있는지 통 갈피를 잡을 수 없었다.

온갖 형태로 나타난 이런 현상은 겉모습이 달라졌다는 뜻이 아니라 그 낯익은 광경을 바라보는 사람에게 갑자기 중대한 변화가 일어났다는 뜻이었다. 그래서 그 사이의 단 하루라는 시간이 그의 의식에 몇 해가 지난 것 같은 영향을 끼쳤다. 목사 자신의 의지와 헤스터의 의지 그리고 두 사람 사이에 맺어진 운명이 이런 변화를 일으킨 것이다. 마을은 전과 다름없었지만 숲에서 돌아온 목사는 전과는 사뭇 달랐다. 목사는 자신에게 인사를 건네는 사람들에게 이렇게 말했을지도 모른다. "나는 당신들이 생각하는 사람이 아니오! 난 그 사람을 저기 저 숲속 아무도 모르는 깊은 골짜기 음산한 개울가 이끼 덮인 나무 그루터기에 두고 왔소이다! 어서 그곳에 가서 그

목사를 찾아보시구려. 그의 쇠약한 몸이며, 야윈 뺨이며, 고통
으로 주름 잡힌 희고 음울한 이마가 마치 벗어 던진 옷가지처
럼 내동댕이쳐져 있지나 않은지 찾아보시란 말이오!" 그래도
그의 친구들은 틀림없이 그의 말에 맞설 것이다. "당신이 바로
그 사람이오!" 하고 말이다. 그렇다고 해도 그것은 그 친구들
의 잘못이지 목사의 잘못은 아닐 것이다.

딤스데일 목사가 집에 도착하기 전에 그의 마음에 있는 본
연의 자아가 그에게 생각과 감정의 세계에서 일어난 혁명적
인 변화를 보여 주는 또 다른 증거들이 있었다. 정말로 오직
저 내면의 왕국에서 왕조나 도덕률이 완전히 바뀌었다는 사
실만이 이 불행하고 놀란 목사가 지금 겪고 있는 충동을 적절
히 설명할 수 있었다. 한 걸음 한 걸음 발길을 옮길 적마다 그
는 무의식적이면서도 의식적으로 어떤 이상하고 난폭하고 나
쁜 짓을 저지르고 싶은 충동에 사로잡혔다. 그리고 그런 행동
은 자신도 모르게 무심결에 나오는 것 같으면서도 그런 충동
에 맞서던 자아보다 좀 더 심원한 자아에서 비롯하는 것 같
았다. 예를 들어 목사가 자기 교회 집사 한 사람을 만났을 때
만 해도 그랬다. 이 선량하고 나이 지긋한 집사는 어버이 같은
애정과 원로로서의 특권으로 목사에게 말을 건넸다. 사실 그
집사는 나이가 지긋한 데다가 성격이 곧고 신성하고 교회 안
에서의 지위 때문에 충분히 그렇게 할 수 있는 자격을 갖추고
있었다. 더구나 이 집사는 여기에다 목사라는 직무로서나 개
인으로서의 자격으로나 받아 마땅한 거의 숭배에 가까운 깊
은 존경심을 그에게 갖고 있었던 것이다. 어떻게 근엄한 연륜

과 예지를 갖춘 사람이 경외심과 존경심을 가지고(사회적 지위나 재능이 떨어지는 사람이 자기보다 우월한 사람에게 보여 주는 것 같은 경외와 존경 말이다.) 처신할 수 있는지, 이보다 더 아름다운 본보기는 일찍이 없었다. 그런데 수염이 서리처럼 하얀 선량한 집사와 잠깐 이야기를 나누는 동안 딤스데일 목사는 머릿속에 떠오른 성찬식에 관한 불경스러운 말을 극히 조심해서 자제함으로써 가까스로 입 밖에 내놓지 않을 수 있었다. 목사는 혀가 제멋대로 돌아가 이런 끔찍한 말을 내뱉고 나서 그런 말을 하도록 전혀 동의하지 않았는데도 그렇게 한 것에 대해 자신이 동의한 것이라고 변명하지나 않을까 걱정이 되어 백지장처럼 얼굴이 창백해지고 사시나무처럼 몸을 떨었다. 심지어 목사는 이렇듯 마음속에 공포를 느끼면서도 신성하고 존경스러운 늙은 집사가 정작 자신의 불경스러운 말을 들으면 얼마나 혼비백산할까 하고 생각하니 거의 웃음을 참을 수 없었던 것이다!

이와 비슷한 사건이 또 한 가지 있었다. 허겁지겁 길거리를 따라 걸어가던 딤스데일 목사는 자기 교회에서도 가장 나이가 많은 여신도 한 사람을 만났다. 이 여자는 믿음이 두텁고 행실이 본받을 만한 노파로 가난하고 외로운 과부였다. 그러나 비명이 새겨진 묘비로 가득 찬 묘지처럼 이 과부의 가슴속은 세상을 떠난 남편이며 자식들이며 오래전에 죽은 친구들의 추억으로 가득 차 있었다. 다른 사람이라면 그토록 침통한 슬픔이었을 이런 추억들도 믿음의 위로와 지난 30년 동안 끊임없이 마음의 양식으로 삼아 온 성경의 진리 때문에 이 노파의 경건한 영혼에는 성스러운 기쁨이 될 뿐이었다. 딤스데일 목사의 교회 신도가 된 뒤부터 이 노파에게 이 세상에서 가장 큰 위안이라면(역시 천국에서 내린 위안이 아니라면 위안으로서 아무런 가치도 없을 것이지만 말이다.) 우연이건 일부러건 목사를 만나 그 사랑스러운 입술에서 흘러나오는 포근하고 향기롭고 천국의 입김이 어린 복음의 진리를 어두운 귀이지만 황홀한 듯 귀를 기울여 듣고 마음속에 생기를 불어넣는 일이었다. 그러나 이번에는 노파의 귀에다 입을 갖다 대는 순간 딤스데일 목사에게는 영혼의 적이 원하는 대로 성경 구절이 한 줄도 떠오르지 않았으며, 오직 인간 영혼을 부정하는 짧지만 의미심장하고 그에게는 결정적이다 싶은 몇 마디 말만 생각났을 뿐이다. 만약 노파의 정신 속에 이런 말을 불어넣었더라면 아마 그녀는 극약 주사를 맞기라도 한 듯 그 자리에서 당장 쓰러져 죽었을 것이다. 그때 자기가 실제로 무슨 말을 속삭였는지 목사는 그 뒤에도 생각해 낼 수 없었다. 아마 천만다행히도 목사가 횡설수설했기 때문에 그 착한 과부는 그 뜻을 똑똑히 알아듣지 못했거나, 아니면 하느님이 당신 나름의 독특한 방법으로 그 뜻을 설명해 주었을 것이다. 확실히 뒤를 돌아다보는 목사는 백지장처럼 창백한 노파의 주름 잡힌 얼굴 위에서 천국의 광휘 같은 거룩한 감사와 희열의 표정을 보았던 것이다.[93]

---

93) "그 도성은 하느님의 영광에 싸였고, 그 빛은 지극히 귀한 보석 같고 수정처럼 맑은 벽옥과 같았습니다."(「요한계시록」 21장 11절)

이어 세 번째 사건이 일어났다. 목사는 늙은 신도와 헤어진 뒤 신도 중에서 가장 젊은 여신도 한 사람을 만났다. 이 신도는 교회에 갓 나오기 시작한 처녀로, 딤스데일 목사가 밤샘을 한 이튿날 안식일에 설교하는 것을 듣고 교회에 나오기 시작했는데, 그녀의 소원은 이 세상의 덧없는 쾌락을 버리고 자신의 삶이 암담해질수록 더욱더 밝은 빛을 띠고 칠흑 같은 어두움을 금빛 영광으로 물들일 천국의 희망을 찾는 것이었다. 그 처녀는 낙원에 피어난 한 송이 백합꽃처럼 어여쁘고 순결했다. 그녀가 가슴속 티 하나 없이 깨끗하고 신성한 전당에 목사 자신을 모시고 그 둘레에 눈같이 흰 휘장을 드리우고 믿음에는 따스한 사랑을, 사랑에는 믿음의 성결함을 주고 있다는 것을 목사는 잘 알았다. 이날 오후 사탄이 이 가엾은 젊은 처녀를 어머니 곁에서 끌어내어 엄청나게 유혹에 빠진 이 사내,(이런 말을 해서는 안 되는 것일까?) 이 타락하고 절망적인 사내가 걸어가는 길 앞에 내던져 놓은 것임에 틀림없었다. 처녀가 가까이 다가오자 사탄은 목사에게 몸을 작게 만들어 처녀의 부드러운 가슴속에 악의 씨앗을 떨어뜨리라고 속삭였다. 그러면 틀림없이 이 악의 씨앗은 곧 검은 꽃을 피우고 때가 되면 검은 열매를 맺을 것이다. 이렇듯 목사는 그토록 자신을 믿는 처녀의 영혼을 좌우하는 힘이 있었기 때문에 사악한 시선으로 한 번 쏘아보기만 하면 순결이라는 들판을 온통 쑥대밭으로 만들 수 있고, 단 한마디 말로써 그와 반대되는 모든 것을 길러 낼 수 있는 엄청난 힘이 있다는 느낌이 들었다. 그래서 목사는 지금까지 써 왔던 것보다 더 힘을 내 제네바 외투로 얼굴을 가리고 처녀를 본 척도 하지 않고 자신의 무례를 아무렇게나 생각해도 괜찮다는 듯 허겁지겁 그냥 지나쳐 버렸다. 처녀는 자신의 양심 구석구석을 샅샅이 뒤져 보더니, 그곳은 그녀의 호주머니나 반짇고리처럼 아무 해가 되지 않는 자질구레한 것들로 가득 차 있었지만, 가엾게도 있지도 않은 온갖 허물을 머릿속에 그려 내 가지고는 자기 자신을 나무라는 것이 아닌가! 그리고 이튿날 아침에는 눈이 통통 부어 가지고 집안일에만 골몰하는 것이었다.

목사는 이 마지막 유혹을 뿌리친 승리를 미처 축하하기도 전에 더한층 우스꽝스럽고 끔찍스러운 충동이 치솟아 오르는 것을 느꼈다. 말하기 낯이 뜨겁지만, 그것은 길거리에서 갑자기 걸음을 멈추고 그곳에서 놀고 있는, 갓 말을 배운 청교도 어린아이들에게 매우 고약스러운 말을 몇 마디 가르쳐 주고 싶은 충동이었다. 그러나 목사에게는 어울리지 않은 행동이기 때문에 그런 변덕을 그만둔 그는 마침 스패니시메인에서 온 술 취한 뱃사람을 만났다. 지금껏 정말 용하게도 모든 충동을 참아 온 뒤인지라 이 가엾은 딤스데일 목사는 적어도 타르가 묻은 부랑자와 악수를 나누고 난봉꾼 뱃사람들이 흔히 좋아하는 상스러운 농담이나 몇 마디 지껄이고 노골적이고 야하고 속이 후련해지도록 하느님을 모독하는 욕설을 마구 퍼부어 울적한 심사를 풀어 보고 싶은 마음이 드는 것이 아닌가! 이 마지막 위기에서 무사히 헤쳐 나올 수 있었던 것은 남보다 훌륭한 신념을 가졌기 때문이라기보다는 부분적으로는 그의 타고난 고상한 취향 때문이었고, 그보다 더 중요하게는 성직자로서의 예절이 습관으로 굳어졌기 때문이다.

"이렇게 나를 성가시게 굴며 유혹하려는 것이 도대체 무엇이란 말인가?" 마침내 목사는 길거리 한가운데 우뚝 서서 손으로 이마를 치며 혼잣말로 외쳤다. "내가 미친 것인가? 아니면 마귀의 손아귀에 완전히 넘어간 것일까? 숲속에서 마귀와 계약을 맺고 내 피로 이름을 적었단 말인가? 그래서 마귀가 그 더러운 상상력으로 생각해 낼 수 있는 온갖 흉악한 짓을 일러 주면서 그 계약을 이행하라고 요구하는 것이 아닌가?"

딤스데일 목사가 이렇게 깊은 생각에 잠겨 한 손으로 이마를 치고 있을 때 마침 그 이름난 마녀인 히빈스 노파가 그 옆을 지나가고 있었다고 한다. 그 노파는 참으로 굉장한 차림새를 하고 있었다. 높다란 머리 장식물을 쓴 데다가 화려한 벨벳 가운을 걸치고 그 유명한 노란 풀을 먹여 맵시를 낸 주름 깃을 달고 있었다. 그 노란 풀을 먹이는 비결을 그녀의 각별한 친구인 앤 터너[94]가 토머스 오버베리 경을 살해한 죄로 교수형을 당하기 전에 그녀에게 가르쳐 주었다고 한다. 이 마녀가 목사의 속마음을 알아차렸는지 알아차리지 못했는지는 알 길 없지만, 발걸음을 완전히 멈추고 목사의 얼굴을 날카롭게 들여다보면서 교활하게 미소를 지었고, 본디 목사들과 이야기를 나누기를 탐탁해하지 않은 터였는데도 그와 이야기를 나누기 시작했다.

---

94) 1576~1615. 토머스 오버베리 살해 사건 때 런던탑에 유폐되어 있던 오버베리를 독살하는 계획에 가담한 사실이 발각되어 1615년 11월 교수형을 당했다. 몸집은 작았지만 미모를 갖춘 음탕한 여인으로 알려져 있다.

"저, 목사님, 지금 숲속에 다녀오는 길이시군요." 마녀가 목사에게 높다란 머릿수건을 끄덕이며 말했다. "다음엔 저한테 미리 좀 알려 주시면, 제가 기꺼이 목사님을 모시고 가겠어요. 제 자랑을 하는 건 아닙니다만, 제가 한마디만 해 드리면 아무리 초면인 분이라도 목사님도 잘 아시는 그 대왕[95])한테서 융숭한 대접을 받을 수 있을 겁니다."

"저, 부인." 목사가 부인의 사회적 신분을 고려하고 자신의 교양 때문에 어쩔 수 없이 정중히 인사하면서 대답했다. "제 양심과 성격을 걸고 분명히 말씀드립니다만, 부인의 말씀은 도무지 무슨 뜻인지 알 수가 없군요! 저는 숲속의 대왕을 만나러 갔던 게 아닙니다. 그리고 앞으로도 그런 유력자에게 신세를 지려고 숲을 찾아가진 않을 겁니다. 제가 그곳에 찾아간 것은 믿음이 두터운 제 친구 엘리엇 전도사를 만나 그 사람이 이교도한테서 얻어 낸 소중한 여러 영혼과 함께 기뻐하기 위해서였지요!"

"하하하!" 늙은 마녀가 목사를 향해 높다란 머릿수건을 끄덕이면서 낄낄대고 웃었다. "좋아요, 좋다고요. 대낮에는 그렇게 얘기할 수밖에 없겠지요! 시치미를 떼는 솜씨가 제법이군요! 하지만 한밤중 숲속에서 다른 얘기를 나누자고요!"

그 노파는 노부인다운 위엄을 보이며 걸어갔지만 이따금 고개를 돌려 목사를 향해 미소를 지어 보이며 두 사람 사이에 비밀스러운 깊은 인연이 맺어진 것을 기꺼이 인정하려는 기색

---

95) 숲속에 산다는 마왕을 가리킨다.

이었다.

'그러면 내가 마귀에게 몸을 팔았단 말인가.' 목사가 생각했다. '소문이 옳다면 저 노란 물을 먹인 주름깃에 벨벳 가운을 차려입은 마녀 할멈이 자신의 대왕이자 주인으로 모셨다는 그 마귀한테 말이야!'

아, 가엾은 목사! 그는 이와 아주 비슷한 흥정을 한 셈이었다. 꿈같은 행복의 유혹을 받아 목사는 생전 처음으로 끔찍스러운 죄악의 손아귀에 자진해서 몸을 내맡겼다. 그러자 죄악의 독소가 그의 정신 조직 속으로 그토록 빠르게 전염되어 골고루 퍼졌다. 그 독소는 축복받은 충동을 모두 마비시키고 악의 충동을 모조리 활짝 깨어나게 했다. 경멸이며 냉혹함이며 까닭 없는 악의며 근거 없이 죄를 저지르려는 욕망이며 선하고 성스러운 것이라면 무턱대고 조롱하려는 충동이 모두 깨어나 한편으로는 그를 놀라게 하면서도 다른 한편으로는 그를 유혹했던 것이다. 그리고 만약 히빈스 노파와 만난 것이 사실이라면, 그것은 목사가 악인들과 사악한 악령들의 세계에 동감하고 친교를 맺고 있다는 사실을 보여 줄 따름이다.

이때쯤 묘지의 가장자리에 있는 집에 다다른 목사는 계단을 바삐 올라가 서재에 몸을 숨겼다. 길거리를 지나오는 동안 내내 자기를 사로잡으려던 기괴하고 흉악한 짓을 하나라도 저질러 처음으로 자신의 정체를 세상에 드러내지 않은 채 이 은신처까지 무사히 돌아오게 되어 목사는 기뻤다. 낯익은 방으로 들어가 책들이며 창문이며 벽난로며 장식용 융단이 드리운 아늑한 벽들을 휘둘러보았지만 여기서 역시 숲속 골짜기에서 읍내로, 그리고 읍내에서 집으로 돌아오는 길에 줄곧 마음을 괴롭혔던 것과 똑같이 뭔가 색다른 것을 보고 있다는 느낌이 들었다. 바로 이 방에서 목사는 연구를 하기도 하고 글을 쓰기도 했다. 금식도 하고 밤새워 기도를 드린 뒤 반쯤 죽은 상태가 되기도 했다. 또한 이곳에서 기도를 드리고 온갖 괴로움을 견뎌 내기도 했다. 이곳에 의미심장한 옛 히브리어로 쓰인 성경 한 권이 놓여 있었는데, 그 속에서 모세와 예언자들이 그에게 이야기를 건넸고 그 속에 하느님의 목소리가 깃들어 있는 것이 아닌가! 테이블 위에는 쓰다 만 설교 초안이 잉크 묻은 펜과 함께 가지런히 놓여 있었다. 이틀 전에 쓰다가 생각이 제대로 떠오르지 않는 바람에 문장이 중간에서 끊어진 채 그대로였다. 이런 온갖 일을 치르고 견뎌 내고 마침내 선거 축하 설교를 여기까지나마 써 온 사람은 다름 아닌 야위고 두 뺨이 창백한 자기 자신이 아니던가! 그런데도 지금의 그는 지난날의 자신을 거리를 두고 서서 조소하고 가엾어하면서도 얼마만큼은 부러워하는 듯한 호기심으로 바라다보는 듯했다. 이전의 자아는 이미 사라지고 없었다. 그 대신 다른 자아가 숲에서 돌아와 있었다. 지난날처럼 순결했을 때에는 도저히 얻을 수 없었던 숨은 비밀을 알게 된 훨씬 더 현명한 사람이 되어서 말이다. 그러나 그 지식은 얼마나 가슴 아픈 지식이던가![96]

---

96) 에덴동산에서 하와의 유혹에 빠진 아담이 선악과를 따 먹고 지식을 얻은 장면을 떠올리게 한다.(「창세기」 3장)

이 생각 저 생각에 잠겨 있을 때 서재 문을 두드리는 소리가 들리자 목사는 "들어오시오!" 하고 말했다. 혹시 마귀가 나타나지 않을까 하는 생각이 전혀 없었던 것은 아니다. 그런데 정말로 그렇지 않은가! 문을 열고 들어온 사람은 바로 로저 칠링워스 영감이었다. 목사는 얼굴이 백지장처럼 하얗게 질려 아무 말 없이 잠자코 서서 한 손은 히브리어 성경 위에, 다른 손은 가슴 위에 얹고 있었다.

"잘 다녀오셨습니까, 목사님!" 의사가 말했다. "엘리엇 전도사님께서도 안녕하시고요? 그런데 목사님, 안색이 좋지 않으신 것 같군요. 황야 여행이 무척 힘드셨나 봅니다. 선거 축하 설교를 하시기 위해서는 원기와 힘을 회복하는 데 제 힘이 조금이라도 필요하지 않으신지요?"

"아뇨, 그럴 필요 없습니다." 딤스데일 목사가 대꾸했다. "그동안 서재에 너무 오랫동안 틀어박혀 있다가 이렇게 여행을 떠나 그곳의 성스러운 전도사님을 만나고 신선한 공기를 마음껏 들이마시니 제게 무척 도움이 되었습니다. 의사 선생님, 이제 더 이상 선생님의 약이 필요 없을 것 같군요. 비록 친절한 손길이 지어 주시는 약이라 좋은 줄은 압니다만."

목사가 이렇게 말하는 동안 로저 칠링워스는 환자를 대하는 의사의 엄숙하고 주의 깊은 시선으로 목사를 바라보았다. 그러나 겉으로 이런 태도를 보이면서도 목사는 사실 의사가 자신이 헤스터 프린과 직접 만났다는 사실을 알거나, 아니면 적어도 그랬으려니 의심하고 있다고 거의 확신했다. 이때 의사도 목사의 눈에 비친 자신의 모습이 이제 더 이상 믿음직한 친구가 아닌 무서운 원수라는 것을 알아차렸다. 상대방의 정체가 이 정도로 알려져 있다면 아마 그 일부나마 어쩔 수 없이 밝힐 수밖에 없을 것이다. 그러나 이상하게도 어떤 일을 말로 표현하려면 가끔 긴 시간적 여유가 필요할 때가 있는 법이다. 또한 어떤 화제를 똑같이 회피하려는 두 사람이 그 화제의 가장자리까지 다가가도 그것을 끝내 언급하지 않고 무사히 물러설 수도 있는 법이다. 그러므로 목사는 로저 칠링워스가 상대방에 대해 갖고 있는 진정한 처지를 드러내고 언급하리라는 걱정은 들지 않았다. 그러나 무섭게도 의사는 음흉한 방법으로 그 비밀의 가장자리까지 슬그머니 다가왔다.

"아무튼 오늘 밤에는 저의 미숙한 치료나마 받아 두시는 게 좋지 않을까요?" 의사가 말했다. "목사님, 정말로 선거 축하 설교를 위해서 최선을 다해 목사님을 강건하게 만들어야 합니다. 주민들은 목사님에게 굉장한 기대를 걸고 있어요. 혹시 해가 바뀌면 목사님이 이곳에 계시지 않게 될까 봐 걱정을 하고 있거든요."

"글쎄요, 저세상으로나 가게 될까요." 목사가 경건하지만 체념에 잠겨 대답했다. "저세상이 기왕이면 천국이었으면 좋겠습니다만. 사실 또 한 해 덧없이 지나가는 사계절 내내 제가 돌보는 양 떼와 함께 남아 있게 될 것 같진 않군요! 하지만 의사 선생님, 선생님의 약에 대해선 지금 제 몸의 상태로 봐서 이제 더는 필요 없습니다."

"그거 듣던 중 반가운 말씀이구려." 의사가 대꾸했다. "그간 오랫동안 지어 드렸어도 별 효능이 없더니만 지금에야 비로소 효험을 나타내기 시작한 모양이군요. 목사님을 치료하는 데 성공했다면 저로서는 무척 기쁩니다. 온 뉴잉글랜드 사람의 감사를 받을 만한 자격이 생겼으니까요!"

"친구로서 언제나 잘 보살펴 주신 데 대해 충심으로 감사드립니다." 딤스데일 목사가 엄숙한 표정으로 미소를 지으며 말했다. "새삼 고맙습니다. 선생님의 은혜는 기도로써 갚을 수밖에 없나 봅니다."

"선량한 분의 기도는 황금으로 갚는 보답과 다름없지요!" 로저 칠링워스가 물러가면서 대답했다. "그럼요. 그것은 '새 예루살렘'에서 사용하는 금화로서 하느님 자신의 각인이 새겨져 있지요!"

홀로 남게 되자 목사는 하인을 불러 음식을 가져오라고 부탁했고, 음식이 차려지자 왕성한 식욕으로 식사를 했다. 그러고는 쓰다 만 선거 축하 설교 초안을 불 속에 집어 던지고 곧바로 다시 쓰기 시작했다. 이번에는 생각과 감정이 용솟음치듯 흘러나왔기 때문에 하느님의 계시라도 받은 것이 아닌가 싶었다. 하느님이 하필이면 자신처럼 추악한 오르간을 통해 장엄하고 성스러운 말씀의 음악을 전하기로 결정하시니 그저 놀라울 따름이었다. 그러나 이런 수수께끼가 저절로 해결되거나 영원히 해결되지 않거나 그냥 내버려 둔 채 목사는 희열에 차서 진지하게 서둘러 작업을 해 나갔다. 이리하여 밤은 마치 날개 돋친 준마(駿馬)이고 목사는 그 말을 타고 질주하듯 마구 내달았다. 아침이 찾아와서 얼굴을 붉히며 커튼 사이로 삐죽이 방 안을 들여다보았다. 마침내 아침이 서재 안에 황금빛 햇살을 쏟아붓고 바로 목사의 혼란스러운 눈에 가로질러 비쳤다. 여전히 손가락 사이에 펜을 쥔 채 그는 자기가 써 놓은 엄청난 원고지를 뒤로하고 앉아 있는 것이 아닌가!

21장

뉴잉글랜드의 경축일

새 총독이 주민들의 손에서 직권을 넘겨받기로 된 그날 아침 일찍이 헤스터 프린과 어린 펄은 시장터로 나왔다. 그곳은 벌써 마을의 장인들과 그 밖의 평민들로 꽤 붐비고 있었다. 또한 그 가운데에는 사슴 가죽 옷차림으로 보아 이 식민지의 작은 도시를 에워싼 삼림지대 거주지에 사는 것이 분명한 험상궂은 사람들도 많았다.

지난 7년 동안 여느 때와 마찬가지로 이번 경축일에도 헤스터는 초라한 잿빛 옷을 입었다. 옷감의 색깔 때문이라기보다는 오히려 뭐라고 형용할 수 없는 독특한 모양 때문에 그녀의 모습이 사라져 눈에 보이지 않게 되고 윤곽도 자취를 감춘 듯했다. 그러나 주홍 글자가 이렇게 희미한 어스름 속에서 그 여자를 끌어내 글자가 내뿜는 도덕적 분위기 아래 그녀의 모습을 환히 드러냈다. 오랫동안 마을 사람들 눈에 익은 그녀의 얼굴은 전에 바라보던 때와 마찬가지로 대리석처럼 차분했다. 마치 가면 같기도 했고, 오히려 죽은 여인의 얼굴에 싸늘하게 얼어붙은 표정 같기도 했다. 헤스터의 얼굴이 이처럼 음울한 모습을 띠고 있는 것은 남의 동정을 바랄 수 없다는 점에서 이미 실제로 죽은 것과 다름없었고 여전히 그 속에 뒤섞여 살고 있는 것 같은 이 세계에서 벗어나 있었기 때문이다.

그러나 어쩌면 이날 하루만은 헤스터의 얼굴에도 전에는 볼 수 없었고, 비상한 관찰력을 타고난 사람이 우선 그녀의 마음속을 살핀 뒤 그에 상응하는 반응을 얼굴과 태도에서 찾아보지 않았다면 지금도 알아볼 수 없을 만큼 뚜렷하지 않은 어떤 표정이 감돌고 있었는지도 모른다. 그렇게 속마음까지 살필 수 있는 사람이라면, 어쩌면 그 비참했던 지난 7년 동안 뭇사람의 눈초리를 하나의 필연으로, 하나의 고행으로, 그것을 참는 것이 엄숙한 종교가 되는 그 어떤 것으로 견뎌 낸 뒤, 지금 그녀는 그토록 오랫동안 고뇌였던 것을 일종의 승리로 바꾸려고 마지막으로 한 번 더 기꺼이 자진해서 그들과 마주 보고 서 있다는 사실을 알아차렸을지도 모른다. "자, 주홍 글자와 그 글자를 달고 있는 사람을 마지막으로 보시오!" 어쩌면 그들한테 희생당한 사람이요, 평생의 노예였던 그 여자는 그들을 향해 이렇게 말하고 있었는지도 모른다. "조금만 있으면 그녀는 당신들의 손길이 미치지 못하는 데로 사라진다오! 그로부터 또 몇 시간이 지나면 깊고 신비스러운 바다가 당신들이 그녀의 가슴 위에서 불타게 했던 그 상징을 삼켜 버

릴 거요!" 또한 자신의 존재와 이처럼 깊이 뒤엉켜 있던 고통
에서 막 벗어나려는 순간, 헤스터의 마음에 회한의 감정이 감
돌았다고 해도 인간의 본성 탓으로 돌릴 수 없을 정도로 터무
니없는 모순이라고는 할 수도 없을 것이다. 여성으로서 살아
가는 동안 거의 줄곧 맛보아 온 쑥과 알로에의 마지막 쓰디쓴
잔을 숨 가쁘게 쭉 들이켜고 싶은 욕망이 억누를 길 없이 솟
구친 것은 아니었을까? 그 뒤부터 그녀의 입술에 닿게 될 생
명의 술은 무늬가 아로새겨진 황금 잔에 따른, 맛이 풍부하고
섬세하고 기운을 돋우는 술임에 틀림없다.[97] 만약 그런 것이
아니라면 가장 약효가 강한 강장제를 복용한 것처럼, 어쩔 수
없이 그녀가 마셔 온 액체의 쓰디쓴 찌꺼기의 뒷맛이 나른한
권태를 남기게 될 것이다.

펄은 이 세상 아이가 아닌 것처럼 화려하게 차려입고 있었
다. 이렇게 찬란하고 눈부신 환영 같은 아이를 침침한 잿빛 옷
차림을 한 여인이 낳았다고는 좀처럼 믿어지지 않았다. 또한
이 아이의 옷을 만드는 데 반드시 필요했을 화려하고 정교한
공상이 헤스터의 소박한 옷을 만들어 낸 공상과 똑같은 것이
었다고도 좀처럼 믿어지지 않았다. 헤스터의 옷에 그처럼 뚜
렷한 특성을 지니게 했다는 점에서 어쩌면 그 일은 한층 더
어려운 일이었을 것이다. 어린 펄에게 그렇게도 잘 어울리는
그 옷은 그녀의 성격을 내뿜는 것이거나 그것을 어김없이 발
전시키고 겉으로 표현한 것과 같았다. 그 아이에게서 그 옷

---

97) 윌리엄 셰익스피어의 『맥베스』 2막 3장.

을 분리할 수 없는 것은 마치 나비의 날개에서 오색찬란한 광채를 분리할 수 없거나, 밝게 빛나는 꽃잎에서 찬란한 빛깔을 분리할 수 없는 것과 마찬가지였다. 나비와 꽃잎의 경우에 그런 것처럼 아이의 경우도 그랬다. 그 아이의 옷은 그녀의 천성과 하나인 것처럼 서로 조화를 이루고 있었다. 더구나 오늘 같은 행사가 있는 날, 그 아이의 기분은 이상한 흥분과 동요에 사로잡혀 있었다. 그것은 마치 다이아몬드가 그것을 장식하고 있는 가슴이 다양하게 고동치는 데에 따라 반짝거리고 빛을 내뿜는 것과 비슷하다고나 할까. 아이들이란 자신들과 관계있는 사람들의 감정의 동요를 언제나 곧잘 공감하게 마련이다. 특히 어떤 종류이건 집 안에서 일어나는 근심 걱정이나 눈앞에 닥쳐오는 절박한 변화를 유달리 잘 눈치채는 법이다. 그러므로 어머니의 설레는 가슴에 달려 있는 귀한 보석인 펄은 대리석같이 무표정한 헤스터의 이마에서 어느 누구도 발견할 수 없는 감정을 활기 넘치는 몸짓으로 표현했다.

이처럼 흥분한 펄은 어머니 곁에서 걷고 있다기보다는 차라리 새처럼 훨훨 날아다니는 듯했다. 갑자기 미친 듯이 알아들을 수 없는 노래를 때로는 날카롭게 끊임없이 부르짖곤 했다. 두 사람이 시장터에 이르러 왁자지껄하게 법석대는 인파와 혼잡을 보자마자 펄은 한결 더 마음이 들떴다. 보통 이곳은 마을 시장터라기보다는 마을 교회당 앞에 있는 널찍하고 황량한 녹지대와 같았기 때문이다.

"어머나, 이게 웬일이야, 엄마?" 펄이 큰 소리로 외쳤다. "무엇 때문에 오늘 모두들 일을 쉬는 거야? 오늘이 온 세상 사람이 쉬는 공휴일이야? 어머, 저 대장장이 좀 봐! 검댕이 묻은 얼굴을 말끔히 닦고 주일 나들이옷을 입었네. 친절한 누군가가 방법만 가르쳐 주면 한바탕 재미있게 놀아 보겠다는 모습인데! 간수 브래킷 영감이 나를 보고 웃으면서 머리를 끄덕이네. 엄마, 저 사람이 왜 저러는 거지?"

"네가 갓난아이였을 적 생각이 나나 보구나, 얘야." 헤스터가 대답했다.

"아무리 그래도 나를 보고 웃으면서 알은체할 건 없잖아. 시커멓고 지저분하고 눈이 못생긴 늙은이 같으니라고!" 펄이 말했다. "알은체하고 싶거든 엄마나 보고 그러지. 엄마는 잿빛 옷에다 주홍 글자를 달고 있으니까. 엄마, 그런데 있잖아, 어쩌면 이렇게 모르는 사람들이 많이 모여 있을까? 어머, 그중에는 원주민 인디언들도, 선원 아저씨들도 보이네! 저 사람들이 이곳 시장터에 뭐 하러 왔을까?"

"행렬이 지나가는 것을 구경하려고 기다리는 거란다." 헤스터가 대답했다. "총독님이랑 치안판사들이 지나갈 거야. 그리고 목사님들이랑 지체 높은 양반들이랑 훌륭한 사람들도 악대와 병정들을 앞세우고 행진할 거고."

"그럼 그 목사님도 나오시겠네?" 펄이 물었다. "그리고 엄마가 개울가에서 나를 데리고 그분 앞으로 갔을 때처럼 두 손을 내밀어 나를 반겨 주실까?"

"그래, 목사님도 나오실 거야, 얘야." 헤스터가 대답했다. "하지만 오늘은 너를 보시더라도 알은체는 안 하실 거야. 게다가 너도 알은체해서는 안 되고."

"정말로 그분은 이상하고 가엾은 분이야!" 펄이 혼잣말처럼 중얼거렸다. "캄캄한 한밤중에만 그분은 우리를 불러 가지고 엄마 손이랑 내 손을 붙잡아 주시니. 저기 저 처형대 위에 나란히 섰을 때처럼 말이야. 그리고 깊은 숲속에서 고목들만이 엿듣고 좁은 하늘만이 엿볼 수 있을 때에도 그분은 엄마랑 함께 이끼 더미 위에 앉아 얘기를 하시잖아! 그리고 내 이마에 입을 맞춰 주시지. 개울물로 아무리 닦아 내도 잘 지워지진 않지만! 그런데 햇빛이 환하고 사람들이 득실거리는 이곳에선 우리를 모르는 척하시다니. 더구나 우리도 그분을 알은척해서는 안 되고! 늘 가슴에 손을 얹고 계시는 그분은 이상하고 가엾은 분이야!"

 "입 좀 다물어, 펄! 너는 아직 그 사정을 잘 몰라." 헤스터가 말했다. "이제 목사님 생각은 그만하고 네 주변을 둘러보려무나. 오늘은 모두들 얼굴이 얼마나 즐거워 보이니. 어린애들은 학교에서, 어른들은 일터와 들판에서 일부러 나와 재미있는 시간을 보내려는 거야. 오늘부터 새 총독님[98]이 우리를 다스리게 된대. 그래서 사람들이 처음으로 나라를 세웠을 때부터 지켜 온 관습이지만, 모두들 즐거워하고 기뻐하는 거란다. 마침내 보잘것없고 낡은 세계는 물러가고 그 대신 훌륭한 황금시대가 찾아오는 것처럼 말이야!"

 뭇사람의 얼굴에 유난스럽게 환히 빛나는 즐거움은 헤스터

---

98) 1649년에 선출된 존 엔디코트를 가리킨다. 그는 전에도 총독을 역임한 적이 있어 엄밀한 의미에서 '새 총독'은 아니다.

가 말한 그대로였다. 청교도들은 1년 중에서도 바로 이 축제 기간 속에(이때도 이미 그랬고, 두 세기에 걸쳐 대부분 계속 그랬듯이 말이다.) 연약한 인간에게 베풀어도 좋다고 생각하는 즐거움이나 기쁨을 모두 몰아넣었던 것이다. 그렇게 함으로써 일상적인 침울한 구름을 몰아내고 그들은 이 단 하루의 축제일만은 대부분의 다른 사회에서 모든 사람이 괴로움을 겪고 있을 때 볼 수 있는 정도 이상으로 침울한 표정을 짓지는 않았다.

그러나 어쩌면 우리는 분명히 이 시대 사람들의 분위기와 풍습의 특징이었던 음울한 성격을 과장해서 말하는지도 모른다. 지금 보스턴의 시장터에 모여 있는 사람들은 태어나면서부터 청교도적인 우울을 물려받은 사람들이 아니었다. 그들은 영국 태생으로 그 조상은 엘리자베스 시대의 밝고 풍요로운 분위기 속에서 살았다.[99] 그 시대의 영국 생활을 하나로 뭉뚱그려서 본다면 전 세계에서 그 유례를 찾아볼 수 없을 만큼 위풍당당하고 장엄하며 유쾌해 보였다. 만약 뉴잉글랜드 개척자들이 선조한테 물려받은 취향을 고스란히 따랐더라면, 모든 공식 행사를 횃불 놀이니 연회니 꽃수레 행렬 같은 것으로 장식했을 것이다. 또한 장엄한 의식을 거행할 때도 그 엄숙함에 오락의 즐거움을 가미하여, 말하자면 이런 축제일에 온 백성이 입는 예복에 기괴하면서 아름다운 수를 놓아 찬란하게

---

99) 청교도인들은 엘리자베스 시대에 풍미한 영국 르네상스 전통을 물려받아 다분히 낙관적인 휴머니즘을 지니고 있었다. 호손은 여기에서 청교도인들이 지나치게 경건하고 경직되었다고 보는 것은 잘못이라고 밝힌다.

장식할 수도 있었을 것이다. 하기야 식민지 정치의 새해가 시작되는 날[100]을 축하하는 의식에 이런 종류의 시도를 한 자취가 조금도 엿보이지 않는 것은 아니었다. 그들이 자랑으로 삼는 옛 런던에서, 감히 국왕의 대관식에서라고는 할 수 없을지 몰라도 런던 시장의 취임식에서 보았던 것을 몇 갑절 희석해 싱겁게 반복한다든지, 기억에 남은 지난날의 영화를 희미하게나마 반영한다든지 하는 것을 우리 조상이 제정한 치안 판사들의 연례 취임식 절차에서 엿볼 수 있을 것이다. 공화국의 국부(國父)들과 설립자들은(정치가들과 목사들 그리고 군인들 같은 사람들 말이다.) 이 무렵 겉으로 위용과 존엄을 갖추는 것이야말로 그들의 의무라고 생각했다. 그런 차림은 고풍스러운 스타일에 걸맞게 국가나 사회의 저명인사들에게 적합한 옷차림으로 간주되었다. 그런 인물들이 모두 나와 백성들이 지켜보는 가운데 행렬에 참여함으로써 새로 수립한 정부의 단순한 조직에 필요한 위엄을 불어넣었다.

그러므로 이날은 다른 때 같으면 종교와 똑같은 성격을 지닌 듯한 온갖 고된 일을 조금 늦추기를 장려하지는 못해도 그것을 묵인해 주었다. 그러나 물론 이곳에는 엘리자베스 시대나 제임스 왕 시대의 영국 같으면 환락을 즐기는 백성들이 손쉽게 마련했을지도 모를 오락 시설은 하나도 없었다. 상스러운 광대풍의 구경거리도 없었고, 하프를 켜며 옛 민요를 읊는 음

---

100) 이날을 '식민지 정치의 새해가 시작되는 날'이라고 부르는 것은 총독의 취임일일뿐더러 의회가 시작하는 날이기도 했기 때문이다.

유시인도 없었으며, 자신의 음악에 맞추어 원숭이를 춤추게 하는 가수도 없었고, 마귀의 요술을 흉내 내는 마술쟁이도 없었다. 또한 아주 넓은 희극적 감정에 호소하여 어쩌면 수백 년이나 되었는데도 여전히 재미있는 익살로써 뭇사람을 쥐고 흔들어 대는 어릿광대도 없었다. 몇몇 종류의 익살에 종사하는 그런 전문가들은 하나같이 엄격한 법률 때문만이 아니라 법률에 활기를 불어넣어 주는 일반 백성들의 정서 때문에도 엄격히 제재를 받았다. 그런데도 백성들의 큼직하고 순박한 얼굴은 어쩌면 엄숙한 표정이나마 활짝 미소를 짓고 있었다. 물론 그렇다고 옛날에 이 개척자들이 오래전 고국 영국의 시골 장터나 마을 풀밭에서 구경도 하고 몸소 놀아 보기도 한 놀이가 전혀 없었던 것은 아니다. 그들에게 필수적인 용기나 사내다움을 키우기 위해서라도 이런 놀이는 이 신대륙에서도 계속 성행하도록 해 두는 것이 바람직하다고 여겼던 것이다. 시장터 근처 곳곳에서는 콘월식이니 데번셔식이니 하는 서로 다른 씨름판이 벌어지고 있었다.[101] 한 모퉁이에서는 육척봉(六尺棒)의 친선 시합이 벌어지고 있었다. 그런데 가장 많은 사람의 흥미를 끈 것은 역시 이미 이야기 속에서 유명해진 그 처형대 위에서 두 호신술 사범이 둥근 방패와 폭이 넓은 검을 갖고 시범 경기를 보이는 모습이었다. 그러나 이 시합이 마을 관리의 간섭으로 중단되자 구경꾼들은 몹시 실망했다. 마을

---

101) 콘월과 데번셔는 영국 남서부에 있는 주로, 두 지방 모두 느슨한 캔버스 신발을 신고 씨름을 하는 것은 같지만 신발의 종류가 약간 다르다. 데번셔에서는 상대방의 정강이를 차기 위해 밑창이 두꺼운 신발을 신는다.

관리로서는 한 신성한 장소가 이렇게 모독되어 법률의 존엄성이 더럽혀지는 것을 도저히 용납할 수 없었던 것이다.

축제일을 경축한다는 점에서 보면 대체로 그들이 (무미건조한 생활을 갓 시작하던 시절의 사람들인 데다가 한창때에는 제법 즐겁게 놀 줄 알던 조상의 후손이었기 때문에) 우리처럼 아득히 멀리 떨어져 있을지라도 그들의 후손에 비해 오히려 더 낫다고 단정 지어도 지나친 말은 아닐 것이다. 그들의 바로 다음 자손, 즉 초기 이주민의 다음 세대는 청교도주의의 가장 어두운 빛을 띠고 백성의 표정을 어둡게 물들였기 때문에 그 뒤의 후손이 모두 긴 세월을 두고 아무리 씻어 버리려고 해도 씻어 버리기에 역부족이었다. 우리는 아직도 잊어버린 유희의 기술을 다시 배워야 할 것이다.

시장터를 수놓은 한 폭의 풍속화는 일반적으로 영국 이주민 특유의 검은빛이 도는 회색이거나 갈색 또는 흑색을 띠었지만 몇몇 다양한 빛깔 때문에 생기를 띠었다. 원주민 인디언 한 무리가 사슴 가죽에 정교하게 수놓은 야만인 특유의 요란스러운 복장에다 조개껍데기를 꿰어 만든 허리띠를 두르고 주홍색과 노란색 물감을 칠한 뒤 깃털을 치장하고 활과 살과 석창으로 몸차림을 하고 있었다. 심지어 청교도보다도 엄숙하고 굳은 표정을 짓고 구경꾼들에게서 좀 떨어져 서 있었다. 비록 물감 칠을 한 인디언들이 야만인들이었지만 그렇다고 그들이 이 장면에서 가장 야만스러운 모습을 하고 있지는 않았다. 야만스럽다는 명예는 선거 경축일의 재미난 행사를 구경하려고 상륙한 몇몇 뱃사람들이(그중 일부는 스패니시메인에서 온 뱃

사람들이었다.) 당연히 차지해야 할 몫이었다. 그들은 얼굴이 햇볕에 검게 그은 데다가 수염이 텁수룩하고 우악스럽게 보이는 부랑배들이었다. 통이 넓고 짤막한 바지는 허리 근처에서 벨트로 졸라매 가끔 투박한 황금 고리로 잠그게 되어 있었으며, 허리띠에는 언제나 기다란 주머니칼을 매달고 있거나 어떤 때에는 검을 차고 있기도 했다. 종려 잎사귀로 만든 모자의 널따란 차양 밑에서 심지어 기분이 좋고 웃을 때조차 짐승 같은 사나움을 지닌 두 눈이 번쩍거렸다. 그들은 누구나 지켜야 하는 행동 규칙을 아무런 두려움도 염치도 없이 무시해 버렸다. 마을 관리가 보는 바로 앞에서 담배를 피우기도 했는데, 아마 보통 사람이 그 짓을 했다면 한 모금만 피워도 영락없이 1실링의 벌금을 물어야 했을 것이다. 제멋대로 휴대용 술병에서 포도주나 독한 술을 따라 들이켜는가 하면, 놀라서 입을 벌린 채 바라보는 구경꾼들에게 술을 함부로 권하기도 했다. 뱃사람들이 육지에서 제멋대로 행세할 뿐 아니라 바다에 나가서는 더욱 심한 짓거리를 해도 눈감아 주었다는 사실은 이 무렵의 도덕이 완전치 못했다는 것을(우리는 엄격한 시대였다고 말하지만 말이다.) 뚜렷이 드러낸다. 이 무렵 뱃사람들은 요즈음 같았으면 아마 해적으로 고발당할 것이다. 예를 들어 이 뱃사람들만 해도 뱃사람 중에서 그다지 좋지 못한 축은 아닌데도 스페인 무역에서 우리식으로 말해서 약탈의 죄를 범했음에 거의 틀림없었고, 그래서 그들이 오늘날의 법정에서 심판받는다면 아마 모두 목이 달아날지도 모른다.

그러나 이 무렵의 바다는 그야말로 제멋대로 파도치고 출렁거리고 거품이 일었기 때문에 모진 비바람 앞에서나 고개를 숙일 뿐 인간이 만들어 낸 법률에는 좀처럼 지배받지 않았다. 파도와 더불어 살아가는 해적도 그 직업을 집어치우고 원하기만 하면 당장에 육지에서 성실하고 경건한 사람이 될 수도 있었다. 또한 심지어 아무리 한참 무모한 생활을 하던 중이라도 서로 거래를 한다거나 잠시 사귀기에 불명예스러운 위인이라고 여겨지지도 않았다. 그러므로 검정 외투에 풀 먹인 띠를 두르고 뾰족한 고깔모자를 쓴 청교도 장로들도 쾌활한 뱃사람들이 떠들어 대고 버릇없이 구는 행동을 보고도 인자한 미소를 지을 뿐이었다. 그리고 늙은 의사 로저 칠링워스처럼 점잖은 시민이 수상쩍은 배의 선장과 무척 다정하게 이야기를 나누며 시장터로 들어서는 것을 보아도 그다지 놀라거나 비난할 것이 못 되었다.

선장은 옷차림에 관한 한 가장 화려하고 요란해서 군중 사이 어디에 끼어도 금방 눈에 띄었다. 옷에는 리본을 무척 많이 달고 있는 데다가 모자는 금 레이스로 치장했고 그 둘레에도 금 사슬을 둘렀으며 그 꼭대기에는 깃털을 꽂았다. 옆구리에는 칼을 차고 이마에는 칼에 벤 자국이 보였지만 머리를 빗은 품이 상처를 가리기는커녕 오히려 보라는 듯 드러내 놓은 것 같았다. 만약 육지 사람이 그런 차림과 그런 얼굴로 그처럼 의기양양한 태도를 보였더라면 틀림없이 치안판사로부터 엄한 문초를 받고 벌금형이나 금고형 또는 칼을 쓰고 구경꾼 앞에서 치욕을 당하는 형벌을 받았을 것이다. 그러나 이 선장으로 말하자면 마치 번쩍이는 비늘이 물고기의 본성인 것처럼 이 모두가 그의 성격에 걸맞은 것으로 여길 뿐이었다.

의사와 헤어진 브리스틀행 배의 선장은 한가롭게 시장터 여기저기를 거닐었다. 그러다가 우연히 헤스터 프린이 서 있는 곳으로 다가가더니 그녀를 알아보았는지 선뜻 말을 건넸다. 어디에서나 헤스터가 서 있는 둘레에는 흔히 그러듯이 작은 빈 공간이, 일종의 둥근 마법 지대가 생겼고, 그곳에서 조금 떨어진 곳에서는 뭇사람이 서로 밀치고 덮치고 하면서도 그 원 속에는 누구 하나 감히 발을 들여놓지도 않았고 그럴 생각을 하지도 않았다. 그런 빈 공간은 주홍 글자가 숙명적으로 그 것을 달고 있는 장본인을 감싸고 있는 정신적 고독을 보여 주는 강력한 표상이었다. 어쩌면 그녀 자신이 과묵한 탓이기도 했고, 이제 더 이상 매정하지는 않지만 동료 인간과 본능적으로 거리를 둔 탓이기도 했다. 그런데 이번에는 오히려 그 때문에 헤스터와 선장이 서로 이야기를 주고받아도 남이 엿들을 위험이 없어서 다행이었다. 또한 헤스터 프린에 대한 세상 사람들의 평판도 퍽 달라졌기 때문에 그녀가 이처럼 사내와 이야기를 나눈다고 해도 마을에서 아무리 도덕심이 굳기로 이름난 기혼 부인이라도 헤스터만큼 추문을 일으키지 않고 그 사내와 이야기를 나눌 수는 없었을 것이다.

"그런데 아주머니." 선장이 말했다. "아주머니가 부탁하신 것보다 침대를 하나 더 준비하라고 급사장에게 지시해야겠어요! 이번 항해 때에는 괴혈병이나 발진티푸스 걱정은 마십시오! 원래 배에 타고 있는 의사에다가 이번에 또 다른 의사 한 분이 타게 되었으니 말입니다. 걱정이 있다면 약품이나 환약 때문에 생기는 걱정이겠지요. 더구나 스페인 배로부터 사들인 약재가 산더미같이 많답니다."

"아니, 도대체 그게 무슨 말씀인가요?" 헤스터가 얼굴에 나타난 놀란 표정 이상으로 흠칫 놀라며 물었다. "손님이 한 분 더 있나요?"

"아, 아직 모르고 있었나요?" 선장이 큰 소리로 외쳤다. "이곳에 사는 그 의사가, 이름이 칠링워스라고 하던데, 당신들과 동행해 배를 타겠다고 하던데요. 네, 네, 맞아요. 아주머니가 아는 줄 알았지요. 그분 말씀이 당신들과는 동행이고 일전에 아주머니가 말한 그 신사분과는 친한 사이라고 하더군요. 심술 사나운 이곳 늙은 청교도 통치자들 때문에 위험에 처해 있다던 그분 말이지요!"

"물론 두 분이야 잘 아시는 사이지요." 속으로는 소스라치게 놀랐지만 헤스터가 태연스럽게 대답했다. "오랫동안 한 집에서 살아왔으니까요."

선장과 헤스터는 그 이상은 이야기를 나누지 않았다. 그러나 이 순간 마침 시장터 가장 먼 귀퉁이에 서서 헤스터를 보고 빙그레 미소 짓는 로저 칠링워스의 모습이 보였다. 그런데 그 미소는 사람들로 붐비는 널찍한 광장을 가로질러, 군중의 온갖 말소리와 웃음소리, 갖가지 생각이며 기분이며 관심사를 뚫고, 남모를 비밀과 무서운 뜻을 간직하고 있었다.

22장

행렬

헤스터 프린이 정신을 가다듬어 이 새롭고 놀라운 사태에 어떻게 대처해야 할지 미처 생각하기도 전에 군악대가 가까운 길거리로 다가오는 소리가 들렸다. 교회당으로 향하는 치안판사들과 주민들의 행렬이 가까이 다가오고 있다는 것을 알리는 소리였다. 교회당에서는 일찍이 오래전에 시작되어 지금까지 지켜 온 관례에 따라 딤스데일 목사가 선거 축하 설교를 하기로 되어 있었다.

곧이어 행렬의 선두가 느리고 위엄 있게 나타나 모퉁이를 돌아 시장터를 가로질러 오고 있었다. 맨 먼저 군악대가 눈에 들어왔다. 온갖 악기로 구성된 악대의 연주는 화음이 서로 잘 맞지도 않았고 솜씨도 그다지 훌륭하지 못한 듯했다. 그러나 북과 나팔의 화음이 군중에게 말하려는 큰 목적, 즉 그들 앞을 지나가는 삶의 한 장면에 좀 더 고상하고 좀 더 영웅적인 분위기를 부여해 주려는 목적을 다하고 있었다. 어린 펄은 처음에는 손뼉을 쳤지만 곧 그날 아침나절 내내 그녀를 흥분시켰던 초조한 마음의 동요를 잠시 잃어버리고 말았다. 조용히 바라보는 그 아이는 날아가는 물새처럼 길게 굽이치는 군악의 물결을 타고 하늘로 끌려 올라가는 듯싶었다. 그러나 악대의 뒤를 이어 행렬의 의장대를 이루는 부대의 무기와 빛나는 갑옷이 햇빛에 번쩍이는 것을 보자 전과 같은 기분으로 돌아왔다. 이 일단의 병사는(지금도 여전히 하나의 단체로 존재하며 먼 과거로부터 유서 깊고 영예로운 명성을 지닌 채 오늘에 이르기까지 행진을 계속하고 있다.[102]) 돈을 받고 근무하는 용병으로 구성되어 있지 않았다. 상무(尙武) 정신의 자극을 받아 일종의 문장원(紋章院)[103]을 설립하려고 하는 신사들이 이 부대의 대열을 이루던 것이다. 문장원에서 그들은 성당 기사단[104]의 경우처럼 군사학을 배우고 평화스러운 실습이 가르쳐 줄 수 있는 한 전쟁 연습도 해 볼 수 있었다. 이 무렵 군인 기질이 대단한 존경을 받았다는 사실은 부대원 개개인의 당당한 태도에서 엿볼 수 있다. 그들 가운데에는 실제로 북해 연안의 저지대

---

102) 이 부대는 1638년에 '매사추세츠의 군대'로 창설되었고 1657년에 '포병 대대'로 개편되었다. 호손이 살던 시대의 공식 명칭은 '보스턴의 유서 깊고 명예로운 포병 대대'였다.

103) 1483년에 창설된 영국의 왕립 기관으로 문장과 그와 관련한 일을 관장했다. 호손이 군사학교와 혼동한 듯하다.

104) 1118년경 성당과 순례자 등을 보호하기 위해 예루살렘에서 조직한 기사단. 이단으로 탄압받다가 1313년에 해체되었다.

나라들과 그 밖에 유럽의 여러 싸움터에 종군해 당당하게 군인으로서의 칭호와 영예를 지닐 권리를 얻은 사람들도 있었다. 더구나 번들거리는 갑옷을 입고 번쩍거리는 투구 위에 나풀거리는 깃털을 단 부대 전체의 복장은 현대의 군장도 감히 따르지 못할 만큼 휘황찬란했다.

그러나 분별 있는 구경꾼의 눈에는 호위대 바로 뒤를 따라오는 훌륭한 문관들이 한층 더 존경스럽게 보였다. 그들은 겉으로 드러난 거동부터 위엄이 나타나 있어, 군인들의 거만한 걸음걸이가 우스꽝스럽지는 않아도 저속하게 보일 정도였다. 이 무렵에는 이른바 재능이라는 것이 오늘날에 비해 훨씬 중요하지 않았던 반면, 안정된 성격과 위엄을 갖추게 하는 무게 있는 요소들이 훨씬 더 비중을 차지하던 시대였다. 사람들은 조상으로부터 당연히 존경심이라는 것을 세습적으로 물려받았지만, 그것이 자손 대에 이르러서는 남아 있더라도 미미한 정도였고 공직자를 뽑고 평가하는 데에는 더욱더 그 힘이 미약해졌다. 이런 변화는 좋다고 할 수도 있고 나쁘다고 할 수도 있으며, 아마 두 가지 면을 어느 정도 함께 가지고 있을 것이다. 그러나 그 옛날 이 황량한 해안에 자리 잡은 영국 개척자들은, 왕이며 귀족이라는 온갖 종류의 으리으리한 계급을 뒤에 남겨 놓고 왔지만 남을 존경하는 능력과 필요성이 여전히 강했기 때문에, 노인의 백발과 거룩한 이마며, 오랜 세월에 걸쳐 시련을 견뎌 낸 성실함이며, 온건한 지혜와 쓰라린 경험이며, 언제나 영구적이라는 느낌을 주고 일반적으로 품위로 정의할 수 있는 엄숙하고 무게 있는 종류의 재능을 존경했다. 그러므로 일찍이 백성들의 선거를 통해 권력을 얻었던 초기 정치가들은(브래드스트리트,[105] 엔디코트,[106] 더들리,[107] 벨링엄 및 그들의 동료들 말이다.) 흔히 그렇게 재간이 뛰어난 편은 아니었지만 지능의 활동보다는 중후한 근엄성으로 두각을 나타냈다. 그들은 불요불굴(不撓不屈)의 정신과 자립심이 강해 곤경이나 위기를 당하면 거센 태풍을 막아 내는 일련의 절벽처럼 굳세게 국가의 안보를 지켜 왔다. 여기에서 언급하는 성격의 특징은 새 식민지 치안판사들의 네모진 얼굴과 큼직한 몸집에 잘 나타나 있었다. 선천적으로 타고난 권위 있는 태도에 관한 한, 모국 영국은 이런 현실적인 민주주의의 선구자들이 상원에서 한자리를 차지한다거나 추밀원(樞密院)[108] 고문에 뽑히더라도 추호도 부끄러워할 필요가 없었을 것이다.

치안판사들 뒤에는 경축일 설교를 하기로 되어 있는 저명한 젊은 목사가 뒤따랐다. 이 무렵에는 정치 생활에서보다는 그 사람의 직업과 같은 성직에서 훨씬 더 지적 능력을 발휘할 수 있었다. 그 고상한 동기는 접어 두고라도, 목사라는 직업은

---

105) 사이먼 브래드스트리트(1603~1697). 청교도 시대의 시인 앤 브래드스트리트의 남편으로 각 식민지의 방위를 목적으로 뉴잉글랜드 연합체를 결성하고 매사추세츠 대표 위원을 거쳐 두 차례에 걸쳐 매사추세츠 총독을 역임했다.

106) 존 엔디코트(1589~1665). 1630년 존 윈스럽이 도착하기까지 매사추세츠만 식민지의 총독이었으며 세일럼 식민지의 초대 총독을 지냈다.

107) 토머스 더들리(1576~1653). 앤 브래드스트리트의 아버지로 매사추세츠 총독을 역임했고 하버드 대학교를 창설한 사람 중의 하나이다.

108) 영국 국왕의 사적 자문기관.

그 사회에서 거의 숭배에 가까운 존경을 받았기 때문에 가장 불타는 야심가일지라도 능히 이 직업을 얻으려고 할 만큼 강한 유혹을 느꼈다. 인크리스 매더[109]의 경우에서 볼 수 있듯이, 심지어 정치 세력마저도 성공한 목사의 손아귀에 놓여 있었던 것이다.

지금 그 목사를 바라보는 사람들의 관찰에 따르면, 딤스데일 목사는 뉴잉글랜드 해안에 처음 발을 들여놓은 이후 지금까지 이 행렬에서 발을 맞춰 따라가는 걸음걸이와 태도에서 볼 수 있는 정력을 일찍이 보여 준 적이 없었다고 한다. 그 걸음걸이는 다른 때와는 달리 연약하지 않았다. 몸도 구부정하지 않았고 손도 불길하게 가슴 위로 올라가 있지 않았다. 그러나 목사를 좀 더 자세히 관찰하면 그 힘은 육체에서 나오는 힘이 아닌 듯했다. 어쩌면 천사가 도움을 준 영적인 힘이었는지 모른다. 어쩌면 그 힘은 열렬하게 오래 계속된 사색이라는 용광로의 불길 속에서만 증류되는 강렬한 강심제의 홍분 때문에 생긴 것이었는지도 모른다. 또는 어쩌면 하늘을 향해 솟아오르면서 음파에 그를 싣고 오르는 우렁차고도 날카로운 음악에 힘입어 그의 민감한 기질이 활기를 되찾았기 때문인지도 모른다. 그러나 그 얼굴이 그렇게 초연한 것을 보면 딤스데

---

109) 1639~1723. 리처드 매더의 아들로 보스턴에서 태어나 청교도의 지도자가 되었다. 하버드 대학교를 졸업한 뒤 아일랜드 더블린의 트리니티 대학교에서 석사 학위를 받고 평생 동안 보스턴의 노스 교회 목사로 있었다. 하버드 대학교 학장을 지낸 교육자이며 본국에 가서 칙허장을 받아 온 외교관으로 이름을 떨치기도 했다.

일 목사가 과연 음악을 듣고 있었는지조차 의심스러울 정도였다. 그의 몸은 전에 보기 드문 비상한 기운으로 계속 앞으로 나아갔다. 그러나 그의 마음은 지금 어디에 가 있는가? 자신만의 세계 으슥한 곳에 깊숙이 틀어박혀서 얼마 뒤에는 곧 장엄하게 출발할 사상의 행렬을 지휘하느라고 비상하게 활동하기에 바빴다. 그러므로 주변에서 벌어지는 일은 눈에 보이지도 귀에 들리지도 않았고 다른 어떤 것에 대해서도 몰랐다. 그러나 정신적 요소가 그의 가냘픈 체구를 일으켜 무거운 줄도 모르고 이끌고 나아가면서 체구를 정신 그 자체와 같은 것으로 바꾸어 놓았다. 지력이 비상한 사람들은 병적인 상태에 빠지면 이따금 이런 엄청난 노력을 할 만한 힘을 가지고 있어 이런 노력에 며칠 분의 생명을 바치고 나서는 그 뒤 며칠 동안은 생명을 거의 잃다시피 한다.

여전히 목사를 주시하던 헤스터 프린은 쓸쓸한 기분이 자신에게 덮쳐 오는 것을 느꼈지만 그것이 무엇 때문인지 어디서 오는 것인지 알 수 없었다. 다만 목사가 그녀 자신의 세계에서 너무 멀리 떨어져 있어 도저히 손길이 미치지 못하는 곳에 있는 것만 같았다. 그녀는 두 사람 사이에서 상대방을 알아보았다는 눈길을 틀림없이 한 번이라도 나눌 수 있을 것이라고 생각했다. 쓸쓸한 작은 골짜기며 사랑과 고뇌며 이끼 낀 나무 그루터기가 있는 그 어둠침침한 숲속을 생각하고 있었다. 그곳에서 두 사람은 서로 손을 마주 잡고 앉아서 우울한 개울의 속삭임을 들으며 슬프고 정열에 넘치는 이야기를 나누었던 것이다. 그때 두 사람은 얼마나 깊이 서로의 심정을 이해할 수 있었던가! 그런데 저 사람이 바로 그 사람이란 말인가? 지금 같아서는 거의 모르는 사람과 같지 않은가! 그는 화려한 음악에 휩싸인 위엄 있고 거룩한 교부들의 행렬에 끼어 자랑스럽게 걸어 나가고 있었다. 현세의 지위에서도 그토록 그녀의 손길이 미치지 않는 곳에 있었지만, 그녀와 공명하는 것이 없는 아득한 그의 사상의 원경에, 지금 그녀가 그를 바라보는 그 원경에서는 더욱 손이 닿지 않는 곳에 있는 것이 아닌가! 모두가 한낱 망상이었으며, 아무리 생생하게 꿈을 꾸었다고 해도 목사와 자신 사이에는 진정한 유대가 결코 있을 수 없다는 생각이 들자 헤스터는 실망을 금치 못했다. 또한 헤스터에게는 이 정도의 여성다운 성품이 남아 있었기 때문에 그가 두 사람의 세계에서 그처럼 완전히 빠져나가 버릴 수 있다는 것을 도저히 용서할 수 없었다. 적어도 그들 운명의 무거운 발소리가 가까이, 점점 가까이, 좀 더 가까이 들려오는 지금에 와서는 더욱더 용서할 수 없지 않겠는가! 한편 그녀는 어둠 속을 더듬으며 차가운 두 손을 앞으로 뻗었지만 그를 찾아낼 수 없었다.

펄도 어머니의 심정을 알아차리고 금방 반응을 보였거나, 아니면 자신이 직접 아득하고도 붙잡을 수 없을 것 같은 기운이 목사의 주위에 감돌고 있음을 스스로 느꼈는지도 모른다. 행렬이 지나가는 동안 그 아이는 안절부절못하고 마치 금방 날아가려는 새처럼 푸드덕거리며 펄떡였다. 행렬이 모두 지나가자 그 아이가 헤스터의 얼굴을 올려다보았다.

"엄마." 펄이 말했다. "저분이 개울가에서 내게 입 맞춰 주던 바로 그 목사님이야?"

"조용히 하고 있어, 펄!" 어머니가 조그만 목소리로 속삭였다. "우린 숲속에서 있었던 일을 언제까지나 이런 장터에서 말해선 안 돼."

"난 암만해도 그분 같지가 않았어. 참 이상하게 보였거든." 펄이 계속 말했다. "그렇지 않았다면 그분에게 달려가 모든 사람이 보는 앞에서 입 맞춰 달라고 했을 텐데. 저 어두컴컴한 고목 숲에서 해 주신 것처럼 말이야. 그랬다면 목사님은 뭐라고 하셨을까, 엄마? 가슴에 손을 탁 얹고 나를 흘겨보면서 가라고 하셨을까?"

"글쎄, 뭐라고 하셨을까, 펄." 헤스터가 대답했다. "지금은 입맞출 때가 아니고, 장터에선 입 맞추는 게 아니라고 하셨겠지? 이 바보야, 네가 그 따위 소리를 하지 않아서 다행이야!"

딤스데일 목사와 관련해 이와 똑같지만 조금 다른 감정을 또 하나 보여 준 사람이 있었다. 그녀는 괴벽스러워서(아마 광증이라고 해야 할 것이다.) 마을 사람들이 엄두도 내지 못할 일을 서슴지 않고 하는 여자였다. 즉 사람들이 보는 앞에서 주홍 글자를 달고 있는 여인과 버젓이 이야기를 나누기 시작했던 것이다. 그 사람은 바로 히빈스 노파로, 세 겹 주름깃이며 수놓은 가슴 옷에다 멋진 벨벳 가운을 입고 손에는 황금 손잡이가 달린 지팡이를 든 채 굉장한 차림새로 행렬을 구경하러 온 참이었다. 이 노파는 이 무렵에도 여전히 성행하던 모든 마술에서 주역을 맡고 있다는 평판이 있었기 때문에(그 때문에 마침내 목숨까지 잃었지만 말이다.) 군중은 그녀에게 길을 비켜 주었고 그 화려한 주름깃 사이에 무슨 역병이라도 지니고 다니는 것처럼 그녀의 옷에 닿을까 두려워하는 것 같았다. 그 히빈스 노파가 헤스터 프린과 함께 있는 것을 보자, 이제는 많은 사람이 헤스터에게 호감을 갖고 있었지만, 노파가 불러일으키는 공포가 갑절이나 늘어나 시장터에 있던 사람들은 한꺼번에 두 여인이 서 있는 곳에서 물러섰다.

"글쎄, 인간의 상상력으로 어떻게 그런 일을 생각해 낼 수 있을까!" 노파가 헤스터에게 은밀히 속삭였다. "저기 저 성스러운 분 있잖아! 사람들이 지상의 성자라고 우러러보고, 나도 그렇게 말할 수밖에 없지만, 어쨌거나 참말로 그렇게 보이는 분 말이야! 행렬에 끼어 지나가는 저 사람을 보고 얼마 전에 서재를 빠져나와서, 틀림없이 히브리어 성경 구절을 입 속으로 중얼거리면서 숲속을 산책했던 사람이라고 어느 누가 생각할 수 있겠어! 아하! 헤스터 프린, 우린 그 이유를 알지만! 그런데 참으로 저이가 같은 사람이라고 생각할 수가 없단 말씀이야. 난 '어떤 분'이 바이올린을 켜고 원주민 인디언 무당이나 라플란드[110]의 요술쟁이가 우리와 함께 손을 잡고 춤추었을 때 저 악대 뒤를 따라가는 많은 교인들이 그 곡조에 맞춰 춤을 추는 걸 보았지! 하지만 세상일을 잘 아는 여자에게 그런 것쯤은 별것이 아니지만. 그런데 저 목사가 말이지! 헤스터, 저이가 당신이 숲속 오솔길에서 만난 바로 그 사람이라고 확신

---

110) 스칸디나비아반도의 북부 지방을 일컫는 말로 지금의 스웨덴, 노르웨이, 핀란드, 러시아의 일부가 이에 속한다. 예로부터 이 지방에 바람이나 폭풍우를 일으키는 마녀와 마법사가 살고 있다고 전해진다.

할 수 있겠어?"

"부인, 저는 무슨 말씀인지 도무지 모르겠네요." 헤스터 프
린이 대답했다. 히빈스 노파가 제정신이 아니려니 생각하면서
도 그녀가 많은 사람과(그중에는 자신도 포함되지만) 악마 사이
에 개인적 관계가 있음을 자신만만하게 말하는 태도를 보고
이상한 두려움과 공포감에 사로잡혔다. "저는 딤스데일 목사
님처럼 유식하고 경건하신 하느님의 심부름꾼을 두고 외람되
게 가볍게 말할 수 없어요."

"흥, 이보라고, 왜 이러시나!" 노파가 헤스터에게 삿대질을
하면서 큰 소리를 쳤다. "내가 그토록 자주 숲속을 드나들면
서, 그래 나 말고 누가 그곳을 다녀갔는지도 알아낼 재주가 없
는 줄 아나? 물론 그 정도야 알거든. 비록 숲속에서 춤출 때
머리에 썼던 들꽃 화환 잎사귀 하나 머리에 남아 있지 않더라
도 말이지! 헤스터, 난 당신을 잘 알지. 그 징표를 보았으니까.
햇빛이 비치는 곳에선 누구에게나 잘 보이지. 그런데 어두운
곳에서는 새빨간 불길처럼 타오르거든. 당신은 버젓이 내놓고
달고 있으니까 별문제 없지만. 하지만 저 목사는 말씀이야! 귀
를 좀 빌려 줘. 말해 줄 테니! 마왕께선 딤스데일 목사처럼 부
하가 되기로 서명 날인을 하고도 그 유대 관계를 밝히기를 꺼
리는 부하를 보시면 그 징표가 밝은 대낮에 온 세상 사람 눈
앞에 드러나게 일을 꾸미는 버릇이 있으시거든! 저 목사가 늘
가슴 위에 손을 얹고 감추려는 게 도대체 무엇일까? 아하, 헤
스터!"

"히빈스 부인, 그게 정말 뭘까요?" 어린 펄이 정색을 하며

물었다. "할머니는 그걸 보신 적이 있나요?"

"그건 별게 아니란다, 꼬마야." 히빈스 노파가 펄에게 정중히 인사하며 대답했다. "언제고 네 눈으로 직접 보게 되겠지. 그런데 애야, 너는 마왕의 피를 받았다고 하더구나. 언제고 맑은 날 밤에 나랑 말을 타고 네 아버지를 만나러 가지 않으련? 그러면 저 목사가 무엇 때문에 가슴에 손을 얹고 있는지 알게 될 거야!"

기괴한 늙은 마녀는 온 시장터 사람들에게 들릴 만큼 요란스럽게 웃으면서 자리를 떴다.

이때쯤 이미 교회당에서는 개회 기도가 끝나고 설교를 하기 시작하는 딤스데일 목사의 목소리가 들렸다. 억누를 길 없는 마음에서 헤스터는 교회당 가까이 다가갔다. 교회당 안은 그야말로 입추의 여지 없이 청중으로 가득 차서 한 사람도 더 들어갈 수 없었기 때문에 그녀는 처형대 바로 옆에 자리를 잡았다. 그곳은 설교가 잘 들릴 정도로 충분히 가까워서 목사 특유의 목소리가 분명하지는 않아도 온갖 억양을 타고 나지막하게 물 흐르듯 들려왔다.

목사의 목소리는 그 자체가 타고난 소중한 재능이었다. 그래서 청중은 설교자가 말하는 뜻을 이해하지 못해도 그 음조와 억양만 듣고서도 감동해 마음이 뒤흔들릴 정도였다. 다른 모든 음악과 마찬가지로 그 음성은 어디에서 교육받았든 인간의 마음이 타고난 언어로 정열과 애수 그리고 격양되거나 부드러운 정서를 내뿜었다. 교회당 벽을 거쳐 들려오는 바람에 말소리가 약해지기는 했지만 헤스터 프린은 무척 열심히 귀를 기울이는 데다가 마음 깊은 곳까지 감동하고 있었기 때문에 알아들을 수 없는 말을 완전히 떠나 설교는 처음부터 끝까지 그녀에게 하나의 뚜렷한 의미를 전달해 주었다. 만약 그의 말이 좀 더 분명히 들렸더라면 오히려 보다 조잡한 수단이 되어 영적인 의미를 전달하는 데 걸림돌이 되었을지도 모른다. 지금 그녀에게는 점차 가라앉아 잠잠해지는 바람처럼 나지막한 저음이 들렸다. 그러다가 다시 차츰 감미롭고도 힘찬 고음으로 바뀌면서 그녀의 몸도 함께 떠올라 가더니 마침내 그 음량의 엄숙하고 장엄한 분위기에 휩싸이는 것 같았다. 그러나 목소리가 때때로 장엄하게 들리기는 해도 그 음성의 밑바닥에는 언제나 본질적으로 비애가 깔려 있었다. 높게 아니면 나지막하게 고뇌를 표현하는 소리, 그것은 모든 사람의 폐부를 찌르는 고통받는 인간의 속삭임이거나, 아니면 생각하기에 따라서는 부르짖음과도 같지 않은가! 때로는 그윽한 연민의 가락만이 적막한 침묵 속에서 한숨짓는 소리로 들리거나 거의 들리지 않을 따름이었다. 그러나 심지어 목사의 음성이 우렁차게 위엄을 떨 때조차도, 억누를 길 없이 위로 솟구쳐 나올 때에도, 엄청난 폭과 힘으로 교회당 안을 가득 채운 나머지 두꺼운 벽을 꿰뚫고 대기 속으로 퍼져 나갈 때에도 만약 듣는 사람이 그럴 목적으로 골똘히 귀를 기울이기만 한다면, 역시 똑같이 고통스러운 울부짖음을 들을 수 있었을 것이다. 도대체 그것이 무슨 울부짖음이란 말인가? 한 인간의 마음이 어쩌면 죄를 짓고 슬픔의 무거운 짐을 진 채 죄의 비밀이건 슬픔의 비밀이건 그 비밀을 인류의 커다란 마음을 향해 호소하려는 넋두리가 아니던가! 한순간 한순간마다, 어조 하나하나마다, 동정이나 용서를 간절히 갈구하는, 그러면서도 결코 헛되지 않은 넋두리가 아니던가! 이처럼 목사에게 가장 강력한 설득력을 주는 것은 끊임없이 나지막하게 들리는 그 저음이었다.

이런 일이 일어나는 동안 줄곧 헤스터는 동상처럼 처형대 아래에 우두커니 서 있었다. 비록 목사의 음성이 그녀를 그곳에 붙들어 놓지 않았더라도 치욕의 삶 첫 순간을 기록한 그 장소를 떠날 수 없게 하는 무슨 자력(磁力)이 있었기 때문인지도 모른다. 헤스터의 마음속에는 그때를 전후해 삶의 모든 활동 영역이 이 장소와 서로 연결되어 있다는 느낌이 들었다. 그것에 통일성을 가져다주는 단 하나의 점인 것처럼 말이다. 그런데 그 느낌은 너무 막연해서 하나의 생각이라고 할 수는 없지만 여전히 그녀의 마음을 무겁게 짓누르고 있었다.

한편 어린 펄은 어머니 곁을 떠나 시장터를 돌아다니며 제멋대로 뛰놀고 있었다. 아이는 그 변덕스럽고 눈부시게 반짝이는 빛으로 음산한 군중을 즐겁게 했다. 마치 밝게 빛나는 고운 깃을 가진 새 한 마리가 나뭇잎 우거진 희뿌연 어둠 속에서 보일락 말락 이리저리 날아다니면서 우중충한 잎사귀를 지닌 나무 전체를 온통 밝게 하는 것과 같았다. 그 아이는 물결치는 듯 움직이다가도 때로는 아무렇게나 불규칙하고 재빠르게 움직였다. 이런 동작은 그녀의 정신이 초조하게 약동하고 있음을 말해 주었다. 그 아이의 정신이 어머니의 초조한 마음과 더불어 움직이고 흔들렸기 때문에 그녀는 오늘따라 더 유난히 지칠 줄 모르고 두 발로 깡충거렸다. 펄은 활동적이고 변덕스러운 호기심을 자극하는 대상이 눈에 띄기만 하면 언제나 곧바로 달려가서 마음이 내키면 마치 자기 소유물인 것처럼 사람이건 물건이건 가리지 않고 붙잡으려고 했다. 그러면서도 그 대가로 자신의 행동의 자유를 억제하려는 것은 조금도 용납하지 않았다. 청교도인들은 비록 그 아이를 보고 미소를 지을지라도 그 조그마한 몸이 내뿜는, 그 동작과 더불어 뭐라고 형용할 수 없는 번득이는 매력과 괴벽 때문에 이 아이가 마귀의 자식이라고 말하곤 했다. 그 아이가 달려가서 야만스러운 인디언의 얼굴을 쳐다보면, 그 인디언은 자신보다도 더한층 야만스러운 아이가 있다는 사실을 깨닫게 되었다. 그러고 나서 날 때부터 대담하면서도 주저하는 데가 있는 그 아이는 인디언이 육지의 야만인인 것처럼 바다의 야만인이라고 할 얼굴이 거무스름한 뱃사람들 가운데로 뛰어들었다. 이때 선원들은 마치 한 조각 물거품이 어린 소녀의 몸으로 변신해 밤새 뱃머리 밑에서 번쩍이는 바다의 인광의 정(精)을 지니고 나타난 것이 아닌가 하고 놀라고 감탄하며 펄을 바라보았다.

이런 뱃사람 중의 하나가(사실은 헤스터 프린과 이야기를 나누던 바로 그 선장이었다.) 펄의 모습에 매혹되어 입을 맞추려고 두 손을 내밀어 잡으려 했다. 그러나 그 아이를 붙잡기란 공중에 나는 벌새를 잡는 것만큼이나 불가능하다는 것을 알아차리고 모자에 감은 금 사슬을 풀어 그 아이를 향해 던졌다. 펄은 이내 그것을 어찌나 교묘한 솜씨로 자기 목과 허리에 감았던지 그 사슬이 일단 그곳에 놓이자 마치 몸의 일부처럼 보여서 금 사슬 없는 그 아이를 상상하기 어려웠다.

"저기 저 주홍 글자를 달고 있는 여자가 네 엄마지?" 선장이 물었다. "내 말 좀 엄마한테 전해 주련?"

"내 맘에 드는 말이라면 전해 드리지요." 펄이 대답했다.

"그럼 말이다, 이렇게 전하거라." 그가 대답했다. "저 얼굴이 검고 어깨가 굽은 늙은 의사하고 다시 의논했는데, 그 사람이 자기 친구이면서 네 엄마도 잘 알고 있는 신사분을 데리고 오겠다고 약속하셨단다. 그러니까 네 엄마하고 네 걱정만 하라고 전해 주려무나. 이 꼬마 마녀 아가씨, 엄마한테 이 말을 전해 줄래?"

"히빈스 할머니가 그러는데, 우리 아버지는 마왕이래요!" 펄이 짓궂은 미소를 지으며 큰 소리로 외쳤다. "아저씨가 나를 그런 나쁜 말로 부르면 우리 아버지한테 일러바칠 테야. 그렇게 되면 아저씨 배를 폭풍우로 혼내 줄걸!"

펄은 시장터를 이리저리 돌아 어머니한테로 돌아가 선장이 한 말을 전했다. 강인하고 침착하며 꿋꿋이 버텨 오던 헤스터의 정신도 이 피할 수 없는 암담하고 냉혹한 운명의 얼굴을 바라보자 마침내 거의 주저앉다시피 했다. 그녀의 숙명이 목사와 자신이 비참한 미로에서 벗어날 수 있는 길이 막 열리려는 듯한 순간, 그 무자비한 웃음을 띠고 그들의 앞길 바로 한복판에 모습을 드러낸 것이다.

헤스터는 선장의 전갈을 듣고 가뜩이나 무서운 곤욕으로 마음이 괴로운 터에 또 하나의 시련을 겪어야 했다. 그곳에는 근처 시골에서 온 사람들도 많이 모여 있었다. 그들은 주홍 글자에 대해서는 가끔 들은 일이 있었는데 그릇되고 과장된 소문으로 그 글자가 무섭다는 것을 진작 알았지만 정작 육안으로 직접 보지는 못했다. 그런데 그들이 다른 오락에 싫증이 나자 무례하고 거침없이 밀치면서 헤스터 프린의 주위로 몰려왔던 것이다. 염치 없는 짓이라는 생각이 들었는지 헤스터의 주위 몇 야드 안으로는 좀처럼 들어서지 않았다. 그러므로 그만큼 거리를 두고 서서 그 신비스러운 상징이 불러일으키는 혐오의 원심력의 힘으로 그 자리에 꼼짝하지 않고 있었다. 구경꾼이 몰려 있는 것을 보고 주홍 글자의 뜻을 알고 있던 선원들 또한 다가와서는 구경꾼들 틈에서 햇볕에 탄 악당 같은 험한 얼굴을 들이밀었다. 심지어 원주민 인디언들까지도 차디찬 그림자와 같은 백인들의 호기심에 영향을 받아 군중 사이를 밀치고 들어와 뱀 같은 새까만 눈으로 헤스터의 가슴을 뚫어지게 바라보았다. 아마 휘황찬란하게 수놓은 징표를 달고 있는 이 여인은 틀림없이 백인 중에서도 높은 지위에 있는 사람일 것이라고 생각하는 모양이었다. 마지막으로 이 마을 사람들도(다른 사람들이 흥미를 느끼는 것을 보고 전염되어 이미 낡아빠진 화제에 대한 흥미가 은근히 되살아났기 때문인지) 어슬렁어슬렁 이곳으로 걸어와 헤스터 프린을 괴롭혔다. 마을 사람들은 눈에 익은 치욕의 징표를 낯익고 차가운 시선으로 바라봄으로써 다른 지방 사람들보다 더욱더 그녀를 괴롭히는 것 같았다. 헤스터는 7년 전 감옥 문을 나서는 자신을 기다리고 서 있던 아낙네들의 똑같은 얼굴을 보았다. 그런데 다만 그중 단

한 사람의 얼굴만이 보이지 않았는데, 그녀는 아낙네들 가운데에서도 가장 젊고 유일하게 자신에게 동정을 보냈던 여자로, 뒷날 그녀가 입을 수의를 헤스터가 손수 지어 준 적이 있었다. 헤스터가 얼마 뒤면 곧 불타는 듯한 주홍 글자를 떼어 버리기로 한 그 마지막 순간에 그 글자는 이상하게도 더욱 큰 흥분과 구경거리가 되어, 처음 그 징표를 달게 된 이후 그 어느 때보다도 그녀의 가슴을 고통스럽게 타들어 가게 만들었다.

헤스터가 마법과도 같은 그 치욕의 둥근 원 안에, 그녀가 받은 음흉하고도 잔인한 판결이 그녀를 영원히 묶어 놓은 것 같은 그곳에 서 있는 동안, 존경받는 목사는 성스러운 강단에서 깊은 영혼까지 자신에게 내맡기는 청중을 내려다보고 있었다. 교회당 안에 있는 성자와 같은 목사! 시장터에 서 있는 주홍 글자를 달고 있는 여인! 아무리 불경스러운 상상력을 지닌 사람일지라도 그 누가 이 두 사람에게 똑같이 불타는 치욕의 낙인이 찍혔으리라고 감히 추측할 수 있었으랴!

23장

주홍 글자의 폭로

너울거리는 바다 물결을 타는 것처럼 청중의 영혼을 드높이 치솟게 했던 목사의 설교가 마침내 끝났다. 하느님의 말씀이 전해진 다음에 뒤따르는 정적만큼 잠시 깊은 침묵이 흘렀다. 그러고 나서 속삭임과 숨죽인 웅성거림이 들렸다. 마치 다른 사람의 마음속 세계로 이끌어 갔던 엄청난 마력에서 풀려난 청중이 여전히 두려움과 놀라움을 가슴속에 묵직이 느끼면서 제정신으로 되돌아오는 것 같았다. 한순간이 더 흐르자 마침내 그들은 교회당 문밖으로 밀려 나오기 시작했다. 이제 설교도 끝났으니 그들에게는 다른 공기, 즉 지금껏 목사가 불길 같은 말로 바꾸어 놓고 짙은 사상의 향기로 가득 채웠던 교회당 안의 공기보다는 막 되돌아온 속세의 삶을 살기에 더 알맞은 공기가 필요했던 것이다.

문밖으로 나서자 황홀했던 감정이 갑자기 말로 쏟아져 나오기 시작했다. 길거리도 시장터도 여기저기에서 목사에 대한 칭찬으로 완전히 들끓었다. 설교를 들은 사람들은 말하거나 들을 수 있는 이상으로 잘 아는 것을 서로 이야기하지 않고서는 배길 수 없었다. 그들이 입을 모아 말하는 증언에 따른다면, 이날 설교한 목사만큼 현명하고 고귀하고 성스러운 정신으로 설교한 사람은 지금껏 한 명도 없었으며, 인간의 입을 빌려 나타난 하느님의 계시치고 이 목사의 입을 통한 것만큼 그렇게 생생하게 나타난 적은 일찍이 한 번도 없었다는 것이다. 말하자면 하느님의 영감이 목사한테로 내려와 그를 사로잡고 그 앞에 놓인 설교 원고로부터 그를 끊임없이 끌어올려 청중은 물론이고 자신에게조차 놀라운 사상으로 그의 마음을 가득 채웠다는 것이다. 설교의 주제는 신과 인간 사회의 관계로서 특히 그들이 이곳 황야에 건설하고 있는 뉴잉글랜드와 관련이 있었다. 그리고 설교가 끝날 때가 가까워지자 예언 같은 성령이 그에게 내려와 이스라엘의 옛 선지자들에게 그랬던 것처럼 강력하게 그를 강요해 예언의 목적에 따르게 했다. 다만 한 가지 차이가 있다면, 유대 선지자들이 자기 나라에 대한 하느님의 심판과 멸망을 경고한 데 비하여 목사의 사명은 새로 모여든 주님의 백성들에게 고귀하고 영광스러운 운명을 예언해 주었다는 점이다. 그러나 설교하는 동안 줄곧 곧 숨을 거두려는 사람의 입에서 자연스럽게 흘러나오는 비탄의 소리로밖에 달리 해석할 수 없는, 어딘지 깊고도 애틋한 비애의 저음이 흐르고 있었다. 그렇다, 그들이 그렇게도 사랑하는 목사

는, 또한 그들을 너무나 사랑했기 때문에 하늘에 올라갈 때에
는 한숨짓지 않을 수 없는 그 목사는, 지금 자기 앞에 다가오
는 때 이른 죽음을 미리 예감하고 있었으며, 그래서 곧 얼마
뒤에는 그들이 눈물짓도록 만들 것이다! 그가 이제 지상에 잠
시밖에 더 머무르지 못하리라는 생각이 목사가 빚어낸 효과
를 마지막으로 더욱 빛나게 해 주었다. 그것은 마치 승천하는
천사가 잠시 그들 머리 위에서 황금빛 날개를, 그림자이자 광
채인 그 날개를 퍼덕여 황금빛 진리를 소나기처럼 내리쏟는
것과 같았다.

그리하여 딤스데일 목사에게는 일찍이 전에도 없었고 앞으
로도 없을 찬란하고 승리에 가득 찬 인생의 획기적인 시기가
마침내 닥쳐왔다. 다양한 분야에 걸쳐 사람들이 대부분 한참
지나가 버린 다음에야 비로소 깨닫게 되는 경우가 많지만 말
이다. 이 순간 목사는 성직자라는 직업만으로도 높은 지위를
누리던 뉴잉글랜드 초기에 천부적인 지성이며 풍부한 학식이
며 감동적인 웅변이며 가장 순결한 성스러움의 명성으로 가
장 자랑스럽고 높은 최고의 자리에 우뚝 서 있었다. 목사가 선
거 축하 연설을 마치고 강단 위 쿠션에 기대 앞쪽으로 머리를
숙였을 때 그가 차지했던 지위는 바로 이런 것이었다. 그동안
헤스터 프린은 여전히 처형대 옆에 서 있었고, 그녀의 가슴 위
에서는 여전히 주홍 글자가 불타고 있지 않았던가!

또다시 요란스러운 악대 소리와 교회당 문을 나오는 호위대
의 보조를 맞춘 행진의 발소리가 들려왔다. 이제 행렬은 이곳
을 출발해 공회당으로 향해 그곳에서 엄숙한 연회를 열어 이

날의 의식을 모두 끝마칠 예정이었다.

그래서 다시 한번 존귀하고 위엄 있는 원로들의 행렬이 사람들이 양쪽으로 줄지어 서 있는 넓은 길거리를 따라 행진하는 것이 보였다. 총독을 비롯해 치안판사들이며 현명한 노인들이며 성스러운 목사들이며 그 밖에 고명한 사람들이 군중 가운데로 행진해 가자 군중은 공손히 길을 비켜 주었다. 행렬이 시장터에 막 다다랐을 때 군중은 환호를 지르며 그들을 반겨 맞았다. 그 환호성은(이 무렵에는 주민들이 통치자들에게 아이들처럼 천진한 충성을 바쳤기 때문에 그 소리는 더욱더 힘과 음량을 가졌을 것이다.) 아직도 귓전에 쟁쟁히 울리는 그 긴장된 설교가 청중의 마음속에 불붙인 열의가 마침내 더 이상 억누를 수 없어 폭발된 것 같았다. 너 나 할 것 없이 모두가 그런 충동을 마음속에 느꼈고, 동시에 옆 사람한테서도 그것을 느꼈다. 그런 충동은 교회당 안에서는 가까스로 억누를 수 있었지만 넓은 하늘 아래로 나오자 하늘을 찌를 듯 치솟았다. 사람들도 충분히 많은 데다가 감정이 극도로 흥분되고 서로 감정이 통하는 데가 있어 폭발 소리나 우렛소리 또는 바다의 울부짖는 소리를 내는 오르간 소리보다도 더욱 인상적인 소리를 만들어 냈다. 심지어 힘차게 울려 퍼지는 온갖 목소리마저 서로 한데 뒤섞여 여러 마음에서 커다란 한마음을 만들어 내는 충동의 힘으로 거대한 한목소리가 되었다. 지금까지 뉴잉글랜드의 땅 위에 그런 외침 소리가 울려 퍼진 적이 있었던가! 뉴잉글랜드의 땅에서 이 목사만큼 동포들로부터 존경받는 사람이 나타난 적은 일찍이 없었다.

그렇다면 이때 목사는 과연 어떠했을까? 눈부신 후광이 그의 머리를 둘러싸고 공중에 떠 있지나 않았을까? 이처럼 성령으로 영적인 존재가 되었으며 그를 드높이 숭배하는 사람들로 그처럼 신격화되었으니 행렬을 따라 걷고 있는 그의 발은 과연 지상의 흙을 밟고 있었을까?

군인들과 문관 원로들의 대열이 지나가자 사람들은 대열 사이에서 목사가 보일 만한 지점 쪽으로 눈길을 돌렸다. 군중이 차례차례로 힐끗 목사의 모습을 보자 환호성은 잦아지고 속삭임으로 바뀌었다. 그토록 모든 승리를 거두었는데도 목사는 어쩌면 저렇게 힘이 없고 창백해 보일까! 이제 그의 에너지는, 차라리 그 힘과 더불어 하늘에서 직접 가지고 온 신성한 신의 계시를 전할 때까지 그를 지탱해 준 영감이라고 해야겠지만, 그 임무를 충실하게 다하자 그만 사라지고 말았다. 조금 전까지만 해도 사람들이 볼 수 있었던 그의 뺨에 타오르던 홍조도 이제 막 타 버린 잿더미 속에서 맥없이 꺼지는 불꽃처럼 꺼져 버렸다. 그런 죽음의 빛을 띤 그의 얼굴은 거의 살아 있는 사람의 얼굴 같지 않았다. 그처럼 힘없이 비틀거리면서도 좀처럼 넘어지지 않고 계속 걸어가는 그의 모습은 도무지 생명이 붙어 있는 사람 같지 않지 않은가!

그의 동료 목사 가운데 한 사람이(그는 존경받는 존 윌슨 목사였다.) 지성과 감성의 썰물이 남겨 놓은 딤스데일 목사의 상태를 보고는 부축하려고 급히 앞쪽으로 다가섰다. 딤스데일 목사는 몸을 떨면서 그러나 단호하게 늙은 목사의 팔을 뿌리쳤다. 그런 동작을 걸음이라고 말할 수 있을지 모르지만 딤스데일 목사는 여전히 앞으로 계속 걸어 나갔다. 차라리 그 모습은 자기를 앞으로 오게 하려고 어머니가 활짝 벌린 팔을 바라보고 비틀거리며 걸어가는 어린아이의 동작과 비슷했다. 그리고 이제 그가 걸어가는 발걸음은 거의 눈에 띄지 않았지만 아직도 그의 기억에 생생한, 비바람으로 거무스름해진 처형대 맞은편에 이르렀다. 서글프게 흘러간 세월을 넘어 오래전에 헤스터 프린이 세상 사람들로부터 치욕의 눈길을 받았던 바로 그곳이었다. 그런데 바로 그곳에 헤스터가 어린 펄의 손목을 잡고 서 있는 것이 아닌가! 또 그녀의 가슴에는 주홍 글자가 달려 있는 것이 아닌가! 행렬이 웅장하고 환희에 넘치는 행진곡에 발을 맞추어 계속 앞으로 나아가고 있는데도 목사는 이곳에서 발걸음을 멈추었다. 행진곡은 그에게 앞으로, 축제를 향해 계속 앞으로! 나아가라고 했지만 그는 그 자리에 발길을 멈추었던 것이다.

벨링엄 총독은 조금 전부터 걱정스러운 시선으로 목사를 지켜보고 있었다. 딤스데일 목사의 모습을 보고 부축하지 않으면 틀림없이 쓰러지리라고 판단한 총독은 마침내 그를 부축하려고 행렬에서 빠져나왔다. 총독은 마음에서 마음으로 통하는 막연한 암시는 쉽게 따르지 않았지만 목사의 표정에서 자신의 부축을 물리치는 무엇인가를 엿볼 수 있었다. 한편 군중은 두렵고 놀란 얼굴로 그들을 바라보았다. 이처럼 허약한 목사의 몸이 그들의 눈에는 결국 천상의 힘을 얻기 위한 한 단계로 보일 뿐이었다. 또한 그들의 눈앞에서 목사가 승천해 점점 멀어지면서 밝아져 마침내 하늘의 광명 속으로 사라져 버린다고 해도 그처럼 성스러운 사람이므로 그렇게 신기한 기적으로 생각하지 않았을 것이다.

딤스데일 목사가 처형대 쪽으로 고개를 돌리고 두 팔을 벌렸다.

"헤스터, 이리 와요!" 그가 말했다. "내 사랑스러운 펄도 이리 온!"

두 모녀를 바라보는 목사의 시선은 끔찍했지만 부드러우면서도 어딘지 이상한 승리의 빛이 감돌고 있었다. 어린아이는 그녀의 특징의 하나인 새처럼 날쌘 동작으로 목사에게 달려가 두 팔로 그의 무릎을 끌어안았다. 헤스터 프린 역시, 자신의 가장 강한 의지와는 관계없이 어쩔 수 없는 운명에 이끌려가는 듯 억센 의지를 무릅쓰고 천천히 목사의 곁으로 다가갔지만 목사 옆에 다다르기 전에 발걸음을 멈추었다. 이때 마침 로저 칠링워스 노인이 군중을 헤치고 뛰쳐나와(아니, 어쩌면 그 얼굴이 어쩌나 검고 당혹스럽고 흉측했던지 마치 지옥에서 솟아나온 듯했다.) 목사가 하려는 행동을 막으려고 하는 것이 아닌가! 어쨌든 이 늙은이가 달려 나와 목사의 팔을 움켜잡았다.

"그만두시오, 미친 사람 같으니! 도대체 어쩌자는 거요?" 칠링워스가 나지막하게 속삭였다. "저 여인을 물리치시오! 이 아이도 밀어내고! 그러면 모든 일이 잘될 거요! 명예를 더럽히고 망신스럽게 죽지 마시오! 난 아직 당신을 구할 수 있소! 성직을 더럽힐 작정이란 말이오?"

"아하, 악마 같으니! 이제는 이미 늦었소." 목사는 겁에 질려 있으면서도 단호하게 그의 눈을 마주 보며 말했다. "당신의 힘도 이제는 과거와 같지 않소! 나는 하느님의 도우심으로 이제 당신의 손아귀에서 벗어날 것이오!"

목사가 또다시 주홍 글자의 여인에게 손을 내밀었다.

"헤스터 프린." 그가 폐부를 찌르는 간곡한 어조로 부르짖었다. "지난 7년 전에, 나 자신의 죄와 비참한 고뇌 때문에 차마 하지 못한 일을 이 마지막 순간에 감행할 수 있도록 은혜를 베풀어 주신, 그토록 두렵고 그토록 자비로우신 하느님의 이름으로, 자, 어서 이리 와서 당신의 힘으로 나를 부축해 주오! 헤스터, 당신의 힘을 주되 하느님께서 내게 허락하신 뜻에 따라 순종하오! 이 가엾고 잘못된 노인이 지금 전력을 다해 그것을 막고 있소! 악마의 힘까지 빌려서 말이오! 자, 헤스터, 이리로 오시오! 나를 부축하여 저 처형대 위로 오르게 해 주오!"

군중 사이에서 큰 소동이 벌어졌다. 목사 가까이에 서 있던 지위 높고 위엄 있는 사람들은 지금 눈앞에서 벌어지는 사건에 경악해 무슨 영문인지 갈피를 잡지 못하고, 즉각 머리에 떠오르는 설명을 그대로 받아들일 수도, 그렇다고 달리 상상할 수도 없어서 꼼짝하지 않고 가만히 선 채 하느님께서 역사하시려는 듯한 심판을 말없이 지켜보고만 있었다. 그들은 목사가 헤스터 프린의 어깨에 기대 한 팔에 안긴 채 부축을 받으며 처형대를 향해 계단을 오르는 것을 지켜보았다. 그동안에도 목사는 죄악 속에서 태어난 어린아이의 조그마한 손을 여전히 붙잡고 있었다. 그들이 모두 저마다 등장했던 이 죄악과 비애가 빚어낸 연극에 깊이 관련되었으며, 따라서 그 마지막

장면에도 나타날 자격이 있는 로저 칠링워스 노인도 그들의
뒤를 따랐다.

"당신이 아무리 온 세상을 찾아다녔더라도 이 처형대를 빼
놓고는, 높은 곳이건 낮은 곳이건 당신이 내 눈을 피할 수 있
는 비밀스러운 곳은 그 어디에도 없었소." 칠링워스가 흉측하
게 목사를 노려보며 말했다.

"나를 이곳으로 인도하신 하느님께 감사할 뿐이오." 목사가
대답했다.

그러나 목사는 몸을 떨면서 입술에 희미한 미소가 어리기
는 해도 여전히 뚜렷하게 두 눈에 의심과 불안의 빛을 띠고
헤스터를 향해 몸을 돌렸다.

"우리가 숲속에서 꿈꾸었던 것보다는 차라리 이게 더 낫지
않소?" 그가 나지막한 소리로 말했다.

"전 모르겠어요! 전 모르겠다고요!" 그녀가 서둘러 대답했
다. "이곳이 더 낫다고요! 그래요, 이렇게 우리가 모두 함께 죽
는 거로군요! 그리고 귀여운 펄도 함께요."

"당신과 펄은 하느님께서 명령하시는 대로 따르구려." 목사
가 대답했다. "하느님은 자비로운 분이시라오! 이제 하느님께
서 내 눈앞에 나타내신 뜻을 순종하게 해 주오, 헤스터, 나는
이제 곧 죽을 사람이오. 그러니 속히 내가 스스로 수치를 받
게 해 주구려."

한쪽은 헤스터 프린의 부축을 받고 다른 손으로는 어린 펄
의 손을 잡은 채 딤스데일 목사는 위엄 있고 훌륭한 통치자
들이며 그의 동료였던 성스러운 목사들이며, 주민들에게 몸을

돌렸다. 주민들의 크나큰 가슴은 어떤 심각한 인생 문제가, 비록 죄로 가득 찼지만 마찬가지로 고뇌와 참회로도 가득 찬 인생 문제가 바야흐로 자신들의 눈앞에서 드러나려고 하는 것을 알아차리자 큰 충격을 받으면서도 눈물겨운 동정에 사로잡혀 있었다. 정오가 겨우 지난 한낮의 태양이 하느님의 심판의 자리에서 자신의 죄를 밝히려고 땅 위에 우뚝 선 목사에게 내리쪼여 그의 모습을 뚜렷이 드러내고 있었다.

"뉴잉글랜드의 주민 여러분!" 딤스데일 목사가 큰 소리로 외쳤다. 그들 머리 위로 울려 퍼지는 목소리는 우렁차고 엄숙하고 장엄했지만, 떨림과 때로는 헤아릴 수 없이 깊은 참회와 고뇌의 심연에서 솟아오르는 듯 날카로운 비명이 섞여 있었다. "그동안 저를 사랑해 주신 여러분! 저를 성스럽다고 생각해 주시던 여러분! 이 사람을 보십시오. 이 세상에 하나밖에 없는 이 죄인을! 마침내! 정말로 마침내! 저는 7년 전에 마땅히 섰어야 할 이곳에 지금 섰습니다. 이 무서운 순간 제가 이곳에 기어오른 그 약한 힘보다도 굳센 팔로, 쓰러져 엎어지지 않도록 저를 부축해 주는 이 여인과 함께 말입니다. 보십시오, 헤스터가 달고 있는 주홍 글자를! 여러분은 모두 그것을 보고 몸서리치셨지요! 그녀가 발길을 돌리는 곳마다, 비참하게도 그 무거운 짐을 진 채 그녀가 안식을 찾으려는 곳마다, 주홍 글자는 그녀의 주위에 몸서리쳐지는 공포와 무서운 혐오의 으스스한 빛을 던졌습니다. 그러나 지금 여러분의 한가운데 서 있는 한 사람의 죄와 치욕의 낙인을 보고서는 여러분이 몸을 떨지 않았습니다!"

여기까지 말한 목사는 마치 비밀의 나머지 부분을 미처 밝히지 못할 것처럼 보였다. 그러나 자신과 승리를 다투고 있던 육신의 쇠약함을, 그보다는 오히려 마음의 연약함을 그는 단연코 물리쳤다. 목사는 모든 부축을 뿌리치고 힘차게 두 모녀 앞으로 한 걸음 다가섰다.

"그 징표는 이 사내에게도 있었지요!" 목사가 격렬하게 말을 이어 나갔다. 그는 남김없이 모두 말해 버리기로 굳게 마음 먹었다. "하느님의 눈은 그것을 보셨지요! 천사들도 언제나 그것을 향해 손가락질을 했지요! 마귀도 그것을 잘 알고 불타는 손가락으로 끊임없이 건드려 그를 괴롭혔지요! 하지만 그는 세상 사람들에게는 그것을 교묘하게 감추고 죄 많은 세상에서 저만이 그토록 순결해 마음이 괴롭다는 듯, 그리고 천국의 형제들이 그리워 마음이 슬프다는 듯 여러분 사이를 걸어 다녔지요! 하지만 죽음을 앞두고 지금 그 사내는 여러분 앞에 서 있습니다! 그가 여러분께 다시 한번 헤스터의 주홍 글자를 바라보라고 부탁드리고 있습니다! 그 여자의 주홍 글자는 신비롭고 무섭지만 사실 그것은 이 사내가 가슴에 지닌 낙인의 그림자에 지나지 않으며, 그 자신의 붉은 낙인인 이것조차 깊은 가슴속을 불태워 온 징표에 지나지 않지요! 죄인을 벌하시는 하느님의 심판을 의심하는 분이 지금 이 자리에 계시나요? 자, 보십시오! 이 무서운 죄의 증거를!"

목사가 안간힘을 써서 앞가슴에서 목사복의 띠를 떼어 버렸다. 그러자 마침내 그 징표가 드러나는 것이 아닌가! 그러나 그것을 이곳에서 묘사한다는 것은 불경스러운 노릇이다. 그 순간 공포에 질린 군중의 시선이 이 끔찍스러운 기적 위에 쏠렸다. 그동안 목사는 더할 나위 없이 심한 고통의 절정에 이르렀으면서도 승리를 거둔 사람처럼 얼굴에 승리의 붉은빛을 띠고 서 있었다. 그러더니 곧바로 처형대에 힘없이 쓰러지는 것이 아닌가! 헤스터는 목사를 반쯤 일으켜 그의 머리를 자기 가슴으로 떠받쳤다. 로저 칠링워스 노인은 마치 넋을 잃은 사람처럼 멍청하고 얼빠진 표정으로 목사 옆에 무릎을 꿇었다.

"기어이 내게서 도망쳐 버렸군!" 칠링워스가 몇 번이나 뇌까렸다. "기어이 내게서 도망쳤단 말씀이야!"

"하느님, 이 사람을 용서하옵소서!" 목사가 말했다. "당신도 크게 죄를 지었소!"

목사는 죽음이 깃든 눈을 노인에게서 돌려 두 모녀를 바라보았다.

"내 사랑스러운 펄." 그가 힘없이 말했다. 그의 얼굴에는 깊은 안식 속에 포근히 잠기는 영혼처럼 아늑하고 부드러운 미소가 어려 있었다. 아니, 죄의 짐을 훌훌 벗어 버리고 나니 마치 어린아이와 함께 장난이라도 치고 싶은 듯했다. "귀엽고 사랑스러운 펄, 이제는 내게 입 맞춰 주겠니? 넌 저 숲속에선 내게 입을 맞춰 주려고 하지 않았지! 하지만 이젠 그렇게 해 주겠니?"

펄은 목사의 입술에 입을 맞추었다. 그러자 마침내 마법이 풀렸다. 이 야성적인 어린아이도 한몫을 맡았던 이 장엄한 비극의 장면이 그 아이의 동정심을 모두 싹트게 했다. 펄의 눈물이 아버지의 뺨에 떨어질 때, 그것은 이 아이가 인간의 기쁨과 슬픔 속에서 자라서 앞으로는 영원히 세상과 다투지 않고 세상 속에서 한 여인이 되겠다는 맹세였다. 또한 어머니에 대해서도, 고뇌의 사자(使者)로서의 그녀의 역할도 이제는 모두 끝이 났다.

"헤스터." 목사가 말했다. "부디 잘 있구려!"

"우린 이제 다시는 만나지 못할까요?" 그녀가 얼굴을 목사의 얼굴에 바싹 대고 속삭였다. "정말로 우리는 함께 영생을 누리지 못할까요? 정말로, 참으로, 정말로 우린 이 모든 고통으로써 서로의 죄를 속죄한 셈이에요! 그 빛나는 임종의 눈으로 당신은 저 멀리 있는 영원한 세계를 바라다보고 계시는군요! 무엇이 보이는지 말씀해 주세요!"

"쉿, 헤스터, 조용히!" 목사가 떨리는 목소리로 엄숙하게 말했다. "우리는 율법을 어겼소! 그 죄는 이처럼 무섭게 드러났소! 당신은 이것만 생각하구려. 두렵소! 나는 두렵소! 우리가 하느님을 잊었을 때, 서로의 영혼에 대한 존경심을 잃었을 때, 어쩌면 그때부터 우리가 내세에서 영원하고 순결한 결합을 이루기를 바라는 건 부질없는 일이었을 거요. 하느님께서는 다 알고 계실 거요. 자비로운 분이시니! 그분은 무엇보다도 내가 고통받을 때 자비심을 베풀어 주셨소. 이 불타는 가책을 내 가슴에 달고 다니게 하심으로 말이오! 저 음침하고 무서운 노인을 보내 그 가책을 언제나 이글이글 불타게 하심으로 말이오! 또한 나를 이곳으로 이끌어 군중 앞에서 수치스러우나마 승리에 빛나는 죽음을 맞게 함으로써 하느님께서는 그 자비심을 나타내셨소! 아마 이런 고통 가운데 어느 것 하나라도 빠졌더라면 난 영원히 구원을 받지 못했을 거요! 하느님의 이름을 찬양할지어다! 하느님의 뜻이 이루어질지라! 그럼 잘 있구려!"

그 마지막 말이 목사의 끊어지는 숨결에 섞여 흘러나왔다. 그때까지 침묵을 지키고 있던 군중은 두렵고 놀라서 갑자기 이상야릇하고 그윽한 소리를 냈다. 이렇듯 두렵고 놀라운 감정은 방금 세상을 떠난 영혼의 뒤를 따라 그토록 무겁게 흘러나오는 이런 속삭임으로써밖에는 달리 어떻게 표현할 길이 없었을 것이다.

24장

결말

며칠 뒤 사람들이 앞서 말한 장면에 대해 생각을 정리하기에 충분한 시간이 지났을 때, 처형대에서 목격한 사건에 대해 여러 이야기가 나왔다.

구경꾼들 중 대부분은 이 불행한 목사의 가슴에, 헤스터 프린이 가슴에 달았던 것과 아주 비슷한 '주홍 글자'가 몸에 새겨진 것을 보았다고 증언했다. 그 원인에 대한 설명도 각양각색으로, 하나같이 한낱 억측임에 틀림없었다. 그중에 몇몇 사람은 헤스터 프린이 처음으로 치욕의 징표를 달았던 바로 그날 딤스데일 목사가 자신에게 끔찍스러운 고문을 가해 참회의 고행을, 여러 가지 부질없는 방법을 썼다가 마침내 뒤에 택하게 된 그 고행을 시작했다고 주장하는 사람도 있었다. 그 낙인은 오랫동안 나타나지도 않고 있다가 유능한 마술사인 로저 칠링워스 노인이 마술과 독약의 힘을 빌려 밖으로 나타나게 했다는 것이다. 그런가 하면 또 다른 사람들, 즉 목사의 독특한 감수성과 그의 정신이 육체에 미치는 놀라운 작용을 가장 잘 이해하는 사람들은 이 무서운 상징이 끊임없이 활동하는 참회라는 이빨이 만들어 낸 결과라고 소곤거리기도 했다. 즉 참회의 이빨이 가장 깊은 가슴속부터 바깥쪽으로 갉아 먹은 나머지 마침내 그 글자를 눈에 띄게 드러냄으로써 하느님의 무서운 심판을 보여 준 것이라는 것이다. 독자들은 이런 설명 중에서 어느 것이나 마음대로 택할 수 있을 것이다. 우리는 이 불가사의한 징표에 대해 얻을 수 있는 단서는 모두 제시했으며, 이제 그것이 제 임무를 다했기 때문에 너무 오랫동안 생각해 아주 바람직하지 않을 정도로 뚜렷이 우리 뇌리에 깊이 아로새겨진 그 흔적을 기꺼이 지워 버리고자 한다.

그러나 이상하게도 그 광경을 끝까지 지켜보고 딤스데일 목사에게서 한 번도 눈을 돌린 적이 없노라고 장담하는 몇몇 사람들은 목사의 가슴에는 막 태어난 갓난아이의 가슴과 마찬가지로 아무런 징표가 없었다고 주장했다. 그들이 전하는 말에 따르면, 목사가 마지막 숨을 거두면서 헤스터 프린이 그토록 오랫동안 주홍 글자를 달고 있었던 그 죄와 관련 있다는 것을 조금도 인정하려고 하지 않았을뿐더러 아주 간접적으로도 내비치지 않았다는 것이다. 지극히 존경할 만한 이 증인들의 말을 빌리면, 목사는 임종이 가까워지는 것을 깨닫고, 군중이 자신을 존경해 벌써 성자들과 천사들 사이에 놓는다는 사실을 깨닫자, 그 타락한 여인의 두 팔에 안겨 숨을 거둠으로써 아무리 훌륭한 인간의 정의라도 얼마나 무의미한지를 세상 사람들에게 알리려고 했다는 것이다. 인간의 영적인 이익을 위해 평생을 바친 뒤에, 자신이 죽는 방법을 하나의 우화로 삼아 무한히 순결한 하느님의 눈으로 보면 인간이란 하나같이 똑같은 죄인이라는 위대하고도 가슴 아픈 교훈을 자신을 우러러보는 사람들의 가슴속에 아로새겨 주려고 했다는 것이다. 우리 중 가장 성스러운 사람일지라도 위에서 내려다보시는 자비로운 하느님을 좀 더 분명히 인정할 수 있을 정도만큼만, 또한 열렬히 하늘을 우러러보려는 인간의 공로라는 환영(幻影)을 좀 더 철저히 부정할 정도만큼만 동료들보다 뛰어날 뿐이라고 그들에게 가르쳐 주려고 했다는 것이다. 그토록 어마어마한 진리에 대해 따질 것이 아니라, 딤스데일 목사 이야기에 대한 이런 견해를 오직 굳건한 우정의 한 실례로 생각해 주기 바란다. 즉 그 주홍 글자를 비추는 한낮의 햇빛처럼 명백한 증거로 그를 위선과 죄에 물든 흙덩어리 같은 인간[111]이라고 몰아세울 때, 한 인간의 친구들이, 특히 한 목사의 친구들이, 때로 그 사람의 인품을 옹호해 줄 그 굳건한 우정 말이다.

우리가 지금껏 주로 의지해 온 근거는(즉, 헤스터 프린을 직접 아는 몇몇 사람들이나 그녀와 같은 시대를 산 사람들로부터 이야기를 전해 들은 다른 사람들의 구두 증언을 자료 삼아 쓰인 고문서 말

---

111) "주 하느님이 땅의 흙으로 사람을 지으시고 그의 코에 생명의 기운을 불어넣으시니 사람이 생명체가 되었다."(「창세기」 2장 7절) "너희는 흙에서 나왔으니 흙으로 돌아갈 것이다."(「창세기」 3장 19절)

이다.[112] 앞에서 이야기한 견해를 충분히 확인해 준다. 이 가 없는 목사의 비참한 경험이 우리에게 깊은 감명을 주는 몇 가지 교훈 가운데 다만 이것만을 적어 보려고 한다. "참되어라! 참되어라! 참되어라! 최악의 죄는 아닐지라도 그것을 통해 최악의 죄를 짐작할 수 있는 어떤 특징을 이 세상에 숨기지 말고 밝혀라!"

딤스데일 목사가 숨을 거둔 바로 뒤에 로저 칠링워스로 알려진 노인의 모습과 태도에 나타난 변화만큼 눈에 띄는 것도 없었다. 그의 모든 근력과 기력이, 모든 생명력과 지력이 한꺼번에 그에게서 사라져 버린 것 같았다. 마치 뿌리 뽑힌 잡초가 햇볕을 받고 시드는 것처럼 확실히 그는 오그라들고 말라서 인간의 시야에서 거의 사라지다시피 했다. 이 불행한 사내는 원수를 찾아 조직적으로 복수하는 것을 자신의 삶에서 기본 원칙으로 삼았더랬다. 그 복수가 더할 나위 없이 완전한 승리를 거둠으로써 사악한 원칙을 더 이상 떠받쳐 줄 재료가 남아 있지 않게 되자, 한마디로 그가 맡을 만한 악마의 사업이 이제 더 이 지상에 없게 되자, 이 인간답지 않은 인간에게 남은 일이라고는 상전인 사탄이 충분할 일거리와 적당한 보수를 마련해 주는 곳으로 사라지는 것뿐이었다. 그러나 그동안 오래도록 우리의 가까운 친구였던 그림자 같은 인간들에게, 그와 가깝게 지내던 사람들과 마찬가지로 로저 칠링워스에게도 우

---

112) 존 윌슨 목사나 벨링엄 총독은 미국 역사에 존재했던 실존 인물이지만 헤스터 프린은 실존 인물이 아닌 허구 인물이다.

리는 기꺼이 자비를 베풀고 싶다. 미움과 사랑이 근본적으로 서로 동일한 것인지는 관찰하고 탐구할 만한 흥미로운 주제이다. 사랑과 증오가 높은 정도에 이르면 극진한 친밀감과 마음의 이해를 요구하게 된다. 사랑과 증오는 각각 한 개인이 애정과 영적 생활의 양식을 다른 인간에게 의존하게 만든다. 그리고 사랑과 증오는 각각 정열적인 애인 또는 그 못지않게 극성스러운 원수에게서 그 상대를 빼앗아 버림으로써 그들을 외롭고 쓸쓸하게 만든다. 그러므로 철학적으로 생각해 볼 때 이 두 정열은 근본적으로 동일한 것으로, 다만 하나는 천국의 광명 속에서 보이는 반면, 다른 하나는 희끄무레하고도 무서운 지옥의 불 속에서 보인다는 점이 다를 뿐이다. 영적 세계에서는 늙은 의사도 목사도, 사실 그들은 서로의 희생자였지만, 이 지상에 쌓아 놓은 증오와 반감이 어쩌면 황금빛 사랑으로 변한 것을 무심결에 알게 되었을지도 모른다.

이제 이런 논의는 그만두고 여기에서 독자들에게 밝혀 둘 것이 한 가지 있다. 로저 칠링워스 노인이 세상을 떠날 때(사건이 있은 지 1년이 채 되지 않아서의 일이다.) 벨링엄 총독과 윌슨 목사가 그 집행자 역할을 한 유언장에서 이곳과 영국에 있는 꽤 많은 재산을 헤스터 프린의 어린 딸 펄에게 물려주었다는 사실이다.

그래서 그 꼬마 요정 펄은, 그때까지도 몇몇 사람이 끈질기게 마녀의 자식이니 했던 그녀는 이 무렵 신대륙에서 으뜸가는 부유한 상속자가 되었다. 아마 이런 사정 때문인지 두 모녀를 바라보는 세상 사람들의 눈도 사뭇 달라졌다. 만약 이들 모녀가 이곳에 그냥 머물러 있었더라면 어린 펄은 결혼할 시기에 이르러 그녀의 야성적 혈통에 가장 경건한 청교도의 피를 섞었을지도 모른다. 그러나 의사가 죽은 지 얼마 되지 않아 주홍 글자의 여인은 펄과 함께 이 지방에서 사라져 버렸다. 여러 해 동안 이따금 막연한 소문이 대서양을 건너 들려오기는 했지만(마치 어떤 이름의 첫머리 글자가 적힌 볼품없는 널빤지 조각이 해변으로 떠밀려오듯 말이다.) 확실한 근거가 있는 소식은 들려오지 않았다. 그래서 주홍 글자에 관한 이야기는 점차 하나의 전설이 되고 말았다. 그러나 그 마력은 아직도 힘을 떨쳤고 가엾은 목사가 숨을 거둔 처형대는 헤스터 프린이 살던 해변의 오두막집과 마찬가지로 두려운 존재가 되었다. 어느 날 오후 이 오두막집 가까이서 아이들이 놀고 있을 때 회색 옷을 입은 키가 큰 여자 하나가 그 집으로 다가가는 모습이 보였다. 지난 몇 해 동안 이 오두막집 문은 한 번도 열린 적이 없었다. 그러나 그 여자가 자물쇠를 열었는지, 아니면 썩은 나무와 쇠붙이가 그녀의 손에서 부서졌는지, 그것도 아니라면 그림자처럼 이런 장애를 뚫고 미끄러져 안으로 들어갔는지, 어쨌든 그 여자는 집 안으로 들어갔다.

그 여자는 문지방에서 걸음을 멈추고 나서 반쯤 뒤를 돌아다보았다. 아마 혼자서, 더구나 전혀 달라진 모습으로 그토록 강렬한 삶을 살았던 그 집으로 들어간다는 생각이 견딜 수 없이 슬프고 처량했기 때문이었는지도 모른다. 그러나 가슴 위에 달고 있는 주홍 글자를 보일 만큼은 긴 시간이었지만 그녀가 망설인 것은 한순간에 지나지 않았다.

24장 결말

그리하여 헤스터 프린은 이곳에 되돌아와 오랫동안 버려 두었던 치욕을 되찾았다! 그런데 어린 펄은 지금 어디에 있을 까? 아직 살아 있다면 지금쯤은 피어나는 꽃처럼 아리따운 처녀가 되었을 것임에 틀림없다. 그 꼬마 요정이 때 이르게 처녀로 죽었는지, 아니면 그 야성적이고 풍요한 성질이 부드럽게 가라앉아 여자로서 아늑한 행복을 누릴 수 있게 되었는지 아는 사람은 하나도 없었고 확실한 정보를 얻는 사람도 없었다. 그러나 헤스터의 여생을 통해 주홍 글자의 은둔자는 다른 나라에 사는 누군가로부터 사랑과 관심을 받고 있다는 흔적이 있었다. 영국의 문장보(紋章譜)에는 알려져 있지 않지만 어쨌든 문장의 봉인이 찍힌 편지가 여러 통 왔기 때문이다. 오두막집에는 헤스터가 한 번도 사용하려 들지 않은 안락과 사치를 위한 물건들이 있었는데, 그것은 부자들만이 사들일 수 있고 그녀에게 애정을 품은 사람만이 그녀를 위해 배려할 수 있는 것들이었다. 또한 그 밖에 자질구레한 물건들이며 조그마한 장식품이며 영원히 추억 속에 남겨 두려는 아름다운 기념품들이 있었는데, 이것들은 애틋한 마음이 치솟을 때마다 섬세한 손가락으로 만들어 냈음에 틀림없었다. 그리고 언젠가 한 번은 헤스터가 찬란한 공상을 아낌없이 발휘해 아기 옷에 수를 놓는 모습이 보인 적도 있었다. 그런데 어떤 갓난아이건 그런 옷을 차려입고 우리의 근엄한 사회에 나타났더라면 아마 세상을 떠들썩하게 만들었을 것이다.

한마디로 이 무렵 남의 말 하기 좋아하는 사람들은, 또한 한 세기 뒤에 조사한 검사관 퓨 씨[113]도 마찬가지이고, 더구

324

나 최근 그의 후임자 중의 한 사람[114]도, 펄이 지금 살아 있을
뿐 아니라 결혼해서 행복하게 살고 있으며 어머니를 극진히
생각하는 나머지 슬프고 외로운 어머니를 아주 기꺼이 자기
집에 모셨으면 했다고 믿었다.

그러나 헤스터로서는 펄이 가정을 꾸민 낯선 지방보다는
이곳 뉴잉글랜드에서 좀 더 진실한 삶을 누릴 수 있었다. 이곳
에서 그녀는 죄를 범했고, 이곳에서 슬픔을 당했으며, 이곳에
서 속죄를 해야 했다. 그래서 그녀는 이곳에 돌아와, 아무리
무쇠처럼 냉혹한 이 무렵의 가장 가혹한 재판관일지라도 강요
하지 않겠지만 스스로, 우리가 지금껏 암울하게 이야기해 온
그 상징을 다시금 가슴에 달았다. 그 뒤로 그 징표가 그녀의
가슴을 떠난 적은 한 번도 없었다. 괴롭고 수심에 잠긴 헤스터
의 헌신적인 삶이 이어지면서 주홍 글자는 세상 사람들의 조
소와 멸시를 받는 낙인이 아니라, 함께 슬퍼하고 두렵지만 존
경하는 마음으로 바라보는 그 어떤 상징이 되었다. 더구나 헤
스터 프린은 이기적인 목적도 없었을뿐더러 조금도 자신의 이
익이나 쾌락을 위해 살지 않았기 때문에, 사람들은 자신들의
슬프고 어려운 일을 모두 가져와 몸소 크나큰 시련을 겪은 그
녀에게 조언을 청했다. 특히 여성들이, 상처받은 사랑이니 버

---

113) 조너선 퓨(?~1760). 세일럼의 세관 검사관을 지낸 사람으로 호손은
『주홍 글자』의 서문에 해당하는 「세관」에서 그가 쓴 원고에서 이 작품을 옮
겨 왔다고 밝힌다.
114) 조너선 퓨의 뒤를 이어 1846년 봄에 세일럼 세관 검사관 자리를 맡은
작가 너새니얼 호손 자신을 가리킨다.

림받은 사랑이니 불륜의 사랑이니 잘못 택한 사랑이니 실수해 죄를 범한 사랑 때문에 끊임없이 되풀이해 시련을 받는 여성들이, 남들이 돌아보지도 찾지도 않았기 때문에 벗어 놓을 길 없는 무거운 마음의 짐을 부둥켜안은 채 헤스터의 오두막 집을 찾아와 그들이 불행한 까닭과 그 속에서 헤어날 방법을 묻는 것이 아닌가! 헤스터는 힘닿는 데까지 그들을 위로하고 상담해 주었다. 또한 그녀는 때가 되어 이 세상이 성숙해 좀 더 밝은 시대가 오면 새로운 진리가 나타나 남녀 간의 모든 관계가 상호 행복이라는 좀 더 굳건한 토대 위에 놓이게 될 것이라는 자신의 굳은 신념으로 그들을 납득시켰다. 젊을 적에 헤스터는 자신이 하느님이 정하신 예언자일지도 모른다는 부질없는 상상도 해 보았지만, 꽤 오래전부터 성스럽고 신비로운 어떤 진리의 사명도 죄로 얼룩지고 수치로 고개도 들지 못하며 평생 슬픔의 멍에를 짊어져야 할 여성에게는 맡겨질 수 없다는 사실을 깨달았다. 앞으로 하느님의 계시를 전할 천사요, 사도는 모름지기 여자일 것으로되, 고귀하고 순결하고 아름다운 여성이어야 할 것이다. 더구나 암담한 슬픔을 겪어서 슬기로워진 것이 아니라 환희의 영적인 매체를 통해 슬기로워진 여성이어야 할 것이다. 또한 그런 목적을 이룩한 삶이라는 가장 참다운 시험으로써 거룩한 사랑이 얼마나 우리를 행복하게 할 수 있는지를 보여 주는 여성이어야 할 것이다.

헤스터 프린은 이렇게 말하고 나서 슬픈 눈길로 주홍 글자를 내려다보았다. 그로부터 여러 해가 지난 뒤, 뒷날 그 옆에 킹스채플이 세워질, 오래되어 움푹 가라앉은 헌 무덤 옆에 새 무덤 하나가 생겼다. 새 무덤은 움푹 가라앉은 헌 무덤에 가까이 있으면서도 고이 잠든 두 사람의 유해가 서로 합쳐질 권리가 없다는 듯 헌 무덤과 떨어져 있었다. 그러나 두 무덤 앞에 비석은 하나였다. 그 주위 사방에는 가문(家紋)이 새겨진 기념비들이 들어서 있었지만, 초라한 석판 한 장으로 된 이 비석 위에는, 지금도 호기심 많은 연구자들이 그것을 발견하고는 그 뜻을 몰라서 어리둥절해하지만, 조각한 방패 꼴의 가문(家紋) 비슷한 것이 보였다. 그곳에는 한 도안이 그려져 있었는데, 그것에 붙인 문장관(紋章官)의 글귀는 제명(題銘)이면서 우리가 지금 막 끝낸 전설을 짤막하게 기술하는 구실을 하는지도 모른다. 그 제명은 너무 어둠침침했고, 오직 그늘보다도 더 어두운 끊임없이 불타는 한 점 빛 때문에 조금 부드럽게 보일 따름이었다.

"검은 바탕에 주홍 글자 'A'."

서문: 세관

난롯가에서 개인적으로 친한 친구들한테도 나 자신과 내 신상에 관해 지나치게 자세히 말하는 것을 꺼리는 성격인데도, 독자들에게는 지금까지 두 번에 걸쳐 내 자전적(自傳的)인 글을 써 내놓고 싶은 충동에 사로잡혔다는 것은 조금 놀라운 일이 아닐 수 없다. 첫 번째 충동은 서너 해 전의 일로, 그때 나는 독자들에게 변명의 여지 없이, 또 관대한 독자도 참견 잘 하는 작가도 생각해 낼 수 있는 아무런 까닭도 없이 '옛 목사관(Old Manse)'에서의 무척 조용한 생활을 독자들에게 들려주었던 것이다.[1] 그런데 지난번의 경우 분에 넘게 다행히 독자

---

1) 너새니얼 호손은 1841년 소피아 피바디와 결혼한 뒤 매사추세츠주 콩코드에 있는 '옛 목사관(Old Manse)'으로 이사 갔다. 이 집은 랠프 월도 에머슨이 대를 이어 살던 곳으로 이 집에서 호손은 『옛 목사관의 이끼』(1846)라

한두 사람을 발견한 나머지, 나는 지금 또다시 독자들을 억지로 붙잡고 어느 세관에서 보낸 3년 동안의 경험을 이야기하려고 한다. 이번에 나는 그 유명한 『이 교구의 서기 P. P.』[2]의 실례를 가장 충실히 따랐다. 그러나 사실 작가가 작품을 세상에 내놓을 때 그는 자신의 책을 내팽개치거나 들여다보지도 않는 다수의 사람이 아니라, 대부분의 학교 친구들이나 일생의 벗들보다도 작가를 더 잘 이해해 주는 소수의 사람을 대상으로 삼는 듯하다. 물론 작가 중에는 그 이상의 일을 해 마음과 정신에서 완전히 동감하는 오직 한 사람에게만 말할 수 있을 속마음을 숨김없이 솔직하게 털어놓는 사람들도 있다. 마치 인쇄된 책을 넓은 세상에 마구 뿌리면 조각난 작가 자신의 본성 일부를 틀림없이 찾아내 그 일부와 영교(靈交)를 갖도록 함으로써 작가의 참모습을 완성하는 것과 같다고나 할까. 그런데 심지어 사사로움을 떠나 공평하게 말한다고 해도 모든 것을 털어놓는 것은 조금 예의에 벗어나는 일이 될 것이다. 그러나 말하는 사람이 듣는 사람과 참다운 관계를 맺고 있지 않는다면 사상은 얼어붙고 언어는 마비되기 때문에 가장 절친한 친구는 아니더라도 친절하고 이해심 있는 어떤 친구가 우리 같은 작가의 이야기를 들어 주고 있다고 상상해 볼 수는 있을 것이다. 그렇게 되면 이 흐뭇한 생각에 타고난 과묵함도

는 단편집을 완성했다. 이 단편집에 자전적 서문과 함께 「옛 목사관」이라는 자전적 스케치가 실려 있다.

2) 18세기 영국의 작가 알렉산더 포프와 조너선 스위프트 등이 익명으로 발표한 풍자적 자서전. 원래 제목은 『이 교구의 서기 P. P.의 회고록』이다.

눈이 녹듯 녹아서 우리는 주위에서 일어나는 온갖 일, 심지어 우리 자신에 대해서까지 수다를 떨게 될지도 모른다. 물론 가장 깊숙한 곳에 숨어 있는 내면의 '나'는 여전히 베일에 감추어 두겠지만 말이다. 이런 범위와 테두리 안에서 작가는 독자의 권리나 자신의 권리 어느 쪽도 침범하지 않은 채 자전적 이야기를 할 수 있을 것이다.

이와 마찬가지로 이 세관에 관한 스케치도 문학에서 언제나 인정받는 유형의 특징, 즉 다음에 펼쳐지는 작품의 상당 부분이 어떻게 하여 내 손에 들어오게 되었는지를 설명하고 이 작품이 담은 이야기가 신빙성 있다는 사실을 증명하려는 특징을 어느 정도 지니고 있다. 실제로 독자들과 개인적인 관계를 맺으려는 참다운 이유는 내 작품집에 실리는 이야기 중에서도 가장 장황한 작품의 편집자 또는 그와 다를 바 없는 사람으로 자처하고 싶다는 소망, 오직 이 한 가지 사실 때문이다.[3] 이런 중요한 목적을 달성하는 데 몇 가지 별도의 언급으로 지금까지 한 번도 기술한 적이 없는 생활 방식과 함께 그런 생활을 함께한 인물 중 몇 사람을 어렴풋하게나마 묘사하는 것은 허용될 듯싶다. 그런데 이런 인물 중에는 작가가 우연히 만들어 낸 사람도 있다.

내가 태어난 마을 세일럼[4]에 반세기 전 '해운왕 더비'[5]의

---

3) 『주홍 글자』는 본디 독립된 장편소설이 아닌, 『옛 전설』이라는 작품집에 실릴 단편소설 중의 하나였다. 그러나 출판업자 제임스 T. 필즈의 권유에 따라 호손은 『주홍 글자』를 독립적인 작품으로 발전시켜 출간했다.
4) 미국 매사추세츠주 북동부에 있는 항구 도시. 1626년에 영국 식민지가

전성시대에 드나드는 배들로 성황을 이루던 부두가 하나 있었다. 그러나 지금 이 부두에는 다 쓰러져 가는 목조 창고들이 서 있을 뿐, 무역이 왕성하던 시절의 모습은 거의 남아 있지 않거나 하나도 남아 있지 않다. 다만 이따금 돛대 두세 개가 달린 배 한 척이 을씨년스러운 긴 부두 절반쯤 아래쪽에서 짐승 가죽을 내려놓거나, 아니면 더 가까운 곳에서 노바스코샤[6]의 범선이 짐으로 싣고 온 장작을 내려놓는 일도 있다. 이렇게 폐허가 된 부두 끄트머리는 이따금씩 파도가 넘치고 그 주위에 쭉 늘어선 건물들의 토대며 뒤꼍에는 빈약하게 자란 잡초가 경계를 이루고 있어 나른하게 오랜 세월을 보낸 흔적을 남기고 있다. 바로 이곳 부두의 끄트머리에 이런 시원찮은 경치를 내려다보고 건너 쪽에 항구가 보이는 창문을 정면에 두고 커다란 벽돌 건물 하나가 서 있다. 그 지붕 가장 높은 꼭대기에는 날마다 오전이면 꼬박 세 시간 반 동안 바람이 불면 펄럭이고 바람이 자면 축 처진 채 공화국 국기가 걸려 있다. 다만 열세 개의 줄무늬가 가로가 아니고 세로로 그려져 있는 것으로 보아 이곳에는 미합중국의 군사기지가 아니고 민간 관청이 서 있다는 것을 알 수 있다. 그 정면에는 발코니를 떠받든 대여섯 개의 나무 기둥이 달린 주랑현관으로 장식되어 있으며, 발코니 아래에는 넓은 화강암 돌계단이 거리 쪽

생겼다.

5) 엘리어스 해스킷 더비(1739~1799). 무역상 및 선주로서 인도를 비롯한 동양에 진출한 선구자로 '해운왕 더비'라는 별명으로 불렸다.
6) 캐나다 남동부에 위치한 주(州)로 무역 항구로 유명하다.

을 향해 뻗어 있다. 입구 위쪽에는 거대한 흰머리독수리 표본이 날개를 활짝 펴고 가슴에 방패를 달고 (만약 내 기억이 맞는다면) 두 발톱에 벼락과 뒤섞인 가시 돋친 화살 한 다발을 거머쥔 채 날고 있다.[7] 이 불행한 새를 특징짓는 습관적인 허약한 기질에도 불구하고 그 독수리는 날카로운 부리와 눈이며 그 사나운 태도로 아무런 악의 없는 마을에 위해(危害)를 가하려는 듯한 모습을 하고 있다. 특히 주민의 안전을 염려하는 나머지 그들 모두에게 자신이 날개를 활짝 펴서 그림자를 던지고 있는 관청에 침입하지 말라고 경고를 보내는 듯하다. 독수리의 표정이 잔소리 심한 여자처럼 보이는데도 많은 사람은 바로 그 순간에도 이 연방 정부라는 독수리 날개 밑으로 몸을 안전하게 맡기려 하고 있다. 아마 독수리의 가슴이 오리 깃털 베개처럼 부드럽고 기분 좋은 것이라고 생각하는 듯 말이다. 그러나 독수리는 기분이 가장 좋을 때조차 별로 부드럽지 못한 법이다. 조만간, 아니 늦을 때보다는 이를 때가 더 많겠지만, 발톱으로 할퀴거나 부리로 일격을 가하거나 가시 돋친 화살을 쏘아 쓰라린 상처를 입혀 새끼들을 거리낌 없이 내던져 버릴 것이다.

　방금 앞에서 말한 건물(그 건물을 곧 이 항구의 '세관'이라고 불러도 좋을 것이다.) 주위의 포장도로에는 갈라진 곳에 잡초가 무성하게 자라는 것으로 보아 근래 들어 온갖 상업이 번성해 사람들이 자주 다닌 길이 아니라는 것을 알 수 있다. 그러나

---

7) 이렇게 장식한 흰머리독수리가 미국 정부를 상징하는 문장(紋章)이다.

1년 중 어떤 달에는 아침나절에 어쩌다 이따금 많은 사람이 드나들어 좀 더 활기차게 길거리를 메울 때도 있다. 그런 때가 되면 노인들은 세일럼이 그 자체로 항구 구실을 하던 영국과의 마지막 전쟁[8] 이전 시절을 떠올릴지도 모른다. 그 무렵만 해도 이 마을은 지금처럼 이곳의 상인들이나 선주(船主)들로부터 그렇게 경멸당하지 않았던 것이다. 그런데 지금 그 상인들과 선주들은 이 부두가 허물어져 폐허가 되도록 그냥 내버려 두면서도, 뉴욕과 보스턴에서 자신들의 사업을 확장해 불필요하게, 눈에 띄지 않게 가득 홍수가 날 만큼 불어난 그 도시의 상업에 더욱더 물이 불어나도록 해 주고 있다. 서너 척의 배가 동시에 입항할 때나(보통 아프리카나 남아메리카로부터 온다.) 아니면 그 나라들을 향해 막 출항하려고 하는 날 어떤 아침에는 화강암 돌계단을 분주하게 오르내리는 발소리가 요란하게 들린다. 이곳에 있으면 선장의 아내에 앞서 여러분이 막 입항해 서류가 담긴 녹슨 양철 상자를 옆구리에 끼고 있는, 바닷바람에 붉게 그은 선장과 먼저 인사를 나누는 일도 있을지 모른다. 또한 이곳에 있으면 선주도 나타나는데 기분이 좋을 때도 있고 우울할 때도 있으며, 친절할 때도 있고 부루퉁할 때도 있다. 그런 기분은 방금 끝난 항해 계획이 성공해 뱃짐이 당장 황금으로 변할지, 아니면 크게 실패해 아무도 돌보아 주지 않을 엄청난 빚더미에 올라앉게 될지에 따라 결정된다. 또 마찬가지로 이곳에 있으면 얼굴에 주름살이 있고 턱수

---

8) 1812년에서 1814년 사이 영국과 벌인 해상 전쟁을 말한다.

염이 희끗희끗하고 근심으로 지친 상인의 자식인 활기찬 젊은 점원을 만나기도 한다. 그런데 그 젊은이는 늑대 새끼가 피 맛을 안 것과 같이 벌써 무역 맛을 알고 주인의 배에 부탁해 상품을 보내고 있다. 아직 물레방앗간 연못에서 장난감 배나 띄우면서 놀고 있는 쪽이 나을 나이인데도 말이다. 이 장면에 등장하는 또 다른 인물은 앞으로 배를 타고 나가려는 선원으로서 선원 국적 증명서를 요구하는 사람이거나, 아니면 최근에 입항한 선원으로 얼굴이 창백하고 병색이 짙어 병원에 갈 진료권을 얻으려는 사람이다. 또한 영국 식민지에서 땔감 나무를 싣고 오는 녹슬고 작은 범선의 선장들도 잊어서는 안 된다. 그리고 우락부락하게 생긴 선원 무리도 보이는데, 그들은 양키다운 약삭빠름은 찾아볼 수 없지만 점차 쇠퇴해 가는 우리 무역에 적잖은 몫을 맡고 있다.

이런 집단을 다양하게 하기 위해 그 밖의 잡다한 사람들과 함께 이런 개인들을 한데 모아 놓으면 지금 당분간 세관은 감동적인 장면이 된다. 그러나 좀 더 자주 볼 수 있는 광경은 돌계단을 오르자마자, 여름철이면 현관 입구에서, 겨울철이나 날씨가 궂은 날이면 저마다의 방에서, 존경할 만한 사람들이 의자 뒷다리를 벽에 기댄 채 구식 의자에 쭉 걸터앉아 있는 모습이다. 이따금씩 그들은 잠을 자고 있지만 가끔 말소리인지 코고는 소리인지 분간할 수 없는 맥 빠진 소리로 서로 이야기를 나누기도 했다. 양로원에 사는 사람들을 비롯해 자선이나 독점 사업이나 그 밖에 자신의 독립적인 노력이 아닌 어떤 것에 의존해 살아가는 모든 인간한테서 볼 수 있는 생기

없는 목소리로 말이다. 이 늙은 신사들은 마치 마태처럼 세관에 앉아 있지만 마태와 같이 사도가 되라는 부름을 좀처럼 받지 않을 세관 관리들이었다.[9]

더구나 정문 현관을 들어가면 왼쪽으로 방 또는 사무실이 하나 있는데 넓이가 15평방피트에 천장이 높다. 아치형 창문 두 개가 앞에서 말한 황폐한 부두를 내려다보고 있고, 셋째 창은 길거리를 가로질러 좁다란 골목길과 더비 스트리트 일부를 바라보고 있다. 이 창문 세 개 어디로부터도 식료품점, 목재 제조점, 기성복 판매점, 선구점(船具店)이 보였다. 이런 가게 문 주위에는 흔히 숙련된 선원들이며 선창가 부근의 빈민가를 떠도는 건달들이 떼를 지어 웃으며 떠들어 대고 있게 마련이다. 이 방에는 거미줄이 얽혀 있고 페인트가 벗겨져서 지저분했다. 또한 바닥에는 사용한 지 오래된 듯 잿빛 모래가 흩뿌려져 있었다. 이 장소가 이렇게 지저분한 것으로 보아 이곳은 일종의 신성한 장소로서 여자들이 여간해서는 마법의 도구인 빗자루와 걸레를 들고 발을 들여놓는 일이 없다고 쉽게 결론을 내릴 수 있다. 가구라고는 커다란 굴뚝이 달린 난로가 하나, 낡은 소나무 책상과 그 앞에 세 발 달린 의자 하나, 너무 낡아서 금방이라도 부서질 것 같은, 바닥에 판자를 댄 의자가 두서너 개 있을 뿐이다. 그리고 서가 몇 개에는(장서를 잊어서는 안 된다.) 몇 십 권이나 되는 『법령집』과 방대한 『조세

9) "예수께서 거기에서 떠나서 길을 가시다가 마태라는 사람이 세관에 앉아 있는 것을 보시고 '나를 따라오너라.' 하고 말씀하셨다."(「마태복음」 9장 9절)

법규 요람』이 꽂혀 있다. 양철 파이프가 천장을 뚫고 통해 있었는데 이것은 건물 안의 다른 방들과 직접 구두(口頭)로 통신하기 위한 장치이다. 또한 이곳에 한 여섯 달쯤 전에 이 사무실의 이 구석 저 구석을 돌아다니거나 다리가 긴 의자에 앉아서 팔꿈치를 책상 위에 올려놓고 조간신문 기사를 이리저리 훑어보고 있는 어떤 사람이 있었다. 존경스러운 독자 여러분은 그 사람이 '옛 목사관' 서쪽, 버드나무 가지를 뚫고 햇빛이 그토록 밝게 비치던 그의 즐거운 서재로 여러분을 안내한 적이 있는 바로 그 장본인이라는 사실을 알아차렸으리라. 그러나 지금은 독자 여러분이 그를 찾아서 세관에 가더라도 민주당 급진파였던 그 검사관은 아마 찾을 수 없을 것이다. 개혁의 빗자루가 그 사람을 그 자리에서 쓸어 버렸기 때문이다. 그보다 더 높으신 후임자가 위엄을 부리며 그가 받던 봉급을 챙기고 있다.

이 옛 세일럼 마을은, 비록 소년 시절과 좀 더 나이가 든 시절에 오랫동안 이곳을 떠나서 살았지만, 이곳이 바로 내가 태어난 고향으로, 내가 지금 애정을 느끼고 아직까지도 애정을 느끼는 곳이다. 이 마을에 사는 동안에는 이곳에 애착을 느껴 본 적이 한 번도 없었다. 실제로 이 마을의 겉모습으로 말하자면, 지세가 평퍼짐하고 변화가 없는 데다가 주로 좀처럼 건축미를 자랑할 수 없는 목조 가옥들로 뒤덮여 있다. 그 모습이 불규칙해서 그림같이 아름답다거나 특이하다거나 하는 것도 아니고 오직 단조로울 뿐이었다. 길쭉하고 활기 없는 길거리가 한쪽 끝은 갤로스힐[10]과 뉴기니,[11] 다른 한쪽 끝은 양로원을 바라보면서 따분하게 반도 전체를 꿰뚫고 있다. 바로 이런 모습이 내 고향의 특징이기 때문에 그곳에 애착을 느낀다는 것은 마치 장기 알을 흩트려 놓은 장기판에 애착을 느끼는 것과 비슷할 것이다. 다른 어느 곳에 있더라도 언제나 무척 행복했지만 그래도 내 마음속에는 늘 옛 세일럼에 대한 애정이 여전히 남아 있다. 그런데 달리 표현할 적당한 말이 없기 때문에 그냥 '애정'이라고 부르는 것으로 만족해야 할 것 같다. 모르긴 몰라도 이런 정서는 아마 내 가족이 이 땅에 오랫동안 깊이 뿌리를 박아 왔기 때문일 것이다. 본디 브리튼 사람으로서 내 성(姓)을 가진 최초의 이민자[12]가 야성적인 숲에 둘러싸인 개척지에 처음 모습을 나타낸 지 어느덧 두 세기하고도 사반세기가 지났다. 그 개척지가 뒷날 오늘날의 세일럼 도시가 되었던 것이다. 그리고 이 땅에서 그의 자손이 태어나서 죽고 그 시체가 이 땅의 흙으로 되돌아갔다. 그리하여 마침내 적지 않은 흙이 얼마 동안 길거리를 걸어가는 내 육체와 동질적인 것이 되었음에 틀림없다. 그러므로 내가 품은 애정이라는 것도 부분적으로는 흙이 흙에 대해 느끼는 감각적인 공감에 지나지 않을지도 모른다. 내 고향 사람 중에서 그 감정이 어떤 것

10) 세일럼 북서쪽에 있는 낮은 언덕으로 1692년 마녀재판 때 '마녀' 판결을 받은 사람들이 이곳에서 처형되었다.
11) 세일럼의 에식스 스트리트 위쪽에 있는 지역을 경멸하여 부르는 이름으로 이곳에 남유럽에서 이민 온 사람들이 처음 정착해 살았다.
12) 미국에 처음 도착한 호손 가문의 첫 선조 윌리엄 호손(1607~1681). 그는 1630년에 존 윈스럽과 함께 매사추세츠만 식민지에 이주한 뒤 1936년에 세일럼에 옮겨 살았다.

인지 아는 사람은 거의 없다. 아니, 어쩌면 종족을 위해서는 이식(移植)이 잦으면 잦을수록 좋기 때문에 내 고향 사람들은 아마 그것을 아는 것이 바람직하다고 생각할 필요조차 없을지 모른다.

그러나 감정이라는 것에도 정신적 특성이 있게 마련이다. 가문의 전통에 따라 희미하고 어렴풋하기는 하지만 장엄하게 윤색된 1대 선조의 모습은 내가 기억할 수 있는 한 까마득히 먼 소년 시절의 상상력 속에 아직 남아 있다. 그 모습은 지금도 여전히 내 마음에 따라다니면서 과거에 대한 일종의 애틋한 감정을 불러일으킨다. 그런데 이런 감정은 현재의 이 마을 모습과는 거의 관련이 없다. 내가 이 마을에서 살 권리가 있다고 좀 더 강하게 주장하는 것은 수염을 기르고 검은 옷을 입었으며 고깔모자를 쓴 이 근엄한 선조 때문이다. 그토록 일찍이 성경과 칼을 들고 이곳에 와서 아직 아무도 밟지 않은 길거리를 당당히 걸으며 전쟁과 평화의 사람으로 그렇게 두각을 보인 그 선조 말이다. 이름이 사람들 입에 오르내리는 일도 별로 없고 얼굴도 거의 알려지지 않은 나 자신 때문보다도 오히려 이 선조 때문에 나는 이 마을에서 살 권리를 더욱 강하게 주장하는 것이다. 그 선조는 군인이요, 입법자요, 재판관이었는가 하면 교회 지도자이기도 했다. 청교도로서의 특질을 좋은 점 나쁜 점 모두 갖춘 분이었다. 퀘이커교도들이 그들의 역사 속에서 그를 기억하고 그들 종파에 속한 한 여인을 가혹하게 다룬 사건에 대해 아직도 말하고 있다는 점에서도 잘 드러나듯이 그 선조는 가혹한 박해자이기도 했다.[13] 선조가 베푼 좋은 일도 많았지만 이런 가혹한 일은 아마 그가 좀 더 훌륭하게 처신한 선행의 기록보다도 더 오래 남을 것이다. 그의 아들[14]도 그 박해 정신을 이어받아 마녀재판으로 악명을 날려 마녀들이 그의 몸 위에 핏자국을 남겼다고 해도 그렇게 지나치지 않으리라. 실제로 그 핏자국은 너무 깊이 스며든 나머지 차터 스트리트 묘지에 말라붙어 있는 그의 뼈가 아직 완전히 흙먼지로 변해 버리지 않았다면 아마 지금도 아직 그 흔적이 남아 있을 것이다! 그런 내 조상들이 회개하고 그들이 저지른 잔학성에 대해 하느님께 용서를 빌 마음이 생겼는지, 아니면 저승에서 지금 그 죄업(罪業)의 무게에 짓눌려 신음하는지 나로서는 알 길이 없다. 어쨌든 나는 선조를 대표해 여기에 그들 대신 수치를 한 몸에 받아들이고 그들 때문에 초래된 어떤 저주도(내가 지금까지 들어 왔듯이, 또한 우리 가문이 오랜 세월에 걸쳐 쓸쓸하고 불운한 상태에 있다는 사실을 미루어 보더라도 그런 저주가 내려진 듯하다.) 이제 또한 앞으로 풀리기를 간절히 빌 뿐이다.

그러나 이 근엄하고 눈썹이 짙은 두 청교도 모두 그토록 오랜 세월이 지난 뒤 전통과 역사를 자랑하는 오랜 명문 가계의 맨 꼭대기 가지에 나처럼 게으른 후손이 붙어 있게 된 것이

---

13) 퀘이커는 17세기에 영국에서 조지 폭스가 창건한 '프렌드회'의 회원을 속되게 일컫는 명칭. 호손의 이 선조는 앤 콜먼이라는 퀘이커교도를 마차에 매달아 채찍을 때리고 숲속으로 내쫓았다.
14) 호손의 고조부인 존 호손(1641~1717). 1692년 마녀재판에 참여한 판사의 한 사람. 이 재판에서 열아홉 명이 '마녀'로 판결받아 처형되었다.

그들의 죄에 대한 충분한 업보라고 생각할 것임에 틀림없다. 지금까지 내가 품어 온 어떠한 목적도 그들은 칭찬해 주지 않을 것이다. 내가 어떠한 성공을 거둔다고 해도, 내가 가정 밖에서 뭔가 성공을 거두어 영예를 얻는다고 하더라도, 그들은 특별히 불명예라고는 생각하지 않겠지만 그렇다고 가치 있는 일이라고도 생각하지 않을 것이다. "저 녀석은 뭐 하는 놈이야?" 하고 내 조상 중 한 회색 그림자가 다른 그림자를 보고 내뱉는다. "이야기책을 쓰는 녀석이야! 도대체 그게 인생에서 무슨 과업이란 말인가? ……어떤 식으로 하느님을 찬미하고, 어떻게 자기 시대와 세대를 함께하는 인류에게 공헌할 수 있단 말인가? 아, 저 하잘것없는 녀석은 차라리 풍각쟁이가 되는 쪽이 더 좋았을 거야!" 그런 찬사가 시간의 심연을 사이에 두고 먼 선조들과 나 사이에서 오갔던 것이다! 그러나 아무리 그들이 나를 경멸해 보았자 결국에는 그들의 본성 중 강인한 기질이 내 기질 속에 뒤얽혀 있다.

이 마을의 초창기 시절 앞에서 말한 두 열성적이고 정력적인 선조가 처음 깊이 뿌리를 내린 우리 가문은 그때부터 줄곧 이 마을에서 살아왔다. 또한 언제나 상당한 지위를 차지하고 있었을 뿐 내가 아는 어느 누구도 가문의 명예를 더럽힌 사람은 없었다. 한편 최초의 두 세대 이후로는 후세에 남을 만한 행동을 했다든가, 세상 사람의 이목을 끌 정도의 일을 한 후손이 전혀 없었고, 있다고 해도 아주 드물었다. 그들은 점점 세상 사람의 시야에서 멀어져 갔다. 마치 길거리 여기저기에 서 있는 낡은 집들이 새 흙이 쌓이면서 지붕 처마가 반쯤 덮여 가듯 말이다. 아버지로부터 아들로 이어받아 100년이 넘도록 선조들은 바다에서 일했다.[15] 각각의 세대마다 머리가 희끗희끗해진 선장이 뒷갑판에서 농장으로 물러나면, 열네 살 된 사내아이가 앞갑판에서 세습적인 자리를 이어받아 선조의 얼굴에 세차게 몰아치던 바다의 물보라와 질풍과 싸웠다. 또한 그 사내아이도 때가 되어 앞갑판에서 선실로 옮기고 맹렬한 비바람의 장년기를 넘긴 뒤 세계 곳곳을 방랑하는 일에서 물러나 늙어서 죽고 자신을 낳은 대지의 흙으로 되돌아갔다. 이렇게 한 가문이 한 장소를 탄생지와 매장지로 오랫동안 계속 관계를 맺다 보면, 그를 둘러싼 주위 경치나 정신적 환경에 대한 매력과는 전혀 관계없이 인간과 장소 사이에 혈족 관계가 생겨난다. 그런데 그런 관계는 사랑이 아니고 본능이다. 이곳에 새로 옮겨 온 주민은, 자신이 직접 외국에서 처음 이주해 왔다든가, 또는 아버지 대나 할아버지 대에 처음 이주해 왔다든가 하는 경우, 세일럼 사람이라고 불릴 자격이 거의 없다. 벌써 세 번째 세기를 맞는 지금, 새로 이주해 온 사람은 저 옛날 개척자가 그의 후손들이 뿌리박고 있는 이 땅에 굴처럼 악착스럽게 달라붙은 강인성이 어떤 것인지 잘 알지 못한다. 이 땅이 재미없다든가, 낡은 목조집이나 진흙과 먼지, 아무런 기복도 없는 땅과 감정, 차가운 동풍, 냉정하기 짝이 없는 사교계의 분위기에 싫증이 난다든가 하는 것은 문제가 되지 않는

---

15) 3대 선조인 조지프 호손(1691~1762)은 농사일을 했지만 그 뒤로 두 선조 대니얼 호손(1731~1796)과 너새니얼 호손(1775~1808)은 선장이 되었다.

다. 이 모든 일을 비롯해 그 밖의 어떠한 단점과 결점을 눈으로 보거나 마음속으로 상상한다고 해도 그 목적에는 아무런 소용이 되지 않는다. 이곳에는 일종의 마력 같은 힘이 있으며, 이 마력은 마치 이 태어난 땅이 지상 낙원이라도 되는 듯 강력한 힘을 발휘한다. 어쨌든 내 경우에는 그랬다. 나는 세일럼을 내 고향으로 삼는 것을 거의 운명이라고 느꼈다. 그러므로 이 마을에서 줄곧 낯익었던 용모와 성격은, 가문을 대표하는 한 사람이 무덤 속에 들어가고 나면 곧바로 또 다른 사람이, 말하자면 이 중심 거리를 따라 대신 순찰을 돌게 되는 것처럼, 내가 잠시 머무는 동안에도 여전히 볼 수 있었고 이 옛 마을에서 여전히 알아볼 수 있었을 것이다. 그런데도 바로 이런 정서를 품는다는 것 자체가 이미 나빠진 관계를 마침내 단절시켜야 한다는 증거가 되는 것이다. 인간의 본성도 감자와 같아서 메마른 땅에 오랫동안 몇 대에 걸쳐 심고 또 심으면 잘 자라지 못하는 법이다. 내 아이들은 모두 다른 곳에서 태어났고,[16] 그들의 운명이 내 손에 달려 있는 한 낯선 땅에 뿌리를 내리게 할 작정이다.

옛 목사관에서 나오자마자 주로 내 고향에 대한 이 이상하고 나른하며 재미없는 애착 때문에 나는 미합중국의 벽돌집 세관에 한자리를 마련하게 되었다. 어디든 다른 데로 갈 수도 있었고 그렇게 하는 쪽이 더 좋았는데도 말이다. 말하자면 나

---

16) 호손의 장녀 유너는 콩코드, 장남 줄리언은 보스턴, 막내딸 로즈는 레녹스에서 각각 태어났다.

는 운명에 붙들려 있었던 셈이다. 내가 고향을 떠났다가(그때는 영원히 떠나는 것 같은 기분이 들었다.) 마치 불량 동전처럼 다시 원점으로 돌아온 것이 한두 번이 아니었다. 세일럼이 나에게는 필연적인 우주의 중심과 같았다고나 할까. 그리하여 어느 맑게 갠 날 아침 나는 호주머니에 대통령의 임명장을 넣고 화강암 계단을 올라가 한 무리의 신사들에게 소개되었다. 그런데 그들은 앞으로 내가 세관 최고 행정관으로서의 중책을 수행하도록 나를 도와줄 사람들이었다.[17]

미합중국의 관리로서 문무(文武) 어느 쪽에서든 나처럼 자기 휘하에 그토록 노련한 원로들을 두고 있던 사람이 있는지 무척 의심스럽다. 아니, 오히려 전혀 의심스러워하지 않았다고 해야 할 것이다. 그들의 얼굴을 보자 나는 '최고참자'가 어디 앉아 있는지 곧바로 알아볼 수 있었다. 지난 20년 이상 동안 관세 징수관의 독립된 지위가 이 세일럼 세관을 정치 변동의 소용돌이에서 벗어나게 했기 때문이다. 일반적으로 재직 기간이라는 것은 그런 정치적 소용돌이 때문에 풍전등화와 같게 마련이다. 뉴잉글랜드에서 가장 저명한 군인이었던 그 사람이 화려한 무공(武功)의 발판 위에 군건히 버티고 서 있었다. 또한 잇따라 관직에 있던 역대 행정부의 사려 깊은 관용 속에서 확고한 위치를 차지한 그 사람은 몇 번이나 위험하고 가슴 떨리는 일이 일어났는데도 부하 직원들을 안전하게 지켜 주었던

---

17) 호손은 민주당의 제임스 포크(1795~1849)가 대통령이 된 뒤 세일럼 세관에서 검사관으로 근무하게 되었다.

것이다. 밀러 장군[18]은 철저하게 보수적인 사람이었다. 습관이 그의 온화한 성품에 적지 않은 영향을 끼치는 사람이었다. 친근한 사람들에게 깊은 애정을 느끼며, 달라지면 명백히 진보되는 경우에도 여간해서는 달라지려고 하지 않는 사람이었다. 그래서 내가 내 부서의 책임을 맡게 되었을 때 거의 나이든 사람들만 있었다. 그들은 대부분 늙은 선장들로 온갖 바다에서 흔들리고 인생의 비바람에 완강히 맞서 싸운 뒤에 마침내 이 조용한 구석으로 흘러들어 왔던 것이다. 이곳에서 그들의 마음을 뒤흔들어 놓는 것이라고는 정기적으로 맞는 대통령 선거 말고는 거의 없었으며, 선거가 끝나면 하나같이 새로운 임기를 보장받았다. 그들 나이 또래의 동료 못지않게 노령과 질병을 겪으면서도 그들은 분명히 죽음을 가까이 오지 못하게 무슨 부적 같은 것을 지니고 있었다. 그들 중 두세 명은 확실히 통풍과 관절염으로 고생하거나, 어쩌면 병상에 누운 채 1년의 대부분 동안 세관에 나올 엄두도 내지 못했다. 그러나 무기력한 겨울이 지나면 5월이나 6월의 따뜻한 햇볕 속으로 기어 나와 그들이 의무라고 일컫는 일을 게으르게 하다가 자신이 한가롭다고 생각하고 편리할 때가 되면 또다시 침대에 몸져눕곤 했다. 나는 이들 공화국의 존경할 만한 공복(公僕) 중 한 사람 이상의 목을 잘랐다는 비난을 받아들일 수밖에 없다. 그들은 내 요구에 따라 힘든 일에서 물러나는 것이

18) 제임스 밀러(1776~1851). 1812년 전쟁 때 치페와와 런디스 레인 전투의 영웅으로 무공을 세워 준장이 되었고 뒷날 1대 아칸소 주지사가 되었다.

허용되자마자(마치 그들 삶의 유일한 원칙이 국가에 복무하는 열성에 있었던 것 같았다고 나는 믿는다.) 곧바로 더 좋은 세상으로 가 버리고 말았다. 나에게 크게 위안이 되는 것은, 내 제안에 따라 그들은 세관원이라면 으레 빠져들게 마련인 악하고 부패한 짓을 뉘우칠 만한 충분한 시간을 가지게 되었다는 사실이다. 세관의 정문 현관도 뒷문도 천국으로 이르는 길과는 통해 있지 않았던 것이다.

내 관리들은 대부분 휘그당[19] 당원이었다. 검사관으로 새로 부임한 내가 정치가가 아니었고 원칙에서는 비록 충실한 민주주의자였지만 정치적 목적에 선이 닿아서 관직을 받았다거나 관직을 맡은 적이 없었던 것이 그들과 존경할 만한 우애를 맺는 데 다행스러운 일이었다. 만약 그렇지 않았다면, 만약 어떤 활동적인 정치가가 이 세력 있는 지위에 앉아서 이미 병약한 몸이어서 자신의 임무를 다하지 못하는 휘그당의 징수관과 쉽게 맞섰더라면, 시체와 다를 바 없는 이 징수관은 죽음의 천사가 세관의 돌계단을 올라온 지 채 한 달도 되지 않아 아마 그의 공직 생활에 종지부를 찍었을 것이다. 이런 문제를 일반적 관례에 따라 처리한다면, 정치가의 경우에는 머리카락이 희끗희끗한 늙은이들을 한 사람 한 사람 단두대의 도끼로 목을 자르는 것이 당연한 의무일 것이다. 노인들은 내 손에 그런 불명예스러운 일을 당할까 봐 두려워함을 분명히 알

---

19) 앤드류 잭슨 대통령과 민주당에 맞서 1836년에 창당한 미국의 정당. 1852년에 분열될 때까지 상당히 큰 세력을 행사했다.

수 있었다. 내가 부임하면서 그런 공포를 느끼는 모습을 보는 것이 한편으로는 마음이 괴롭고 다른 한편으로는 재미있었다. 반세기에 걸쳐 온갖 비바람에 시달려 주름 잡힌 뺨이 나처럼 해를 끼치지 않는 사람의 시선 앞에서 잿빛처럼 창백해진다거나, 어느 누군가가 나한테 말할 때 저 옛날에는 확성기를 사용해 목쉰 소리로 소리소리 질러서 북풍마저 잠잠하게 할 정도의 두려움을 지닌 그 목소리가 떨리고 있음을 알아차린다거나 할 때도 마찬가지였다. 이 훌륭한 늙은이들은 세상의 규칙에 따른다면, 또 그들 중 몇몇 사람의 경우에는 사무 능력의 부족으로 평가한다면, 정치사상이 좀 더 정통적이고 미합중국 정부에 좀 더 효율적으로 봉사할 수 있는 젊은 사람들에게 옛날에 벌써 자리를 내주었어야 했을 것이다. 나도 그 사실을 알았지만 그런 생각을 막상 실행에 옮길 만한 마음이 영들지 않았던 것이다. 그러므로 나한테 수치스러운 일이었고 공직자로서의 양심에도 어긋나는 일이었지만, 그들은 내 재임 기간 중에 여전히 부둣가를 서성거리고 세관의 돌계단을 오르락내리락했다. 또 그들은 늘 앉아 있는 구석에서 의자 등을 뒷벽에 기대고 낮잠을 자면서 상당한 시간을 보내고 있었다. 하기야 오전 중에 한두 번 잠에서 깨어나 옛날의 해상 생활 이야기며 이미 그들 사이에서는 은어와 암호가 되다시피 한 케케묵은 농담을 몇천 번째 되풀이해 상대방을 따분하게 만들고 있었다.

시간이 얼마 지나지 않아 그들은 곧 이번에 새로 부임한 검사관이 크게 해를 입히지 않을 사람이라는 것을 눈치챈 것 같았다. 그래서 가벼운 마음으로 또 자신이 쓸모 있는 일에 고용되었다고 기분 좋게 느끼면서(우리의 사랑하는 국가를 위해서는 아니라고 할지라도 적어도 자신들을 위해서는 그렇다는 말이다.) 이 선량한 노신사들은 온갖 공식적인 업무에 착수했다. 그들은 얼마나 약삭빠르게 안경 너머로 선박의 화물칸을 들여다보던가! 하찮은 일에는 큰 소동을 벌이면서도 좀 더 중요한 일은 손가락 사이로 술술 빠져나가도록 하는 그들의 우둔함이란 얼마나 기막힌 일이던가! 그런 불상사가 일어났을 때는 언제나(짐차에 실을 만큼 많은 귀중한 상품이 대낮에 바로 코앞에서 육지로 이미 밀수된 경우 말이다.) 그들이 얼마나 경계심을 가지고 신속하게 범죄 선박의 모든 출입구에 이중으로 자물쇠를 채우고 테이프를 붙이며 초를 발라 통행을 막아 버리던가. 그런 불행한 사건이 일어난 뒤에 예의 그 직무 유기 행위에 대해 처벌하기는커녕 오히려 이처럼 갸륵하게 조심하는 태도에 상을 주어야 한다는 생각이 들 정도였다. 또한 이제 더 이상 어떻게 손을 쓸 수 없는 순간인데도 그들이 그토록 신속하게 열의를 보이는 태도를 칭찬해 주어야 할 정도였던 것이다.

상식적으로 도저히 받아들일 수 없는 사람들만 아니라면 나는 어리석기는 하지만 습관적으로 사람들에게 친절을 베푼다. 내 동료의 성격 대부분 가운데 장점이 있으면 나는 흔히 가장 먼저 그 장점을 보고 그 사람을 알아보는 지표로 삼는다. 이들 늙은 세관 관리들은 대부분 선량한 사람들이었으며, 그들과 관련해 나는 아버지처럼 그들을 보호해 주는 위치에 있었기 때문에 우호적 감정이 싹트는 데 퍽 좋았고, 그래서 나는 금방 그들을 좋아하게 되었다. 나머지 인간들을 모두 녹여 버리다시피 하는 몹시 무더운 열기가 오히려 절반쯤 마비된 그들의 신체 조직에는 쾌적한 온기를 전해 주는 것에 지나지 않는 여름날 오전, 늘 그러듯 그들이 뒤쪽 입구에 일렬로 벽에 기대 이야기를 나누고 있는 소리를 듣는 것이 즐거웠다. 그러는 동안 과거 세대의 얼어붙은 경구가 그들의 입술에서 녹아 웃음과 함께 거품을 일으키며 솟아나왔다. 표면적으로 보면 늙은이들이 즐거워하는 대상과 어린아이들이 즐거워하는 대상 사이에는 큰 공통점이 있다. 다만 지성은 심오한 유머 감각과 마찬가지로 물질적인 것과는 이렇다 할 상관이 없다. 늙은이들한테도 아이들한테도 그 지성은 표면에 뛰노는 반짝거림이며, 푸른 가지에도 다 썩어 가는 잿빛 줄기에도 마찬가지로 밝고 명랑한 모습을 띠게 해 준다. 다만 아이들의 경우에는 그것이 진짜 햇빛인 한편, 노인들의 경우에는 썩어 가는 나무에서 발산하는 인광(燐光)에 가까울 뿐이다.

내가 이 훌륭한 늙은 친구들을 하나같이 노망하다고 묘사한다면 터무니없이 불공평하다는 점을 이해해 주기 바란다. 무엇보다도 먼저 나를 보좌해 주는 사람들이 모두 노인은 아니었다. 그중에는 힘이 세고 한창 시절인 젊은 사람들도 있었다. 그들은 능력도, 정력도 뛰어난 데다가 다만 운이 나빠 택하게 된 이 따분하고 종속적인 생활 방식에 전혀 영향을 받지 않았다. 더구나 노년의 백발이 손질이 잘된 초가집 지붕처럼 지혜의 상징인 때도 있었다. 그러나 대부분의 늙은이들에 대해 말하자면, 대체로 온갖 인생 경험에서 보존할 가치가 있는 것을 하나도 모아 오지 못한 따분한 노인들이라고 해도 크게 잘못은 아닐 것이다. 그들은 추수해 들일 수 있는 그토록 많은 기회가 있었으면서도 실용적 지혜라는 황금빛 이삭을 모두 내던져 버리고 오직 그 껍질만을 기억 속에 아주 소중하게 저장하고 있는 것 같았다. 그들은 40~50년 전에 난파한 이야기며 그들이 젊은 시절 목격한 세상의 온갖 경이로움에 대해 이야기하기보다는 오히려 그날 아침의 아침 식사와 어제와 오늘과 내일의 저녁 식사에 대해 훨씬 더 큰 관심과 열정을 가지고 이야기했다.

이 세관의 아버지는, 즉 이곳 세관에서 몇 안 되는 관리들의 우두머리일뿐더러 감히 말하자면 미합중국을 통해서도 존경받을 만한 세관의 승선 감독관들의 가부장은, 종신 검사관의 직위에 있는 어떤 사람이었다.[20] 원칙을 고수하고 귀족 신분에서 태어난 그 사람은, 말하자면 관세 조직의 합법적인 적자(嫡子)라고 해야 옳을 것이다. 왜냐하면 그의 부친은 혁명군 대령으로 전에 이 항구의 징수관으로 있었는데, 자기 아들을 위해 직책을 만들어 그 자리에 앉혔기 때문이다. 식민지 초기의 일이라서 살아 있는 사람 중에는 그 일을 기억하는 사람이 거의 없다. 내가 이 검사관을 처음 만났을 때 그는 벌써 여든 살가량 된 노인이었다. 평생 동안 찾아보아야 겨우 찾을 만한 노익장을 자랑하는 확실히 가장 보기 드문 기인(奇人) 중의

---

20) 호손이 여기서 언급하는 세관 검사관은 윌리엄 리라는 사람이다. 1814년에 세관 관리로 처음 임명된 리는 1846년에 이미 70대 후반이었다. 부정적이라고 할 호손의 묘사에 리 집안사람들은 몹시 분개했다.

하나였다. 혈색 좋은 뺨과 짜임새 있는 체구에 반짝이는 단추가 달린 푸른색 윗도리를 단정하게 입고 걸음걸이는 활기차고 힘이 있으며 정말로 건장하고 강건한 풍채였다. 이 모든 것으로 미루어 보아 그 사람은 물론 젊다고는 할 수 없어도 어머니인 대자연이 새로운 안목으로 창조한 인간으로서 세월에도 질병에도 구애받지 않는 것 같았다. 쉬지 않고 온 세관 안에 울려 퍼지는 그 사람의 목소리에도 웃음에도 노인한테서 흔히 볼 수 있는 떨림이나 쉿소리 같은 것은 찾아볼 수 없었다. 마치 수탉이 울어 대는 소리나 클라리온을 불어 대는 소리처럼 양쪽 허파에서 힘차게 터져 나오는 목소리였다. 단순히 한 동물로 그를 보고 있으면(물론 그것으로밖에는 달리 볼 수도 없었다.) 더할 나위 없이 뛰어난 건강과 완벽한 신체 기능으로 보나, 그 같은 노령에도 자신이 목표로 삼거나 생각할 수 있는 기쁨을 모두 또는 거의 모두 누릴 수 있는 능력으로 보나, 그 사람은 참으로 만족할 만한 인물이었다. 세관에서 그의 생활은 마음 편하고 안정적이며 정기적으로 수입이 있는 데다가 면직에 대한 걱정도 별로 없었기 때문에 그는 유쾌하게 시간을 보낼 수 있었음에 틀림없다. 그러나 그 사람이 세관에서 유쾌하게 시간을 보낼 수 있는 좀 더 근본적이고 타당한 이유는 그의 동물적 본성이 보기 드물게 완벽한 데다가 지성이 적절하게 균형 잡혀 있었고 도덕적 요소와 정신적 요소가 아주 적게 뒤섞여 있다는 데 있었다. 이 중에서 후자의 특성 덕분에 이 노신사는 동물처럼 네발로 걷지 않아도 되었던 것이다. 그 사람은 사고력도, 심오한 감정도, 거추장스러운 감성도 지니지 않았다. 한마디로 육체적 건강에서 반드시 생기게 마련인 명랑한 기질의 도움을 받아 흔한 본능 몇 가지만이 마음을 대신해 매우 훌륭하게 역할을 수행해 세상 사람의 호평을 받고 있었다. 그는 세 아내의 남편이었지만 셋 다 오래전에 사망했다. 스무 명이나 되는 아이들의 아버지였지만 아이들 대부분도 어린 시절이나 성년 시절 여러 나이에 걸쳐 마찬가지로 흙으로 돌아갔다. 이런 이야기를 듣고 있노라면 아무리 성격이 명랑한 사람이라도 어쩔 수 없이 우울한 기분이 들 만큼 슬픔이 깃들 것이다. 그런데 우리 늙은 검사관은 전혀 그렇지 않았던 것이다! 짧은 한숨만 한 번 내쉬고 나면 그런 음산한 추억의 무거운 짐은 완전히 사라져 버렸다. 그다음 순간에는 아직 발가벗은 갓난아이처럼 즐거운 마음으로 놀이를 할 준비가 되어 있었다. 그 태평스러운 기질은 징수관의 젊은 서기보다 더한 데가 있었는데, 이 서기로 말하면 겨우 열아홉 살밖에 되지 않았는데도 벌써 늙은 검사관보다 어른답고 신중했던 것이다.

나는 세관에서 볼 수 있는 어떤 관리보다도 이 가부장적인 인물을 호기심을 가지고 관찰하고 연구하곤 했다. 실제로 그 사람은 매우 보기 드문 특이한 사람이었다. 어떤 관점에서 보면 더할 나위 없이 완벽했지만 그 밖의 다른 관점에서 보면 참으로 천박하고 알쏭달쏭하며 정체를 알 수 없고 완전히 보잘것없는 사람이었다. 그래서 나는 그 사람한테는 영혼도 없고 마음도 없고 정신도 없다고 결론지었다. 앞에서 이미 말한 것처럼 본능 말고는 아무것도 가진 것이 없는 사람이라고 말이다. 그러나 얼마 되지 않는 그의 성격의 몇몇 요소가 너무나 교묘하게 결합된 나머지 결함을 깨닫고 조금도 고통스러워하지 않았으며 오히려 (내가 보기로는) 그한테서 내가 발견하는 특성에 완전히 만족하고 있었다. 너무나 현실적이고 감각적으로 보이는 탓에 이런 사람이 과연 저승에서 어떻게 살까 하고 생각하기가 어려울 것 같았다. 아니, 확실히 어려웠다. 그러나 그의 삶이 마지막 숨을 거두는 동시에 끝나는 것이라고 한다면 이승에서 보낸 그의 삶은 그렇게 불행하지 않았다. 들짐승보다 좀 더 높은 도덕적 책임감이 있는 것도 아니었고, 오히려 들짐승보다도 좀 더 폭넓게 향락을 즐길 수 있었으며, 들짐승처럼 노령이라는 황량하고 어두운 그림자로부터도 완전히 벗어날 수 있었기 때문이다.

그 사람이 네발 달린 형제보다 훨씬 우월한 점이 있다면 그것은 그의 삶에서 적잖이 행복을 차지해 온 훌륭한 만찬을 회상해 낼 수 있다는 사실이었다. 그의 식도락이야말로 아주 뛰어난 특성이었다. 그가 잘 구운 고기에 대해 이야기하는 것을 듣고 있노라면 소금에 절인 채소나 굴을 먹을 때처럼 식욕이 자극되었다. 그 사람은 그 이상으로 고상한 특성은 갖지 않은 데다가 위장의 즐거움과 이익을 위해서라면 온갖 정력과 천재성을 아낌없이 바침으로써 어떤 정신적 재능을 희생하거나 훼손시키는 일이 결코 없었다. 그렇기 때문에 그 사람이 생선이며 닭이며 푸줏간의 고기와 그것을 식탁에 올리기 위한 훌륭한 조리법에 대해 자세히 설명하는 것을 듣고 있노라면 언제나 즐겁고 유쾌했다. 그 훌륭한 만찬이 아무리 오래되었다고 해도 그 요리에 대한 추억담을 듣고 있으면 듣는 사람의 코끝에 돼지라든가 칠면조의 냄새가 풍기는 듯했다. 그의 입천장에는 무려 60년이나 70년 전에 먹은 음식의 향이 감돌고 있어서 마치 그가 방금 오늘 아침 식사로 먹은 양고기의 고깃덩어리처럼 아직도 미각의 신선함을 잃지 않은 듯했다. 나는 그가 옛날의 만찬을 회상하며 입맛을 다시는 소리를 들은 적이 있다. 그 만찬 자리에 모였던 사람들은 지금 그를 제외하고는 모두 이미 오래전에 벌레의 먹이가 되어 버렸다. 지난날 식사의 망령들이 얼마나 끊임없이 그의 눈앞에 떠오르는지를 지켜보고 있노라면 놀라지 않을 수 없었다. 망령들은 화를 내려는 것도 아니었고 복수를 하려는 것도 아니었고, 다만 마치 그 옛날 그가 칭찬해 주던 것에 감사하는 듯하고 그림자처럼 실체가 없는 동시에 관능적인 끝없는 일련의 즐거움을 되살리려고 애쓰는 것처럼 보였다. 소의 허릿살이며, 송아지의 뒷다리살이며, 돼지 갈비며, 특별한 닭고기며, 특별히 훌륭한 칠면조고기 등 노(老)애덤스[21] 시절에 그의 식탁을 장식했음 직한 요리를 기억하곤 했던 것이다. 한편 그 뒤에 일어난 우리 인류의 온갖 경험과 그의 개인적 삶을 빛내 주거나 어둡게 한 사건은 하나같이 지나가는 산들바람처럼 아무런 항구적 효과를 남기지 않고 그냥 그 사람 위로 지나가 버리고 말았다. 내가 판단할 수 있는 한, 이 노인의 삶에서 중요한 비극적 사건이

21) 미국의 2대 대통령을 지낸 존 애덤스(1735~1826). 6대 대통령을 지낸 존 퀸시 애덤스(1767~1848)와 구별 짓기 위해 존 애덤스를 흔히 '노애덤스'라고 부른다.

란 20년 전인지 40년 전인지 살다가 죽은 어느 거위 한 마리와 관련한 것이었다. 그 거위는 가장 먹음직스러운 모습을 하고 있었지만 막상 식탁에 올려놓고 보니 고기가 몹시 질겨 식칼로는 도저히 자를 수 없고 오직 도끼와 톱으로만 겨우 자를 수 있었다는 것이다.

이 스케치도 이제 그만둘 때가 되었다. 그러나 내가 지금까지 알고 지내던 모든 사람 중에서 이 사람이 세관원으로는 가장 잘 어울리기 때문에 기꺼운 마음으로 좀 더 자세하게 이야기를 계속하고 싶다. 내가 지면이 모자라 밝힐 수 없는 어떤 이유 때문에 대부분의 사람들은 이 특별한 삶의 양식에서 도덕적 손상을 입고 있다. 이 늙은 검사관은 그런 손상을 받아들일 수 없는 사람이다. 만약 그가 세상이 끝날 때까지 그 직위에 있게 된다면, 전과 다름없이 언제나 마찬가지일 것이며 언제까지나 변함없는 식욕으로 만찬 좌석에 앉아 있을 것이다.

그 세관 검사관과 꼭 닮은 사람이 또 하나 있다. 그 사람을 빼놓는다면 아마 세관의 초상화 화랑은 이상하게 제 모습을 갖추지 못하고 불완전할 것이다. 그러나 내가 그를 관찰할 기회가 비교적 적었기 때문에 그 스케치는 그저 윤곽을 그리는 것밖에 되지 못할 것이다. 그 스케치는 징수관, 즉 용감한 옛 장군에 관한 것이다. 그 사람은 혁혁한 무공을 세운 뒤 미개척 서부 지방을 통치하고 있었는데 20년 전에 이곳에 와서 그 변화무쌍하고 명예로운 만년을 보내던 사람이다.[22] 이 용사

---

22) 호손은 여기에서 제임스 밀러 장군을 언급하고 있다.

는 일흔 살에 가까웠거나 이미 일흔이 되어 있었지만, 그의 영혼을 북돋는 추억담이라는 군가로도 더 이상 힘을 일으킬 수 없을 만큼 쇠약해진 몸을 이끌고 이 지상에서의 마지막 행군을 계속하고 있었다. 전에는 돌격할 때 선두에 서 있던 그 다리도 지금은 중풍으로 쇠약해져 있었다. 가까스로 하인의 도움을 받아 한 손을 무겁게 쇠 난간에 얹고서 천천히 세관의 계단을 올라와 힘겹게 마루를 가로질러 겨우 난롯가 옆에 있는 자기 자리에 도착할 수 있었다. 언제나 그 자리에 앉아서 어딘지 멍청하면서도 침착한 표정으로 눈앞에 오가는 사람들 모습을 바라보고 있었다. 종이를 스치는 소리며, 선서하는 일이며, 업무에 대한 논의며, 사무실의 잡담 소용돌이에 있었지만 그 모든 소리와 상황은 그저 그의 감각에 희미한 인상을 줄 뿐 그의 사색 깊숙이까지 들어가는 것 같지 않았다. 그가 쉬고 있을 때 그의 얼굴은 부드럽고 온화했다. 그에게 뭔가 말을 걸면 정중하게 흥미를 보이는 표정이 그의 얼굴에 환하게 드러났다. 그의 내면에는 아직 빛이 타오르고 있으며 그 내면의 빛을 겉으로 드러나지 못하게 가로막는 것은 다만 지성적인 등불이라는 외적 수단이라는 사실을 입증하면서 말이다. 그의 마음의 본질에 가깝게 뚫고 들어가면 들어갈수록 그것은 좀 더 건전한 모습을 하고 있었다. 말을 하거나 남의 말을 듣는 것은 확실히 그에게 힘이 부치는 일이었지만 더 이상 그럴 필요가 없을 때에는 그의 얼굴은 곧바로 이전의 즐거운 정적 속으로 빠져들곤 했다. 그러나 이런 표정을 바라보는 것은 그렇게 고통스럽지 않았다. 비록 어렴풋하지만 점점 쇠퇴해 가는 노령에서 볼 수 있는 어리석음 같은 것은 찾아볼 수 없었기 때문이다. 본디 강인하고 우람한 그의 본성의 골격이 아직껏 파괴되지 않았던 것이다.

그러나 그와 같은 불리한 상황에서 그 사람의 성격을 관찰하고 똑똑히 묘사하는 것은 마치 타이콘데로가[23] 같은 옛 요새를 그 잿빛 폐허를 보고 본래의 모습을 상상해 새로 건축하는 일처럼 어려울 것이다. 요새의 벽돌이 여기저기 어쩌면 거의 완전하게 남아 있을지도 모르지만 그 밖의 다른 곳에서는 전혀 형체를 찾아볼 길 없는 흙무더기만이 남아 있을지 모른다. 그 요새는 견고한 만큼 오히려 방해가 되고 오랜 평화와 무관심의 결과로 온갖 풀과 잡초에 파묻혀 있을 것이다.

그런데도 이 노(老)병사를 애정을 지니고 바라보면서(나와 그 사람 사이에 별로 교제가 없었지만, 내가 그를 대하는 감정은 그를 아는 모든 사람과 짐승들의 감정이 그러하듯이 '애정'이라는 말로 불러도 그다지 부적절하지는 않을 것이다.) 나는 그의 초상의 중요한 특징을 알아차릴 수 있었다. 그 사람한테는 고귀하고 영웅적인 특징이 뚜렷해 그가 독특한 이름을 얻게 된 것이 우연 때문이 아니라 지극히 당연한 귀결이라는 사실을 알 수 있었다. 그 사람의 정신은 한 번도 불안에 동요될 수 없었을 것이라는 생각이 든다. 그의 생애의 어떤 시기에도 그가 움직이려면 어떤 충동이 필요했을지도 모른다. 그러나 일단 충동을

---

23) 미국 뉴욕주 북동부 챔플레인 호숫가에 있는 프랑스 요새. 1759년 영국군이 점령했지만 1775년에는 이선 앨런이 이끄는 미군이 빼앗았다.

받아 극복해야 할 장애물과 성취해야 할 적절한 목표가 나타나면 힘이 다한다거나 실패한다거나 하는 일이 그한테는 없었다. 그의 천성을 일찍 가득 채우고 있었고 아직도 꺼지지 않은 열기는, 번뜩이며 활활 타오르는 불꽃이 아니라 오히려 용광로 속에 있는 무쇠처럼 은은하게 붉은빛을 내뿜는 불꽃이었다. 중량감, 고형성(固形性), 견고함, 이것이 바로 내가 지금 말하는 시기에 너무 일찍 그에게 슬며시 찾아온 쇠잔한 모습에서도 그가 편히 쉬고 있을 때 읽을 수 있는 표정이었다. 그러나 이런 때에도 그의 의식 깊이 어떤 자극을 받으면, 예컨대 나팔소리가 크게 울려 퍼져 죽은 것이 아니라 다만 잠자고 있을 뿐인 그의 정력을 모두 일깨울 때에는, 그 사람은 지금도 여전히 그 병약함을 환자복처럼 훨훨 벗어 버리고 노인용 지팡이를 내팽개치고 군도(軍刀)를 걸머쥐고 다시 무인(武人)으로 일어설 수도 있을 것이다. 또한 그런 강렬한 순간에도 그의 태도는 여전히 침착할 것이다. 그러나 그런 표정도 다만 상상 속에서 그려 볼 수 있을 뿐 현실에서 기대하거나 바랄 수 없었다. 내가 그 사람한테서 발견해 낸 특성은, 이미 앞에서 매우 적절한 비유로 인용한 옛 타이콘데로가의 불멸의 요새처럼 명약관화한데, 불요불굴의 끈질긴 인내심과 고결성 그리고 자비심이다. 그 인내심은 그의 젊은 시절에는 결국 완강함에 해당했는지도 모른다. 고결성은 대부분의 그의 다른 자질과 마찬가지로 조금 육중한 덩어리를 이루고 있어서 철광석 1톤만큼이나 쉽게 부수어 버릴 수 없었다. 또한 그의 자비심에 대해 말하자면, 그 특성은 비록 그가 치페와나 포트이리에서 착검

한 돌격대를 이끌 때처럼 잔인했지만 지금 말만 앞세우는 모든 박애주의자를 움직일 만한 진정한 자비심이었다는 생각이 든다.[24] 내가 알기로 그 사람은 자기 손으로 사람들을 살해했다. 온 힘을 쏟아 퍼붓는 돌격에 적들은 마치 큰 낫에 베이는 풀잎처럼 푹푹 쓰러졌음에 틀림없다. 그러나 아무리 그렇다고 해도 그의 마음속에는 나비 날개에서 솜털을 털어 낼 만큼의 잔인성도 없었다. 내가 아는 사람 중에서 이 사람보다 더 그 타고난 친절에 솔직하게 호소하고 싶은 사람도 없을 것이다.

내가 장군을 만나기 전에 벌써 많은 특징이, 이 스케치를 실물과 비슷하게 만드는 데 적잖이 도움을 줄 수 있는 특징들까지도, 이미 사라져 버렸거나 눈에 띄지 않게 되었음에 틀림없다. 그저 아름답기만 한 특징은 흔히 가장 속절없이 사라지기 쉬운 법이다. 또한 대자연은 마치 타이콘데로가의 허물어진 요새 위에 계란풀을 심듯 폐허의 갈라진 자리나 틈바구니에만 뿌리를 내려 양분을 찾는 새로운 아름다움으로 인간의 폐허를 장식해 주지 않는다. 그런데도 그 사람한테는 심지어 우아함이라든가 아름다움이라든가 하는 점에서 눈여겨볼 만한 좋은 점들이 많았다. 때때로 유머의 빛줄기가 어렴풋한 장애물의 베일을 뚫고 우리의 얼굴을 명랑하게 비추는 일도 있었다. 소년 시절이나 청년 시절이 지난 남성에게서는 좀처럼 찾아보기 드문 타고난 우아함은 이 장군이 남달리 꽃의 모습

---

24) 호손은 여기에서 1815년 제임스 밀러 장군이 용맹을 떨친 런디스 레인 전투에 대해 언급하고 있다.

이나 향기를 사랑한다는 사실에서도 드러났다. 노병(老兵)은 그의 이마에 장식하는 피투성이 월계관만을 존중한다고 생각할지 모른다. 그러나 여기, 소녀처럼 꽃을 찬미하는 듯한 사람도 있었던 것이다.

이 용감한 노장군은 언제나 벽난로 옆에 앉아 있곤 했다. 한편 세관의 검사관은, 불가피한 경우를 제외하고는 좀처럼 장군과 이야기를 나누는 어려운 일을 떠맡지 않은 채, 조금 떨어진 곳에 서서 장군의 조용하고 거의 잠자는 듯한 얼굴을 바라보기를 좋아했다. 비록 장군은 우리와 겨우 몇 야드밖에 떨어져 있지 않았지만 우리로부터 먼 곳에 있는 듯한 생각이 들었다. 우리가 그의 의자 바로 곁을 지나갈 때도 아득히 멀리 떨어져 있는 것만 같았다. 우리가 손을 뻗치면 그의 손에 닿을 수 있는데도 그에게 도저히 도달할 수 없다는 생각이 들었던 것이다. 그 사람은 징수관 사무실의 어울리지 않는 환경 속에서 살고 있다기보다는 오히려 자신의 생각 속에서 한층 더 참다운 삶을 살고 있었는지도 모른다. 열병식의 변천 과정이며, 전쟁터의 소란이며, 30년 전에 들었던 힘찬 영웅적인 군악의 팡파르, 이런 장면들과 소리들이 어쩌면 그의 지적 감각보다 앞서 살아서 숨 쉬고 있었던 것이다. 그러는 동안에도 상인들과 선주들, 말쑥한 사무원들과 촌뜨기 선원들이 사무실을 들락날락했다. 이렇게 상업적인 세관 활동으로 주위가 떠들썩한데도 그한테는 나직막한 속삭임 소리로밖에는 들리지 않았다. 또한 사람들과도 그 업무와도 장군은 아무런 상관이 없어 보였다. 마치 낡은 칼 한 자루가, 지금은 녹슬어 있지만 전에는 전쟁터의 최전선에서 번뜩였고 지금도 여전히 칼날이 찬란히 빛나는 낡은 칼 한 자루가, 잉크병과 서류철, 마호가니 자[斤]와 함께 부세관장의 책상 위에 놓여 있는 것처럼, 그 사람은 세관에 어울리지 않는 존재였던 것이다.

다만 한 가지 일 때문에 나는 이 나이아가라 국경에서 용감하게 싸운 군인, 즉 참으로 정력적인 인간을 다시 새롭게 하고 재창조하는 데 자못 큰 도움을 받았다. 그 사람이 했다는 잊을 수 없는 말, "해 보겠습니다, 각하!"에 대한 기억 말이다.[25] 바야흐로 영웅적인 결사 항쟁을 맞아 뉴잉글랜드 특유의 불굴의 정신을 호흡하고 모든 위험을 각오하고 모든 것에 맞서려는 순간 튀어나온 말이었던 것이다. 만약 이 나라에서도 용기를 명예로운 문장(紋章)으로 만들어 보상해 준다면, 이 말이야말로, 언뜻 말하기 쉬운 것 같지만 그런 위험과 명예를 앞에 두고 오직 그 사람만이 할 수 있는 이 말이야말로, 참으로 장군의 방패 문장에 가장 훌륭하고 가장 어울리는 문구가 될 것이다.

자기 자신과는 다른 개인들, 즉 그가 어떤 일을 하는지 별로 관심이 없고 그들의 영역이나 능력을 제대로 평가하려면 그 자신의 세계에서 벗어나지 않으면 안 되는 개인들과 사귄다는 것은 도덕적이고 지적인 건강을 위해 아주 큰 도움이 된다. 나는 한평생 온갖 경험을 하면서 우연히 그런 이점을 자

---

25) 런디스 레인 전투에서 미군의 지휘관 위니필드 스콧 장군이 영국군 포대를 탈취하려고 부하인 밀러 장군에게 명령을 내리자 즉석에서 그가 이렇게 대답했다고 전해진다.

주 누린 적이 있었다. 그러나 내가 이 세관에 근무하던 동안
만큼 풍부하고 다양한 이점은 누려 보지 못했다. 특별히 그
사람의 성격을 관찰함으로써 재능이란 것이 과연 무엇인지
새롭게 깨닫게 해 준 사람이 하나 있었다.[26] 그 사람이 지닌
재능은 철저하게 업무가로서의 재능이었다. 그야말로 민첩하
고 예민하며 명확했다. 모든 난점을 꿰뚫어 보는 안목이 있었
고, 그 난점들을 마치 마법사가 마법의 지팡이로 없애 버리듯
이 한 번에 해결하는 업무 능력을 갖추고 있었다. 이 세관에
서 잔뼈가 굵은 그 사람은 세관이야말로 그에게 안성맞춤인
활동 무대였다. 침입자와 다를 바 없는 다른 관리한테는 그토
록 귀찮은 온갖 복잡한 업무가, 그 사람에게는 완전히 파악한
조직처럼 쉽게 보였다. 내가 판단하기에 그 사람은 그 부류에
서 가장 이상적인 인물이었던 것이다. 그는 세관 그 자체이거
나 어쨌든 세관에서 돌아가는 온갖 톱니바퀴를 움직이는 주
동력과 다름없었다. 업무를 수행할 능력이 있는지 어떤지를
거의 고려하지 않고 오직 관리들을 그들 자신의 이익과 편리
를 위해 임명하는 이런 관청에서는, 그들은 어쩔 수 없이 자
신이 갖추지 않은 솜씨를 발휘할 곳을 세관이 아닌 다른 곳
에서 찾지 않을 수 없기 때문이다. 그리하여 자석이 쇠붙이를
끌어들이듯 우리의 업무가는 어쩔 수 없는 필연성에 따라 모
든 사람이 맞부딪치게 되는 어려운 문제를 모두 자기가 떠맡

---

26) 재커라이어 버치모어(1809~1994). 호손과 평생 사귄 친구로 특히 함께
술을 즐겨 마셨다.

았다. 쉽게 은혜를 베푸는 듯한 태도로 친절하게 우리의 어리석음을 참아 내면서(그의 정신 구조에서 보면 그런 어리석음은 거의 죄악에 가까운 것임에 틀림없을 것이다.) 그 사람은 손가락을 움직여 곧바로 도저히 해결할 수 없을 것 같은 일들을 대낮처럼 분명하게 처리해 주곤 했다. 상인들도 그의 은밀한 친구들인 우리 못지않게 그 사람을 존중했다. 그의 성실성은 그야말로 완벽했다. 그런 특성은 그에게 선택이나 원칙이라기보다는 차라리 자연의 이치와 같은 것이었다. 또한 정직하고 정연하게 사무를 처리하는 능력은 놀랄 만큼 명쾌하고도 정확한 지능 상태 덕분이라고 할 수 있을 것이다. 직업의 테두리 안에서 일어나는 일에 관해 말하자면, 그의 양심에 찍힌 오점은 (비록 정도는 훨씬 높지만) 회계가 틀렸다든가 장부의 깨끗한 페이지에 잉크 방울이 떨어진 것과 똑같은 식으로 그런 사람을 괴롭힐 것이다. 한마디로 나는 이 세관에서, 내 삶에서도 보기 드문 일이지만, 자기가 차지하는 지위에 그렇게 완벽하게 적응하는 한 인간을 만나게 되었던 것이다.

지금까지 언급한 몇 사람이 내가 세관에서 관련을 맺던 사람들이었다. 하느님의 섭리에 따라 나는 내 과거 습관과 별로 비슷하지도 않은 사람들과 갑자기 관련을 맺게 된 것을 다행으로 여기고 그런 위치에서 얻을 수 있는 이득을 얻으려고 애썼다. 브룩 농장[27]의 몽상적인 형제들과 동료가 되어 비현실

---

27) 1841년에서 1847년 사이 초월주의자들이 매사추세츠주 보스턴 근교 웨스트록스버리에 세운 유토피아적 공동체. 호손을 비롯해 조지 리플리, 마거릿 풀러, 에모스 브론슨 앨콧 등이 참여했다.

적인 계획에 참여한 뒤, 에머슨[28] 같은 사람의 미묘한 지능의 영향 속에서 3년을 보낸 뒤, 엘러리 채닝[29]과 함께 쓰러진 나뭇가지를 태우면서 환상적인 생각에 잠긴 채 애서베트강에서 자유분방한 나날을 보낸 뒤, 월든 호숫가 오두막에서 소로[30]와 함께 소나무와 인디언 유적에 대해 이야기를 나눈 뒤, 힐러드[31]의 고전적이고 우아한 교양에 심취해 지나치게 결벽해진 뒤, 롱펠로[32]의 난롯가에서 시적 정서에 흠뻑 젖은 뒤, 바로 이런 뒤에야 마침내 내 본성의 또 다른 재능을 시험해 보고 지금까지 거의 느껴 보지 못한 지적 음식으로 자양분을 얻을 때가 되었던 것이다. 식이요법의 변화로 보자면, 일찍이 올컷[33]을 알던 사람한테는 심지어 늙은 검사관마저 바람직한 인물이었다. 기억에 남을 만한 그런 친구들과 함께 내가 전혀 성질이 다른 사람들과 즉시 어울릴 수 있고 그런 변화에 조금도

28) 랠프 월도 에머슨(1803~1882). 초월주의 사상을 주창한 미국의 철학자이자 시인이자 수필가.

29) 1818~1901. 미국의 시인이자 초월주의자. 그의 숙부 윌리엄 엘러리 채닝은 유니테리언 교회의 목사로 유명했다.

30) 헨리 데이비드 소로(1817~1862). 미국의 수필가이자 환경론자. 월든 호숫가에 오두막을 짓고 2년여 동안 살았다. 그 경험을 쓴 『월든』으로 유명하다.

31) 조지 스틸먼 힐러드(1803~1879). 보스턴의 변호사로 호손의 법률 고문이었다.

32) 헨리 워즈워스 롱펠로(1807~1882). 미국의 시인. 호손과는 보든 대학교 동기 동창생이다.

33) 에이머스 브론슨 올컷(1799~1888). 미국의 초월주의 철학자로 사회 개혁 및 채식을 주장했다. 그의 딸 루이자 메이 올컷은 소설가이며 『작은 아씨들』로 유명하다.

불평을 하지 않았다는 사실은, 내 몸 체계가 자연스럽게 균형이 잘 잡혀 있고 완전한 조직으로서 필수적인 요소를 두루 갖추고 있다는 것을 어느 정도 증명해 주리라.

문학은 이제 그 활동과 목적에서 나에게 그렇게 중요한 의미가 없었다. 이 무렵 나는 책에 별로 관심을 두지 않았다. 말하자면 책은 나한테서 멀어져 있었던 것이다. 인간성이라는 자연을 제외한 자연, 즉 천지간에 펼쳐져 있는 대자연은 어떤 의미에서는 내가 보지 못하도록 숨어 있었다. 또한 상상적인 즐거움으로써 자연이 영적인 것이 되는데, 이런 즐거움은 내 마음에서 모두 사라져 버리고 말았다. 천성이라든가 재능이라든가 하는 것이 만약 사라져 버리지 않았다고 해도 내 내면 속에 정지되어 생명력을 잃고 있었다. 만약 내가 과거에 소중한 어떤 것도 마음대로 되찾을 수 없었다면, 이런 모든 일에는 어쩐지 슬프고 뭔가 말로 표현할 수 없는 쓸쓸함이 감돌 것이다. 하기야 이런 생활이 너무 오랫동안 계속된다면 물론 해롭지 않다고는 말할 수 없을 것이다. 그렇지 않다면 이 생활 때문에 나는 영원히 옛날의 나와는 다른 나로 바뀔지도 모른다. 가치 있는 어떠한 형태로 나를 변모시키지 않고 말이다. 그러나 나는 그 세관 생활을 일시적인 생활로밖에 간주하지 않았다. 머지않아 새로운 습성의 변화가 나를 위해 필요할 때가 되면 반드시 일어날 것이라는 예감 같은 본능이 나지막한 속삭임처럼 귓가에 들리고 있었던 것이다.

이처럼 나는 그곳 세관에서 세금 징수 검사관으로 근무했고, 내가 이해할 수 있는 한 필요한 만큼 훌륭한 검사관이었다. 사상과 공상과 감성을 지닌 사람이라도(그런 특징을 이 검사관보다 열 배나 지니고 있다고 하여도) 그 수고를 마다하지 않기로 마음만 먹으면 언제든지 업무가가 될 수 있을 것이다. 내 동료 관리들을 비롯해 직책에서 어떤 식으로든 관련을 맺는 상인들과 선장들은 나를 그런 업무가로서밖에는 보지 않았고, 어쩌면 그런 인물로 알았는지도 모른다. 그들 중 아무도 내가 쓴 작품을 읽어 본 적이 없었고, 설령 읽어 보았더라도 그 때문에 나에 대해 눈곱만큼도 더 관심을 가졌을 것이라는 생각이 들지 않는다. 또한 비록 그 똑같은 무익한 작품들을 번즈나 초서[34]의 필력으로 썼더라도 사정은 조금도 달라지지 않았을 것이다. 그런데 두 사람 모두 나와 마찬가지로 세관원이었다. 그의 업적을 인정받는 좁은 세계에서 한 걸음만 벗어나면 그가 성취하는 것, 그가 목표로 삼는 것이 얼마나 무의미한지 깨닫는 것은 문학적 명성을 꿈꾸고 그런 수단으로 세계의 고위 인사와 어깨를 나란히 겨루려고 꿈꾸는 사람에게 때로는 쓰라린 경험일지 모르지만 좋은 교훈이 되기도 한다. 나에게는 그런 교훈이 경고로서 또는 질책으로서 특별히 필요했는지는 모른다. 어쨌든 나는 그 교훈을 철저히 터득했다. 돌이켜 보건대, 이 진리를 깊이 깨달았을 때 그 진리가 내게 고통을 안겨 주지 않았고 한숨을 쉬며 무시할 필요도 없었다

---

34) 로버트 번즈(1759~1796). 스코틀랜드의 시인으로 주로 민요를 소재로 시를 썼다. 제프리 초서(1340~1400). 흔히 '영국 시의 아버지'로 일컫는 그는 서사시 『캔터베리 이야기』로 유명하다. 두 사람 모두 호손과 마찬가지로 세관에서 일한 적이 있다.

는 사실에 오히려 마음이 기쁘다. 하기야 문학 이야기로 말하자면, 나와 함께 취임해 나보다 조금 늦게 퇴임한 훌륭한 사람인 해군 장교가 자주 나를 상대로 그가 좋아하는 화제, 즉 나폴레옹이나 셰익스피어 이야기를 꺼내곤 했다. 징수관의 부하 서기도(소문에 따르면 이따금씩 미합중국의 관용 용지에다 (몇 야드 떨어진 곳에서 보니까) 틀림없이 시처럼 보이는 것을 쓰는 젊은 신사라는 소문이 나돌고 있었다.) 가끔 나에게 책 이야기를 꺼내곤 했는데, 아마 내가 알는지도 모르는 화제라고 생각하는 듯했다. 내 문학적 사교는 이것이 고작이었다. 그리고 내게는 그것으로 충분했다.

책 표지에 내 이름이 널리 알려지고 싶어 하지도 그것에 대해 신경 쓰지도 않는 나는 이제 다른 방법으로 내 이름이 널리 알려지고 있다고 생각하자 나도 모르게 미소가 떠올랐다. 세관의 날인계원이 형지(型紙)와 검은 페인트로 후춧가루 부대며, 붉은 염료 부대며, 시가 상자 또 그 밖에 세금이 붙는 모든 상품의 짐짝에 세금을 물고 무사히 세관을 통과했다는 증거로 일일이 내 이름을 찍었다. 그렇게 괴상하게 명성을 전달하는 방식에 따라 내 존재는 일찍이 가 보지도 않고 두 번 다시 가고 싶지도 않은 곳까지 이름을 전달할 수 있는 한 멀리 알렸던 것이다.

그러나 과거는 죽지 않았다. 오랜 세월이 지나는 동안 한때 그토록 생기 넘치고 활발한 듯했지만 그렇게도 조용히 휴식을 취하고 있던 생각이 또다시 고개를 쳐들었다. 가장 주목할 만한 기회에, 즉 과거 습관이 내 내면에서 눈을 떴을 때 지금 내가 쓰고 있는 이 작품을 대중에게 발표하는 것이 문학가로서의 올바른 도리라는 생각이 들었다.

세관 2층에는 커다란 방이 하나 있었다. 그 방에는 판자를 대거나 회반죽을 바른 일이 한 번도 없이 벽돌 벽과 노출된 서까래가 그대로 있었다. 그런데 이 건물은(원래 이 항구의 옛날 상업적인 기업 정신에 걸맞은 규모로 세워지고 결코 실현할 수 없는 운명이었지만 앞으로 계속 발전할 것이라는 생각으로 설계되었다.) 그 사용자들이 다 쓸 수 없을 만큼 아주 넓었다. 그래서 징수관실의 바로 위에 있는 이 통풍 잘되는 넓은 방은 그때까지 미완성인 채로 남아 있었고, 비록 해묵은 거미줄이 어두컴컴한 들보에 걸려 있는데도 여전히 목수와 미장이의 손길을 기다리고 있는 듯했다. 방 한쪽 후미진 곳에 나무통이 겹겹이 많이 쌓여 있고, 그 속에는 공용 서류 꾸러미가 들어 있었다. 이와 비슷한 넝마 종이가 마룻바닥에도 어지럽게 많이 흩어져 있었다. 생각하면 서글픈 일이다. 이 곰팡이 냄새 나는 서류를 만들기 위해 얼마나 많은 세월을 보냈는가. 그런데도 이제는 오직 지상에서 거추장스러운 물건이 되어 이처럼 아무도 찾지 않는 방구석에 감추어진 채 두 번 다시 인간의 눈에 띄는 일조차 없지 않은가. 그러나 마찬가지로 다른 원고지들도 수없이 망각의 심연 속에 가라앉아 있었다. 그것은 따분한 공문서로 가득 차 있는 것이 아니라, 독창적인 두뇌에서 나온 생각과 심오한 마음이 풍부하게 표현한 글로 가득 차 있는 것이지만 말이다. 더구나 그 원고지들은 이곳에 쌓여 있는 서류와는 달리 그 무렵에 아무런 목적도 달성하지 못했고, 그 작가들은, 무엇보다도 가장 유감스럽게도, 세관의 서기들이 아무렇게나 갈겨써서 얻을 수 있었던 안락한 생계 수단을 얻지 못했던 것이다! 그러나 이들 서류는 이 지방 역사의 자료로서는 전혀 가치가 없다고는 할 수 없을지 모른다. 틀림없이 이 서류 속에서 세일럼의 옛 상업의 통계를 발견할 수 있을 것이다. 또한 '해운 왕' 더비며, 왕년의 빌리 그레이[35]며, 왕년의 사이먼 포리스터[36]며, 그 밖에 전성기를 맞고 있던 수많은 호상(豪商)들의 기록을 찾아볼 수도 있을 것이다. 그러나 분가루를 바른 그들의 머리가 무덤 속에 들어가자마자 그 산더미처럼 쌓인 재물이 줄어들기 시작했다. 오늘날 세일럼의 귀족 계급을 형성하는 가문의 조상은 대부분 이 서류 속에서 행적을 더듬을 수 있을 것이다. 즉 일반적으로 독립 혁명 다음 시대 그들의 상거래가 보잘것없고 눈에 띄지 않던 초기부터 그들의 자손들이 유서 깊은 계급으로 간주하게 된 오늘날의 지위에 오를 때까지 말이다.

혁명 이전 시대에 대해서는 기록이 부족하다. 이 세관의 초기 문서와 고문서는 아마 영국 왕의 관리들이 모두 영국군을 따라 보스턴에서 도망칠 때 핼리팩스로 옮겨 갔을 것이다.[37]

---

35) 윌리엄 그레이(1750~1825). 세일럼의 거상이며 선주로 동양 무역의 선구자. 뒷날 매사추세츠주의 부지사가 되었다.

36) 1776~1851. 세일럼에서 가장 부유한 상인이며 선주였다.

37) 독립전쟁 초에 영국군은 세일럼을 폐쇄하고 보스턴을 점령했지만 조지 워싱턴이 1776년 보스턴을 포위하자 총독 윌리엄 하우는 부하들을 이끌고 캐나다의 노바스코샤의 주청 소재지요, 영국군 본부였던 핼리팩스로 도망쳤다.

이 일은 내가 자주 안타깝게 여기는 것이었다. 어쩌면 호민관 시대[38]에 이를지도 모르는 이들 서류는 잊혔거나 기억되는 사람들과 예스러운 관습에 관한 기록을 간직하고 있을 것임에 틀림없기 때문이다. 그런데 이런 기록에서 나는 전에 옛 목사관 근처 들판에서 자주 인디언 화살촉을 줍곤 할 때 느끼던 것과 똑같은 기쁨을 느꼈을 것이다.

그런데 비 내리는 어느 한가한 날 나는 다행히도 좀 흥미를 끄는 물건을 하나 발견했다. 방 한구석에 쌓여 있는 잡동사니 더미 속을 뒤적이고, 이것저것 서류를 펼쳐 보며, 오랜 옛날 바다에 가라앉았거나 부둣가에서 썩어 버린 선박의 이름이나 지금은 보스턴 거래소에서도 전혀 듣지 못하고 이끼 낀 비석에서도 쉽게 알아볼 수 없는 사람들의 이름을 읽고 있었다. 또한 이미 시체처럼 과거가 되어 버린 것에 대해 느끼는 슬프고 나른하고 별로 내키지 않는 마음으로 그런 서류를 훑어보고 있을 때, 거의 사용하지 않는 탓에 무디어진 상상력을 발휘해 말라빠진 뼈다귀 같은 기록에서 인도가 새로운 지역으로 오직 세일럼만이 그곳으로 가는 길을 알던 무렵 좀 더 화려했던 옛 마을의 이미지를 그려 보려고 애쓰고 있을 때, 나는 우연히 낡은 누런 양피지로 조심스럽게 싼 작은 서류 꾸러미 하나를 손에 넣게 되었다. 이 봉투는 옛날 서기들이 지금보다도 더 튼튼한 용지에 딱딱하고 격식을 차려 글씨를 쓰던

---

38) 영국 공화정 시대(1653~1659). 올리버 크롬웰과 그의 아들 리처드 크롬웰이 호민관 정치를 폈다.

먼 과거 어느 시기의 공문서처럼 보였다. 어딘지 모르게 본능적으로 호기심을 부채질하는 것이 있어 나는 뭔가 보물이 나올 것만 같은 마음으로 빛바랜 붉은 끈으로 묶여 있는 그 꾸러미를 풀기 시작했다. 단단히 굳은 양피 포장지의 접힌 곳을 펴자 그 서류는 셜리 지사[39]가 직접 서명 날인해 조너선 퓨[40]라는 어떤 사람을 매사추세츠만 식민지 세일럼 항구의 왕실 세관의 검사관에 임명한다는 서류임이 밝혀졌다. 내 기억으로는 80여 년 전에(아마 펠트의 『연대기』 속에서였을 것이다.) 검사관 퓨 씨가 사망했다는 기사를 읽은 일이 있다. 또한 마찬가지로 최근 신문에서 성 베드로 교회를 재건하는 도중 그 작은 묘지에서 퓨 씨의 유골을 발굴했다는 기사도 읽은 적이 있었다. 내 기억이 맞는다면 내가 존경하는 선임자의 유물로는 겨우 불완전한 해골과 옷 조각과 근엄한 고수머리 가발밖에 남아 있지 않았다. 그런데 그 가발은 그것이 일찍이 장식하던 머리 상태와는 달리 아주 완전한 상태로 보존되어 있었다. 그러나 이 양피지의 임명장을 포장지로 사용해 싼 기록들을 살펴보니, 고수머리 가발이 존귀한 두개골 자체의 흔적을 간직한 것 이상으로 퓨 씨의 정신적 활동의 흔적과 두뇌의 내부 활동에 관한 흔적을 더 많이 발견할 수 있었다.

한마디로 그것은 공용 서류가 아니고 사적인 서류이거나

---

39) 윌리엄 셜리(1694~1771). 영국 태생의 변호사로 두 번에 걸쳐 매사추세츠주 총독에 임명되었다.

40) 조지프 펠트가 쓴 『초기 개척 시대부터의 세일럼 연대기』(1827)에 따르면 퓨는 1752년에 세일럼 세관의 검사관에 임명되었다.

적어도 개인 자격으로 그 자신이 직접 손으로 쓴 듯한 문서였다. 그런 문서가 세관의 잡동사니에 뒤섞여 있는 까닭은 퓨 씨가 돌발적으로 사망했다는 사실 때문이라고밖에는 달리 설명할 수 없었다. 또한 이 서류가 책상 서랍에 들어 있어 아마 유족의 눈에 띄지 않았거나, 세관 사무와 관련되는 것으로 생각했기 때문일 것이다. 공문서를 핼리팩스로 옮길 때 이 꾸러미는 공용 관계 서류가 아니라는 점이 밝혀져 그냥 세관에 남은 뒤 아무도 봉함을 열어 보는 사람 없이 지금까지 방치되어 왔던 것이다.

이 옛날의 검사관은, 생각건대 그런 초창기에는 근무처와 관련한 일로 골치를 썩일 일이 거의 없는 탓에, 그 많은 한가한 시간의 얼마를 할애해 이 지방의 고고학적 연구라든가 다른 탐색에 바친 듯하다. 그런 일을 하다 보면 자칫 녹이 슬지도 모르는 정신 활동을 얼마큼 촉진시키게 된다. 그런데 그가 연구한 결과의 일부는 내가 이 작품집의 3권에 포함한 「메인 스트리트」라는 장(章)을 준비하는 데 큰 도움이 되었다.[41] 나머지 부분도 아마 앞으로 마찬가지로 귀중한 목적에 사용하게 될지 모른다. 아니면 만약 내가 고향 땅에 대한 존경심에 이끌려 그런 기특한 일을 하게 된다면, 아마 그 서류를 손질해 일반적인 세일럼 역사로 집필하는 것도 불가능한 일은 아닐 것이다. 한편 내 손에서 이 별로 소득 없는 일을 떠맡을 생

---

41) 호손은 세일럼의 역사를 다룬 「메인 스트리트」를 본디 같은 작품집에 실으려고 하다가 『주홍 글자』를 장편소설로 독립시키면서 뒷날 『눈 인형 및 두 번 들은 이야기』에 수록했다.

각이 있고 그럴 역량이 있는 사람이 있다면 이 자료를 마음대로 사용해도 좋을 것이다. 마지막 처분 방법으로 나는 이 문서를 '에식스 역사학회'에 기탁할 것을 고려하고 있다.

그러나 그 이상한 꾸러미 속에 있었던 물건으로 무엇보다도 내 관심을 끈 것은 닳아 떨어지고 빛바랜 아름다운 주홍빛 천 조각이었다. 그 천 조각에는 닳아빠지고 때가 묻어 있지만 금실로 가장자리를 수놓은 흔적이 있었다. 지금은 반짝거리는 금실이 전혀 남아 있지 않았고, 비록 남아 있다고 해도 아주 조금밖에 남아 있지 않았다. 척 보면 금방 알아볼 수 있듯이 바느질 솜씨가 참으로 훌륭했다. 그 바느질 솜씨는 (그와 같은 신비로운 재주에 정통한 부인들의 증언에 따르면) 지금은 잊힌 기술로서 심지어 꿰맨 실을 거꾸로 푸는 방법을 사용해서도 회복할 수 없을 것이다. 이 너덜너덜한 주홍빛 천은(오랫동안 써서 낡은 데다가 불경스럽게 벌레가 파먹어서 마치 걸레와 다를 바 없었다.) 자세히 살펴보니 어떤 글자 모습을 갖추고 있었다. 그것은 대문자 'A' 자였다. 자세히 헤아려 보니 그 글자의 양쪽 다리의 길이가 정확히 3인치하고도 4분의 1이나 되었다. 옷을 장식하는 물건으로 만들어진 것임에 틀림없었다. 그러나 어떤 식으로 옷에 달고 있었는지, 과거에 어떤 계급, 명예, 위엄을 나타냈는지 (이런 특별한 일에서 세상의 유행이란 참으로 변하기 쉬운 것이므로) 나로서는 수수께끼처럼 도저히 알 길이 없었다. 그런데도 그 천 조각이 왠지 묘하게 내 마음을 끌었다. 그 낡은 주홍 글자에 눈이 쏠려 다른 곳으로 시선을 옮길 수 없을 정도였다. 확실히 뭔가 깊은 의미를 지녀 해석해 볼 가치가 있었다. 또한 그 의미는 말하자면 뭔가 신비스러운 상징에서 흘러나와 내 감수성에 미묘하게 전달되었지만 내 정신력으로는 분석할 수 없었다.

이렇게 당혹감을 느끼면서, 또한 여러 추측 가운데 어쩌면 이 글자는 백인들이 홍인종 인디언들의 눈을 끌기 위해 고안하곤 하던 장식품의 하나가 아닌지 생각하면서, 나는 우연히 주홍색 천 조각을 내 가슴에 갖다 대 보았다. 그때 나는,(독자들은 웃을지도 모르지만 내 말을 의심하지 말기 바란다.) 바로 그때 나는 완전히 육체적이라고는 할 수 없어도 육체적인 것과 다름없는, 마치 불타는 듯한 뜨거운 열기를 느낀 듯했다. 마치 그 글자가 주홍빛 천 조각에 씌어 있는 것이 아니라 벌겋게 단 무쇠로 되어 있다는 느낌이 들었던 것이다. 그래서 몸을 부르르 떨면서 나도 모르게 천 조각을 마룻바닥에 떨어뜨렸다.

주홍 글자에 정신이 팔려 있어서 나는 그때까지 그 천 조각에 말려 있던 때 묻은 작은 종이 두루마리를 살피는 것을 까맣게 잊고 있었다. 그래서 그 두루마리를 펼쳐 보자 그곳에 늙은 검사관의 필적으로 사건 전체를 꽤 완전하게 설명한 것을 보고 만족스러웠다. 대판 양지(大判洋紙) 몇 장에는 우리 조상이 보기에 좀 중요한 사람인 듯한 헤스터 프린이라는 어떤 여자의 삶과 대화에 관해 자세히 기록되어 있었다. 이 여자는 매사추세츠의 초기 개척시대와 17세기 말엽 사이에 살았다. 검사관 퓨 씨는 그 시대에 살던 노인들한테 들은 구전 증언을 토대로 이 이야기를 엮었고, 노인들은 자신들이 젊은 시절에 그녀가 몹시 나이가 들기는 했지만 결코 노쇠하지는 않고 당당하고 근엄한 모습을 하고 있었다고 기억했다. 거의 기억할 수 없을 정도로 오랜 옛날부터 그 여자는 버릇처럼 일종의 자원 봉사 간호사로서 시골 지방을 돌아다녔으며 무엇이든지 남을 위해 도움을 주었다. 마찬가지로 모든 일에서, 특히 마음과 관련한 문제에서 사람들에게 조언을 해 주었다. 그렇게 함으로써 그 여자는 그런 성향의 사람이라면 마땅히 그러듯이 많은 사람한테 천사가 받을 그 존경을 받았다. 그러나 물론 어떤 사람들한테는 남의 일에 참견 잘하고 귀찮은 존재로 취급당하기도 했을 것이다. 더구나 그 원고를 좀 더 자세히 살펴보니 이 이상한 여성이 한 일이며 그녀가 받은 고난에 대한 기록도 적혀 있었다. 이 부분에 관해서는 『주홍 글자』라는 작품을 읽어 보기 바란다. 그런데 여기에서 꼭 기억해 두어야 할 것은 이 이야기의 주요 사실을 이 퓨 검사관의 문서가 고증하고 확증해 준다는 점이다. 원본 서류는 그 주홍 글자를 수놓은 천 조각과 함께 아주 기묘한 유품으로 아직도 내가 소장하고 있지만, 이 이야기에 큰 흥미를 느끼고 직접 한번 보기를 원하는 사람이라면 누구에게든지 흔쾌히 보여 주겠다. 그렇다고 내가 이 이야기를 분식(粉飾)하고 그 속에 등장하는 인물을 움직이는 감정의 동기며 유형을 상상해 내는 데 언제나 이 늙은 검사관이 쓴 대여섯 장 분량의 원고에 국한시킨다고 생각해서는 안 될 것이다. 그 점에서는 오히려 그 반대로 마치 모든 사실을 내가 직접 창작해 낸 것처럼 전적으로 자유분방하게 행동했거나 거의 그렇게 행동했다. 나는 그 줄거리의 출처가 분명하다는 사실을 주장할 뿐이다.

이 사건은 내 마음을 어느 정도 그 옛날의 궤도로 되돌려 놓았다. 이곳에 한 소설 작품의 바탕이 있는 듯했다. 그 늙은 검사관이 100년 전의 옷을 입고 변함없는 가발을 쓰고(그 가발은 그와 함께 매장했지만 무덤 속에서 없어지지 않았다.) 아무도 사용하지 않는 세관의 이 방에서 나를 만나 주었다는 느낌이 들었다. 그의 풍채에는 국왕 폐하의 임명을 받았고, 따라서 왕좌 주위에 찬란하게 빛나는 영광의 빛을 입은 사람의 위엄이 서려 있었다. 아, 슬프도다! 백성의 심부름꾼으로서 주인들의 가장 하찮은 이보다도 더 하찮고 가장 하급인 것보다 더 하급이라고 느끼는 공화국 관리의 천한 몰골에 비하면 그 사람은 얼마나 다른가. 어렴풋하게 보이지만 장엄한 늙은 검사관은 그 귀신 같은 손을 내밀어 주홍빛의 상징과 그것을 설명한 작은 서류 두루마리를 나에게 건네주었다. 또한 귀신 같은 목소리로 그 사람은 자신에 대한 내 충성과 존경을 신성하게 생각해(그가 내 업무의 선임자라고 스스로 인정하는 것이 합리적일는지 모른다.) 그가 자신의 곰팡이 냄새 나고 벌레 먹은 노작(勞作)을 세상에 발표하도록 권했던 것이다. "그렇게 하라고." 검사관 퓨 씨의 망령이 기억에 남을 만한 가발을 쓰고 당당한 모습의 머리를 끄덕이면서 다짐을 받듯 나에게 말했다. "그렇게 하란 말이야. 그러면 이익은 모두 자네한테 주겠네. 자네는 곧 돈이 필요하게 될 거야. 요즈음 시대는 옛날 우리 시대와는 다르지. 우리 시대에는 공직을 한번 얻으면 평생 동안 계속되고 때로는 세습되기도 했거든. 하지만 이 늙은 프린 부인의 문제에 관해 이것만은 지켜 주기 바라네. 자네 선임자의 기억을 믿어 주게나. 그건 마땅히 받을 만한 신뢰이니까!" 나는 검사관 퓨 씨의 망령을 향해 "그렇게 하지요!" 하고 대답했다.

그래서 나는 이 헤스터 프린의 이야기에 대해 생각에 생각을 거듭했다. 내 방 안을 이리저리 서성거리거나 세관의 현관문에서 옆쪽 출입구까지 긴 거리를 수백 번씩이나 왔다 갔다 하면서 여러 시간에 걸쳐 생각하고 또 생각했다. 늙은 검사관을 비롯해 계량관(計量官)들과 검량관(檢量官)들은 내가 무자비할 만큼 서성거리고 쿵쿵거리며 걷는 발소리에 낮잠을 설치는 바람에 무척이나 지치고 짜증이 났다. 그 사람들은 검사관이 옛날 생활 습관을 잊지 못해 뒷갑판을 거닐고 있다고 말하곤 했다. 그들은 어쩌면 내 유일한 목적이, 실제로 제정신인 사람이라면 자발적으로 행동할 수 있을 유일한 목적이 저녁 식사를 위해 식욕을 돋우는 데 있다고 생각했는지도 모른다. 실제로 복도를 따라 부는 동풍에 자극받아 생긴 식욕이 그토록 지칠 줄 모르고 걷는 보행 운동에서 유일하게 얻은 소중한 결과였다. 세관의 분위기가 공상과 감수성의 미묘한 수확에는 그다지 잘 어울리지 않기 때문에 만약 내가 그 뒤로 대통령을 열 명 섬길 정도로 그곳에 오래 근무했다고 해도 『주홍 글자』의 이야기가 과연 세상에서 햇빛을 볼 수 있을지는 의심이 간다. 내 상상력은 말하자면 흐릿한 거울과 같다. 따라서 내가 최선을 다해 묘사해 내는 인물들을 잘 비추어 낼 수 없었고, 비록 비추어 낸다고 해도 초라하게 희미한 모습밖에 나타내지 못할 것이다. 이 이야기 속에 나오는 인물들은 내가 지적인 용광로에 아무리 불을 일으켜도 그 열로써는 좀처럼 뜨겁게 해

연단시킬 수 없었다. 그 인물들은 정열의 뜨거움도 감정의 부드러움도 받아들이려고 하지 않고 오직 시체처럼 굳어진 모습으로 경멸하며 반항하듯 등골이 오싹해지도록 이를 훤히 드러내고 내 얼굴을 빤히 바라보곤 했다. 그 표정은 나에게 "당신은 우리와 무슨 상관이 있는 거죠?" 하고 말하는 것 같았다. "당신이 한때는 가공의 인물들에 대해 행사할 수 있었는지 모르는 그 미미한 힘은 이제 온데간데없이 사라졌지요! 당신은 그것을 하찮은 관리의 보수와 바꿨다고요. 그러니 이제 단념하고 기껏 월급이나 벌라고요!" 요컨대 내 공상에서 태어난 무기력하다시피 한 인물들이 내 무능을 꾸짖고 있었다. 그들이 그렇게 하는 것도 무리가 아니었다.

이 비참한 마비 상태가 나를 사로잡는 것은 비단 하루 일과 중에서 미합중국을 위해 일하는 세 시간 반 동안에 그치지 않았다. 바닷가를 산책하거나 마을을 이리저리 걸어 다니는 동안에도 그 생각에 사로잡혀 있었다. 어쩌다 있는 드문 일이었고 그다지 마음이 내키지 않는 일이었지만, 옛 목사관의 문턱을 넘는 순간 그토록 신선함을 주고 사색 활동을 활발하게 해 주던 그 대자연의 신바람 나는 매력을 찾아보려고 분발할 때마다 말이다. 지적인 노력을 하는 능력으로 말하자면, 똑같은 마비 상태가 집에까지 나를 따라와 내가 자못 우스꽝스럽게 서재라고 부르는 방에서도 나를 짓누르고 있었다. 밤늦게 빛이라고는 오직 석탄 불과 달빛밖에 없는 아무도 없는 텅 빈 거실에 앉아 상상적인 장면들을 그려 내려고 애쓰고 있을 때에도 그런 느낌이 나한테서 떠나지 않았다. 그런데 이 장면들은 이튿날이 되면 원고지 위에 온갖 색깔의 묘사로 흘러나오게 될지 몰랐다.

만약 그런 시간에 상상력이 활동하지 않는다면 이것은 이미 절망인 경우라고 해도 좋을 것이다. 낯익은 방 안에서 융단 위에 그토록 하얗게 떨어져 온갖 무늬를 그렇게 뚜렷이 보여 주는 달빛이야말로, 모든 사물을 세부에 이르기까지 자세히 보여 주면서도 아침이나 오후에 보여 주는 것과는 다른 달빛이야말로 로맨스 작가들이 그들의 환상적인 손님들과 알게 되는 데 가장 적합한 매체가 될 것이다. 그럴 때면 속속들이 아는 거실의 보잘것없는 가정적인 모습이 드러나게 마련이다. 저마다 다른 개성을 지니는 의자들이며, 한가운데 반짇고리가 얹혀 있는 탁자며, 책 한두 권과 불을 끈 램프며, 소파며, 책장이며, 벽에 걸린 그림, 그토록 완전히 드러나 보이는 이런 물건 하나하나가 보통 때와는 다른 빛 때문에 너무나 영적(靈的)인 것이 되어 실제적인 물질성을 잃어버리고 지적인 것으로 바뀌는 듯하다. 아무리 작은 물건이라도, 아무리 하찮은 물건이라도 이런 변화를 겪으면서 그 때문에 위엄을 갖추지 않는 것은 없다. 가령 어린아이의 구두 한 짝이며 작은 버드나무 마차를 탄 인형이며 목마, 한마디로 낮 동안에 사용하거나 갖고 놀던 물건들이 비록 대낮과 마찬가지로 거의 생생하게 드러나 있는데도 지금은 기이하고 낯선 모습을 띠고 있는 것이다. 그러므로 우리의 낯익은 방바닥이 현실 세계와 꿈나라 사이 어딘가에 있는 중립지대가 되었다. 그런데 그런 중립지대에서는 현실 세계와 공상 세계가 서로 만나고 각각 상대방의 성격에 영향을 받는다. 어쩌면 유령들이 이곳에 찾아와도 우리는 조금도 놀라지 않을 것이다. 만약 어쩌다 주위를 돌아보고 죽어서 저승에 간 사랑하는 사람이 조용히 이 마법 같은 달빛 속에 앉아 있는 것을 발견한다면, 이 장면의 광경에 너무나 잘 어울리는 나머지 우리는 조금도 놀라지 않을 것이다. 저 먼 곳에서 돌아온 것일까, 아니면 우리의 난롯가에서 한 번도 움직인 적이 없었던 것일까 하고 의심하게 하는 식으로 말이다.

어딘지 둔탁한 빛을 내는 석탄불은 내가 말하려고 하는 효과를 자아내는 데 본질적인 힘을 지닌다. 벽과 천장을 물들이는 옅은 붉은색이며 반들반들한 가구에서 반사하는 빛으로 그 석탄불은 평범한 색조로 온 방 안을 감싼다. 이 좀 더 따스한 석탄 빛은 달빛의 차가운 영적(靈的) 분위기와 뒤섞여, 말하자면 공상이 빚어내는 온갖 모습에 인간다운 애정을 지니는 마음과 감수성을 전달해 준다. 그 불빛 때문에 그것들은 눈[雪] 인형에서 남녀 인간으로 바뀐다. 거울 속을 들여다보면, 환영이 잘 나타나는 거울의 가장자리 깊숙이, 반쯤 꺼진 무연탄이 연기를 내며 벌겋게 달아오르는 빛이며, 방바닥에 비치는 하얀 달빛이며, 그 풍경의 모든 빛과 그림자가 되풀이되는 모습을 바라보게 된다. 현실 세계에서 한 걸음 떨어져 있는 반면, 공상 세계에는 한층 더 가까이 다가선 채 말이다. 그리고 그런 시간에 이런 광경을 앞에 두고 혼자 앉아 있으면서 불가사의한 꿈을 꾸고 그 꿈을 진실처럼 보이게 만들 수 없다면, 그 사람은 꿈에도 로맨스를 쓰려고 하지 말아야 할 것이다.

그러나 나로 말하자면 세관에 근무하는 기간 줄곧 달빛과 햇빛 그리고 난롯불빛이 내 눈에는 하나같이 똑같아 보였다. 그 어느 것도 촛불의 흔들림보다 눈곱만큼도 쓸모가 있지 않았다. 온갖 종류의 감수성과 그것과 관련한 재능이, 그리 풍부하거나 큰 가치가 있는 것은 아니었지만 그래도 나로서는 최상의 것이었는데, 나한테서 달아나 버리고 말았던 것이다.

그러나 만약 내가 다른 유형의 작품을 시도하고 있었다면 내 재능은 아마 그렇게 무의미하고 효력이 없는 것은 되지 않았을 것이라고 믿는다. 이를테면 만약 뒷날 세관의 검사관 중의 한 사람이 된 노련한 선장[42] 이야기를 쓴다면 만족감을 느꼈을지도 모른다. 그 사람을 언급하지 않는다면 나는 아주 배은망덕한 사람이 될 것이다. 그의 능수능란한 이야기 솜씨 덕분에 나는 하루라도 이 사람의 이야기를 들으며 마음껏 웃고 크게 감탄하지 않고 넘긴 날이 없을 정도였다. 만약 내가 그 사람의 그림처럼 생생한 문장력과 묘사를 해학적인 색깔로 물들이는 그 타고난 솜씨를 간직할 수 있다면, 그 결과 문학에서 뭔가 새로운 경지를 개척할 수 있을 것이라고 솔직히 믿는다. 그러지 않으면 나는 좀 더 진지한 일을 당장이라도 착수할 수도 있었을 것이다. 이런 일상생활의 세속성이 나를 그토록 강압적으로 억누르는 상황에서 과거에 일어난 사건에 몸을 바친다는 것은 어리석은 일이었다. 또는 비누 거품처럼 손

42) 스티븐 버치모어. 호손이 앞에서 '업무가'로 높이 평가하고 있는 재커라이어 버치모어와는 형제 사이이다.

에 잡히지 않는 아름다움이 순간순간 어떤 세속적인 상황과 어설프게 접촉해 산산이 부서질 때, 공기 같은 환상적인 질료를 가지고 현실 세계 비슷한 것을 창조해 낸다는 것도 어리석은 일이었다. 좀 더 현명한 사람이라면 아마 사고(思考)와 상상을 현재라는 반투명한 물체 속으로 뚫고 들어가게 함으로써 그것을 밝고 투명하게 비쳐 보이도록 만들려고 노력할 것이다. 그토록 점점 무거워지기 시작하는 부담을 영적인 것으로 만들려고 노력할 것이며, 내가 지금 잘 아는 사소하고 따분한 사건들과 평범한 인물들 속에 숨어 있는 진정한 불멸의 가치를 찾아내려고 노력할 것이다. 잘못은 나에게 있었다. 내 앞에 펼쳐진 삶의 페이지는 활기 없고 평범해 보였는데, 그 까닭은 오직 내가 그 깊은 의미를 탐구하지 않았기 때문이다. 내가 앞으로 쓸 좀 더 훌륭한 책이 그곳에 있었다. 화살처럼 급속히 날아가는 시간의 현실이 쓰자마자 곧바로 사라지는 것처럼 그 작품의 책장 한 장 한 장이 내 눈앞에 펼쳐지고 있었다. 그것은 오직 내 두뇌에 통찰력이 부족하고 내 손이 그것을 베낄 만한 능력을 갖추고 있지 않았기 때문이다. 어쩌면 미래에 나는 몇 개의 흩어진 단편 조각과 쓰다 만 단락을 기억해 내 써 내려가게 될지도 모르고, 아마 그렇게 하면 그 글자는 책장 위에서 황금으로 변하게 될지도 모른다.

이런 사실을 깨달았을 때는 이미 때가 늦었다. 그 무렵 나는 예전에는 한때 즐거웠을지 모르는 일이 이제는 희망이 없는 헛수고라는 사실을 알아차렸다. 이런 상태를 크게 슬퍼할 까닭도 없었다. 나는 이제 시원찮은 소설 작품과 수필을 쓰는 작가를 그만두고 그런대로 괜찮은 세관 검사관이 되었기 때문이다. 그것은 모두 사실이었지만 자신의 지력이 점차 메말라 가거나, 알지 못하는 사이 약병에서 에테르가 발산해 버리는 것처럼 증발하는 것이 아닐까 하는 의심에 시달리는 것은 결코 유쾌한 일은 아니었다. 그래서 바라볼 때마다 휘발성이 적고 좀 더 보잘것없는 나머지 물건이 보일 따름이었다. 그 사실에 대해서는 아무런 의심도 할 수 없었다. 그리고 나 자신과 다른 사람들을 살펴보면서 나는 관직이 개인의 성격에 미치는 영향과 관련해 지금 논의하는 생활양식에 그렇게 유리하지 않다는 결론을 내렸다. 이런 영향은 뒷날 어쩌면 뭔가 다른 방식으로 발전시킬 수 있을지도 모른다. 지금으로서는 세관원으로 오랫동안 근무하고 있으면 많은 이유로 매우 칭찬할 만하거나 존경할 만한 인물이 될 수 없다고 말하는 것으로 충분하리라. 그런 이유 중의 하나는 관직을 유지하는 재직 기간이고, 다른 이유는 업무 자체의 성격이다. 그런데 그 업무는, 나는 청렴한 것이라고 믿지만, 인류가 힘을 합쳐 노력하는 종류의 일은 아니었다.

관직에 있는 개인이라면 누구에게서든 어느 정도 발견할 수 있다고 믿는 한 가지 영향은 공화국의 강대한 팔에 의지하는 동안 자신의 힘이 그로부터 빠져나간다는 점이다. 천성의 힘이 강하냐 약하냐에 비례해 자립하는 능력을 잃어버리는 것이다. 만약 그 사람이 보통이 아닌 천성적인 정력을 지니고 있다든가, 마술처럼 기력을 빼앗는 장소가 너무 오랫동안 그를 사로잡지 않는다면, 그는 잃었던 힘을 회복할 수가 있을

지 모른다. 내쫓긴 관리는, 다행히도 그 사람은 매정하게 쫓겨났지만 때마침 세파 속에서 고군분투해, 마침내 자신으로 돌아와 전과 다름없는 옛날의 그 사람이 될지도 모른다. 그러나 이런 일은 좀처럼 일어나지 않는다. 일반적으로 사람은 자신의 파멸을 맞이할 때까지 너무 오랫동안 자신의 지위를 계속 보존하고 나서야 마침내 내쫓기고 만다. 쫓겨나서는 체력이 아주 쇠약해져서 험난한 인생길을 있는 힘을 다해 뒤뚱거리며 걸어간다. 허약한 상태에 있다는 사실, 즉 강철 같던 강인한 힘이며 고무줄 같던 탄력성이 모두 없어졌다는 사실을 깨닫는 그는 지금 자신이 허약하다는 것을 알기 때문에 그 뒤로는 언제까지나 뭔가 의지할 것을 자신의 외부에서 찾으며 무엇을 바라듯이 주위를 두리번거린다. 그는 얼마 지나지 않으면 어떤 행운에 힘입어 마침내 복직될 것이라는 사실에 부단히 희망을 건다. 그런데 그런 희망은 낙담에도 불구하고 불가능한 일을 가볍게 보면서 평생 동안 그를 따라다니고 콜레라의 경련적 고통처럼 숨이 끊어진 뒤에도 짧게나마 고통을 주는 환영과 같은 것이다. 다른 어떤 것보다도 이런 신념 때문에 그는 착수하려고 꿈꾸는 어떤 일로부터도 그 정수와 가능성을 빼앗기고 만다. 무엇 때문에 그토록 열심히 일하고 자신을 진흙 구덩이에서 끌어올리려고 노력하겠는가? 조금만 기다리고 있으면 미합중국의 강력한 팔이 그를 끌어내 지탱해 줄 텐데 말이다. 곧 미합중국이 호주머니에서 번쩍번쩍하는 금화를 한 달 간격으로 꺼내 주어 자신을 행복하게 해 줄 텐데, 무엇 때문에 굳이 여기서 생계를 위해 일하거나 금덩어리를 캐러 캘리포니아로 가겠는가?[43] 조금만 관직 맛을 보아도 가련한 사람이 이런 이상한 병에 걸리고 마는 것을 지켜보고 있노라면 참으로 슬프고 이상하다는 생각이 든다. 이 점에서 미합중국 정부의 돈은, 이 고마운 정부에게 실례가 되는 말을 할 작정은 아니지만, 마치 악마가 주는 보수와 같은 마력을 지닌다. 그 돈을 만지는 사람은 누구든 자기 자신에 대해 매우 조심하지 않으면 안 된다. 만약 그러지 않으면 아주 불리해져 영혼까지는 몰라도 영혼의 많은 훌륭한 속성, 즉 그 강건함이며 그 용기와 절조며 그 진실이며 그 자립심이며 그 밖에 사내다움을 보여 주는 모든 것이 위험에 빠질지도 모른다.

저쪽에 훌륭하기 짝이 없는 굉장한 앞길이 탁 트여 있는 것이 아닌가! 그렇다고 검사관이 뭔가를 깨달았다거나, 아니면 그가 직위에 계속 붙어 있거나 파면되거나 간에 그토록 완전히 파멸할 수 있다는 사실을 인정했다는 것은 아니다. 그런데도 내가 아무리 반성에 반성을 거듭해도 마음이 몹시 편치 않았다. 나는 점점 우울해져 안절부절못하기 시작했다. 끊임없이 마음속을 들여다보면서 보잘것없는 속성 중 어느 것을 잃었는가, 나머지 속성은 이미 얼마나 해를 입었는가 하고 찾아보기 시작했다. 앞으로 얼마나 더 오래 세관에 근무할 것이며, 남자답게 세관에서 나갈 수 있을 것인가 계산해 보려고 애썼다. 사실을 말하자면, 그렇기 때문에 검사관직에서 머리카락

---

43) 새로운 금광을 찾아 사람들이 몰리던 이른바 '골드러시'는 1849년에 캘리포니아주 새크라멘토 서터스포트에서 처음 시작되었다.

이 하얗게 세고 노쇠한 늙은이가 되어 저 늙은 검사관과 같은
또 다른 동물이 될지 모른다는 생각이 내가 가장 두려워하는
것이요, 걱정하는 것이다. 나처럼 조용한 사람을 내쫓는다는
것은 정책 기준도 아닐 것이며, 관리의 본성상 사직한다는 것
은 거의 맞지 않았다. 내 앞에 가로놓여 있는 따분한 관리 생
활을 계속해 나도 마침내 이 존경스러운 친구와 마찬가지로
같은 길을 가게 되지 않을까? 점심시간이 하루의 중심이 되고
그 나머지 시간은 늙어 비틀어진 개처럼 햇볕이나 그늘에서
잠을 자면서 보내지 않을까? 자신의 재능과 감수성을 두루
이용하면서 살아가는 것이야말로 가장 훌륭한 행복이라고 정
의를 내린 사람한테 이것은 얼마나 황량한 전망이란 말인가!
그러나 이러는 동안에도 줄곧 나는 나 자신에게 정말로 필요
없는 경고를 해 주고 있었다. 하느님은 내가 스스로 상상할 수
있는 것보다도 나를 위해 더 좋은 일을 생각하고 있었는데 말
이다.

내가 검사관이 된 지 3년이 되던 해 일어난 놀라운 사건
중 하나는, 'P. P.'의 말투를 빌려 표현하자면, 테일러 장군[44]
이 대통령에 선출되었다는 점이다. 공직 생활의 이점을 완전
히 평가하려면, 반대당이 정권을 잡았을 때 그 관리를 바라보
아야 한다. 그렇게 되면 그 자리는 비참한 인간이라야 겨우 앉
아 있을 수 있는 가장 야릇하게 거북스럽고 어떤 경우에도 불

---

44) 재커리 테일러(1784~1850). 휘그당 출신으로 미국의 12대 대통령에 당
선되었다.

쾌한 자리 중의 하나가 되고 만다. 어떤 쪽으로 굴러도 그것을 대신할 좋은 일은 거의 없다. 물론 본인한테는 최악의 일이라고 생각되는 것이 어쩌면 최상의 일이 될 수도 있겠지만 말이다. 그러나 자긍심과 감수성을 지닌 사람한테는 그의 이해관계가 그를 사랑하지도 이해하지도 않는 개인들, 또 아무래도 은혜를 입는 것보다는 오히려 상처를 입는 쪽이 더 나은 개인들의 통제를 받고 있다는 사실을 깨닫게 되는 것은 참으로 이상한 경험이다. 또 선거운동을 하는 동안 줄곧 평정함을 유지해 온 사람에게 승리 때 전개되는 피에 굶주려 저지르는 잔학한 행동을 지켜보면서 자신이 그 대상 가운데 한 사람이라는 사실을 깨닫는다는 것도 얼마나 이상한 경험인가! 인간 천성의 여러 경향 중에서, 남에게 해를 끼칠 힘을 지니고 있다는 이유만으로 잔혹하게 구는 경향만큼(나는 지금 이런 경향을 그들의 이웃보다 못하지 않은 사람들한테서 발견한다.) 추악한 것은 별로 없다. 만약 관리들에게 적용되는 것 같은 단두대가 가장 적절한 은유가 아니라 글자 그대로 실제적인 사실이라면, 선거에서 승리한 활동 당원들은 너무 흥분해 우리의 목을 댕강 자를 것이고 그들한테 그런 기회를 준 것에 대해 하느님에게 감사드릴 것이라고 믿어 의심치 않는다! 패배 못지않게 승리에서도 담담하게 호기심을 가지고 지켜본 나에게는 이 흉악하고 잔인한 악의와 복수 정신은 우리 당의 잦은 승리에서는 이번의 휘그당의 승리처럼 그렇게 뚜렷하게 드러나지 않았던 것 같다. 일반적으로 민주당[45]이 집권하는 것은 그럴 필요가 있기 때문이다. 또한 몇 년 동안 한 당이 집권하다 보면 그

것이 정쟁의 법칙이 되어 다른 정치 조직을 선포하지 않고서
는 이 정쟁의 법칙에 대해 불만을 털어놓는 것이 나약하고 배
짱 없는 짓이 되기 때문이다. 그러나 오랫동안 승리에 젖어 민
주당원들은 관대해지고 말았다. 그들은 이유가 있으면 적당히
보아 넘기는 방법을 잘 안다. 그리하여 그들이 내리치는 도끼
는 예리한 날을 가지고 있었는지 모르지만 그 도끼날에 악의
의 독을 바르는 일은 거의 없다. 또한 방금 잘라 버린 목을 발
길질해 모욕을 주는 습관도 그들에게는 없다.

한마디로 내가 놓여 있는 딱한 처지는 아무리 좋게 보아도
유쾌한 것은 아니었지만 내가 승리자 쪽에 있는 것보다는 오
히려 패배자 쪽에 있다는 사실을 기뻐해야 할 이유가 충분히
있었다. 만약 내가 지금까지 전혀 열성 당원이 아니었다면 이
제 위험과 역경의 시기를 맞아 과연 어느 당에 내 호의가 기
우는지 꽤 깊이 느끼기 시작했다. 또 어느 정도 후회와 수치감
이 없지는 않지만, 그 가능성을 온당하게 따져 본다면 내가 직
책에 그대로 남아 있을 수 있는 가능성이 내 민주당 동료들보
다 더 많다는 것을 알 수 있었다. 그러나 자기 코앞 한 치 이
상의 앞날을 꿰뚫어볼 수 있는 사람이 이 세상에 어디에 있겠
는가? 결국 나 자신의 목이 제일 먼저 날아가지 않았던가!

한 인간의 목이 달아나는 순간이 그의 삶에서 확실히 가
장 유쾌한 일이라고는 거의 말할 수 없거나 어쩌면 절대로 말

---

45) 알렉산더 해밀턴과 존 애덤스 등의 '연방당'에 맞서 토머스 제퍼슨을 중
심으로 태어난 정당. 처음에는 '민주공화당'으로 부르다가 1828년에 '민주
당'으로 이름을 바꾸었다.

할 수 없을지 모른다. 그런데도 역시 대부분의 우리 불행처럼 그토록 심각한 우발 사건도 치료와 위안을 수반하고 찾아오는 법이다. 만약 피해자가 자기한테 일어난 우발 사건에 대해 가장 나쁘게 생각하지 않고 오히려 최선을 다해 이용한다면 말이다. 나 개인의 경우 위안받을 이야깃거리는 벌써 가까이에 있었고, 실제로 그것을 사용할 필요가 있기에 앞서 상당한 기간 동안 내 마음속에 자리 잡고 있었다. 전부터 내가 직책에 싫증이 나 있었고 은근히 사직할 생각을 하고 있었다는 사실을 고려해 볼 때, 내 이번 운명은 자살을 생각하고 있는데 뜻하지 않게 남한테 살해당한 행운을 만난 어떤 사나이의 운명과 어딘지 모르게 비슷했다. 앞서 옛 목사관과 마찬가지로 세관에서도 3년을 지냈다. 지친 머리를 쉬게 하기에는 충분히 긴 기간으로 오랜 지적 습관을 벗어 버리고 새로운 습관을 받아들이기에 충분히 긴 시간이었다. 또한 어떠한 인간한테도 참으로 이익이 되거나 즐거움이 되지 않는 일을 하면서, 또 내 내면에서 꿈틀거리는 창조적 충동을 적어도 진정시킬 수 있는 수고를 자제하면서 너무 오랫동안 부자연스러운 상태로 지내 왔던 것이다. 더구나 무례하게 면직당한 것으로 말하자면, 전(前) 검사관[46]은 자신이 휘그당의 적으로 간주되는 것을 반드시 불쾌하게 여기지는 않았다. 그는 정치 방면에서 활동하지 않았기 때문에, 또한 같은 집안의 형제들조차 서로 갈라서야 하는 좁은 길보다는 오히려 기분이 내키면 언제나 모든 인

---

46) 여기에서 '전 검사관'이란 호손 자신을 가리킨다.

류가 서로 만날지 모르는 그 드넓고 조용한 문학의 들판을 헤매는 경향이 있기 때문에, 그의 민주당 동지들조차 그가 동지인지 아닌지 이따금 의심하는 때도 있었기 때문이다. 순교의 면류관을 쓴 지금(목이 잘려 그것을 쓸 머리는 이제 없어졌지만) 그 문제는 이미 결말이 났다고 보아야 할 것이다. 결국 그렇게 용감한 일은 아니지만, 그가 기꺼이 지지해 오던 당의 몰락과 함께 자신도 같이 쓰러지는 것이 그토록 많은 훌륭한 사람들이 쓰러져 가는데 혼자서 쓸쓸히 생존자로 남는 것보다는 훨씬 더 기품 있는 일처럼 보였다. 그리고 마지막으로 반대 정권에 붙어 4년을 생존한 뒤 자신의 입장을 새롭게 정의하고 훨씬 더 굴욕적인 아군의 자비에 호소하는 것보다도 훨씬 더 기품 있는 일처럼 보였다.

그러는 동안 신문이 내 일을 기사로 쓰는 바람에 한두 주일 동안 온 세상에 내 이름이 오르내리게 되었다. 어빙의 '목 없는 기사(騎士)'처럼[47] 목이 잘린 모습은 소름이 끼치고 끔찍했으며, 정치적으로 매장당한 사람이 그러듯이 땅에 묻어 줄 것을 요구하고 있었다. 자, 이제 나 자신에 대한 비유는 이 정도로 해 두자. 그동안 줄곧 어깨 위에 안전하게 목을 올려놓고 있는 실제 인물인 나는 이제 모든 일이 최선의 결과를 가져올 것이라는 마음 편한 결론에 이르렀다. 그리하여 잉크와 종이와 펜을 산 뒤 오래 사용하지 않던 책상의 먼지를 털어

---

47) 미국 작가 워싱턴 어빙(1783~1859)의 작품집 『스케치북』에 수록된 단편소설 「슬리피할로의 전설」에 나오는 주인공 이커바드 크레인.

내고 다시 문필가로 돌아갔다.

　이제야 내 선임자 검사관 퓨 씨의 노작이 활동을 하기 시작했다. 오랫동안 사용하지 않아 녹슬어 있었기 때문에 내 지적인 기계가 그 이야기에 작동해 어떤 만족할 효과를 낳기까지는 약간의 시간이 필요했다. 그런데도 이 작품에 온 정신을 쏟고 있으면서도 내가 보기에는 이 작품이 근엄하고 우울한 모습을 띠고 있었다. 온화한 햇살을 받아도 조금도 밝지 않았다. 자연과 실제 생활의 거의 모든 장면을 부드럽게 해 주고 틀림없이 그것에 관한 온갖 묘사를 부드럽게 해야 할 저 부드럽고 친밀한 영향을 받고서도 조금도 그 모습을 드러내지 않았다. 이렇게 사람들을 사로잡지 못하는 효과는 어쩌면 끝나지 않은 혁명기와 아직 소용돌이치던 혼란 상태 속에서 이 이야기가 펼쳐지고 있기 때문이리라. 그렇다고 필자의 마음이 유쾌하지 않다는 것은 물론 아니다. 나는 햇빛이 들지 않는 어두운 환상 속을 방황하면서도 옛 목사관을 떠난 어느 때보다도 행복감을 느끼고 있었기 때문이다. 이 작품집을 이루는 단편 몇 편도 공직 생활의 노고와 영예에서 본의 아니게 쫓겨난 뒤에 쓴 것이며, 나머지 작품들은 독자 사이를 한 바퀴 돌아 새로운 모습으로 되돌아온 매우 오랜 연대기와 잡지에 실렸던 것을 다시 수록한 것이다. 정치적 단두대의 비유를 계속 빌려 말한다면, 이 책 전체는 '어느 교살당한 검사관의 유작집'으로 생각해도 좋을 것이다. 지금 마치려고 하는 이 스케치가 만약 너무 자전적이어서 겸손한 사람이라면 생전에 출판할 수 없는 것이라고 하더라도 무덤 저쪽에서 이 글을 쓴다면 그 사람을 쉽게 용서해 줄 수 있을 것이다. 온 세계에 평화가 있을진 저! 내 친구들에게 축복이 있을진저! 내 적들을 용서할 수 있 기를! 나는 지금 고요의 나라인 저승에 가 있는 것이다!

세관 생활은 지금 내 뒤에 한바탕 꿈처럼 놓여 있다. 그 늙 은 검사관은(말이 나왔으니 말이지만, 유감스럽게도 이 사람은 얼 마 전 말에서 떨어져 사망했고, 그런 일이 없었더라면 아마 영원히 살았을 것이다.) 그를 비롯해 그와 함께 세관의 수납실에 걸터 앉아 있던 다른 노인들은 내 눈에는 한낱 그림자에 지나지 않 는다. 흰 머리카락에 주름 많은 모습을 나는 곧잘 머리에 떠 올리고 놀려 주고는 했는데 지금은 영원히 떨쳐 버리고 말았 다. 핑그리, 필립스, 셰퍼드, 업튼, 킴볼, 버트럼, 헌트 같은 상 인들을 비롯해 겨우 여섯 달 전만 해도 꽤 귀에 낯익은 그 밖 의 많은 이름들 그리고 세계적으로 중요한 위치를 차지하는 듯한 이런 무역상들, 비단 행동에서뿐 아니라 추억에서도 내 가 그들과 인연을 끊는 데 얼마나 짧은 시간이 걸렸던가! 애 써 노력하지 않고서는 이제 그 몇 사람의 모습과 이름도 생각 해 내지 못할 정도가 되어 버렸다. 마찬가지로 내 고향인 옛 마을도 그 주위를 자욱이 덮은 기억의 안개를 사이에 두고 곧 아련히 떠오를 것이다. 마치 그 마을이 진짜 대지의 일부가 아 니라 초목으로 뒤덮인 구름 나라의 마을이라도 되는 것처럼 말이다. 그곳에는 오직 상상 속에 그린 주민들이 목조건물에 살고 보잘것없는 작은 오솔길과 볼품없이 지루한 번화가를 걷 고 있을 것이다. 이제부터 이 마을은 이제 더 이상 내 삶 속의 현실이 아니다. 나는 이미 다른 세계에 속한 시민이다. 친애하는 내 마을 사람들도 나를 별로 아쉬워하지 않을 것이다. 이 마을에는 문학가가 가장 훌륭한 정신의 수확을 영글게 하기 위해 필요로 하는 쾌적한 분위기가 한 번도 없었기 때문이다. 물론 내 문학의 노작(勞作)에서 마을 사람들의 눈에 소중해지고 내 많은 선조가 살다가 묻힌 땅에 대해 유쾌한 기억을 가진다는 것을 그 무엇에도 못지않은 소중한 목표로 삼아 왔지만 말이다. 나는 다른 곳의 사람들 사이에 있는 쪽이 더 나을 것이다. 그리고 이 마을의 친근한 사람들은 두말할 나위 없이 내가 없더라도 잘 지낼 것이다.

그러나 어쩌면 현재 주민들의 증손들이(아, 생각만 해도 얼마나 황홀하고 가슴 뿌듯한 일인가!) 먼 옛날의 하찮은 문필가를 때로 그리워할지도 모른다. 앞으로 다가올 미래에 고적(古蹟) 연구가들이 '마을의 공동 우물'48)이 있던 자리를 마을의 역사에 남을 만한 유서 깊은 장소 중의 하나로 지정해 줄 때 말이다.

---

48) 이 우물은 세일럼의 에식스 스트리트와 워싱턴 스트리트 교차점에 있었다. 호손은 이 우물을 소재로 「마을 우물에서 흐르는 실개천」이라는 단편 스케치를 썼다.

개인의 죄에 관한 새로운 해석

지금으로부터 160여 년 전, 그러니까 1850년 2월 초의 어느 날 밤 너새니얼 호손은 사랑하는 아내 소피아에게 아직 원고 상태에 있던 『주홍 글자』의 결말 부분을 읽어 주고 있었다. 잠자코 남편의 목소리에 귀를 기울이던 소피아는 너무 마음이 아프다며 갑자기 두통을 호소하고는 침실로 들어가 버렸다. 소피아의 반응을 보고 호손은 마음속으로 쾌재를 불렀다. 이 작품이 '대성공'을 거둘 것이라고 짐작한 그는 이튿날 한 친구에게 편지를 보냈다. "그 효과로 미루어 보건대 볼링 치는 사람들이 말하는 '텐 스트라이크'를 칠 것 같소!" 하고 그는 자신감을 피력했다.

이렇게 호손이 평소 그답지 않게 적잖이 흥분한 것도 그렇게 무리가 아니었다. 이 세상에 '대성공'을 거두고 싶지 않은 작가가 어디 있을까마는 특히 호손은 어느 누구보다도 그동안 작가로서의 성공을 절실히 염원해 왔다. 물론 여기에서 대성공이란 예술성 높은 위대한 작품 못지않게 경제적 이익을 가져다주는 베스트셀러를 뜻한다. 호손은 작가로서 꿈을 키운 지 벌써 25년이 지났건만 아직껏 세상에 내놓을 만한 작품을 한 편도 출간하지 못했다. 더구나 그의 나이도 이제 어느덧 마흔여섯을 바라보고 있었다. 오로지 원고에 매달려 네 식구를 먹여 살려야 하는 가장으로서 이 무렵 그에게는 공전의 히트를 쳐서 '낙양의 지가를 올릴' 작품이 무엇보다도 절실했다.

그러나 호손이 이렇게 '텐 스트라이크'를 치고 싶은 데에는 또 다른 까닭이 있었다. 하고 많은 직업 중에서 하필 작가가 된 것에 대해 그는 선조에게 늘 죄책감 비슷한 것을 느끼고 있었다. 일찍이 1630년에 존 윈스럽의 지도 아래 '아벨러호'를 타고 대서양을 건너 신대륙에 도착한 그의 선조는 군인과 정치가 그리고 치안판사로서 식민지 시대에 크게 명성을 떨쳤다. 그러던 집안이 점점 기울기 시작하더니 할아버지와 아버지 대에 내려와서는 빛을 잃었고, 마침내 호손 대에 이르러서는 그가 글을 쓰는 작가가 되었던 것이다.

『주홍 글자』의 서문에 해당하는 긴 에세이 「세관」에서 호손은 선조 중의 한 사람이 자신이 문학가라는 직업을 택한 것에 대해 불쾌감을 드러내는 장면을 머릿속으로 상상해 본다. "이야기책을 쓰는 녀석이야! 도대체 그게 인생에서 무슨 과업이란 말인가? ……어떤 식으로 하느님을 찬미하고, 어떻게 자기 시대와 세대를 함께하는 인류에게 공헌할 수 있단 말인가?

아, 저 하잘것없는 녀석은 차라리 풍각쟁이가 되는 쪽이 더 좋았을 거야!" 호손은 이렇게 작가가 된 자신을 우습게 여기는 선조에게 작가도 얼마든지 훌륭한 직업이라는 것을 당당히 보여 주고 싶었을 것이다.

호손은 어릴 적부터 문학을 좋아했지만 작가가 되기로 정작 마음먹은 것은 대학에 다니던 시절이었다. 메인주 브런즈윅에 있는 명문 사립 보든 대학교에 입학한 그는 학업에는 별다른 흥미를 느끼지 못한 채 작가로서의 길을 모색했다. 이 무렵 어머니에게 보낸 한 편지에서 호손은 "남의 병으로 먹고사는 의사가 되기도 싫고, 남의 죄로 먹고사는 목사가 되기도 싫고, 그렇다고 남의 싸움거리로 먹고사는 변호사가 되기도 싫습니다. 그러니 작가가 되는 것 말고 달리 무슨 직업이 있겠습니까?" 하고 농담 섞인 말투로 고백한 적이 있다. 호손이 이 편지에서 의사나 목사 또는 변호사를 언급하는 데에는 그럴 만한 까닭이 있었다. 고등교육이 비교적 보편화된 요즈음과는 달라서 19세기 초엽 대학에 들어간다는 것은 그야말로 특혜 중의 특혜였다. 호손은 친가와 외가를 통틀어 처음으로 대학 교육을 받은 사람이었다. 하버드 대학이나 예일 대학도 마찬가지였지만 이 무렵 대학은 목사나 의사 또는 변호사 같은 전문인을 길러내는 교육 기관이었다. 그렇기 때문에 대학을 졸업한 뒤에는 이 중에서 한 가지 전문 직업에 종사하는 것이 관례였다.

1825년 대학을 졸업한 호손은 세일럼 외가로 돌아가 다른 작가들의 작품을 두루 섭렵하고 소설의 소재를 수집하면서 작가 수업에 들어간다. 세일럼에서 1837년까지 어머니와 함께 보낸 12년 동안의 '고독의 시대'는 그가 작가가 되는 데 그야 말로 아주 비옥한 밑거름이 되었다. 그는 이 은둔 생활 동안 아침과 점심에는 작품을 쓰고 저녁에는 독서를 하며 대부분의 시간을 혼자서 보냈다. 그리하여 1828년에 드디어 첫 장편소설 『팬쇼』를 출간했고, 1837년에는 여러 잡지에 발표한 단편소설들을 한데 모아 『두 번 들은 이야기』라는 작품집을 내놓았다. 1839년부터 1년 동안 보스턴 세관에서 일한 적이 있었으며, 1841년에는 초월주의자들이 만든 공동 부락 '브룩 농장'에서 일곱 달 남짓 생활하기도 했다. 그 뒤 소피아 피바디와 결혼해 한때 랠프 월도 에머슨이 살았던 콩코드의 '옛 목사관'에서 신혼의 보금자리를 마련한 뒤 주위에 살던 초월주의자들과 친교를 맺으며 작품 창작에 전념했다.

그러나 호손의 생애에서 가장 획기적인 사건이라면 역시 1846년부터 3년 동안 세일럼 세관에서 수입품 검사관으로 일하다가 정치적 압력으로 그 직장을 그만둔 일이다. 처음부터 정치권력을 쥐고 있던 친구들의 도움으로 얻은 자리였던 만큼 결국 반대파가 정치권력을 잡자 그 자리에서 쫓겨나고 말았다. 호손은 부당하게 해고당했다고 생각하고 무척 분개했지만 이 사건 덕택에 작가로서는 잘 알려지지 못했던 그의 이름이 일약 미국 전역에 알려지게 되었다. 더구나 호손은 이제부터 창작에 모든 시간과 정력을 바칠 수 있었다. 그렇지 않아도 세관에 근무하면서 작품을 쓸 시간이 없었을뿐더러 창조적 에너지가 소진된다고 불만을 늘어놓던 그였다. 이즈음 초기 뉴잉글랜드의 역사에 깊은 관심을 기울인 호손은 조지프 펠트가 쓴 『세일럼 연대기』(1845)와 코튼 매더가 쓴 『미국 교회사』(1702) 등을 탐독했다. 그런데 이러한 역사서는 그가 앞으로 불후의 명작 『주홍 글자』를 쓰는 데 없어서는 안 될 귀중한 자료가 되었다. 만약 호손이 세관에서 계속 일했더라면 생활은 조금 편했을지 몰라도 어쩌면 이 작품을 쓰지 못했을지도 모른다.

호손은 1849년 9월부터 『주홍 글자』를 쓰기 시작해 그 이듬해 3월에 출간했다. 처음에는 길이가 긴 단편소설이나 중편소설로 구상했지만 나중에 출판사의 요청을 받고 지금 분량의 장편소설로 발전시켰다. 흥미로운 작중인물, 치밀한 구성, 밀도 있는 문체 등을 고려할 때 이렇게 짧은 기간에 작품을 완성했다는 것은 호손의 천재성에서 비롯한다고 할 수밖에 없다. 그러나 그는 이 작품을 쓰기 위해 그동안 여러모로 철저히 준비했다. 일곱 달에 걸쳐 집필했다고는 하지만 실제로는 이보다 훨씬 전부터 이 작품을 구상했다. 호손은 훌륭한 작품이란 식물처럼 자란다고 말한 적이 있다. 그렇다면 이 작품도 그의 상상력 속에서 계속 자라고 있었던 셈이다. 호손은 이미 1838년에 발표한 단편소설 「엔디코트와 적십자가」에서 간음한 여성이 치욕의 징표를 달고 다녀야 하는 이야기를 다룬 적이 있다. 이 밖에도 1840년대 초엽 호손의 노트에 적힌 기록에서도 헤스터와 칠링워스에 관한 내용을 찾아볼 수 있다. 또한 그는 자유분방한 큰딸 유너한테서 펄의 특성을 찾아내기도 했다.

1850년 2월 초 호손이 아내 소피아에게 이 작품의 원고를 읽어 준 것도 어찌 보면 오랫동안 준비한 끝에 심혈을 기울여 쓴 만큼 '대성공'을 예감하고 있었기 때문인지도 모른다. 그러나 아내의 반응을 보고 『주홍 글자』가 크게 히트할 것으로 생각하고 고무되었던 너새니얼 호손의 예상은 여지없이 빗나가고 말았다. '텐 스트라이크'를 쳐서 경제적 이익을 바라던 그의 기대는 한낱 물거품처럼 사라졌다. 1850년 3월 16일 초판 2500부가 출간된 뒤 며칠 만에 매진된 데다가 여섯 달 안에 무려 3판까지 찍어 모두 6000부나 팔리면서 첫 출발은 순조롭게 보였지만, 어찌 된 일인지 3판 이후부터는 판매가 눈에 띄게 줄어들었다. 1864년 호손이 사망하기 전까지 『주홍 글자』가 미국에서 팔린 총 부수는 겨우 7800부에 지나지 않았다. 그러니까 1년에 평균 600부 정도밖에 팔리지 않은 셈이었다. 요즈음처럼 정가의 10퍼센트가 아닌 15퍼센트의 인세를 받았는데도 그가 이 작품으로 받은 인세는 고작 1500달러가 조금 넘는 액수였다.

1855년 너새니얼 호손은 "이제 미국은 글 나부랭이나 끄적거리는 빌어먹을 여편네들에게 완전히 넘어가 버렸다. 대중의 취향이 그들의 쓰레기 같은 작품에 기우는 한 어찌 나에게 성공할 기회가 있겠는가." 하고 말한 적이 있다. 모르긴 몰라도 요즈음 같았으면 여성 작가들이 들고 일어나 호손의 발언을 크게 문제 삼았을 것이고, 그에게는 아마 'MCP(남성 우월주의자)'라는 달갑지 않은 낙인이 찍혔을 것이다. 그러나 달리 생각해 보면 점잖은 그가 왜 이렇게 욕설을 하며 불편한 심기를 드러냈는지 그 까닭을 알 만하다. 호손이 『주홍 글자』를 출간할 무렵 미국 문단은 통속소설을 쓰는 여성 작가들의 독무대와 크게 다름없었다. 지금도 마찬가지지만 통속소설 작가들의 작품이 독자들한테 관심을 많이 받으면 받을수록 순수문학 작품은 그만큼 독자들로부터 외면당하게 마련이다.

이 무렵 여성 작가들은 미국 문학의 거장들을 누르고 아주 큰 영향력을 행사하고 있었다. 호손의 『주홍 글자』가 나온 같은 해, 『넓고 넓은 세상』(1850)이라는 통속소설을 쓴 수전 워너는 보스턴의 G. P. 퍼트넘 출판사로부터 6개월 인세로 무려 4500달러를 받은 반면, 호손은 겨우 144달러를 받았을 뿐이다. 또 다른 여성 작가 수전 로슨의 『샬럿』(1791)은 흔히 미국의 첫 베스트셀러 소설로 꼽히며 제임스 페니모어 쿠퍼와 워싱턴 어빙의 도전에도 불구하고 19세기 중엽까지 독자들의 사랑을 독차지하다시피 했다.

『주홍 글자』는 이렇게 상업적으로는 실패작과 다름없었지만 출간되자마자 비평가들로부터는 미국 문학의 고전으로 호평을 받았다. 가령 에버트 A. 다이킹크는 호손을 "영광스러운 천재"라고 부르면서 "이 나라에서 이 작품보다 훌륭한 작품이 나온 적은 이제까지 한 번도 없었다."라고 평가했다. 헨리 제임스 역시 "여태껏 미국에서는 나온 적이 없었던 가장 훌륭하고 상상력 넘치는 작품"이라고 말하면서 "이제 미국에서도 문학에 속하는 소설이 나오게 되었다."라고 찬사를 아끼지 않았다. D. H. 로런스도 이 작품에 대해 "어떤 다른 책도 이 소설처럼 심오하지도, 이중적이지도, 완전하지도 않다."라고 높이 평가했다. 실제로 이 소설은 미국 문예 부흥기를 화려하게 장식한 기념비적 작품이요, 금자탑이라고 할 만하다. 허먼 멜빌의 『모비딕』(1851)과 함께 이 소설은 19세기 미국 문학, 아니 몇백 년에 이르는 미국 문학을 통틀어 가장 대표적인 작품이다.

한편 고전의 반열에 올라 있는 작품이 흔히 그러듯이 『주홍 글자』도 처음 출간된 19세기 중엽부터 21세기에 이르기까지 도덕적 엄숙주의자들로부터 온갖 수난을 받았다. 특히 청교도적 성직자들을 비롯한 보수주의 독자들이 이 작품의 도덕성을 문제 삼았다. 예를 들어 이 작품이 출간된 직후 한 종교 잡지에 실린 서평은 이 소설을 '창녀의 도서관'에나 속할 '추잡한 이야기'로 매도했다. 헤스터 프린이나 아서 딤스데일이 죄를 조금도 뉘우치지 않는다고 지적하면서 "애초에 쓰이지 말았어야 할 작품"이라고 비난했다. 또한 '역겨운 애정'은 소설의 소재로는 부적절하다고 못 박은 아서 C. 콕스 목사는 "음란의 거간 행위를 초기에 진압하기 위해서는 인기 있고 재능 있는 작가가 비도덕을 영구화시킬 때 그에게 어떠한 관용도 베풀어서는 안 된다."라고 목소리를 높였다. 그러면서 콕스 목사는 이 작품을 금서로 지정할 것을 강력히 요구했다. 이 작품이 출간된 지 두 달 뒤 호손이 식구들을 데리고 매사추세츠주 서쪽 버크셔 지방으로 이사를 간 데에는 세일럼 시민들이 이 소설의 도덕성에 대해 적잖이 분개한 것도 한몫 톡톡히 했다. 그러나 미국에서는 이 작품이 공식적으로 금서로 지정된 적은 한 번도 없었다. 오히려 러시아에서 '검열 테러'의 회오리바람이 불어닥친 1852년에 황제 니콜라이 1세가 이 소설을 금서로 지정했을 뿐이다. 이 작품은 그로부터 4년 뒤 알렉산드르 2세가 황제로 즉위하면서 비로소 금서의 족쇄에서 풀려나게 되었다.

『주홍 글자』에 대한 이러한 부정적 평가는 비단 19세기 성직자에만 그치지 않는다. 사정은 최근에 들어와서도 크게 다르지 않다. 가령 1961년 미국 미시간주에서는 고등학교 교과 과정에 이 작품을 필독서로 선정한 것에 대해 일부 학부모들이 '도색적이고 음란해' 청소년이 읽기에 부적절하다는 이유로 교과과정 목록에서 제외할 것을 요구했다. 그 뒤에도 이러한 요구는 미시간주뿐 아니라 여러 주에 걸쳐 심심치 않게 있어 왔지만 그럴 때마다 학교 당국과 교육위원회는 그 요구를 한사코 거부했다. 상상력이 빚어낸 찬란한 우주인 예술 작품을 도덕이나 윤리의 잣대로 함부로 재단할 수 없다는 것이 주된 이유였다.

호손은 『주홍 글자』를 '소설'이라고 부르지 않고 굳이 '로맨스'라고 불렀다. 그런데 이 두 장르를 구별하는 것은 이 작품을 이해하는 데 아주 중요하다. 그는 「세관」에서 밝은 햇빛 속에 드러난 삶은 소설의 소재가 되는 반면, 달빛이나 난롯불에 드러난 친근한 모습은 로맨스의 소재가 된다고 밝힌다. 두 번째 장편소설 『일곱 박공의 집』(1851)의 서문에서 호손은 소설과 로맨스의 차이를 좀 더 구체적으로 설명한다. 즉 소설은 평범한 일상에서의 경험을 있는 그대로 충실하게 묘사하는 것을 목표로 삼는 반면, 로맨스는 일상생활에서 볼 수 없는 '신기한' 일이나 '상상적인' 일을 즐겨 다룬다는 것이다. 그러나 로맨스라고 하여 전혀 황당무계하거나 공상적인 것이 아니다. 호손이 말하는 로맨스의 영역은 차라리 "실제적인 것과 상상적인 것이 서로 만나는, 현실 세계와 공상 세계 사이 어디엔가 놓여 있는 중립 지대"라고 할 수 있다.

『주홍 글자』는 바로 이러한 중립 지대에 속하는 작품이다. 호손은 실제 역사적 사실에 뿌리를 박고 있으면서도 허구적 인물과 사건을 창조해 냈다. 다시 말해서 역사적 사실의 뼈에 상상력의 피와 살을 붙여 『주홍 글자』를 만들었다. 이 작품을 쓰면서 그는 청교도 역사에서 실제 사건과 인물을 자유롭게 빌려온다. 가령 존 벨링엄 총독을 비롯해 존 윌슨 목사, 앤 히빈스 등은 하나같이 실제로 살았던 역사적 인물이다. 이 밖에도 작중인물로는 직접 등장하지 않지만 이 소설의 화자(話者)가 언급하는 존 윈스럽, 앤 허친슨, 존 엔디코트, 사이먼 브래드스트리트, 토머스 더들리 등도 매사추세츠만 식민지에서 하나같이 주역을 맡았던 사람들이다.

호손은 1642년부터 1649년까지의 7년을 이 작품의 시간적 배경으로, 보스턴 식민지 사회를 공간적 배경으로 삼는다. 1642년이라면 윌리엄 브래드포드가 이끄는 메이플라워호 청교도들이 플리머스 항구에 도착해 식민지를 처음 개척한 지 22년, 존 윈스럽이 이끄는 아벨러호 청교도들이 매사추세츠만 식민지를 건설한 지 12년이 되는 때다. 이 무렵 청교도 사회는 극도로 신(神) 지향적이어서 인간의 모든 행동과 사고는 하느님과 분리해서는 도저히 생각할 수 없었다. 이 황야에 브래드포드가 말하는 '언덕 위의 도시'를 건설하려는 그 '위대한 의도'를 실현하기 위해서는 무엇보다도 강력한 사회 질서가 요구되었다. 이 소설은 그야말로 '무쇠 같은 시대'를 배경으로 삼고 있다.

그러나 호손은 식민지 시대의 역사적 인물과 사건을 빌려 오되 어디까지나 문학적 상상력을 통해 극적으로 재구성했다. 벨링엄 총독을 비롯해 윌슨 목사나 히빈스 같은 인물도 어떤 의미에서는 역사적 인물이 아니라 허구적 인물이라고 할 수 있다. 소설에 등장하는 순간 역사적 인물은 자취를 감추어 버리기 때문이다. 예를 들어 작품에 자주 나오는 존 벨링엄 총독은 실제 청교도 역사에서의 그와는 사뭇 다르다. 총독에 대해 이 소설의 화자는 "그는 이 공동사회의 우두머리와 대표로서 그리 부적절하지 않은 인물이었다."라고 말한다. 또한 총독을 비롯한 통치자들에 대해서도 "그들은 의심할 나위 없이 선량하고 공정한 현인들이었다."라고 밝히기도 한다.

그러나 존 윈스럽의 『저널』에 따르면 벨링엄은 자신의 친구와 결혼하기로 약속한 여성을 가로채다시피 해 결혼한 사람이었다. 그것도 법적으로 약혼을 공표해야 한다는 법을 어겨 가면서까지 서둘러 결혼했다. 벨링엄이 보여 준 일련의 행동은 이 무렵의 관행에 비추어 보면 좀처럼 있을 수 없는 일이었다. 또한 작품에서 그는 1642년에 총독을 맡고 있었던 것으로 나오지만 실제 사실과는 다르다. 그가 총독으로 있던 해는 1641년과 1654년 그리고 1665년 세 차례로 1642년 총독 선거에 출마했다가 비윤리적이고 비도덕적인 행동이 문제가 되어 낙마했다. 한편 주인공 헤스터와 아서 딤스데일은 실제 인물이 아니라 어디까지나 허구적 인물이다. 그런가 하면 그들을 둘러싼 사건은, 식민지 시대에 이와 비슷한 사건이 있긴 했지만, 호손은 무쇠로 황금을 만드는 연금술사처럼 전혀 다른 문학 작품으로 형상화했다.

헤스터 프린의 처벌도 그러하다. 뉴잉글랜드 식민지에서는 간음과 관련한 사건이 여러 번 일어났고, 그 죄를 처벌하는 방법도 가지가지였다. 매사추세츠만 식민지에서는 나이 많은 남편과 결혼한 메리 래섬이라는 여성이 젊은 남성들과 간음해 사형당했다. 보스턴에서 조금 북쪽에 있는 세일럼 식민지와 남쪽에 있는 플리머스 식민지에서는 죄인이 채찍을 맞은 뒤 그 치욕의 글자를 팔이나 등에 붙이고 다니도록 했다. 호손이 헤스터의 모델로 삼은 듯한 크로포드 사건에서 죄인은 채찍을 맞고 불륜에서 태어난 갓난아이를 청교도 통치자들에게 빼앗겼다. 그러나 호손은 헤스터와 관련해 역사적 사실에 구애받지 않고 사건을 작품에 맞게 자유롭게 재구성했다.

더구나 호손은 『주홍 글자』에서 현실에서는 좀처럼 볼 수 없는 초자연적인 요소를 다루기도 한다. 예를 들어 죄의식에 시달리는 아서 딤스데일의 가슴에 주홍 글자가 새겨져 있다든지, 밤하늘에 주홍 글자가 나타났다든지 하는 것은 일반 경험의 세계에서는 좀처럼 있을 수 없는 일이다. 한마디로 이 작품은 일상생활을 사실적으로 충실히 묘사하거나 재현하는 전통적 의미의 소설과는 거리가 멀다. 전통적인 소설이 다분히 사실주의 문학 전통에 서 있다면, 로맨스는 다분히 낭만주의 문학 전통에 서 있다. 사실 이 작품이 출간된 19세기 중엽 영국을 비롯한 유럽에서는 사실주의 문학이 활짝 꽃을 피우고 있었지만, 대서양을 사이에 둔 탓에 문화적 지체 현상을 겪고 있던 미국에서는 뒤늦게 낭만주의가 개화기를 맞고 있었다.

『주홍 글자』에 나타난 로맨스적 요소는 작품의 소재뿐 아니라 어휘 사용이나 문장 형식에서도 엿볼 수 있다. 전통적인 사실주의이나 자연주의 전통에 속하는 작가들과는 달리 호손은 일부러 의미가 애매한 다의적 어휘를 즐겨 사용한다. 가령 작품의 첫 장 첫 단락 첫 문장에 나오는 'sad-colored'라는 어휘만 해도 그렇다. 청교도인들이 즐겨 입는 의복 색깔에 따라 우리말로는 '거무스름한'이라는 말로 옮겼지만, 과연 어떤 색깔이 슬픈 색깔인지는 느끼는 사람에 따라 저마다 다를 것이다. 가령 거무스름한 색깔일 수도 있고, 아예 시꺼면 색깔일 수도 있으며, 잿빛 같은 회색일 수도 있다. 심지어 어떤 사람은 푸른색이나 주홍색에서 슬픔을 느낄지도 모른다. 또한 호손이 직설법 문장보다는 가정법 문장을 유난히 즐겨 구사한다는 점도 눈여겨볼 만하다. 호손은 '~했다.' 하고 단정 지어 말하기보다는 '~했는지도 모른다.' 하고 토를 달아 말하기를 좋아한다. 그런가 하면 아예 "독자의 판단에 맡긴다."라느니 "추측할 수 있으리라."라느니 하면서 화자로서의 책임을 독자에게 떠맡기는 때도 있다.

너새니얼 호손이 『주홍 글자』에서 다루는 소재는 자칫 진부하게 보일지 모르지만 그 주제는 대서양처럼 깊고 넓다. 지금까지 비평가들은 여러 각도에서 이 작품의 주제를 분석해 왔다. 그런데 이러한 주제 가운데에서도 특히 죄를 둘러싼 문제는 첫 손가락에 꼽을 만하다. 이 주제를 좀 더 쉽게 이해하기 위해서는 작품의 맨 첫 장면을 좀 더 자세히 눈여겨보아야 한다.

거무스름한 빛깔의 옷차림에 끝이 뾰족한 회색 고깔모자를 쓰고 턱수염을 기른 사내들이 무리를 지어, 머리에 두건을 쓰기도 하고 쓰지 않기도 한 아낙네들과 뒤섞여 어느 목조 건물 앞에 모여 있었다. 참나무로 튼튼하게 짠 문에는 큼직한 무쇠 못이 군데군데 박혀 있었다.

이렇게 음울한 옷차림을 한 사람들은 신대륙에 '새 예루살렘'을 건설하려고 대서양을 건너온 청교도인들, 그중에서도 교회 장로들이다. 무쇠 못이 박혀 있고 참나무로 튼튼하게 짠 문은 다름 아닌 감옥 문이다. 교회의 기둥이라고 할 장로들은 지금 아낙네들과 함께 감옥 문 앞에 서서 헤스터 프린이 밖으로 나오기를 기다리고 있다. 영국에서 종교적 박해를 피해 남편과 함께 네덜란드의 암스테르담으로 건너간 헤스터는 그곳에서 다시 남편보다 먼저 대서양을 건너 보스턴에 도착한다. 그러나 2년이 넘도록 남편이 오지 않자 결국 그녀는 교회의 젊은 목사 아서 딤스데일과 은밀한 정교를 맺어 사생아 펄을 낳게 된다. "간음하지 말라."라는, 십계명 가운데 일곱째 계명을 어긴 그녀는 이 무렵의 준엄한 청교도 사회의 법에 따라 사형을 당해야 마땅하지만, 어쩌면 남편이 항해 도중 조난을 당해 사망했을 가능성을 감안해 극형만은 가까스로 면한다. 그러나 그 대신 감옥 생활을 마친 뒤 몇 시간 동안 처형대 위에서 공개적으로 치욕을 당하는 처벌을 받게 된다.

『주홍 글자』는 바로 헤스터가 태어난 지 3개월 된 펄을 가슴에 안고 감옥 문을 나서는 장면에서 시작한다. 그런데 여기에서 한 가지 찬찬히 눈여겨볼 것은 호손이 헤스터가 죄의 삯을 치르고 감옥 문을 나서는 장면부터 이 소설을 시작한다는 점이다. 처벌을 받기 이전의 사건에 대해서는 한마디 언급도 하지 않는다. 가령 누가 먼저 상대방을 유혹했는지, 그들이 어디에서 육체적 관계를 맺었는지, 몇 번이나 그러한 관계를 가졌는지 따위의 동기나 과정에 대해 작가는 이렇다 할 관심이 없다. 물론 마침내 질식할 것 같은 청교도 사회를 탈출할 것을 결심하는 숲속 장면을 보면 전혀 짐작할 수 없는 것도 아니다. 모르기는 몰라도 아마 헤스터가 먼저 딤스데일을 유혹했을 것이고, 지금 두 사람이 만나는 바로 그 숲속에서 정교를 맺었을 것이다.

독자의 성적 호기심을 자극하려는 삼류 작가 같았으면 아마 헤스터와 딤스데일의 간음 장면에 초점을 맞추었을 것임에 틀림없다. 바꾸어 말해서 감옥 생활 이후보다는 오히려 감옥 생활 이전의 사건을 작품의 중심적인 플롯으로 삼았을 것이다. 실제로 존 깁슨 록하트라는 작가는 『애덤 블레어』(1822)라는 소설에서 한 젊은 여성이 목사와 간음을 범한 이야기를 다루어 큰 인기를 끈 적이 있다. 그러나 삼류 작가가 아닌 호손은 두 주인공이 죄를 범하는 동기나 과정에는 이렇다 할 관심이 없고 오히려 그 죄를 지은 뒤의 결과나 반응에 깊은 관심을 보일 뿐이다.

이 작품에서 호손은 인간이 저지르는 죄와 그 죄의 삯을 둘러싼 문제를 다룬다. 자칫 이 작품의 주제를 간음은 죄이며 이 죄를 범한 사람은 마땅히 고통을 받아야 한다는 점에서 찾을지도 모른다. 실제로 적지 않은 비평가들이 이러한 관점에서 이 작품의 주제를 분석했다. 그러나 그것은 소금이 짜다고 말하는 것과 크게 다르지 않다. 호손은 도덕 교과서 같은 진부한 교훈을 주려고 이 작품을 쓴 것이 아니다.

호손은 이 작품에서 죄의 성격을 새롭게 규정짓는다. 전통적인 기독교 교리의 관점에서 보면 죄란 절대적이고 객관적이다. 이렇게 바윗덩어리처럼 굳건한 계율에 어떤 개인적인 변명이나 평계가 끼어들 틈이란 아예 없다. 그러나 호손은 『주홍글자』에서 죄란 어디까지나 상대적인 것일 뿐 절대적인 것이 아니요, 주관적일 뿐 객관적이지 않다는 사실을 보여 준다. 바꾸어 말하면 죄는 그것을 범한 사람이 죄라고 생각할 때에만 비로소 죄가 될 따름이다. 그 죄가 초월적인 신, 자연 법칙, 공동사회가 정한 법규와 관습 또는 개인의 도덕적 규범이나 양심 가운데 어느 것과 관련된 것이든 어디까지나 그것을 저지른 사람의 주관적 판단에 따라서 죄가 될 수도 있고 죄가 되지 않을 수도 있다. 예를 들어 아서 딤스데일 목사는 자신들의 간음 행위를 죄로 받아들임으로써 무서운 죄의식으로 고통받지만, 헤스터 프린은 자신들의 행동에는 그 나름대로 '신성함'이 깃들어 있다고 생각한다. 오히려 '신성한 인간 마음' 을 범하는 로저 칠링워스의 계산적이고 이지적인 행동이야말 로 정욕에서 비롯한 자신들의 죄보다 훨씬 더 무겁다고 생각 한다.

"헤스터, 우리는 결코 이 세상에서 가장 나쁜 죄인은 아니오. 심지어 타락한 목사보다도 더 흉악한 죄인이 한 사람 있소. 그 사람의 복수야말로 내 죄보다도 더 무서운 죄요. 냉혹하게도 그 사람은 신성한 인간의 마음을 범했소. 헤스터, 당신과 나는 그런 짓을 한 적이 한 번도 없었소!"

"없고말고요. 단 한 번도 없었지요!" 그녀가 속삭였다. "우리 가 저지른 일에는 그 나름대로 신성함이 있었어요. 우리 자신 이 그것을 느꼈잖아요! 우린 서로에게 그렇다고 얘기했지요! 당 신은 그것을 잊으셨나요?"

기독교에서는 흔히 '칠종죄(七宗罪)'라고 하여 지옥에 떨어 질 만한 큰 죄로 일곱 가지를 꼽는다. 오만·탐욕·분노·사음· 질투·나태·폭식 등이 여기에 속한다. 이 일곱 가지 중에서도 인간 지성이 저지르는 오만이야말로 가장 범하기 쉽고 가장 무서운 죄로 '용서받지 못할 죄'에 해당한다. 한편 정욕의 결과 인 사음의 죄는 고행하고 회개하면 얼마든지 용서받을 수 있 다. 호손은 「이선 브랜드」라는 단편소설에서 주인공이 갖은 편 력 끝에 찾아낸 것은 정욕의 죄란 '용서받지 못할 죄'가 아니 라는 사실이다. 이 점과 관련해 주인공 이선은 "나는 죄 많은 욕정으로 불타고 있는 저 용광로보다 더 뜨거운 인간의 마음을 들여다보았다. 하지만 나는 그곳에서 내가 찾던 것을 발견하지 못했다. 아니, 거기에는 '용서받지 못할 죄'가 없었다."라고 밝힌다. 그에게는 동료 인간에 대한 따뜻한 형제애와 하느님에 대한 존경심을 잃어버린 인간 지성의 죄야말로 '용서받지 못할 죄'였던 것이다. 그렇다면 로저 칠링워스는 바로 이러한 죄를 범하는 가장 대표적인 인물이다. 딤스데일이 칠링워스를 두고 '타락한 목사보다도 더 흉악한 죄인'이라고 부르는 까닭이 바로 여기에 있다.

더구나 호손은 이 작품에서 죄의 삯은 죽음이라는 전통적인 기독교의 가치관을 무너뜨림으로써 죄의 결과에 대한 새로운 해석을 내린다. 전통적으로 죄는 인간을 신이나 사회로부터 소외시키는 무서운 결과를 낳을 뿐 아니라 마침내 죽음을 가져온다고 여겼다. 기독교에서는 실제로 간음을 범하는 것 못지않게 마음속에서 음란한 생각을 품는 것조차 간음죄로 여긴다. 하물며 헤스터는 보통 사람도 아니고 목회자와 육체적 관계를 맺음으로써 "간음하지 말라."라는 일곱째 계명을 어긴다. 그러므로 기독교 교리에 따르면 그녀는 오직 죽음으로써밖에 달리 속죄할 길이 없다. 또한 신약성서에서도 "욕심이 잉태하면 죄를 낳고, 죄가 자라면 죽음을 낳습니다."(「야고보서」 1장 15절) 하고 가르친다. 간음도 육체적 욕망을 표현한 것이라는 점에서 욕심의 한 형태로 볼 수 있고, 욕심이 낳은 자식인 죄의 삯은 두말할 나위 없이 죽음이다.

그러나 호손은 죄에 대한 이러한 기독교의 가치관을 완전히 뒤엎는다. 헤스터 프린에게 죄는 죽음에 이르는 길이 아니라 오히려 동료 인간을 좀 더 깊이 이해할 수 있는 계기가 된다. 바꾸어 말해서 만약 그녀가 죄를 짓지 않았더라면 지금처럼 동료 인간을 깊이 이해하고 동정할 수 없었을 것이다. 헤스터는 바로 자신의 죄로 말미암아 다른 동료 인간에 대해 전보다 훨씬 동정적인 태도를 보일 뿐 아니라, 자신이 속해 있는 사회에서 훨씬 쓸모 있는 인간이 될 수 있다. 그리하여 낯선 사람이 마을에 나타나면 마을 사람들은 그에게 헤스터를 가리키며 "저기 수놓은 징표를 달고 있는 여인이 보입니까?" 하고 말한다. "우리 헤스터지요. 바로 이 마을에 살고 있는 헤스터랍니다. 가난한 사람들에게는 무척 친절하고, 아픈 사람들에게는 많은 도움을 주며, 괴로운 사람들에게도 큰 위로가 되어 주지요!" 하고 말하기에 이른다.

청교도 사회에 정면으로 맞서는 헤스터는 여러모로 에덴동산에서 선악과를 따 먹고 추방당한 아담과 하와를 떠올리게 한다. 사회 구성원의 행동을 엄격히 제약한다는 점에서 청교도 사회는 정의와 분노의 신 야훼와 크게 다르지 않다. 그런데 몇몇 신학자들은 아담과 하와의 낙원 추방을 그렇게 부정적으로만 보지 않는다. 아담과 하와가 에덴동산에서 쫓겨난 것은 저주가 아니라 오히려 다행스러운 축복이라는 것이다. 어떤 비평가는 『주홍 글자』를 바로 이 '펠릭스 쿨파(felix culpa)'의 관점에서 읽으려고 한다. 실제로 작품 곳곳에는 이 주장을 뒷받침할 만한 내용이 들어 있다.

비록 정도는 조금 다르지만 사정은 딤스데일도 마찬가지다.

죄의식에 시달리기 때문에 그는 인간의 연약함에 대해 어느 다른 목사보다도 설득력 있는 설교를 해 회중을 감동시킬 수 있다. 딤스데일 목사에 대해 이 소설의 화자는 "육체는 병으로 고통받고 영혼은 비참한 번민 때문에 괴로움을 당하고 고문당한 채 가장 치명적인 원수의 흉계에 사로잡혀 있으면서도 성직자로서는 그 명망이 눈이 부실 만큼 자못 높았다."라고 밝힌다. 젊은 처녀에서 나이 지긋한 집사에 이르기까지 그는 참으로 거룩한 목사로 존경을 한 몸에 받는다. 그러면서 화자는 "실제로 그가 그런 명망을 얻은 것은 대부분 그의 슬픔 때문이었다. 타고난 지적 능력이며 도덕적 감수성이며 감정을 느끼고 전달하는 힘이 날마다 겪는 가책과 고뇌로 이상하게 활발한 상태에 놓여 있었다."라고 말한다.

너새니얼 호손이 『주홍 글자』에서 보여 주는 죄에 대한 새로운 해석은 자연스럽게 개인과 사회의 주제로 이어진다. 청교도 사회의 비인간성과 경직성에 맞서는 헤스터 프린의 모습을 통해 작가는 개인과 사회의 영원한 갈등과 긴장을 보여 준다. 이 둘 사이에는 마치 자석의 두 극처럼 언제나 긴장과 갈등이 있을 수밖에 없다. 사회의 구성원인 개인에게 자유를 보장해 주다 보면 사회의 질서는 혼란에 빠지고 무너질 수밖에 없을 것이다. 한편 사회 질서에 무게를 싣다 보면 어쩔 수 없이 개인의 자유가 제한받지 않을 수 없을 것이다. 이 둘 사이에서 균형과 조화를 찾기란 무척 어렵거나 마치 무지개를 좇는 것처럼 아예 불가능할지 모른다.

『주홍 글자』에서 개인은 두말할 나위 없이 헤스터 프린의 모습으로 나타나는 반면, 사회는 청교도의 신정(神政) 체제와 그 체제를 유지하는 통치자들의 모습으로 드러난다. 개인에는 헤스터와 함께 이 소설의 화자가 '성자'가 되었다고 일컫는 도덕률 폐기론자 앤 허친슨도 들어간다. 자신을 단죄하는 재판관에게 "하느님은 인간과는 달리 심판하신다. 예수를 부정하느니 차라리 교회에서 추방당하는 편이 낫다."라고 말한 허친슨은 이 작품의 플롯이 시작하기 전에 이미 청교도 사회에서 쫓겨났지만 여러모로 헤스터와 닮은 점이 많다. 헤스터는 "간음하지 말라."라는 일곱째 계명을 어겼고 허친슨은 "부모를 공경하라."라는 다섯째 계명을 어겼다. 물론 여기에서 부모란 두말할 나위 없이 이 무렵의 청교도 교부들을 가리킨다. 한편 사회를 대변하는 청교도 통치자들은 신대륙으로 오지 않고 영국에 계속 남아 있었더라면 왕권과 주교 제도의 권위에 도전했을 사람들이다. 실제로 영국에 계속 남아 있던 청교도들은 마침내 찰스 1세의 왕권을 무너뜨리고 비록 짧은 기간이나마 공화정을 세웠다. 그런데 그러한 청교도인들이 이곳 신대륙에서 개인의 자유를 억압하는 거대한 폭력적 힘으로 군림한다는 것은 아이러니가 아닐 수 없다. 그러고 보니 알베르 카뮈의 말대로 모든 혁명가는 압제자가 아니면 이단자로 끝장을 보게 마련인 것 같다.

그렇다면 호손은 개인과 사회 중에서 과연 어느 쪽에 무게를 싣고 있는가? 아무래도 사회 쪽보다는 개인 쪽에 손을 들어 준다고 보는 쪽이 더 옳다. 한편으로는 청교도 사회의 준엄성에 비판의 칼날을 들이대고, 다른 한편으로는 헤스터 프린의 용기 있는 행위에 박수갈채를 보낸다. 호손에게 헤스터는 경직되고 준엄한 청교도 사회와는 달리 용기 있고 위엄 있는데다가 상상력이 뛰어나고 정열과 사랑을 지닌 인물이다.

호손이 사회 쪽보다는 개인 쪽에 손을 들어 준다는 것은 헤스터 프린에 대한 태도에서 잘 드러난다. 이 작품의 화자는 "만약 이 청교도 무리 속에 가톨릭 신자가 있었다면 아마 옷과 풍모가 그림처럼 아름다운 이 여인이 가슴에 갓난아이를 안고 있는 모습을 보고, 예로부터 그토록 많은 유명 화가들이 앞을 다투어 그린 성모 마리아의 모습을 떠올렸을 것이다."라고 밝힌다. 가톨릭 신자가 아니더라도 펄을 가슴에 안고 처형대에 서 있는 그녀의 모습에서는 죄를 지은 여인보다는 차라리 아기 예수를 안고 있는 성모 마리아를 떠올릴 독자가 적지 않을 것이다. 그 장면을 읽고 있노라면 저 르네상스 시대에 활약한 이탈리아의 화가 산드로 보티첼리의 성화(聖畵) 한 폭을 보는 듯하다.

이왕 성화 이야기가 나왔으니 말이지만 헤스터 프린의 이름도 성모 마리아와 관련이 있다. '헤스터'라는 이름은 본디 구약성서에 나오는 인물 '에스더'를 가리킨다. 에스더는 모르드개의 친척으로 페르시아 아하스에로스왕의 왕비다. 그녀는 페르시아의 함므다다의 아들 하만이 유대인들을 집단으로 학살하려는 계획을 미리 알고 왕을 설득해 동족을 구했다. 그런데 에스더는 구약 시대부터 지금까지 전통적으로 성모 마리아의 이미지와 연관된 인물로 존경받아 왔다. 그러고 보니 지금까지 몇몇 사람들이 이 작품에 의혹의 눈길을 보낸 까닭을 이해할 만하다. 적어도 도덕적 엄숙주의자들의 눈에는 죄를 지은 헤스터 프린을 성모 마리아에 빗대는 호손의 태도야말로 가히 '용서받지 못할 죄'에 해당할 것이다.

헤스터 프린은 종교적 계율과 사회적 규범의 쇠사슬을 박차고 인간으로서 타고난 본능에 충실하고 개인의 참다운 자유를 구가하려는 전형적 인물이다. 그녀가 딤스데일 목사와 육체적 관계를 맺는 행동은 '자연적' 본능에 따른 것이다. 다시 말해서 그녀는 사회 규범이나 인습을 맹목적으로 받아들이기보다는 사회법보다 '좀 더 높은 법', 즉 인간 본능에서 생겨나는 자연법에 따라 행동하기로 결심한다. 이 점에서 헤스터는 "사랑에게 모든 것을 다 바치고 / 그대 마음에 충실하라."라는 랠프 월도 에머슨의 낭만주의적 개인주의를 몸소 실천하려는 인물이다.

호손은 이런 주제를 좀 더 구체적으로 형상화하기 위해 작품 곳곳에서 여러 상징과 이미지를 구사한다. 청교도 장로들이 거무스름하고 칙칙한 빛깔의 옷을 입고 있는 반면, 헤스터는 상상력을 한껏 발휘해 치욕의 상징인 'A' 자를 더할 나위 없이 아름다운 예술품으로 만든다. 헤스터는 자기의 어깨를 잡고 있는 교구 관리의 손을 뿌리치고 스스로 감옥 문을 나섬으로써 청교도 사회의 구속에서 벗어나 개인의 참다운 자유를 구현하려는 태도를 웅변적으로 보여 준다. 그런가 하면 단단한 참나무로 짠 육중한 감옥 문과 그 문 곳곳에 박혀 있는 무쇠 못이 청교도 사회의 비인간성과 잔인함을 상징한다면, 감옥 문 앞에 곱게 피어 있는 들장미는 개인의 자유를 상징한다. 이 밖에도 젊음과 늙음, 밝음과 어둠, 아름다움과 추함 등의 이미지도 하나같이 개인과 사회의 갈등과 긴장을 잘 보여 준다.

개인과 사회의 갈등과 긴장은 미국 문학에서 아주 중요한 주제 가운데 하나다. 앞에서 『주홍 글자』의 로맨스적 특징을 언급했지만 이 특징을 강조하다 보면 자연스럽게 미국 소설의 이데올로기를 문제 삼게 된다. 지금까지 적지 않은 비평가들은 미국 소설가들이 '사회적 동물'로서의 인간의 모습을 별로 다루지 않는다는 점에 주목해 왔다. 실제로 미국 문학에는 사회에 적응하며 살아가기보다는 오히려 사회에 반항하고 그것으로부터 도피하거나 이탈하는 개인을 다루는 작품이 유난히 많다. 미국 소설의 이러한 특성을 처음으로 지적한 사람은 아마 영국의 소설가이자 비평가인 D. H. 로런스일 것이다. 미국 고전 문학에 관한 책에서 그는 "옛 미국의 문학 예술은 오직 미국 대륙에서만 볼 수 있고 다른 어떤 곳에서는 볼 수 없는 이질적 특징을 지닌다."라고 밝힌다.

개인의 천부적 자유와 권리를 중요시하는 낭만주의자들의 관점에서 본다면 헤스터 프린의 간통 행위는 전혀 죄의 범주에 속하지 않는다. 또한 그녀가 가슴에 달고 있는 주홍 글자는 치욕의 상징이 아니라 차라리 승리의 상징이라고 할 수 있다. 그리고 어떤 의미에서는 가혹한 청교도 사회의 규범에 맞서 내적 확신을 통해 개인의 참다운 자유를 지키려는 헤스터야말로 유럽의 구대륙을 등지고 신대륙에서 새로운 삶을 개척하려는 미국 식민지 그 자체라고 해도 크게 틀리지 않는다.

개인과 사회의 갈등을 좀 더 넓혀 보면 영국 청교도혁명과 맞닿아 있음이 드러난다. 헤스터가 처형대에 서서 수치를 당하던 1642년은 영국 에지힐에서 청교도혁명에 불을 지핀 첫 전투가 일어난 해다. 또한 아서 딤스데일이 보스턴의 처형대에서 공개적으로 죄를 고백하고 숨을 거둔 1649년은 영국의 찰스 1세가 처형된 해다. 헤스터 프린과 아서 딤스데일 그리고 로저 칠링워스의 삼각관계 로맨스에 가려 자칫 놓쳐 버리기 쉽지만 좀 더 찬찬히 살펴보면 이 작품에서는 혁명 정신의 거친 맥박을 느낄 수 있다.

고전이 흔히 그러듯이 『주홍 글자』도 작품이 쓰인 당대를 뛰어넘어 현대 독자들에게도 여전히 큰 의미를 준다. 헤스터 프린이 징벌을 받는 감옥과 처형대는 비바람으로 빛이 바래고 얼룩져 있지만 이 작품은 좀처럼 세월의 풍화작용을 받지 않았다. 풍화작용을 받기는커녕 오히려 시간이 지날수록 보석처럼 더욱더 빛을 내뿜는다. 고전은 새로운 시대마다 새로운 의미를 주기 때문이다. 이 작품이 현대 독자들에게 주는 의미는 한두 가지가 아니지만 그 가운데에서 페미니즘과 최근 부쩍 관심을 받는 페미니즘 비평의 눈으로 읽으면 전혀 새로운 의미로 다가온다.

앞에서 개인과 사회의 갈등에 대해 말했지만 『주홍 글자』는 사회의 규범이나 인습에 반항하는 주인공으로 남성이 아닌 여성, 그것도 외딸을 키우는 어머니를 내세운 점에서 다른 작품과는 사뭇 다르다. 지금까지 몇몇 작가들이 여성을 작품의 주인공으로 삼아 왔지만 사회에 반항하기보다는 오히려 순응하는 인물로 그리기 일쑤였다. 청교도 사회는 한마디로 철두철미한 가부장 사회였고, 헤스터는 이러한 가부장 사회의 제단에 바친 희생양에 지나지 않았다. 도덕률 폐기론자라는 낙인이 찍힌 채 청교도 사회에서 추방당한 앤 허친슨도 헤스터처럼 가부장 질서의 희생자로 보아 크게 틀리지 않는다. 페미니즘 비평에서 하도 많이 써 온 탓에 이제는 실오라기까지 훤히 드러나 보이는 용어가 되고 말았지만, 여성은 청교도 사회에서 다름 아닌 '타자(他者)'에 해당한다. 그동안 '동일자(同一者)'인 남성의 그늘에 가려 제대로 빛을 보지 못했던 것이다. 헤스터만 해도 살아 숨 쉬는 인격체라기보다는 한낱 남성의 소유물에 지나지 않는다. 가령 로저 칠링워스에게 그녀는 아서 딤스데일에게 '도둑맞은' 사유재산일 뿐이다.

헤스터 프린은 이 무렵 청교도 사회 못지않게 서슬 퍼런 가부장 질서에 도전하려고 한다. 어찌 보면 자신이 처벌받는 것도 가부장 질서 때문이라고 생각하는 듯하다. 물론 작품의 첫 장면에서 등장하는 아낙네들을 보면 단순히 남성의 탓으로 돌릴 수만도 없을지 모른다. 헤스터가 처벌받는 데에는 남성 못지않게 여성도 한몫 톡톡히 하기 때문이다. 그러나 청교도 사회에서 여성은 어디까지나 조연에 지나지 않고 주역은 역시 남성이다. 그녀의 처벌을 관장하는 사람들 중에 여성은 단 한 사람도 없고 하나같이 남성뿐이다.

그러나 헤스터 프린은 지난 7년 동안 펄과 함께 보스턴 사회에서 이방인처럼 소외된 삶을 살면서 여성의 관점에서 새로운 눈으로 사회를 바라보기 시작한다. 이 소설의 화자는 "지난 몇 년 동안 그녀는 인간의 여러 제도며 목사들이나 입법자들이 세워 놓은 것이 무엇이든 그것을 이렇게 사회에서 소외된 관점에서 바라보았다."라고 밝힌다. 더구나 이렇게 새로운 눈으로 사회를 바라볼 뿐 아니라 사회조직을 새롭게 뜯어고칠 것을 좀 더 적극적으로 주장하기도 한다.

무엇보다도 먼저 첫 단계로 사회조직을 모두 깨부수어 새로이 세워야 한다. 그러고 나서 남성의 천성 자체나 오랜 세월에 걸쳐 천성이 되다시피 한 인습적인 습관을 여성도 정당하고 적절한 지위 비슷한 것이나마 차지하게 될 때까지 뿌리째 뜯어고쳐야 한다.

여기에서 "뿌리째 뜯어고쳐야 한다."라는 말을 눈여겨볼 필요가 있다. 급진적이라는 뜻을 지닌 영어 '래디컬'은 라틴어 '라딕스(뿌리)'라는 말에서 갈라져 나왔다. 그러니까 급진적이라는 말은 어떤 일을 뿌리째 뽑아 버린다는 뜻이다. 그렇다면 이렇게 남녀 관계를 뿌리째 뜯어고쳐야 한다고 생각하는 헤스터야말로 급진적 페미니스트라고 할 수 있다.

더 나아가 헤스터는 이렇게 사회조직을 아무리 뜯어고쳐도 여성 자신이 달라지지 않는 한 여성의 지위는 크게 달라지지 않는다고 지적한다. 그녀는 "나머지 난관이 마침내 모두 극복되더라도 여성 자신이 크게 달라지기 전에는 이런 초보적인 개혁을 이용할 수 없을 것이다. 그런 상태에서는 여성의 가장 참다운 삶을 찾아볼 수 있는 영혼의 정수가 수증기처럼 사라져 버리고 말 것이다."라고 밝힌다. 여성 스스로가 달라지지 않으면 안 된다고 주장한다는 점에서 그녀는 초기 페미니즘 운동에서 흔히 볼 수 있던 호전적 한계를 극복하고 좀 더 성숙된 페미니스트로서의 모습을 보여 준다.

또한 헤스터는 앞으로 참다운 페미니즘 운동은 죄를 짓지 않은 순결한 여성이 맡아야 한다고 지적하기도 한다. "성스럽고 신비로운 어떤 진리의 사명도 죄로 얼룩지고 수치로 고개도 들지 못하며 평생 슬픔의 멍에를 짊어져야 할 여성에게는 맡겨질 수 없다."라는 사실을 깊이 깨닫는다. 그러면서 "앞으로 하느님의 계시를 전할 천사요, 사도는 모름지기 여자일 것이로되 고귀하고 순결하고 아름다운 여성이어야 할 것이다. 더구나 암담한 슬픔을 겪어서 슬기로워진 것이 아니라 환희의 영적인 매체를 통해 슬기로워진 여성이어야 할 것이다."라고 말한다. 그렇다면 헤스터는 다가오는 재림에서 예수 그리스도는 남성이 아닌 여성으로 나타날지도 모른다는 가능성을 내비친 것이다. 호손은 작품 첫 머리에서 '인간의 연약함과 슬픔을 다룬 이야기'라고 말하지만 적어도 이 점에서 보면 이 소설은 연약함과 슬픔 못지않게 희망과 기쁨의 메시지를 전해 준다고 할 수 있다.

아서 딤스데일 목사가 사망한 뒤 청교도 사회를 떠나 유럽에 머물다가 뒷날 다시 보스턴에 돌아오는 헤스터는 좀 더 원숙한 페미니스트로서의 모습을 보여 준다. 그동안 자신이 몸소 겪은 경험을 바탕으로 "잘못을 저지르고 죄 많은 열정" 때문에 고통받는 여성들을 위로하고 그들에게 조언을 주며 여생을 보낸다. 이 소설의 화자는 "그녀는 때가 되어 이 세상이 성숙해 좀 더 밝은 시대가 오면 새로운 진리가 나타나 남녀 간의 모든 관계가 상호 행복이라는 좀 더 굳건한 토대 위에 놓이게 될 것이라는 자신의 굳은 신념으로 그들을 납득시켰다."라고 밝힌다. 이 점에서 헤스터는 미국 문학에 나타난, 아버지 없이 혼자서 자식을 키우는 최초의 편친모(偏親母)일 뿐 아니라 최초의 페미니스트 여성 상담자이기도 하다.

헤스터 프린의 페미니즘적 태도는 19세기 중엽 보스턴과 콩코드를 중심으로 활약한 여권 운동가 마거릿 풀러와 비슷한 데가 많다. 그리하여 풀러를 헤스터의 모델로 보려는 비평가도 없지 않다. 실제로 호손이 콩코드에 사는 동안 풀러와 직접 만나 사귀었다는 사실이 이 점을 뒷받침한다. 풀러는 1839년부터 1843년까지 보스턴에서 여성 운동과 관련한 일련의 '대화 모임'을 가졌을 뿐 아니라 초월주의자들의 잡지 《다이얼》을 통해 여권 운동을 지지하는 글을 발표하기도 했다. 가령 "이 세계를 개혁하려는 사람들은 야성적 충동의 열기에서 말하는 것으로 보여서는 안 된다. 그들의 삶은 정열적인 실수의 흠이 있어서는 안 된다. 그들은 스스로에게 엄격한 입법자의 구실을 해야 한다."라는 풀러의 주장은 여러모로 헤스터의 입장과 비슷하다. 물론 풀러의 이러한 입장은 초월주의자로서 연합파 교회 목사인 윌리엄 엘러리 채닝한테 자못 큰 영향을 받았다. 채닝은 "여성의 영혼은 자체의 운명을 지니고 있다. ……개인적 양심의 빛에 따라 인도받아야 한다."라고 부르짖었다.

『주홍 글자』는 해체주의 비평가들에게도 더할 나위 없이 좋은 텍스트가 될 수 있다. 헤스터 프린이 가슴에 달고 있는 'A' 자는 요즈음 해체주의 비평가들이 말하는 언어의 유희를 웅변적으로 보여 주는 기호다. 로고스중심주의에 깊은 회의를 품는 해체주의자들은 이성의 도구인 언어를 오히려 유희의 대상으로 삼는다. 일찍이 페르디낭 드소쉬르는 언어적 기호란 오직 임의적이고 차별적인 관계에 지나지 않는다고 말해 구조주의 이론의 초석을 세웠다. 이러한 언어관에서는 시니피앙(기표)과 시니피에(기의), 즉 언어와 사물 사이의 관계는 불안정할 수밖에 없다. 소쉬르의 일반언어학은 언어와 사물을 일대일의 상응 관계로 파악한 전통 언어학과 비교한다면 그야말로 혁명적 발상이라고 할 만하다. 그런데도 소쉬르의 일반언어학은 지시성에 대한 미련을 완전히 떨쳐 버리지 못했다. 시니피앙과 시니피에는 임의적 결합을 통해 어떤 '긍정적인' 의미를 창출한다고 주장함으로써 궁극적으로 안정된 기호의 통일성을 믿었던 것이다.

그러나 흔히 해체주의의 기수로 일컫는 자크 데리다는 소쉬르의 구조주의 언어학을 한 발 더 극단적으로 밀고 나간다. 시니피앙과 시니피에는 끊임없이 분리되며 경우에 따라서는 새롭게 다시 결합한다고 지적한다. 한마디로 해체주의자들은 시니피앙과 시니피에가 마치 동전의 양면처럼 관련되어 있다는 소쉬르의 언어 모델을 받아들이지 않는다. 데리다는 소쉬르와 달리 언어 외적인 지시 대상과는 전혀 관련 없는 '떠도는 시니피앙의 체계'에 훨씬 더 관심을 기울인다. 데리다에게 언어의 의미란 '초월적 시니피에'의 상태로는 존재할 수 없기 때문에 '자유로운 유희' 속에서 끊임없이 지연될 뿐이다. 데리다는 "초월적 시니피에의 부재로 말미암아 의미 작용의 영역과 유희가 무한히 확장된다."라고 못 박아 말한다. 또 다른 해체주의자 자크 라캉은 이러한 현상을 두고 시니피에가 끊임없이 시니피앙 속에 "미끄러져 들어간다."라는 말로 표현한다.

호손이 이 작품의 제목을 '주홍빛 여인'이나 '주홍 글자의 여인'이라고 하지 않고 굳이 '주홍 글자'로 삼았다는 점에 주목해야 한다. 그는 '주홍'이라는 색깔 못지않게 '글자'라는 말에 무게를 싣기 때문이다. 호손이 이 작품을 출간할 무렵만 해도 청교도 사회의 준엄한 법률에 과감하게 맞서는 젊은 여성을 다룬 소설이 적지 않아서 19세기 중엽에 이르러서는 그 자체로 소설의 하부 장르를 이룰 정도였다. 그러나 호손은 작품의 제목을 '주홍빛 여인'이나 '주홍 글자의 여인' 대신에 '주홍 글자'로 삼음으로써 다른 작가들의 작품과 뚜렷이 구별 지으려고 했다. 간음이나 불륜의 사랑보다는 오히려 권력과 담론의 관계에 초점을 맞추려고 했던 것이다.

미셸 푸코가 『감시와 처벌』(1975)에서 지적하듯이 인류 역사에서 정치 권력자들은 언제나 죄인의 신체에 모든 사람이 '읽을 수 있는' 징표를 세상에 널리 보여 주도록 처벌해 왔다. 이러한 현상은 17세기 뉴잉글랜드의 청교도 사회도 마찬가지

여서 죄를 저지른 사람은 채찍 같은 처벌과 함께 평생 죄를 뉘우치도록 치욕의 상징을 옷에 달고 다니도록 벌했다. 가령 헤스터처럼 간음을 범한 사람은 'Adultery'의 머리글자인 'A' 자를, 근친상간을 범한 사람은 'Incest'의 머리글자인 'I' 자를, 그리고 술주정뱅이는 'Drunkard'의 머리글자인 'D' 자를 각각 평생 동안 달고 다녀야 했다.

물론 이러한 처벌은 뉴잉글랜드의 청교도 통치자들이 처음 만든 것이 아니고 이미 영국에서도 널리 시행되고 있던 것을 신대륙에 가지고 온 것이었다. 호손이 여주인공의 성(姓)으로 정하면서 힌트를 얻은 듯한 윌리엄 프린은 이러한 경우를 보여 주는 대표적인 예로 꼽을 만하다. 영국의 찰스 1세의 왕정에 반대했을 뿐 아니라 영국 국교의 주교 제도에 적극적으로 반대한 열성적 청교도인 윌리엄 프린은 1637년에 두 귀가 잘리고 두 뺨에는 '선동적 비방가(Seditious Libeller)'를 뜻하는 'S' 자와 'L' 자라는 낙인이 찍히는 처벌을 받았다. 호손이 『주홍 글자』에서 벨링엄 총독의 동료들로 언급하는 윌리엄 노이와 존 핀치는 윌리엄 프린의 재판과 처벌에 깊이 관여한 인물들이다.

청교도 통치자들은 헤스터 프린에게 평생 동안 'A' 자를 가슴에 달도록 한 것이 진지할뿐더러 효과적인 처벌이라고 굳게 믿는다. 이 점과 관련해 이 소설의 화자는 비록 시민들 사이에서 이 사건을 웃음거리로 취급해 버리려는 경향이 있었다고 해도 총독을 비롯한 치안판사와 목사들이 교회당 발코니에 서서 처형대를 굽어보는 상황에서 그런 기분은 좀처럼 고개를 들지 못할 것이라고 밝힌다.

　　지위나 관직의 위엄과 존엄을 손상시키지 않고 이런 광경의
한 부분을 이루고 있을 때는 판결의 집행이 진지하고 효과적인
의미를 지닌다고 추측해도 좋으리라. 따라서 군중은 하나같이
진지하고 엄숙한 표정을 짓고 있었다.

　　그러나 헤스터가 가슴에 달고 있는 치욕의 징표는 청교도
통치자들이 처음 의도한 대로 과연 '진지하고 효과적인 의미'
를 지니는가? 이 소설의 화자는 독자들에게 '그렇게 추측해도
좋으리라' 하고 말하지만 실제로는 그러지 못한다. 그런 의미
를 지니기 위해서는 무엇보다도 시니피앙과 시니피에가 반드
시 확고 불변한 관계를 맺고 있어야 한다. 다시 말해서 시니피
앙인 알파벳 'A' 자는 어떠한 상황에서도 언제나 '간음'이라는
시니피에를 지녀야만 한다. 만약 이 시니피앙과 시니피에의 관
계가 흔들린다면 이 치욕의 징표는 장식품에 지나지 않을 뿐
아무런 징벌의 의미를 지닐 수 없게 될 것이다.

　　실제로 헤스터 프린은 이 'A' 자를 치욕의 징표보다는 오히
려 소박한 잿빛 옷에 악센트를 주는 장식품으로 간주한다. 이
글자에 대해 이 소설의 화자는 "아주 예술적으로 만든 데다가
호화롭고 사치스러운 공상을 마음껏 발휘한 것으로, 그녀가
입은 옷에 가장 잘 어울리는 장식적 효과를 내고 있었다."라
고 밝힌다. 그러면서 그녀가 입은 옷은 "이 무렵의 취향에 맞
게 화려했지만 식민지의 사치 금지법이 허용하는 한도에서 훨

작품 해설

씬 벗어나 있었다."라고 말한다.

더구나 이야기가 진행되면서 'A' 자는 그 의미가 조금씩 달라진다. 처음에는 간음을 뜻하던 이 글자는 점차 '능력'이라는 뜻을 지니게 된다. 이 작품의 화자는 "그녀에게는 놀라울 만큼 남에게 도움을 주는 힘이 있었기 때문에, 남을 돕는 힘도, 동정하는 힘도 많았기 때문에, 이제 사람들은 주홍 글자 'A'를 본래의 뜻대로 해석하려 들지 않았다. 그들은 주홍 글자가 '능력(Able)'을 뜻한다고 했다."라고 밝힌다. 그런가 하면 'A' 자는 이번에는 '천사'를 뜻하는 말로 받아들여지기도 한다. 아서 딤스데일 목사의 교회지기는 하늘에 나타났다는 주홍 글자를 '천사(Angel)'를 뜻하는 것으로 풀이한다. 딤스데일도 숲속에서 그녀에게 "오, 헤스터, 당신은 내 더없이 훌륭한 천사요! 난 나 자신을, 병들고 죄악의 때가 묻고 슬픔으로 더러워진 몸뚱이를 숲속의 낙엽 위에 내던졌다가 완전히 새롭게 태어나 자비로우신 그분을 찬미할 새 힘을 갖고 일어선 것 같구려!"라고 말한다. 물론 여기에서 그는 'A' 자와 관련해 헤스터를 천사라고 부르지는 않지만, 적어도 그녀에게서 천사다운 모습을 발견한다는 점에서는 교회지기의 해석과 다르지 않다.

한편 『주홍 글자』의 원형에 해당하는 작품이라고 할 「엔디코트와 적십자가」에서도 여주인공은 헤스터 프린과 마찬가지로 가슴에 치욕의 징표 'A' 자를 달고 다닌다. 그러나 이 징표는 시간이 지나면서 '존경스러운 인물(Admirable)'이라는 뜻으로 바뀐다. 극단적으로 말한다면 이 두 주인공이 가슴에 달고 있는 글자는 '사랑(Amor)'이나 '애정(Affection)' 또는 '예술

(Art)' 등 얼마든지 그 의미 영역을 넓혀 갈 수 있을 것이다. 그런가 하면 'A' 자는 딤스데일 목사의 이름인 '아서(Arthur)'를 뜻하기도 한다. 한마디로 이 'A' 자는 데리다가 말하는 '떠도는 시니피앙'에 지나지 않는다.

이러한 의미 작용의 변화는 방금 앞에서 언급한 윌리엄 프린의 경우에서도 마찬가지로 엿볼 수 있다. 그를 처벌한 재판관들을 비롯한 통치 집단은 그의 두 뺨에 찍힌 'S'와 'L'이라는 시니피앙을 '선동적 비방가(Seditious Libeller)'라는 시니피에로 사용했다. 그러나 낙인이 찍히기 직전 그는 형을 실행하는 사람에게 "자, 나에게 낙인을 찍어라. 나에게 낙인을 찍으란 말이다. 나는 내 몸에 주 예수의 징표를 달고 있게 될 것이다."라고 말한 것으로 전한다. 실제로 프린은 낙인이 찍힌 뒤 두 뺨에 새겨진 그 두 글자가 '선동적 비방가'가 아니라 '칭찬의 징표(Stigmata Laudis)'를 가리키는 약자라고 주장했다. 한편 이 두 글자는 '로드의 낙인(Stigmata Laud)'으로 해석할 수도 있다. '로드'란 캔터베리 대주교로 이 무렵 영국 국교의 최고 책임자로서 윌리엄 프린이 처벌당하는 데 주역을 맡았던 사람이다.

이렇게 일반 시민들이 'A' 자의 의미를 자의적으로 해석한다는 것은 헤스터 프린에게 내린 처벌이 청교도 통치자들의 처음 의도와는 달리 아무런 '진지하고 효과적인 의미'가 없다는 뜻이다. 더 나아가 그것은 곧 청교도 통치자들과 그들이 만든 법률 체계의 전복을 뜻하기도 한다. 한마디로 청교도 신정(神政) 체제 자체를 위협하는 행위로 보아 크게 틀리지 않는다. 청교도 사회는 바로 바윗덩어리처럼 확고 불변한 의미

체계에 기초를 두기 때문이다.

　19세기 이전에 나온 텍스트가 흔히 그렇듯이『주홍 글자』
도 텍스트 문제가 여간 심각하지 않다. 이 작품은 너새니얼
호손이 살아 있는 동안에는 모두 세 번에 걸쳐 출간되었고,
영국에서도 해적판 텍스트들이 나왔으며, 그가 사망한 뒤에
도 여러 판본이 계속 쏟아져 나왔다. 그런데 문제는 텍스트가
나올 때마다 적지 않은 오자와 탈자를 새로 만들어 냈다는
데 있다. 한편으로는 이전 텍스트의 오류를 바로잡으면서 다
른 한편으로 이전 텍스트에 없던 오류를 새롭게 만들어 냈다.
그러던 중 1962년부터 오하이오 주립대학교에서 호손 사후
100년을 맞이해 호손 작품을 학구적인 결정판 텍스트로 간행
하는 작업에 착수했다. 그 첫 번째 작업으로 1962년에『주홍
글자』가 나왔다. 저자의 의도에 가장 가깝게 살리기 위해 편
집자들은 1850년에 나온 초판 텍스트를 저본으로 삼되 작가
의 친필 원고를 비롯해 그 밖의 자료와 19세기와 20세기에 나
온 여러 텍스트를 면밀히 비교하고 검토해 새로운 텍스트를
만들어 냈다. 흔히 '너새니얼 호손 작품의 100주년 판'으로 일
컫는 이 텍스트는 미국현대언어학회의 '학구적 텍스트 센터'
가 인정한 가장 권위 있는 텍스트로 평가받는다. 이 번역본은
바로 이 결정판을 저본으로 삼았다.
　『주홍 글자』의 텍스트에 나타난 오류는 작품의 뉘앙스를
느끼는 데 어려움을 주는 오류부터 절이나 문장의 의미 자체
를 해독할 수 없게 하는 오류에 이르기까지 무척 다양하다.

오늘날처럼 컴퓨터로 조판하고 컴퓨터로 검색한 것도 아니고 일일이 식자공이 손으로 활자를 뽑아 판을 짜야 했기 때문에 그 오류가 생길 가능성은 지금보다 훨씬 많았다.

기존 텍스트가 그동안 얼마나 심각한 오류를 지녔는지를 알기 위해서는 몇 가지 예를 들어 보는 것으로 충분할 것 같다. 예를 들어 기존의 텍스트에서는 'Hester's'가 'Heaven's'로, 'unseasonable'이 'unreasonable'로, 'transplantation'이 'transportation'으로, 'concentered'가 'concentrated'로 잘못되어 있다. 이 밖에도 'it'이 'is'로, 'at'이 'of'로 되어 있는가 하면, 'dye'가 'die'로, 'bitter'가 'better'로, 'with'가 'what'으로, 'vigor'가 'rigour'로, 'deep'이 'keep'으로, 'bore'가 'wore'로, 'guilt'가 'gilt'로, 'than'이 'that'으로 둔갑했다. 그런가 하면 'object'가 'subject'로 되어 있는 것처럼 정반대 뜻을 지닌 어휘가 올바른 어휘를 밀어내고 버젓이 자리를 차지하는 경우도 있다. 심지어 기존의 텍스트에는 'all', 'for', 'it', 'had', 'my', 'form', 'certain', 'European' 같은 어휘가 아예 탈락되어 있어 의미에 큰 차이를 주거나 아예 의미 해독이 불가능한 경우도 있다.

번역 못지않게 중요한 것이 믿고 사용할 수 있는 '결정판' 텍스트를 얻는 일이다. 특히 출간된 지 오래된 작품일수록 전문 학자들이 새로이 편집한 학구적이고 비평적인 '결정판' 텍스트가 중요하다. 『주홍 글자』를 번역하면서 믿고 사용할 수 있는 가장 권위 있는 '결정판' 텍스트를 구하는 것이 무엇보다도 중요하다는 사실을 뼈저리게 느꼈다. 저본 텍스트를 잘못 사용하다 보면 자칫 번역의 공중누각을 지을 수 있기 때문이다.

　끝으로 이 번역에는 『주홍 글자』의 서문에 해당하는 「세관」을 실었음을 밝혀 둔다. 호손은 본디 이 글을 이 소설의 서문이 아닌 독립된 에세이로 썼고 자전적 에세이집에 수록할 계획이었다. 그러나 출판업자 제임스 T. 필즈가 『주홍 글자』를 독립된 작품으로 출간하기로 하면서 이 글을 소설의 서장 격으로 붙이라고 제안하자 작가가 그대로 받아들였을 뿐이다. 호손은 이 글에 대해 "내가 지금 손님에게 활짝 열어 준 훌륭한 집의 출입구" 구실을 할 수 있을 것이라고 말한 적이 있다. 그러나 이 서문은 아무래도 출입구보다는 옆문이나 뒷문에 해당하며, 이 '훌륭한 집'에 들어가려는 독자들에게 적잖이 혼란을 줄 수도 있다. 특히 호손 연구가가 아닌 일반 독자들에게는 더욱더 그럴 것이라는 생각이 든다. 그리하여 이 번역에서는 부록의 형식으로 실어, 관심 있는 독자들이 읽도록 했다.

2007년 가을
김욱동

작가 연보

1804년   7월 4일, 미국 매사추세츠주 세일럼에서 너새니얼 호손과 엘리자베스 매닝 호손의 1남 2녀 중 외아들로 태어났다. 아버지는 외항선 선장이었고, 어머니는 이 지방 대장장이 출신인 매닝 집안의 딸이었다. 그의 선조는 세일럼의 역사에서 군인과 재판관으로 큰 명성을 떨쳤다.

1808년   누이동생 마리아 루이자가 태어났다. 호손에게는 2년 연상인 누이 엘리자베스가 있었다. 선장인 아버지가 남아메리카 네덜란드령 기아나 근해에서 황열병으로 사망하자, 어머니가 세 자녀를 데리고 친정으로 이사했다.

1813년   11월, 학교에서 공놀이를 하다가 다리를 다쳐 학교도

다니지 못하고 3년 가까이 요양했다. 이때 집에서 조지 프 에머슨 우스터에게 지도를 받으면서 독서에 열중하기 시작했다.

1816년　메인주 레이먼드에 있는 가족 별장을 방문해 사냥과 낚시와 스케이트를 즐겼다.

1818년　10월, 메인주 레이먼드로 이사해 아홉 달 동안 거주했다. 이때 윌리엄 셰익스피어와 존 버니언의 작품에 심취했다.

1819년　7월, 세일럼에 있는 외가로 돌아가 외삼촌 로버트 매닝의 보호 아래 학교를 다녔다.

1820년　7월, 세일럼의 변호사 벤저민 올리버의 지도로 라틴어 공부를 시작했다. 8월, 동생 루이자와 함께 마을 신문인《스펙테이터》발행. 이 무렵 어머니는 2년 동안 호손과 떨어져 레이먼드에서 거주했다.

1821년　3월, 보스턴에서 『리어 왕』을 읽고 감동해 작가가 되기로 결심했다. 10월, 메인주 브런즈윅에 있는 명문 사립학교인 보든 대학교에 입학했다. 시인 헨리 워즈워스 롱펠로와 14대 미국 대통령에 당선될 프랭클린 피어스, 여행가 허레이쇼 브리지가 동창이었다. 대학 시절부터 소설을 쓰기 시작했다. 이 무렵 「내 고향의 일곱 이야기」라는 일련의 단편소설들과 장편소설 『팬쇼(Fanshawe)』 집필.

1825년　9월, 보든 대학교를 졸업했다. 대학을 졸업한 뒤 세일럼에 있는 외가로 돌아가 1837년까지 무려 12여 년에 걸처 '고독의 시대'를 보내면서 문학 수업을 했다.

1828년   익명으로 첫 장편소설 『팬쇼』를 자비로 출판하지만 문단에서 별로 호평을 받지 못했다. 이때부터 뉴잉글랜드 지방을 두루 여행하기 시작했다. 이 무렵 성(姓)의 철자에 'w' 자를 덧붙여 'Hathorne'에서 'Hawthorne'으로 바꾸었다.

1830년   세일럼에서 발행하던 《세일럼 가제트》에 처음으로 스케치와 단편소설을 싣기 시작했다.

1831년   「얌전한 아이」를 비롯한 단편소설을 《토큰》에 익명으로 발표. 1837년까지 《토큰》에 22편의 단편소설을 익명으로 발표.

1836년   보스턴에서 발행하는 《아메리카 매거진》의 편집자가 되었지만 발행인이 파산하는 바람에 곧 그만두었다.

1837년   3월, 호레이쇼 브리지의 재정 지원으로 첫 번째 단편집 『두 번 들은 이야기(Twice-Told Tales)』 출간. 에드거 앨런 포가 이 작품집을 높이 평가하는 서평을 썼다. 이 작품집과 더불어 비로소 작가로서 세상의 관심을 끌기 시작했다. 11월, 세일럼의 치과의사의 딸인 소피아 피바디를 처음 만났다.

1838년   《민주주의 리뷰》에 일련의 단편소설 발표. 7~9월, 매사추세츠주 노스애덤스를 비롯해 버크셔 지방과 뉴욕 북부 지방, 버몬트, 코네티컷 등을 여행했다.

1839년   1월, 엘리자베스 피바디의 도움으로 보스턴 세관의 계량사로 취직했다. 단편집 『얌전한 아이: 세 번 들은 이

야기(The Gentle Boy: A Thrice-Told Tales)』출간. 엘리
자베스 피바디의 동생인 소피아 피바디와 약혼했다.

1840년   어린이를 위한 역사적 스케치인 『할아버지의 의자
(Grandfather's Chair)』 출간.

1841년   1월, 보스턴 세관을 그만두고 세일럼으로 돌아갔다.
4~11월, 매사추세츠주 웨스트록스버리에 조지 리플
리를 비롯한 초월주의자들이 만든 공동체 농장인 '브
룩 농장'에 참가해 창작과 농사를 같이 하려 했지만
뜻을 이루지 못하고 탈퇴했다. 어린이를 위한 스케치
인 『유명한 노인들(Famous Old People)』, 『자유의 나무
(Liberty Tree)』 등 출간.

1842년   1월, 『두 번 들은 이야기』 개정판 출간. 7월, 소피아와
결혼해 한때 랠프 월도 에머슨이 살았던 매사추세츠
주 콩코드 '옛 목사관(Old Manse)'을 임차해 신혼살림
을 차렸다. 이 무렵 에머슨을 비롯해 헨리 데이비드 소
로, 엘러리 채닝, 마거릿 풀러, 루이자 메이 올컷 등과
친교를 맺었다.

1844년   3월, 딸 유너가 태어났다.

1845년   1~4월, 보든 대학교의 동창생인 허레이쇼 브리지의 아
프리카 여행기인 『한 아프리카 순항자의 일기(Journal
of an African Cruiser)』 출간. 10월, 콩코드를 떠나 세일
럼으로 돌아갔다.

1846년   4월, 피어스를 비롯한 동창생들의 힘으로 새로 선출된
민주당의 제임스 포크 대통령에 의해 세일럼 세관의

수입품 검사관에 임명되었다. 6월, 아들 줄리언이 태어났다. 두 번째 단편집 『옛 목사관의 이끼(Mosses from the Old Manse)』 출간.

1847년 세일럼의 몰 스트리트에 있는 큰 집으로 이사했다.

1848년 세일럼 라이시엄의 매니저 및 비서가 되었다. 이때 에머슨, 소로, 시어도어 파커, 호러스 맨 등을 강연에 초청했다.

1849년 6월, 휘그당의 재커리 테일러 대통령이 당선되자 세일럼 세관 자리를 물러났다. 7월, 어머니가 사망했다. 9월, 『주홍 글자(The Scarlet Letter)』 집필 시작.

1850년 3월, 『주홍 글자』 출간. 5월, 가족을 데리고 매사추세츠주의 서부 레녹스로 이사했다. 8월, 레녹스에서 6마일 정도 떨어진 피츠필드에 살던 허먼 멜빌과 만나 사귀기 시작했다.

1851년 4월, 장편소설 『일곱 박공의 집(The House of Seven Gables)』을 출간해 찬사를 받았다. 『눈 이미지 및 다른 두 번 들은 이야기(The Snow-Image and Other Twice-Told Tales)』, 『기적의 책(The Wonder Book)』 출간. 5월, 둘째 딸 로즈가 태어났다. 11월, 매사추세츠주 보스턴 근교 웨스트뉴턴으로 이사했다.

1852년 5월, 콩코드에 있는 올컷의 집을 구입해 '웨이사이드'라고 이름 지었다. 7월, 장편소설 『블라이스데일 로맨스(Blithedale Romance)』 출간. 9월, 동창생 피어스가 대통령 후보로 추대되자 선거용 자서전인 『프랭클린 피어스 전기』출간.

1853년   어린이를 위한 단편을 묶어 『탱글우드 이야기
           (Tanglewood Tales)』출간. 7월, 친구 피어스가 대통령
           에 당선되자 영국 리버풀과 맨체스터 영사로 취임했다.
           윌리엄 셰익스피어의 출생지 등 영국의 명승지와 고적
           을 두루 돌아다녔다.

1854년   『옛 목사관의 이끼』재판 출간.

1856년   11월, 리버풀에서 성지를 방문하러 가는 허먼 멜빌을
           만났다. 이듬해 5월에 성지를 방문하고 귀국 중인 멜빌
           을 다시 만났다.

1857년   9월, 친구 피어스 대통령이 퇴임하자 영사직을 사임했다.

1858년   1월, 가족과 함께 영국을 떠나 파리, 마르세유, 제네바
           등지를 거쳐 로마에 도착해 거주했다. 5~10월, 피렌체
           에 거주하면서 로버트 브라우닝 부부와 만나 사귀고,
           미국 시인 윌리엄 컬런 브라이언트를 만났다. 10월, 가
           족과 함께 로마로 돌아간 뒤 한 차례 병석에 누웠다.

1859년   5월, 로마를 떠나 제네바에서 지내다가 6월에 영국 사
           우샘프턴을 경유해 런던으로 돌아갔다.

1860년   3월, 이탈리아를 무대로 한 장편소설 『대리석 목신
           (Marble Faun)』출간.(이 작품이 이보다 한 달 앞서 영국
           에서 '변형'이라는 제목으로 출간.) 6월, 귀국해 콩코드
           의 웨이사이드로 돌아갔다.

1861년   남북전쟁이 일어나자 큰 충격을 받았다. 『그림쇼 박
           사의 비밀(Dr. Grimshaw's Secret)』, 『조상의 발자국

(The Ancestral Footstep)』, 『셉티미어스 펠튼(Septimius Felton)』, 『돌리버 로맨스(The Dolliver Romance)』를 집필하기 시작하지만 모두 미완성 작품으로 끝났다.

1862년   출판업자 윌리엄 티커와 함께 워싱턴 D.C.를 여행해 에이브러햄 링컨 대통령을 만났다. 《어틀랜틱 먼슬리》에 「주로 전쟁 문제에 관하여」 발표.

1863년   9월, 영국에 관한 인상기인 『우리의 고향(Our Old Home)』 출간.

1864년   5월 19일, 프랭클린 피어스와 함께 여행 중 뉴햄프셔주 플리머스에서 사망했다. 5월 23일, 콩코드의 슬리피할로 묘지에 매장되었다.

세계문학전집 **159**

주홍 글자

1판 1쇄 펴냄 2007년 10월 25일
1판 40쇄 펴냄 2024년 4월 15일

지은이 너새니얼 호손
옮긴이 김욱동
발행인 박근섭, 박상준
펴낸곳 (주)민음사

출판등록 1966. 5. 19. (제 16-490호)
서울특별시 강남구 도산대로1길 62(신사동) 강남출판문화센터 5층 (우편번호 06027)
대표전화 02-515-2000 팩시밀리 02-515-2007
www.minumsa.com

ISBN 978-89-374-6159-0 04800
ISBN 978-89-374-6000-5 (세트)

* 잘못 만들어진 책은 구입처에서 교환해 드립니다.

세계문학전집 목록

세계문학전집은 계속 간행됩니다.